dtv
premium

Manuel de Lope

Die Spur der Perlen

Roman

Aus dem Spanischen
von Isabel Alcántara

Deutscher Taschenbuch Verlag

Von Manuel de Lope
ist im Deutschen Taschenbuch Verlag erschienen:
Die unsichtbare Schöne (24201)

Deutsche Erstausgabe
August 2001
Deutscher Taschenbuch Verlag GmbH & Co. KG,
München
www.dtv.de

Titel der spanischen Originalausgabe:
›Las Perlas Peregrinas‹
(Editorial Espasa Calpe S. A., Madrid 1998)

Umschlagkonzept: Balk & Brumshagen
Umschlagbild: ›Bild mit Licht, Danaë‹
(1997, Öl auf Leinwand, 100 x 100 cm)
von Henning von Gierke
Satz: Fotosatz Reinhard Amann, Aichstetten
Gesetzt aus der Sabon 10,5/13˙ (QuarkXPress)
Druck und Bindung: Kösel, Kempten
Gedruckt auf säurefreiem, chlorfrei gebleichtem Papier
Printed in Germany · ISBN 3-423-24256-6

You can always count on a murderer
for a fancy prose style.
Vladimir Nabokov, ›Lolita‹

Unerwarteter Besuch

Am dritten August, kurz bevor Alfredo Kauffman, angesehener Anwalt und einer der begehrtesten Rechtsberater der Stadt, seine Kanzlei schließen wollte, um seinen Urlaub anzutreten, tauchten in seinem Büro mehrere Kakerlaken auf. Ein Kakerlak wurde gesichtet, als er in eine Ecke flüchtete, um Schutz in einer Ritze des Parkettbodens zu suchen. Zwei weitere entdeckte man in einem Papierkorb beim Kopulieren. Ein vierter streckte herausfordernd seine Fühler im Safe aus, in den er unerklärlicherweise hineingelangt war. An jenem Abend hatte Kauffman sein Arbeitszimmer aufgesucht, um noch einige Unterlagen zu ordnen und um eine Firma damit zu beauftragen, die Kakerlakenplage gnadenlos auszurotten.

»Ratten? Wie kommen Sie darauf, dass es in meinem Büro Ratten gibt?«, rief der Anwalt entrüstet.

Er lockerte sich den Krawattenknoten. Die Stimme am Telefon hakte jetzt nach, woraufhin der Anwalt gereizt entgegnete:

»Kakerlaken. Irgendetwas, was Kakerlaken den Garaus macht.«

Sein Gesprächspartner verstand endlich und der Anwalt diktierte ihm seine Anschrift und die Nummer des Büros. Es war dringend. Es bedurfte keiner Erklärung. Man musste ihnen einzig und allein den Garaus machen. Am anderen Ende der Leitung sicherte die Stimme äußerste Effizienz zu. Erst dann gab sich der Anwalt zufrieden. Er legte auf und streckte die Beine aus. Nichts sprach dagegen, dass er gleich seine Kanzlei verlassen und in Urlaub gehen würde. Nichts stand dem entgegen, und er dachte genau daran, als ihn unangemeldeter Besuch bei seinen Überlegungen störte.

»Was kann ich für Sie tun?«, fragte er den Unbekannten, der sich ungebeten gesetzt hatte und ihn nun schweigend beobachtete.

Der Besucher räusperte sich. Er beugte seinen Oberkörper vor, ohne die mit beiden Händen umklammernde Aktentasche loszulassen, und reckte seinen Hals, um äußerste Diskretion zu signalisieren.

»Sind Sie der Anwalt Alfredo Kauffman?«, erkundigte er sich vorsichtig.

»So steht es auf dem Türschild.«

»Richtig. Sind Sie also Alfredo Kauffman?«

»Höchstpersönlich.«

»Ich hatte eigentlich erwartet, dass mich einer ihrer Teilhaber empfangen würde«, sagte der Mann mit beißender Ironie und warf einen Blick auf die Kakerlaken, die sich um ihn herum tummelten.

»Was kann ich für Sie tun?«, wiederholte der Anwalt beherrscht, der sich nun mit den fatalen Kakerlaken auf eine Stufe gestellt sah.

Der Mann setzte sich wieder zurecht, wobei er die Knie aneinander presste. Er war klein, schmalschultrig, hatte eine lange Nase und trug einen spitzen Schnurrbart. Seine runden Augen blitzten hell und kalt. Er war wohl über Fünfzig und nichts, außer dem gut geschnittenen Anzug und dem goldenen Trauring, der an seinem Finger glänzte, hätte auf seinen Beruf schließen lassen. »Aniceto Kauffman, Juwelier«, stand auf der Visitenkarte zu lesen, die der Mann auf die lederbezogene Tischplatte gelegt hatte, bevor er in dem Sessel Platz nahm, der den Besuchern vorbehalten war. Der Anwalt betrachtete ihn mit einem Scharfblick, den er sich in vielen mit Honorarabrechnungen angefüllten Berufsjahren angeeignet hatte. Das gute Tuch eines Prinzen von Wales entsprach einem Juwelier, schätzte der Anwalt, ebenso wie das Gold ehelicher Treue. Die feingliedrigen Hände, die im Halbdunkel elfenbeinfarben schimmerten und von blauen, vornehmen Venen durchzogen waren, konnten durchaus mit Diamanten auf einem Filzrechteck spielen. Doch was nicht mehr ins Bild passte, war die Anschrift, die auf der Visitenkarte stand: »Aniceto Kauffman, Juwelier, Plaza de los Desamparados 2«. Alfredo Kauffman kannte das Viertel um diesen »Platz der Obdachlosen« gut. Es hatte mit zwei oder drei hervorragenden Restaurants, die auf Fleischgerichte spezialisiert waren, einen gewissen gastronomischen Ruhm erlangt. Es lag nicht weit entfernt von einem ehemaligen Schlachthof. Aber sich einen Juwelier vorzustellen, dessen Geschäft an der Plaza de los Desamparados lag, war wie eine Haute-Couture-Boutique in der Umgebung eines Frauengefängnisses zu vermuten oder eine Kakerlakeninvasion in einer renommierten Madrider Kanzlei. Doch hier waren sie, die Kakerlaken, hier im Büro von Alfredo Kauffman, Anwalt und Rechtsberater, wie das Kupferschild an der Tür des mit einem weichen Orientteppich ausgelegten Entrees verkündete. Weshalb sollte es also kein Juweliergeschäft im ehemaligen Schlachthofviertel geben? Weshalb also einen Juwelier-Kauffman nicht akzeptieren? Mit der Visitenkarte des unbekannten Kauffman zwischen den Fingern wiederholte der Anwalt Kauffman also die unvermeidliche Frage zum dritten Mal:

»Was kann ich für Sie tun, Herr Kauffman?«

Der Juwelier antwortete mit einer Gegenfrage: »Sind Sie verheiratet, Herr Anwalt?«

Kauffman I sah Kauffman II überrascht an.

»Weshalb wünschen Sie dies zu wissen?«

Der Juwelier drückte seine Knie noch mehr aneinander und reckte begierig sein Kinn.

»Die Angelegenheit, die mich hierher führt, wird ein verheirateter Mann besser verstehen«, erklärte er. »Es dreht sich um

Schmuck. Perlen, um genauer zu sein. Ein verheirateter Mann weiß, um was es sich handelt, vor allem wenn seine finanziellen Mittel es ihm einmal erlaubt haben, seiner Frau ein Perlenkollier zu schenken. Trifft dies nicht in Ihrem Fall zu, Herr Kauffman?«

Der Anwalt seufzte. Ein Verrückter. Eine Kakerlakenplage und ein Verrückter in seinem Büro. Er bedauerte es, sich allein in der Kanzlei zu befinden. Die Sekretärinnen waren schon in Urlaub gegangen und er selbst hatte vor einigen Minuten den Wachmann verabschiedet.

Der Juwelier Kauffman blieb beharrlich.

»Ist dem nicht so, Herr Kauffman?«

»Nehmen wir an, dass ich meiner Frau einmal Perlen geschenkt habe«, gab der Anwalt zu, denn er wusste, worauf der Juwelier anspielte. Die gesamte Presse hatte die Nachricht über das Geschenk des Anwalts Alfredo Kauffman an seine Frau verbreitet, ein Perlenkollier, für das der berühmte Anwalt auf einer Auktion eine Summe in Millionenhöhe gezahlt hatte: für den legendären »Wasserfall des Persischen Golfs«, eine dreireihige Kaskade mit einer Rubinbrosche in der Mitte, die eine Revolution und zwei Kriege überlebt hatte, von Kaiserin Zita in Lequeitio getragen worden, später in die Hände eines mächtigen Bankiers geraten und schließlich – nach einem langen Zeitraum, in dem das Kollier nur in engsten Kreisen heimlich bewundert werden konnte – mit einer gewissen Erwartung auf den Schmuckmarkt gelangt war. Die Boulevardzeitschriften hatten von der Auktion und dem Erwerb berichtet. Der Juwelier Kauffman musste Bescheid wissen. Kauffman I machte eine überdrüssige Geste. Ebenso hatte man später klargestellt, dass der Anwalt Kauffman den »Wasserfall des Persischen Golfs« nicht für sich erworben hatte und auch nicht, um ihn seiner Gattin zu schenken, sondern dass er im Auftrag eines wohlhabenden und mysteriösen Mandanten gehandelt hatte. Dies schien auch besser zu dem wenig frivolen Wesen eines Rechtsberaters zu passen, Vertreter eines Berufszweiges, von dem man nicht annahm, dass er zur Verschwendung neigte. Aber was wussten schon die Klatschreporter?

»Haben Sie irgendwas mit der Presse zu tun?«, fragte der Anwalt vorsichtig.

Der Juwelier Kauffman lächelte.

»Keineswegs.«

»In diesem Fall nehmen wir einmal an, dass ich meiner Frau kürzlich ein Perlenkollier gekauft habe.«

Offenbar zufrieden mit der Zweideutigkeit der Antwort fuhr der Juwelier Kauffman fort: »Ich freue mich, dass sie ein diskreter Mann sind, Herr Kauffman. Das ist die oberste Tugend eines Anwalts«, und gab damit zu verstehen, dass er beide Versionen der Geschichte kannte und dass Kauffman auf alle Fälle der Anwalt war, den er als Gesprächspartner suchte.

»Danke«, erwiderte der Anwalt.

»Doch nehmen wir auch an, dass Sie im Auftrag eines mysteriösen und wohlhabenden Mandanten gehandelt haben, was Sie wohl vermuten lassen dürfte, dass ich die tatsächliche Identität des Käufers kenne.«

Der Anwalt Kauffman antwortete nicht. Misstrauisch sah er den Juwelier an. Dessen Stimme klang höflich und einschmeichelnd und rief eine gewisse elektrische Schwingung im Halbdunkel des Büros hervor. Warum hatte er ihn empfangen, wenn nicht aus seiner Neugier heraus, die ihre Nachnamensgleichheit geweckt hatte? Ein Lichtstreifen, der durch die Jalousien drang, kreuzte die Brust des Juweliers auf der Höhe, wo seine Hände die Aktentasche festhielten. Ein zweiter Lichtstreifen ließ sein Gesicht wie abgetrennt vom übrigen Körper erscheinen.

»Kommen Sie schon, Herr Kauffman, jeder in unserer Branche weiß, dass ein gewisser Industrieller aus dem Stahl-, Transport- und Ernährungssektor – und wer weiß, welchem sonst noch – der glückliche Eigentümer des ›Wasserfalls des Persischen Golfs‹ ist, ob das Kollier sich nun in seinem Besitz befindet oder auch nicht und ob es nun seine Frau trägt oder in einem Geldschrank schlummert. Die Identität dieses Mannes, den wir Millionetis oder Gran Duque, den ›Großherzog‹, nennen wollen, ist in den bestinformierten Kreisen angedeutet worden. Doch das ist es nicht, was mich zu Ihnen geführt hat. Haben Sie etwa befürchtet, ich sei ein Reporter?«

»Ich befürchtete es in der Tat«, entgegnete Kauffman.

»Sie können diese Ängste ruhig beiseite schieben«, meinte der Juwelier. »Was mich hierher führt, ist ein Angebot, dass weder Sie noch, nennen wir ihn, Millionetis ablehnen können.«

Der Anwalt Kauffman lehnte sich in seinem Sessel zurück. Der Juwelier Kauffman lächelte. Sein spitzer Schnurrbart hatte sich zu einem Zirkumflex geformt, als er den Beinamen aussprach, der ein persönliches Vermögen mit vielen Nullen suggerierte und in Sympathie verwandelte, was ein Zeichen von Schläue war.

»Ich könnte ein Gläschen vertragen«, sagte er daraufhin und blickte suchend um sich.

Der Anwalt drehte sich zu einem kleinen Mahagonimöbel hinter seinem Rücken um, holte eine Whiskyflasche und ein Glas hervor und stellte beides auf den Schreibtisch. Kauffman II legte seine Aktentasche behutsam auf den Boden und bediente sich. Nachdem er mit einem Schluck seine Kehle freigespült hatte, schien ihm das Reden leichter zu fallen. Die einschmeichelnde Stimme mit ihren entfernt semitischen Wurzeln verschwand, und er sprach nun mit der Offenheit eines ordentlichen Trinkers.

»Wissen Sie, wie viele Kauffman im Telefonbuch stehen?«

»Nein.«

»Drei Kauffmänner. Oder Kauffmans. Der erste ist ein Wurstfabrikant. Der zweite Kauffman ist Anwalt«, sagte der Juwelier, wobei er seinen Kopf in einer leichten Referenz neigte. »Der dritte Kauffman, Herr Kauffman, bin ich. Der Zufall wollte es, dass Sie und ich mit einem Perlenkollier zu tun haben, und es besteht kein Zweifel, dass mir mein Nachname den Zutritt zu dieser Kanzlei erleichtert hat. Jetzt möchte ich Ihnen etwas zeigen. Sind Sie tagblind?«

»Wie bitte?«

»Können Ihre Augen in der Dunkelheit sehen?«

»Äh ... Nein.«

»Dann sollten Sie diese Lampe anschalten, um ein paar Fotografien zu betrachten.«

Der Anwalt öffnete die Jalousien und die unerbittliche Abendsonne drang ins Büro. Es kam einer Überflutung gleich. Deshalb schloss er die Jalousien gleich wieder und schaltete eine nickelglänzende Lampe an, die ein Oval aus satinartigem Licht auf das feine Leder der Tischplatte zeichnete. In dem Augenblick, als er unverfroren einen Drink verlangte und um das Licht der Lampe bat, hatte der Juwelier Kauffman die Initiative ergriffen und das Steuer übernommen, was den Anwalt Kauffman nur sehr oberflächlich ärgerte, war er darüber doch weniger pikiert als neugierig darauf, was ihm der Juwelier zeigen wollte. Kauffman II öffnete die Aktentasche. Dann drangen seine Hände in den Lichtkegel der Lampe, um auf das Leder des Tisches ein paar Fotografien zu legen. Nach einem kurzen Hin und Her der Hände wie bei einem Kartenspiel griff der Anwalt nach den Bildern.

Ohne Schwierigkeit erkannte er die erste Fotografie. Sie stammte aus dem Auktionskatalog und man sah darauf den »Wasserfall des Persischen Golfs«, wie er ausgebreitet auf einem blauen Tuch lag und wie eine irisierende Versuchung sanft schillerte. Die zweite Fotografie, deren Papier sich fester anfühlte und die möglicherweise dem Archiv irgendeines Privatfotografen entstammte, war das Porträt einer reifen, unbekannten Frau mit einem breiten, fleischigen Gesicht. Die nach der allegorischen Manier des Arcimboldo wiedergegebenen Gesichtszüge erinnerten an die üppig mit Würsten bestückte Auslage einer Metzgerei. Darunter sah man die blendende Pracht des Perlenwasserfalls, der sich in Fortsetzung des Doppelkinns als dreireihige Kaskade über ihr Dekolleté ergoss. Ihr strahlender, wenngleich speckiger Ausdruck deutete auf eine mäßig unterhaltsame

Situation hin, vielleicht auf eine Hochzeit oder irgendein anderes gesellschaftliches Ereignis. Der Anwalt hob seinen Blick.

»Wer ist das?«

Vertraulich näherte der Juwelier sein Gesicht der Lampe.

»Ob Sie es glauben oder nicht: Es handelt sich um Frau Kauffman.«

Der Anwalt sah ihn verwirrt an.

»O nein. Es ist nicht die Frau Kauffman, die *Sie* meinen«, beeilte sich der Juwelier mit einem Lächeln hinzuzufügen. »Ich bin der einzige der drei Kauffmans, der sich nicht den Luxus hätte erlauben können, seiner Frau ein derartiges Kollier zu schenken. Es handelt sich um den ersten Kauffman.«

Plötzlich sah sich der Anwalt in einem Alptraum gefangen.

»Kauffman?«

»Der Wurstfabrikant«, bestätigte der Juwelier Kauffman.

Kauffman II hüstelte und erläuterte mit wenigen Worten, welch unermessliches Vermögen ein Mann mit Unternehmergeist anhäufen könne, wenn er Wurstwaren herstelle, ein Vermögen, das wenigstens so beachtlich sei wie das jenes mysteriösen Individuums namens Millionetis oder Gran Duque, dessen wahre Identität nicht preiszugeben der Anwalt sich verpflichtet hatte. Tatsächlich war der Metzger-Kauffman Besitzer des »Wasserfalls des Persischen Golfs« gewesen, bis er Witwer wurde, und seine Frau hatte das Kollier zur Schau getragen, wie man auf diesem Schnappschuss erkennen konnte.

Der Anwalt sah sich wieder die Fotografie an.

»Ist das nicht erstaunlich?«, bemerkte der Juwelier vergnügt.

»Herr Kauffman . . .«, begann der Anwalt.

»Sie können mich gern Aniceto nennen.«

»Herr Kauffman, ich weiß wirklich nicht, worauf Sie hinauswollen.«

Der Juwelier Kauffman entfernte sich aus dem Lichtkegel und lehnte sich zurück, wobei er seine Hände wie ein Priester über der Brust verschränkte.

»Werfen Sie einen Blick auf die dritte Fotografie«, meinte er nur und überging die Bemerkung des Anwalts.

Kauffman I gehorchte. Jene dritte Fotografie war ein alter Schwarzweiß-Tiefdruck aus irgendeiner Zeitung oder Zeitschrift, der sorgfältig mit der Schere ausgeschnitten und auf Pappe geklebt worden war, um ihm eine gewisse Festigkeit zu verleihen. Wie für alte Schnappschüsse typisch, war das Bild grobkörnig; darauf sah man eine Dame von vornehmer Gestalt, in einer Haltung, die zwischen aufreizend und zeremoniell lag und nicht ohne Stolz war. Das Bild erlaubte es jedoch nicht, die außergewöhnlich aufwendige Frisur in ihrer Gesamtheit zu bewundern. Der Anwalt erkannte Kaiserin Zita, zweifellos zu Zeiten, als sie im baskischen Lequeitio Hof hielt, im letzten Glanz der Habsburger – spätes Flittergold, das die Patina einer Vergangenheit bewahrte, die, wenn auch tausendjährig, etwas überholt war und weit zurücklag, als hätten sich die Jahrhunderte für die Kamera irgendeines lokalen Journalisten in ein zwanghaftes Lächeln und Theaterschminke verwandelt. Am Hals der Kaiserin prangte der »Wasserfall des Persischen Golfs«. Die mangelhafte Qualität der Fotografie machte es unmöglich, den fantastischen Lüster der Perlen zu bewundern, doch man konnte detailgenau die Eigenheiten des Kolliers bestimmen. Kaiserin Zita trug es mit der Würde ihres Standes. Der Anwalt schob die Fotografien zusammen, nachdem er einen letzten prüfenden Blick darauf geworfen hatte, und sah zu seinem Gesprächspartner auf.

»Ja und?«

»Der ›Wasserfall des Persischen Golfs‹, nicht wahr?«, sagte der Juwelier.

»So scheint es.«

»In drei Versionen und mit einem halben Jahrhundert Abstand«, präzisierte der Juwelier. »Bemerken Sie keinen Unterschied?«

Der Anwalt wandte sich wieder den Fotografien zu und prüfte sie skeptisch.

»Nein. Ich sehe keinen.«

»Sie sehen keinen?«

»Ich sehe keinen«, wiederholte der Anwalt.

»Ich werde Ihnen den Unterschied nennen«, meinte Aniceto Kauffman. »Doch zuvor werde ich Ihnen die Geschichte des Kolliers erzählen.«

Der Wasserfall des Persischen Golfs

»Haben Sie das Kollier gesehen?«, fragte der Juwelier.

»Was wollen Sie damit sagen?«

»Haben Sie den ›Wasserfall des Persischen Golfs‹ vor sich liegen gehabt, leibhaftig vor sich, Ihrer Bewunderung ausgesetzt und Ihrem Erstaunen dargeboten?«

»Vor meinen eigenen Augen«, entgegnete Kauffman I.

»Dann werden Sie mich besser verstehen«, urteilte der Juwelier.

Und er fuhr fort: »Denn das hier ist keine Sache des Geldes, und auch keine, bei der es um Prestige oder um Geschäftsethik geht; denn dort, wo die Faszination ins Spiel kommt, verschwinden die universellen Werte, ich will damit sagen, verschwinden die irdischen Werte – Ethik, Prestige, Geld –, um der Habgier nach dem begehrten Objekt Platz zu machen und um den eigenen Stolz dafür zu opfern. Spielen Sie Tennis, Herr Kauffman?«

»Gelegentlich.«

Der Juwelier schloss die Augen auf der Suche nach Inspiration.

»Wenn der kühne Spieler den Blick hebt zur blendenden Sonne, um in seinem schlanken Wuchs den Aufschlag auszuführen ...«

Der Juwelier Kauffman hob die Arme, um eine lyrische, mit prägnanten Sinnsprüchen geschmückte Metapher anzustimmen. In der Tat hatte der Anwalt Kauffman das Kollier bestaunen können, bevor sich sein Mandant mit ihm in Verbindung setzte, damit er als sein Strohmann auf der Auktion fungiere. Er hatte es bewundern können, bevor Millionetis – oder der Gran Duque, denn so hatte ihn der Juwelier getauft, um den unaussprechbaren Namen zu umgehen – die Idee hatte, einige Millionen Peseten für das höchste Gebot auszugeben, so viele, wie nötig waren, um seine verstreutesten Rivalen abzuschrecken, und genügend, um seinen hartnäckigsten Mitbieter zu verdrängen. Es war nicht das erste Mal, dass der Anwalt bei bedeutenden Auktionen vermittelte, aber es war sehr wohl das erste Mal, dass er mit der Welt des Schmucks in Berührung kam. Es waren noch andere Juwelen ausgestellt gewesen, die dem Kollier auf dieser wichtigen Versteigerung Gesellschaft leisteten. Und was Kaufmann I dort sah, erfüllte ihn mit Schrecken. Es lag etwas Luziferisches in jenen potentiell unsterblichen Steinen. Er besah Rubine und Saphire. Sie beherbergten gewisse, besonders verführerische Inkarnationen des Satans. Es würde genügen, den Edelstein mit einem Tuch zu reiben und … Aber nein. Ein Anwalt fühlt sich beruflich nie länger als einige kurze Minuten von irgendeiner Art Furcht übermannt. Er hatte die Gelegenheit gehabt, zum allerersten Mal den »Wasserfall des Persischen Golfs« zu betrachten, der seiner Bedeutung entsprechend präsentiert wurde, und er war zu dem Schluss gelangt, dass ein so schönes Kollier wie dieses, das unter schwierigen Ausgangsbedingungen geschätzt wurde, Höchstgebote erzielen würde, die sein Mandant, Millionetis oder der Gran Duque, ohne Zögern überbieten würde. Er kannte dessen Ehrgeiz und Charakter. Der Anwalt erinnerte sich an die Ausrufe, die das Kollier auslöste, als es in einer großen himmelblauen Lederschatulle, die die Form einer Auster hatte und das kaiserliche Wappen zur Schau trug, im Auktionssaal von zwei Dienern in Livree vorgeführt wurde, welche die aufgeklappte, goldverzierte alte Muschel trugen, in der das Kollier auf einem Bett von scharlachrotem Atlas ruhte. In der Tat hatte er nie zuvor ein Kollier wie dieses gesehen.

»... irisierend wie der Einbruch der Dämmerung am abendlichen Himmel, während auf der Terrasse des Clubs das Auge der Uhr die Stunden zerlegt und sich der opalfarbene Cocktail in weiblicher Hand erwärmt, der Garten lange Schatten wirft, wenn auf dem Sportplatz der Eifer, die Ausdauer und der Ehrgeiz des Sportlers siegen.«

Der Juwelier Kauffman ließ die Arme wieder sinken, während er die Metapher des Tennisspielers reichlich angestrengt beendete. Er atmete einige Sekunden tief durch, bevor er wieder in der Verfassung war fortzufahren. Er griff nach dem Whiskyglas und führte es durstig und zugleich inspiriert an seine Lippen. Dann stellte er das Glas ab und fragte:

»Wie hat es Ihnen gefallen?«

»Eine wunderschöne Beschreibung«, antwortete Kauffman I leicht perplex.

»Und das Kollier? Wie gefiel es Ihnen, als Sie es zum ersten Mal sahen?«

»Ein wunderschönes Stück«, antwortete der Anwalt, sehr viel weniger inspiriert als sein Gesprächspartner.

Der Juwelier seufzte enttäuscht.

»Sonst nichts? Und Millionetis?«

»Äh ... Ich glaube, dass Millionetis es bereits vorher hatte bewundern können. Ich beschränkte mich darauf, den Auftrag, mit dem man mich betraut hatte, auszuführen.«

Der Juwelier Kauffman seufzte tief. Er war von seinen eigenen Worten nicht überzeugt, von den Worten, mit denen er die rätselhafte Faszination, die aufwühlende Kraft der Verführung, die von dem »Wasserfall« ausging, beschreiben wollte. Doch er war sehr wohl davon überzeugt, dass eine Persönlichkeit von Millionetis' Rang, Macht und Vermögen sie verstehen würde, auch wenn sich sein Anwalt offen gesagt als dumm erwiesen hatte, als er sich darüber äußern sollte, fügte er mitleidlos hinzu.

Das Kollier war mit Perlen aus dem Hause Habsburg im Frühjahr des Jahres 1815 aufgefädelt worden, einem Jahr des Triumphes in Wien und einem Jahr des Unglücks für Napoleon. Einige jener Perlen stammten aus dem Hause Ungarn, wobei es sich um den so genannten madjarischen Anteil handelte. Andere waren ein Geschenk des russischen Zaren gewesen und wurden die tatarischen Perlen genannt. Wieder anderen, den ältesten, venezianischen, wurde nachgesagt, dass sie bis auf die Reise des Marco Polo nach Kathai zurückgingen. Und dann gab es noch welche, die ein Geschenk oder eine Bestechung der Hohen Pforte, der Residenz des Sultans, gewesen waren, anlässlich eines Waffenstillstands, oder eines Austauschs von dalmatischen Kriegsgefangenen gegen Selbstladegewehre oder irgendeines anderen gerissenen Handels des Sultans. Alle Perlen hatten eine Herkunft, eine Nummer und einen Namen, und es waren insgesamt einhundertsiebenundzwanzig Perlen, präzisierte Kauffman. Alle hatten sie eine eigene Form und ein eigenes Gewicht, einen bestimmten Glanz, der sie voneinander unterschied, einen besonderen Lüster, der ihr Identitätsmerkmal war, gleichwie sich zwei Insekten in den winzigen Irisierungen ihrer Haut unterscheiden, gleichwie man Menschen mittels ihres Fingerabdrucks identifizieren kann. Einhundertsiebenundzwanzig Perlen, eine Ziffer, die laut einigen Experten mit der Anzahl der Fenster des Wiener Schlosses Schönbrunn übereinstimmte und die laut anderen die Anzahl der Treppenstufen war, die zum geheimsten Gemach der Kaiserin führten, und laut dritter eine Anspielung auf das entsprechende Loblied im Buch des Salomon war.

Doch der Juwelier Kauffman war kein Freund solcher Mutmaßungen; weder hatte er die Kabbala studiert noch seine Zeit damit vergeudet, Fenster zu zählen oder Stufen des Kaiserpalastes hinauf- und hinunterzugehen. Es ging darum, den »Wasserfall« zu beschreiben und die Fährte seines Schicksals zu verfolgen, seit die Perlen des Kolliers zum ersten Mal aufgefädelt worden waren. Im Jahre 1900 erhielt es die Brosche und den Verschluss aus Rubinen. 1907 wurde der Rubin aus der Brosche entfernt, der Rubin des Verschlusses jedoch beibehalten. Man mutmaßte, dass finanzielle Schwierigkeiten die habsburgische Krone dazu veranlasst hatten, den Rubin der Brosche zu verpfänden. Der »Wasserfall« wurde mehrmals ausgefädelt und dann wieder aufgefädelt. Es war ein Kollier, das man verbarg, ersetzte, entführte und das schließlich in seiner Originalschatulle unter dem Arm der Kaiserin Zita nach Spanien gelangte. Es waren unruhige Zeiten für die Habsburger. Zweihundert getreue Bajonette der Wache retteten die Kaiserin. Diese wiederum rettete das Kollier, rettete ihre minderjährigen Kinder, rettete ein paar Kilo Gold, das Silberbesteck, einen elfenbeinernen Christus, zwei Ellen Brokat und die gesamte kaiserliche Würde. Blieb noch zu erwähnen, dass die Perlen während des Spanischen Bürgerkriegs einzeln in einem Sack Kichererbsen versteckt wurden. Es waren vorzügliche Kichererbsen, die dicken, perlmutterfarbenen, denen man nachsagte, dass es sich um Kichererbsen aus Fuentesaúco gehandelt habe. Kein besonders glücklicher Einfall, denn es herrschten Zeiten des Hungers. Wenn damals irgendein Regiment oder irgendein Trupp auf den Sack gestoßen wäre, wären die Kichererbsen mit den Perlen und allem Drum und Dran in der Feldküche gelandet, was bedeutet hätte, dass Perlen und Kichererbsen sich je nach wachhabendem Dienst in Miliz- oder Legionärsblähungen verwandelt hätten. Glücklicherweise kam es jedoch nicht dazu. Nachdem das Kollier die Kriegsgefahr überstanden hatte, wurden die Perlen erneut aufgereiht.

»Aber sagen Sie, Herr Anwalt«, schloss Aniceto Kauffman, »langweile ich Sie gerade?«

»Keineswegs. Ich gestehe meine Unwissenheit hinsichtlich einiger Einzelheiten«, erwiderte der Anwalt und schob seinen Sessel zurück, um die Beine unter dem Tisch auszustrecken. »Was für ein Jahr schreiben wir?«

»1939«, antwortete der Juwelier, sichtlich geschmeichelt vom Interesse, das Kauffman I bekundete. »Ich berichte Ihnen gerade vom Jahre 1939.«

Der Juwelier Kauffman holte ein Taschentuch hervor und trocknete sich die Stirn, bevor er fortfuhr.

»Der Zweite Weltkrieg kam. Das Dritte Reich führte diplomatische Verhandlungen, um das Schmuckstück wiederzuerlangen. Ich darf Sie darauf aufmerksam machen, Herr Kauffman, dass ich für Sie gerade die Geschichte Europas zusammenfasse.«

»Nun, Herr Kauffman«, sagte der Anwalt nachsichtig, »das möchte ich nicht von Ihnen verlangen.«

»Dann werde ich, wenn Sie gestatten, einen Zeitsprung machen. Wir befinden uns nun also im Jahre 1964, als das Kollier in die Hände des Industriellen Kauffman gelangte, des Mannes, der sein Vermögen auf einem Berg voll Wurst aufbaute. Es mag sein, dass die Schweinebranche, auch wenn sie nach saftigen Bankrücklagen strebt, nicht gerade den Gipfel gesellschaftlichen Raffinements darstellt. Wie auch immer, Kauffman war ein scharfsinniger Mann. Er war der Erste, der bemerkte, was Sie auf diesen Fotografien nicht bemerkt haben«, sagte der Juwelier leicht vorwurfsvoll.

»Was bemerkte der Industrielle Kauffman?«

»Dass dem Kollier Perlen fehlten.«

»Gestatten Sie?«

Der Anwalt bat erneut um die Fotografien. Er prüfte sie, verglich sie eingehend. Es war unmöglich, es zu bemerken. Man benötigte das Auge eines Experten.

»Wie viele Perlen fehlen?«

»Zwei.«

»Ich bedaure«, sagte der Anwalt, als er die Fotografien zurückgab. »Ich hätte es niemals herausgefunden.«

»Es fehlen zwei Perlen«, wiederholte der Juwelier und fuhr fort: »Zwischen 1936 und 1964 kamen zwei Perlen des Kolliers abhanden. Nennen wir es einmal so. Unter welchen Umständen? Wir wissen es nicht. Aus welchem Grund? Es ist leicht, dies zu erahnen.«

»Aus welchem Grund?«, fragte der Anwalt, gänzlich unfähig, es zu erahnen.

»Es ist ganz einfach. Mit zwei Perlen weniger stellt ein derart berühmtes Kollier eine große Macht für denjenigen dar, der die beiden fehlenden Perlen besitzt. Eine große Macht über den Eigentümer des Kolliers.«

»Weshalb verkaufte Kauffman das Kollier? Sicherlich nicht, weil er Witwer wurde.«

»O nein. Auch nicht, weil er das Geld benötigte. Im Unterschied zum Hause Habsburg sah sich der Wurstwarenbetrieb des Herrn Kauffman nie in finanzieller Bedrängnis.«

»Weshalb verkaufte er es dann?«

»Kauffman war ein vortrefflicher Mann, ein echter Sammler. Es war sehr viel aufregender, sich des Kolliers zu entledigen und den Rest seiner Tage darauf zu verwenden, die beiden Perlen zu suchen. Ich weiß nicht, ob Sie das verstehen können.«

Der Anwalt gestand, einem anderen Menschenschlag anzugehören.

»Herr Kauffman stieß auf mich«, fuhr der Juwelier fort. »Aus Gründen, die hier nichts zur Sache tun, und da er Vertrauen in unseren Namen setzte, wurde ich einer der Spürhunde des Herrn Kauffman.«

Der Anwalt dachte einen Augenblick lang nach.

»Sie haben vorhin gesagt, dass alle Perlen des ›Wasserfalls‹ identifiziert waren. Weiß man, welche Perlen fehlen?«

»Die Nummer 15 und die Nummer 42«, antwortete der Juwelier ohne zu zögern.

Der Anwalt griff nach einem Bleistift und machte sich zerstreut Notizen auf einen kleinen Block, der neben ihm lag. Noch drängte ihn nichts, sich in diese obskure Angelegenheit einzumischen. Es war nur ein beruflicher Reflex. Er betitelte das Blatt mit der Überschrift »Perlen-Kauffman«. Dann strich er den Nachnamen aus, folgte damit einem abergläubischen Impuls. Denn er erinnerte sich daran, dass Perlen Unglück bringen. Er unterstrich das Wort »Perlen« und fügte das Datum jenes heißen dritten Augusttages hinzu. Während der Anwalt schrieb, fuhr der Juwelier mit seiner Beschreibung fort:

»Die Nummer 15 stammte aus dem Anteil des Sultans. Sie werden wohl wissen, dass alle Perlen eines gewissen Rangs einen Namen besitzen. Man tauft sie aus einer puren Laune heraus oder aus Gewohnheit. In der Lotterie wird die Nummer 15 das ›hübsche Mädchen‹ genannt«, fügte der Juwelier feierlich hinzu, »aber unsere Perle Nummer 15 kennt man unter dem Namen ›Betrügerin‹.«

Der Anwalt hielt inne und hob seinen Blick von dem Papier.

»Wollen Sie mich auf den Arm nehmen?«

»Keineswegs. Diese Perle heißt die ›Betrügerin‹. Ich bin in der glücklichen Lage, dies behaupten zu können. Jeder, der das vollständige Kollier gekannt hatte, würde es bestätigen können.«

Eingehüllt in seine Würde und um einen dramatischen Effekt bemüht, legte der Juwelier eine Pause ein.

»Übrigens befindet sich die ›Betrügerin‹ in meinem Besitz.«

Der Anwalt unterbrach seine Notizen und hob zum zweiten Mal den Blick. Er wusste nicht genau, wie er reagieren sollte, weshalb er beschloss, klug vorzugehen.

»Und die zweite Perle? Die … 42?«

Kauffman II runzelte die Stirn, etwas verletzt durch die Vorsicht des Anwalts. Er fragte sich wohl, ob dieser seines Vertrauens würdig war. Er rückte vom Tisch ab und sein Gesicht verschwand im Dunkeln.

»Und die zweite Perle?«, drängte der Anwalt, mit dem Bleistift in der Hand.

»Die zweite Perle heißt ›Nemesis‹.«

»›Nemesis‹?«

»›Nemesis‹. Eine Perle aus dem venezianischen Anteil. Ich nehme an, Sie wissen, was ›Nemesis‹ bedeutet. Es ist nicht wichtig, ob Marco Polo diese Perle mitbrachte oder ob sie zur Sammlung irgendeines Kaufmanns von Venedig gehörte. Tatsache ist, dass es sich dabei um eine der ältesten Perlen des Kolliers handelt.«

»›Nemesis‹ oder das Schicksal. Das Verhängnis.«

»So ist es. Sie kennen also die Klassiker.«

Der Anwalt überflog seinen Notizblock. In wenigen Minuten hatte er sich eine Vorstellung von der Lage gemacht, auch wenn er nicht genau wusste, was die gegebenen Umstände erforderten. Erneut entschied er sich für ein umsichtiges Vorgehen und beschloss, mit den für Anwälte üblichen Schritten fortzufahren. Er versuchte sich Millionetis' Reaktion vorzustellen, wenn er ihm von jener Entdeckung berichten würde. Zwei Perlen weniger in einem Kollier, das so viel wert war wie dessen Privatjet, war keine Lappalie. Auf der anderen Seite hatte er die gerunzelte Stirn des verletzten Kauffman bemerkt und er nahm sich vor, die Wunde zu schließen und ihm schönzutun.

»Alles was Sie sagen, Herr Kauffman, interessiert mich außerordentlich.«

Der empfindliche Kauffman II lächelte geschmeichelt. Der Anwalt fuhr mit seiner Strategie fort:

»Sie haben die Geschichte des Kolliers mit einer großen Fähigkeit zur Synthese umrissen. Das Kollier ist unvollständig. Sie haben ein kleines Detail dargelegt, das mir nicht bekannt war und das zweifellos, nennen wir ihn, Millionetis ebenso wenig bekannt sein dürfte.«

»Ein kleines Detail ...«

»Dieses kleine Detail hat seinen Wert.«

»Richtig.«

»Lassen Sie mich fortfahren ... Sie haben die beiden fehlenden Perlen identifiziert, und laut meinen Notizen sind Sie der glückliche Besitzer derjenigen Perle, die ... äh ... die ›Betrügerin‹ genannt wird.«

Der Anwalt überprüfte seine Aufzeichnungen.

»Ist dem nicht so?«

»So ist es.«

»In diesem Fall ...«

Der Anwalt zog einen Strich auf dem Papier.

»Sie werden sich fragen, was aus ›Nemesis‹ geworden ist?«

Der Anwalt tat so, als würde er erneut in seinen Notizen nachsehen.

»›Nemesis‹, genau. Was wissen Sie von ›Nemesis‹?«, wollte er wissen und legte vorläufig den Bleistift beiseite.

Der Juwelier öffnete skeptisch die Augen. In ihnen war die Ohnmacht zu lesen und die vielen Jahre, in denen er ein unerreichbares Objekt verfolgt hatte.

»Unglücklicherweise kann ich es Ihnen nicht sagen. Besser gesagt, hätte ich es Ihnen bis vorige Woche nicht sagen können, und ich fürchte, dass es jetzt zu spät ist.«

»Drücken Sie sich bitte klar und deutlich aus.«

Auf die Ungeduld des Anwalts folgte ein tiefes Schweigen. Nichts wäre unangebrachter gewesen, als es zu brechen. Der Juwelier wollte zur Geltung bringen, dass seine Augen gesehen hatten, was für andere nicht sichtbar war, oder dass sein scharfer Verstand etwas erfasst hatte, was für andere schwer zu begreifen gewesen wäre. Kauffman II schwankte vor dem Schreibtisch, gevierteilt von den Lichtstreifen der Jalousie. Der Anwalt wandte sich wieder seinem Notizblock zu. Die endlose Pause wäre unfruchtbar gewesen ohne die vier schnellen Anmerkungen, die ihm jenes Schweigen nahe legten. Erstens: Kauffman II war gerade dabei einzuschlafen, und zweitens: Der Juwelier wusste sehr viel mehr, als er sagen wollte. Drittens und viertens: Dieser Mann fragte sich, ob er gut daran getan hatte, diese Kanzlei aufzusuchen, und wenn ja, zweifelte er immer noch, was er dort für eine Rolle spielen sollte. Schließlich schien der Juwelier seine Bedenken zerstreuen oder seine Vision der Perle »Nemesis« beiseite schieben zu können, die irgendwo in seinem Kopf frei und bewundert umherschwebte. Das Licht der Sonne ließ allmählich nach. Die Jalousie projizierte ein Zebrafell an die Wand. Das ferne Brummen der Klimaanlage war zu hören, aber der Anwalt hätte schwören können, dass auf der Stirn des Mannes ihm gegenüber ein paar Schweißtropfen glänzten.

»In gewisser Weise glaube ich, dass ich nicht berechtigt bin, von ›Nemesis‹ zu sprechen. Es ist nicht der richtige Augenblick. Die Perle 42 befindet sich in einer ganz besonderen Lage, die ihr Auffinden in Gefahr bringen könnte. Wie Sie wohl verstehen werden, bin ich dazu nicht bereit.«

»In diesem Fall, Herr Kauffman, sagen Sie mir doch bitte, was ich für Sie tun kann«, antwortete der Anwalt, zum x-ten Mal an diesem Abend.

»Sie können sich zwar weiterhin Notizen machen«, erwiderte Kauffman II ironisch, »aber ich bin mir sicher, dass es in diesem Moment etwas gibt, was Sie sehr viel mehr interessiert. Es wird Ihnen nicht entgehen, was Millionetis, oder sagen wir, der Gran Duque, bezüglich dieser Angelegenheit meinen wird, sobald man einmal festgestellt hat, dass ich die Wahrheit sage. Ebenso wenig wird Ihnen entgehen, wie viel er zu bezahlen bereit sein wird, um die beiden Perlen in seinen Besitz zu bringen.«

»Ich bin nicht berechtigt ...«

»Verstehen Sie mich, Herr Kauffman, ich bin Juwelier, Sie sind Anwalt, der Gran Duque ist jemand, dessen finanzielles Ansehen und persönlicher Ehrgeiz außer Zweifel stehen. Ich habe die besten Jahre meines Lebens darauf verwendet, die beiden Perlen zu verfolgen, und jetzt glaube ich, meinem Ziel sehr nahe gekommen zu sein. Der Industrielle Kauffman ist gestorben. Glauben Sie mir, es ist keine Frage von Geld. Ich könnte sehr viel mehr erzielen, als Sie es sich vorstellen. Doch so viel ist gewiss: Mein eigentlicher Gesprächspartner muss der Besitzer des Kolliers sein.«

»Ich kann einen Termin vereinbaren.«

»Jetzt ist nicht der Augenblick«, entgegnete Kauffman entschieden. »Ich versichere Ihnen, es ist nicht der richtige Augenblick.«

»Dann ...«

Herr Kauffman richtete sich in seinem Sessel auf. Er hob die

Augen und klopfte sich die Jackettaschen ab, als suche er eine Zigarettenschachtel. Ein Augenblick andächtigen Schweigens trat ein. Er trägt die Perle bei sich, dachte Kauffman, und tatsächlich holte der Juwelier aus seiner Tasche eine Schatulle hervor, die nicht größer war als eine Nuss. Er präsentierte sie auf seiner Handfläche, legte sie auf den Tisch. Die Schatulle öffnete sich mit einer Art Sprungfedermechanismus.

»Die ›Betrügerin‹«, sagte Kauffman.

»Die ›Betrügerin‹«, wiederholte Kauffman II respektvoll.

Noch zehn Minuten zuvor hätte er diesen Mann für verrückt erklärt. Jetzt überdachte Kauffman seine Meinung neu, um sie ohne Bedenken zu erweitern. Sie beide waren verrückt. Er schob den Notizblock und den Bleistift zur Seite und beugte sich über den Tisch, beinahe Kopf an Kopf mit Kauffman II. Er spürte dessen Atem und Kauffman II den seinigen. Der Anwalt streckte die Hand aus. Seine Finger berührten die Schatulle und streiften die Finger des anderen. Kauffman fürchtete, dass Kauffman II eine falsche Bewegung machen würde und ließ die Schatulle deshalb auf dem Tisch liegen. Beide wichen zurück, mit verschränkten Armen, wie vor einem Wunderwerk. Der Juwelier Kauffman bekam feuchte Augen. Als teilte die Perle diese Tugend mit einer Zwiebel, bekam der Anwalt Kauffman ebenfalls feuchte Augen. Eine magische Pause entstand. Schließlich ergriff der Juwelier das Wort.

Die Perle sei von beachtlicher, aber nicht übertriebener Größe. Der Vergleich mit einer Kichererbse von erster Güte sei nicht verfehlt. Sie stelle einen leicht bläulichen Lüster zur Schau, der sich bei vollem Tageslicht zu einer blendenden, stählernen Irisierung wandeln könne, ohne dass auch nur ein Hauch von ihrer exquisiten Zerbrechlichkeit verloren ginge. Sie sei keine perfekte Kugel. Sie besitze jene kugelförmige Gestalt, mit der ein oder anderen schattigen Vertiefung, die so charakteristisch sei für die Perlen aus dem Anteil des Sultans. Ihr Durchmesser und ihr genaues Gewicht betrügen ... Der Juwelier Kauffman hielt rechtzeitig inne. So präzise sie auch sein mochten, war es dennoch nicht seine Absicht, es bei rein numerischen Wertschätzungen zu belassen, da sie sich vor einem organischen Wunder der Natur befanden, geschaffen während des Kommens und Gehens der Gezeiten im Innern eines emsigen Tieres, ohne die Hilfe widerwärtiger Besamungsmethoden wie bei gezüchteten Perlen. Getrennt von ihren Kollierschwestern, isoliert in ihrer einsamen Schatulle, erstrahlte die »Betrügerin« im Glanz der berühmtesten Schmuckstücke. Die Perle war umso wertvoller, als es sich bei ihr um einen verlorenen Schatz handelte. Ihr Preis war umso höher, da sie in dem Kollier fehlte. Gleichwohl lag ihr unschätzbarer Wert vor allem in jenem unwiederholbaren Meeresereignis, das aus jeder Perle ein einmaliges Objekt macht, dem Schutz des Ozeans entrissen durch den Zufall in Gestalt eines Fischers und dann der Zeit und der Geschichte der Menschen anheim gegeben, um durch Habsucht und ehrgeizigem Streben in die Reihen eines Kolliers eingefügt zu werden.

Kauffman II hustete und unterbrach sich, um seine Augen zu trocknen. Kauffman I tat es ihm gleich.

»Zweifellos ist sie ein Wunder.«

»Nicht wahr?«

»Das ›hübsche Mädchen‹.«

»Die ›Betrügerin‹. Man hätte keinen besseren Namen finden können.«

Der Anwalt nahm nun die kleine Schatulle mit der Gier eines Diebes in die Hand. Dann korrigierte er jedoch sein Verhalten und betrachtete die Perle mit der Gier eines geschäftstüchtigen Anwalts. Kauffman II ermunterte ihn.

»Sehen Sie sie genau an, Herr Kauffman. Vor Ihren Augen haben Sie, ich würde nicht unbedingt das verlorene Glied sagen, aber sicherlich eines der fundamentalen Stücke des Kolliers. Sie werden den unschätzbaren Wert der ›Betrügerin‹ verstehen, mit der das Kollier ergänzt werden könnte, was wiederum den Wert von ›Nemesis‹ vervielfacht, ohne die der ›Wasserfall‹ nicht vollständig wäre.«

Kauffman antwortete nicht. Er bemerkte den seidenen Schimmer der »Betrügerin«, den geheimnisvollen satanischen Glanz, ohne den ein Schmuckstück nicht legendär sein konnte.

»Bewundern Sie sie, Herr Kauffman, denn das Erstaunlichste haben Sie noch nicht erfahren«, fügte der Juwelier hinzu.

Kauffman gab die Schatulle zurück und der Juwelier klappte sie mit der leichten Präzision ihrer Sprungfederautomatik zu. Die Perle entschwand ihren Blicken und es schien, als verharre ihr Glanz mit einer gewissen radioaktiven Lumineszenz noch einen Augenblick lang schwebend vor ihren Augen. Durch jenes simple mechanische Verfahren entzog der Juwelier die Perle jeglicher Betrachtung, und dennoch, einmal enthüllt, blieb die Perle mehr als zuvor gegenwärtig, nicht physisch, sondern virtuell, gleich jenen wundersamen oder teuflischen Erscheinungen, die keinerlei Exorzismus auszutreiben vermag.

»Wenn ich Ihre Kanzlei aufgesucht habe, Herr Kauffman, wenn ich an diesem afrikanischen Abend im August zu Ihnen gekommen bin, wenn ich Ihnen erzählt habe, was Sie nicht wussten und was Sie möglicherweise bis ans Ende Ihrer Tage nie erfahren hätten, während Sie sich glücklich und zufrieden Ihrer Familie und Ihren Unterlagen gewidmet hätten, in Ihrer Freizeit Golf gespielt, vielleicht Gartenarbeit verrichtet hätten und auf ein friedliches Rentenalter zugestrebt wären, wenn ich Sie aufgesucht habe, Herr Kauffman, dann, weil ich beschlossen habe, die Perle in Ihre Hände zu legen und sie Ihrer Obhut anzuvertrauen. Mit allen Garantien selbstverständlich. Und ich möchte behaupten, dass ich bald in der Lage sein werde, dasselbe mit ›Nemesis‹ zu tun, der Perle Nummer 42. Ich benötige einen Treuhänder, und wer wäre dafür geeigneter als Sie.«

Der Juwelier Kauffman wich zurück und verschränkte die Hände. Die Schatulle blieb auf dem Tisch liegen. Verblüfft sah der Anwalt ihn an. Wenn er kurzzeitig gedacht hatte, dass jener

Mann verrückt war, wenn er später einen gewissen Grad an Entrückung mit ihm geteilt hatte, wenn sie sich beide, wie sollte man dies leugnen, vorübergehend der Fähigkeit zum Diskurs beraubt gefühlt hatten, so schien der Anwalt Kauffman jetzt unfähig, die menschliche Sprache zu verstehen.

»Wie meinen Sie?«

»Es ist ein historischer Augenblick. Wenn Millionetis entschlossen ist, den vollständigen ›Wasserfall‹ besitzen zu wollen, *mit* den beiden Perlen, die man so geschickt entfernt hat, sind Sie, ich wiederhole, Sie, Herr Kauffman, der geeigneteste Mittelsmann.«

»Was ist denn meine Garantie?«

»Die erste Garantie ist Ihr Wort«, gab Herr Kauffman nachdrücklich zu verstehen. »Das Wort des Anwalts des Gran Duque.«

Kauffman schwieg eine Weile. Nichts zwang ihn, die schmutzigen Beziehungen einzugestehen, die häufig das Ansehen selbst der renommiertesten Kanzlei trüben.

»Verstehe ich Sie richtig, dass ich dem Gran Duque eine Nachricht übermitteln soll?«

»Sie können die Nachricht übermitteln, die Sie selbst für geeignet halten. Millionetis muss wissen, was er wünscht. Er ist der Eigentümer des Kolliers.«

Der Anwalt machte einen umsichtigen Vorstoß: »Es wird sicherlich eine schwierige Transaktion werden.«

»Das verstehe ich. Es ist jetzt nicht der richtige Zeitpunkt, einen Betrag festzusetzen, der vielleicht weit unter meinen Erwartungen liegt und dem Ruf des Kolliers in keiner Weise gerecht wird. Ich darf darauf hinweisen, dass ich keinerlei Risiko eingehe, wenn ich sie Ihnen übergebe, Herr Kauffman, solange ›Nemesis‹ noch nicht gefunden wurde. Wenn Millionetis, wie ich hoffe, ein großer Spieler und wagemutiger Sammler ist, wird er es nicht riskieren, die ›Betrügerin‹ auf Kosten von ›Nemesis‹ an sich zu reißen. Das bildet, sagen wir, meine zweite Garantie.

Ohne natürlich Ihrem Wort zu misstrauen, Herr Kauffman. Ohne die Gediegenheit und die Ehrbarkeit, die von dieser Kanzlei ausstrahlen, anzuzweifeln.«

Kauffman I dankte mit einem leichten Kopfnicken für das Kompliment. Der Juwelier Kauffman war ein alter Fuchs. Zum ersten Mal getraute sich der Anwalt, die winzige Schatulle wirklich an sich zu nehmen.

»Gibt es noch jemanden, der über diese Angelegenheit informiert ist?«

»Natürlich. Eine Person namens Julián el Gordo, also Julián der ›Dicke‹, alias Seine Eminenz, Goldschmied und Hersteller von Devotionalien. Julián gilt als schweigsam, hat eine leicht getrübte Intelligenz, ist geschickt mit den Händen und ein zuverlässiger Freund in Situationen der Bedrängnis. Und glauben Sie mir, in meinem Leben hat es an beklemmenden Situationen nicht gemangelt. Aus mehr als einem Grund habe ich es für nötig gehalten, Julián el Gordo von dieser Initiative in Kenntnis zu setzen, in der Überzeugung, dass er gegebenenfalls einzugreifen wüsste.«

»Aha.«

»Entschuldigen Sie, dass ich eine Karte ausspiele, die Ihnen als Drohung erscheinen mag.«

»Ich *muss* die Vermittlerrolle nicht annehmen.«

»Ich bitte Sie aber darum«, beharrte Kauffman in einem seltsam schmerzvollen Ton.

Der Anwalt senkte den Kopf und legte eine Hand an sein Kinn.

»Denken Sie daran, dass sich ›Nemesis‹ schon in zwei Tagen in Ihren Händen befinden kann.«

Der Anwalt hatte vergessen mitzuschreiben, nahm jetzt den Bleistift aber wieder auf, um jene Informationen festzuhalten. Julián el Gordo, »Nemesis«, zwei Tage. Insgeheim zog er nun voller Überzeugung einen Schlussstrich unter diese absurde Unterhaltung. Trotzdem, und um die vertrauenswürdigsten Anweisungen der Vereinbarung zu befolgen, legte er die Schatulle mit der »Betrügerin« links neben sich. Die Geste entging dem Juwelier nicht; er lächelte zufrieden. Minuten später, ohne dass die Perle in diesem vortrefflichen Pakt zwischen Ehrenmännern noch einmal erwähnt worden wäre, verwahrte der Anwalt das winzige Etui in einer Schublade seines Schreibtischs. Es war die zweite Schublade rechts von ihm; in ihr befanden sich außerdem sein privater Terminkalender, die Bruyèrepfeife, die er nie benutzte, und eine vorschriftsmäßig registrierte kleine Pistole, die er mehr aus einer Laune heraus besaß, als dass es sein Beruf erforderte. Dann schloss er die Schublade ab und stützte sich wieder auf den Tisch, mit dem Gefühl, einen entscheidenden Taschenspielertrick erfolgreich vorgeführt zu haben. Das schwächer gewordene Sonnenlicht war zur Zimmerdecke gewandert, auf die es ein seltsames optisches Gitterwerk projizierte. Der Anwalt erklärte die Unterhaltung für beendet.

»Es wäre mir ein Vergnügen, den Abend mit Ihnen zu verbringen, Herr Kauffman, aber die Stunde des Werwolfes naht«, entschuldigte er sich und warf einen Blick auf seine Uhr.

Der Juwelier blickte unsicher um sich, als ob noch etwas zu sagen gewesen wäre. Dann erhob er sich. Kauffman I stand gleichfalls auf, ging um den Tisch herum und schickte sich an, seinen Namensvetter an die Tür zu bringen.

»Haben Sie etwas vergessen?«, fragte er, als er bemerkte, dass sein Besucher noch zögerte.

»Nein, ich glaube, ich habe nichts vergessen. Ich stelle mir nur gerade vor, wie Millionetis jubeln wird, wenn er erfährt, dass die beiden umherirrenden Perlen zum Greifen nahe sind. Ich denke an seine helle Freude, wenn er begreift, dass er das Kollier vervollständigen kann.«

»Dasselbe stelle ich mir auch gerade vor.«

»Ich bin sicher, dass wir uns einigen werden. Millionetis muss ein großartiger Mann sein.«

»Er wird der Situation gewachsen sein, da bin ich mir sicher.«

Kauffman I hielt die Tür auf. Der Juwelier verabschiedete sich mit einem herzlichen Händedruck. Dann zog er sich sein Jackett zurecht und drehte sich um. Kauffman I sah, wie er durch die weiten Korridore des leeren Gebäudes davonschritt bis zu der matt glänzenden Glastür, wo sich seine Umrisse mit erzengelgleicher Schwerelosigkeit auflösten. Der Korridor lag nun leer und verlassen vor ihm. Zu diesem Zeitpunkt konnte Kauffman I noch nicht wissen, dass er diesen Mann zum letzten Mal lebend gesehen hatte. Allein in seiner Kanzlei, endlich allein in seinem Büro, zog der Anwalt die Jalousie hoch, um das Blitzen von Stahl und Glas zu bewundern, das der Sonnenuntergang den stattlichen Wolkenkratzern Madrids entlockte.

Am selben Abend

Das Erste, woran der Anwalt Kauffman zunächst dachte, war, seinen eigenen Anwalt zu konsultieren. Um in schwierigen Fällen Rechtsauskünfte geben zu können, suchen Anwälte für gewöhnlich einen anderen Anwalt auf, normalerweise einen Kollegen ihres Vertrauens oder einen ehemaligen Kommilitonen. In ihren Adressbüchern steht er meistens unter dem Buchstaben X. Der erste Impuls Alfredo Kauffmans war es also, Herrn X zu konsultieren, mit dem er anfangs gemeinsam eine Kanzlei geführt hatte und der darüber hinaus zum engsten Freundeskreis einer gewissen alten studentischen Verbindung gehörte, die auf die Universitätsmeisterschaften im Kartenspiel zurückging. Später dann hatten sowohl Herr X als auch Kauffman ihre jeweiligen Horizonte erweitert, ohne indessen jenen wertvollen Kontakt zu verlieren, der ihnen so viele Siege am Spieltisch eingebracht hatte. Kauffman hielt schon die Telefonnummer von Herrn X in der Hand. Dann überlegte er es sich jedoch anders und beschloss, allein nachzudenken. Der Sonnenuntergang über Madrid zeigte sich in seinem prächtigsten Gewand und tauchte die Stadt in verschwenderisches Blutrot und Gold. Einen Augenblick lang hatte der Anwalt so etwas wie ein Vorzeichen künftiger Grandeur vor Augen. Dann drehte er sich vom Fenster weg und ging zum Schreibtisch zurück, um seine Notizen nochmals durchzusehen. Ihm war bewusst, dass alle Ereignisse dieses Abends darin festgehalten waren.

Was nach der Überschrift und dem Datum folgte, bedeckte kaum zwei Blätter. In drei Sätzen war die Geschichte des »Wasserfalls des Persischen Golfs« zusammengefasst, so wie sie Juwelier Kauffman erzählt hatte. Einige Anmerkungen bezogen sich auf Details der umherirrenden Perlen. Abschließend war Julián el Gordo erwähnt, ja, tatsächlich, der Anwalt überzeugte sich von der Notiz und erahnte unmittelbar wer weiß welch Unheil im Falle, dass Julián el Gordo in Rage geriete und – wie der Juwelier ihm sehr deutlich zu verstehen gegeben hatte –, seinen zähflüssigen Verstand einsetzend, eingreifen würde. Der Anwalt beruhigte sich jedoch wieder in dem Bewusstsein, dass es im Augenblick nichts gab, was die Sache komplizieren könnte, zumindest nichts, was Julián el Gordo in Rage bringen würde. Im Moment handelte es sich ausschließlich um eine Angelegenheit zwischen dem Juwelier Kauffman und ihm.

Durch das Fenster hindurch stellte er sich vor, wie sich der Juwelier im rotgoldenen spanischen Sonnenuntergang auflöste. Kurz darauf, nachdem er seine Aufzeichnungen noch einmal durchgegangen war, erschien er ihm vor seinem geistigen Auge. Der Anwalt hob den Blick von seinem Notizblock; engelhaft und mit gefalteten Händen sah er ihn auf der anderen Seite des Tisches sitzen und hörte ihn erneut sagen: Sie werden staunen über das, was ich Ihnen erzählen werde, Herr Kauffman. In seinem Lächeln gewahrte der Anwalt so etwas wie eine mephistophelische Versuchung: Wenn du mir hörig bist, wirst du reich werden, verkündete sein Gesichtsausdruck. Und auch wenn die finanziellen Mittel des Anwalts Kauffman beachtlich waren und er es keineswegs nötig hatte, seinen Komfort oder seinen mehr als beneidenswerten Lebensstandard zu verbessern, zeigte jene Einladung zu einer unwahrscheinlichen Aufstockung seines Bankkontos seine Wirkung.

Er öffnete die Schublade. Die Perle befand sich in guter Gesellschaft; sie lag zwischen der Bruyèrepfeife und jener wegen ihrer Größe nahezu koketten Pistole, zu deren Kauf sich der Anwalt unter weit zurückliegenden Umständen auf Anraten seiner Frau entschlossen hatte, nachdem er die entsprechenden Genehmigungen eingeholt hatte. Die ovale Perlenschatulle, die hart wie eine Nuss war, schien eine unbekannte, konzentrierte Kraft zu bergen. Er drückte auf die automatische Sprungfeder, um die Perle einen Augenblick lang zu bewundern. Die »Betrügerin« erstrahlte in ihrem charakteristischen, ewigen und seidigen Glanz. Man konnte fast sagen, dass sie verborgene radioaktive Eigenschaften offenbarte. Dann schloss der Anwalt die Schatulle wieder und ließ die Perle zwischen der Tabakspfeife und der anderen »Pfeife« zurück. Leise lachte er dabei in sich hinein, denn sie lag nun zwischen der Pfeife und jenem kaltblütigen Freund bescheidenen Kalibers, den zu benutzen er nie auch nur die entfernteste Gelegenheit gehabt hatte. Es war ein sicherer Ort. Vielleicht war es nicht *der* sicherste Ort. Oder es war nicht der Ort, den die Perle verdiente. Hier drinnen in der Kanzlei, hinter einem Gemälde, das in einer Art symbolischer Prahlerei die Häutung des heiligen Bartholomäus darstellte, befand sich der Safe des Büros, doch er war nur ein Köder für eventuelle skrupellose Haie. Darüber hinaus war hinter einem unscheinbaren Diplom des Golfclubs – er hatte im Jahr 1994/95 am »Tag des Clubs« in der Altherrengruppe die Auszeichnung »ehrenwert« erhalten – ein zweiter Safe versteckt, der kleiner und diskreter und dessen Kombination noch geheimer war. Dennoch erschien Kauffman keines der beiden Verstecke geeignet. Er deponierte die Schatulle mit der Perle wieder in der Schublade, schloss sie ab und verdrängte bis auf weiteres das, was nicht länger ein ungerechtfertigtes und konfuses Gefühl rechtswidriger Aneignung war, sondern sich in seine persönliche Angelegenheit verwandelt hatte.

Dann ließ der Anwalt seiner Phantasie freien Lauf, hin zu der für seine Interessen günstigsten Version, die in der großzügig bemessenen Dankbarkeit bestand, die er vom Gran Duque erfahren würde, wenn Kauffman ihm erstens mitteilte, dass der »Wasserfall des Persischen Golfs« – seine berühmteste Erwerbung, die wertvoller war als Lord Duddy IV., der irische Zuchthengst aus seinem Stall, und noch mehr bewundert wurde als seine beiden (insgeheim für Fälschungen gehaltenen) Gemälde von Zurbarán und noch begehrter war als seine verführerische Frau –, wenn er ihm also mitteilen würde, dass der »Wasserfall des Persischen Golfs« unvollständig sei und zwei Perlen fehlten. Und zweitens, dass er, Kauffman, in der Lage sei, dem Schmuckstück seine verlorene historische Integrität wiederzugeben. Der Anwalt sah sich versucht, einen dritten Grund für die großzügige Dankbarkeit des Gran Duque in Betracht zu ziehen, weshalb dieser, dessen grausamer Sarkasmus in Finanzkreisen wohlbekannt war, mit demütiger Bewunderung und mit knappen und treffenden, doch vor allem von allen gehörten und in den Ministerien und der Börse verbreiteten Worten Kauffmans Scharfsinn, der ihm Respekt abnötigte, begrüßen würde. Schließlich und endlich war Kauffman sein Anwalt. Oder, um es mit ärgerlicher Genauigkeit zu formulieren: Kauffman war *einer* seiner Anwälte, und sicherlich nicht der hervorragendste, eine Art Laufbursche, der immer damit beauftragt wurde, Lösungen für höchst kostspielige Launen zu finden und den Gran Duque auf Auktionen zu vertreten. Vielleicht war dies die Gelegenheit, die das Schicksal, seine dunklen Fäden spinnend, ihm bot, um in einem schwindelerregenden Aufstieg nicht nur zu *dem* Anwalt zu werden, sondern darüber hinaus zu seinem persönlichen Berater und Mentor, dessen Kanzlei der Gran Duque im Eifer seiner gewagtesten Investitionen Begutachtung heischend aufsuchen würde. Mit wahrer Euphorie malte sich Kauffman das Ereignis aus. Sein Ruf als Anwalt würde hoch im Kurs stehen. Polierpaste müsste her, um das Kupferschild seiner Kanzlei auf Hochglanz zu bringen. Nachts würde er seinen Namen leuchten sehen können, ein lakonisches »Kauffman« aus Neon hoch oben auf diesem Wolkenkratzer, direkt neben der Leuchtreklame von Danone, deren Gesellschaft Eigentümer des Gebäudes war und fünf Stockwerke davon besetzte. Kauffman ließ sich den nahenden süßen Triumph auf der Zunge zergehen. Die Hände im Nacken lehnte er sich in seinem Schreibtischsessel zurück und drehte sich darin langsam um seine eigene Achse. Sein Spiegelbild schwebte in der breiten Fensterscheibe zart und geheimnisvoll über dem Dämmerschein der Stadt. So verharrte er einige Minuten. Das gab ihm Kraft, um einer sehr viel unbedeutenderen und bedenklicheren Situation die Stirn zu bieten. Der Mensch Kauffman, der häusliche Kauffman war allein. Sein Fleisch und Blut und sein Schatz waren in Urlaub gefahren und er hatte versprochen, seine Frau am Abend anzurufen.

Seufzend griff er nach dem Apparat und stellte seine Träume erst einmal zurück. Er wählte die Nummer und erwartete die Stimme der Frau, die seine Lorbeeren mit ihm teilen würde. Sie befand sich nicht weit weg vom Telefon und hob bald ab.

»Hallo, Margarita? Ich bin im Büro.«

Sie war mit den Kindern vor einigen Tagen in Urlaub gefahren. Die Familie Kauffman Solís mietete immer ein Ferienhaus in der Nähe von Alicante, nicht weit vom Strand entfernt. Kauffmans teutonischer Atavismus ließ ihn sehnsüchtig an die vergangenen Sommer mit ihrem wechselhaften Wetter im Norden Spaniens denken, aber Margarita stammte aus Valencia, und der Anwalt beugte sich dem unerklärlichen weiblichen Vorrecht, wenn es darum ging, den jährlichen Familienurlaub zu organisieren. Sie telefonierten nicht täglich miteinander. Sie hatten einen Pakt gegenseitiger Unabhängigkeit geschlossen. Die Ehejahre hatten der Zärtlichkeit keinen Abbruch getan, aber irgendwie hatte sich verhältnismäßig viel Langeweile breit gemacht, welche die besten Paare zu ertragen bereit waren. Kauffman fühlte sich also frei, Madrids Kaschemmen zu betreten auf der Suche nach einem mehr als hypothetischen Abenteuer und im Gegenzug konnte Margarita dieselbe Freiheit an der Küste genießen. Kauffman hatte sich ausgemalt, wie seine Frau sich in einer hemmungslosen Liaison lüsternen jungen Männern hingab, sich in sapphischer Liebe verlor oder mit sämtlichen Hautfarben koitierte. Kauffman selbst stünde es frei, sich unter dem argwöhnischen Blick der Zuhälter auf verworrene Romanzen einzulassen oder irgendein unerfahrenes weißes Täubchen zu verführen, um es mit der Lasterhaftigkeit der Hauptstadt zu verderben. Dennoch war es am wahrscheinlichsten, dass nichts von alledem geschah. Margarita würde die Kinder zum Strand begleiten, mittags mit ihnen Paella essen und bei Einbruch der Dunkelheit die beiden in den Vergnügungspark fahren. Eine solche Zeiteinteilung würde es zwar nicht unmöglich machen, nachts mit einem Schwarzen ins Bett zu gehen, doch es schien höchst unwahrscheinlich. Und was Kauffman betraf, so hatte er nach wenigen Tagen schon das Gewicht der Einsamkeit zu spüren bekommen. Er vermisste seine Kinder. Margarita, die Ältere, sah ihrer Mutter Margarita sehr ähnlich. Sie war zwölf Jahre alt, ihr Haar glänzte bereits, und ihre kastanienbraunen Augen trübten sich mit der geheimnisvollen Schüchternheit der ersten Sehnsüchte. Das zweite Mädchen, Andrea, war zehn Jahre alt. Sie war wie ein wilder Vogel, mit violett funkelnden Augen, ein unbändiges Wesen, dessen Zellen sich schwindelerregend vervielfältigten und das bereit schien, alles, was es zwischen die Finger bekam, zu verschlingen. An die Hüfte ihres Vaters klammerte sie sich ebenso, wie sie den Kopf einer Puppe abschraubte. Das Herz des Anwalts wurde weich, als er die Stimme der Mutter hörte. Die Unterhaltung dauerte nur kurz.

»Wie geht es den Kindern?«

»Sie sind gerade schlafen gegangen. Ich sitze jetzt auf der Terrasse mit einem Glas Martini und erwarte ein paar Freunde.«

»Ein paar Freunde?«

»Du weißt schon. Urlaubsbekanntschaften. Und du?«

»Ich bin im Büro und arbeite«, erwiderte Kauffman trocken.

»Na so was.«

Es folgte ein Augenblick des Schweigens. Mit Vorbedacht ließ Margarita die Eiswürfel im Martiniglas klingen. Sie langweilte sich. Doch von sich aus würde sie das nie zugeben. Sie erwartete niemanden. Heiße mediterrane Nächte voller Sex waren nichts für sie. Sie hatte sich einen Martini eingeschenkt und es sich auf der Terrasse mit einem Gefühl von eintöniger Freiheit bequem gemacht, das Telefon in Reichweite. Aber sie war nicht bereit, dies zu bekennen. Die Mädchen schliefen; Margarita, die Ältere, mit offenem Haar, das ausgebreitet auf dem Kissen lag; Andrea, die Kleine, mit zuckenden Augenlidern und geballten Fäusten. Eine unbewegliche, nahezu steinern wirkende Palme zeichnete sich in der Dunkelheit über dem metallisch glänzenden Meer ab. Wieder ließ sie matt die Eiswürfel neben dem Telefonhörer klirren und weckte damit Eifersuchts- und Rachegefühle im betrübten Herzen ihres Mannes. Doch der Anwalt hatte ebenso wenig die Absicht, dies einzugestehen. Wäre es Margarita zuzutrauen, ein Fest in ihrem Ferienhaus zu geben? Er konnte es sich nicht wirklich vorstellen. Er täuschte Gelassenheit vor und brachte die Stimmen in seiner Brust zum Verstummen, welche die sofortige Vernichtung jener angeblichen Freunde seiner Frau forderten, die fähig waren, das Ferienhaus mit schrecklichen Orgien zu schänden, wenige Meter von der Stelle entfernt, wo seine Töchter schliefen. Kauffmans Finger krallten sich in die Armlehne seines Sessels, als würde er gleich durch die Luft geschleudert werden. Am anderen Ende der Leitung lehnte sich Frau Kauffman in ihrem Korbsessel zurück und streckte träge die Beine aus. Die Nacht war lau und in der Ferne flimmerten die Lichter des Vergnügungsparks. Sie tauchte ihre Lippen in den Wermut und strafte das Schweigen ihres Mannes mit Verachtung.

»Hast du die Kakerlaken getötet?«

»Welche Kakerlaken?«

»Deine Kakerlaken.«

Kauffman erinnerte sich wieder an die Plage in seinem Büro. Die Firma, die er damit beauftragt hatte, sie zu vernichten, war an diesem Abend nicht erschienen.

»Oh, nein. Ich glaube, sie sind alle emigriert, als sie gehört haben, dass sie ausgerottet werden sollen. Hör mal, Margarita, diese Freunde von dir ...«

»Denk an unseren Pakt, Kauffman. Keine indiskreten Fragen.«

»Aber ich *muss* wissen ...«

»Denk an den Pakt. Wir werden uns alles erzählen, sobald ich wieder in Madrid bin.«

Der Anwalt konnte die Stimme in seinem Inneren nicht mehr zurückhalten.

»Denk an deine Töchter!«, schrie er herzzerreißend.

Darauf hörte er nur die bedächtige, katzenhafte Stimme seiner Frau: »Für wen hältst du mich eigentlich, Kauffman?«

In Stunden trauriger Distanzierung nannte sie ihn beim Nachnamen, weit entfernt von dem liebevollen Kosenamen Fredi, den sie in Augenblicken samtener Verführung einzusetzen wusste.

»Für wen hältst du mich eigentlich? Deine Töchter haben eineinhalb Stunden auf dem Riesenrad und etwa eine Stunde in den Eingeweiden von Moby Dick verbracht und schlafen jetzt. Ich habe auch ein Recht auf ein wenig Privatleben«, fügte sie hinterhältig hinzu und benetzte erneut ihre Lippen mit Wermut.

»Privatleben ...« Kauffman war nahe daran, in Schluchzen auszubrechen.

»Komm schon, Kauffman, mach jetzt kein Theater. Außerdem hast du sicher auch ein Privatleben, nehme ich an ...«

Kauffman bemerkte ein leichtes, eifersüchtiges Zittern in der Stimme seiner Frau und fühlte sich gleich sicherer. Er schlug die Beine übereinander und drehte sich zum Fenster. Dort in der Dunkelheit blickte ihm sein triumphierendes Spiegelbild entgegen. Er griff nach dem Glas Whisky, das der andere Kauffman hatte stehen lassen, und nahm einen großen Schluck.

»Ich habe keine Zeit für Techtelmechtel. Ich muss unerwartet aufgetretenen Verpflichtungen nachgehen«, sagte er etwas gefasster. »Ich werde es dir ein andermal erzählen.«

»Was für eine Art von Verpflichtung?«

»Das kann ich dir jetzt nicht sagen«, erwiderte Kauffman geheimnisvoll. »Ich muss jetzt Schluss machen, Margarita. Ich glaube, deine Freunde kommen«, fügte er hinterlistig hinzu, als er die Stimme eines der Mädchen hörte, das vom Schlafzimmer aus nach seiner Mutter rief.

»Du bist ein Schwein, Kauffman. Ein mieses Schwein, und deine Töchter werden schon erfahren, was für einen Vater sie haben.«

»Margarita!«

»Sprich nicht so mit mir. Geh schon deinen ›Verpflichtungen‹ nach mit einer von diesen Nutten für Manager, die an den Ampeln auf euch warten. Aber in mein Bett lasse ich dich nicht mehr, Kauffman, in mein Bett kommst du mir nie mehr.«

Kauffman fühlte sich siegreich auf dem Kamm der Sturmwelle segeln und atmete selbstgefällig auf. Er versuchte seine Frau zu besänftigen. Es war ihr absolut zuzutrauen, dass sie ihn nicht mehr in ihr Bett ließ.

»Margarita, Schatz ...«

»Fass mich nicht an!«, schrie sie, vierhundert Kilometer weit von ihm entfernt.

»Du weißt doch ganz genau, dass mich keine Hure an einer Ampel erwartet ...«, bemerkte er sanft.

»Ich will überhaupt nichts wissen.«

»Ich ruf dich wieder an. Mach dir einen schönen Urlaub. Und werd schön braun.«

Kauffman verabschiedete sich und schickte seinen Kindern Küsse. Seine Frau legte auf und Kauffman stellte sie sich vor, wie wunderschön sie doch war, so zornig, zärtlich wie eine Mutter und gefährlich wie eine Femme fatale. Er seufzte zufrieden. Nie hatte er eine Frau so geliebt wie seine Ehefrau; dies war offensichtlich, sogar in dem wonnenvollen Leid, das ihm die Eifersucht bereitete. Ohne sie war ihr Heim ein leeres Haus. Die Angst, sie in den Armen eines anderen zu wissen, stachelte seine Sehnsucht nach ihr noch an. Er war unsterblich in jene Frau verliebt, die ihm zwei Töchter geschenkt hatte, die »Betrügerin« und »Nemesis«, das heißt (er korrigierte sich auf der Stelle), Margarita und Andrea, zwei Perlen, ohne die es seinem Leben an Schönheit fehlen würde. Er drehte sich langsam in seinem Bürosessel und seufzte erneut beim Anblick der Nacht, wobei er sich die von der Stadt aus unsichtbaren Sterne am Himmel dazudenken musste. Und ebenso langsam schweiften seine Gedanken von der Szene der nächtlichen Gartenterrasse, die der Telefonanruf in ihm wachgerufen hatte, hin zu den unmittelbaren Ereignissen jenes Abends. An irgendeinem Ort seines Nervensystems besaß Kauffman einen doppelten Sinn für jenes Geheimnis, einen, der ihn zu kühnen Taten trieb, und einen, der ihn zur Bedachtsamkeit ermahnte. Der vorsichtige Kauffman verharrte lange Zeit nachdenklich und gab am Ende tief aufatmend dem wagemutigen Teil seines Geistes den Vortritt. Der verwegene Kauffman sagte sich, dass der Augenblick gekommen war, eine Entscheidung zu treffen.

Der Anwalt erhob sich vom Sessel und blieb eine Weile stehen. Seine linke Hand ruhte auf dem Tisch, als suche er Halt, während er mit der rechten sein Kinn streichelte und ein paar Sekunden lang nachdachte. Dann entfernte er sich einige Schritte vom Tisch und hielt nochmals inne, mit verschränkten Armen und der Hand am Kinn, reglos, eine schwarze Silhouette, die die Schreibtischlampe auf Möbel und Wände projizierte wie ein Gespenst mit haftenden Eigenschaften, langen Beinen und geringem Schädelumfang. Er war ein hoch gewachsener Mann und ging auf die Fünfzig zu, er war schlank und tendierte zu einem krummen Rücken, als finge er jeden Augenblick an zu meditieren. Laut seinem Tierkreiszeichen war er hartnäckig, verschwiegen und wortkarg, was jedoch nicht immer der Fall war, denn ebenso häufig zeigte er sich träge und redselig. Er hatte einen wunderschönen Blick, den seine Frau in zärtlichen Momenten als »tief wie eine große Tasse Schokolade« bezeichnete. Wenn sie seiner allerdings überdrüssig war, brachte sie gerade dieser Blick auf und überraschenderweise hatte sie nicht gezögert, ihn mit dem Hintern eines hartnäckigen Maultiers zu vergleichen; ein Blick, der nicht geeignet wäre, auch nur die geringste Phantasie in einer Frau wachzurufen, die in ihrem soliden Eheglück einmal etwas anderes bräuchte, der auch nicht die Abenteuerpfade erkenne, die jenseits eines flüchtigen Verhältnisses ohne Leidenschaft und sexuelle Arabesken lagen. Der Anwalt war kein besonders raffinierter Mann und er bezeichnete sich gerne als Pragmatiker. Sein Freund X, dem der Anwalt vertraute, wie man einem Anwalt vertrauen sollte, gab ihm wohlgemeinte berufliche Ratschläge. Mit beißender Direktheit bemerkte er, dass sein guter Ruf auf seinem geringen Ehrgeiz, komplizierte Fälle zu übernehmen, beruhe, gleich einem Denkmal des Unvermögens auf einem Sockel von bescheidenen Dimensionen. Aber der Anwalt wusste, dass sein Freund X ihn um seine Mandanten in der Kanzlei beneidete, ebenso wie er X um sein enzyklopädisches Wissen über die Spitzfindigkeiten des Lebens beneidete. Der Anwalt hatte erkannt, dass seine Situation genauso gut, wenn nicht sogar besser war als die von Herrn X. In diesem Augenblick brauchte er ein Bier. Zum zweiten Mal war er kurz davor, den Telefonhörer abzunehmen und seinen Freund und Vertrauten um Rat zu fragen, ließ jedoch wieder davon ab. Beinahe konnte er spüren, wie X von einem Schauer der Habgier und einem plötzlichen Fieberanfall geschüttelt würde, wenn er von solch einer Sache erführe. Er selbst jedenfalls würde ohne einen Schluck Bier gleich zusammenbrechen. Das war der einfache Schluss, zu dem er nach seinen Überlegungen schließlich kam. Er war am Verdursten.

Zu Kauffmans Büro gehörte eine kleine Wohnung im obersten Stock desselben Hochhauses. Der Anwalt benutzte sie bei besonderen Gelegenheiten, oder wenn er allein in Madrid war. In der Minibar der Kanzlei, die hinter einem Nussbaumpaneel versteckt lag, gab es kein Bier. In seiner Wohnung hingegen gab es welches. Daher war Kauffmans erster Entschluss, sich dorthin zu begeben. Vor der prächtigen bläulichen Nacht, die über Madrid hereinbrach, ließ er die Jalousien herunter und ging zu der Schreibtischschublade, in der er die Schatulle mit der »Betrügerin« unter Verschluss gehalten hatte. Er sperrte sie auf und steckte sich dann das nussförmige Etui in seine Hosentasche. Mit einem Blick stellte er fest, dass um ihn herum alles in Ordnung war. Aniceto Kauffman, der Juwelier, hatte auf dem Tisch sein halb leeres Whiskyglas stehen gelassen. Die Putzfrau würde es wegräumen. Kauffman schaltete die Schreibtischlampe aus und tastete sich zur Tür. Vorsichtig schloss er die Kanzlei ab, voller Angst, mit dem geringsten Quietschen des Schlosses das leere Gebäude in Aufruhr zu versetzen.

Die Korridore lagen verlassen da und erschienen fahl und übernatürlich unter dem Licht der Deckenlampen. Der Aufzug kam mit einem langen pneumatischen Seufzer, als wäre die Maschine aus den tiefsten Tiefen ihres Schlafes gerissen worden. Kauffman schloss sich mit drei zusätzlichen Kauffmans in der mit Spiegeln verkleideten Kabine ein und drückte den Knopf der letzten Etage. Als er am fünften Stock vorbeifuhr, konnte er einen Wachmann von Danone erkennen, wie er auf einem Stuhl im Gang döste. Im sechsten Stock befand sich noch einer, in derselben Position wie der erste. Danone verfügte in jedem seiner Stockwerke über einen Sicherheitsdienst, bis hinauf zum zehnten Stock. Wovor fürchtete sich Danone eigentlich? Welches strategische Material lagerte in den geheimen Archiven des Joghurts? Der Aufzug erreichte jetzt den dreizehnten Stock und öffnete nach einem kurzen Zögern seine Türen, um Kauffman zu entlassen und sich von den drei unechten Kauffmans zu befreien, die in der Zwischenzeit seine Spiegel in identischer, geduldiger Haltung bewohnt hatten. Auf der Suche nach dem Wohnungsschlüssel klopfte der Anwalt seine Taschen ab. Die Decke des Korridors war hier niedriger als unten. Der Teppichboden hatte einen sanften Goldton und wirkte gemütlicher und hübscher als in den Etagen, die ausschließlich Büros beherbergten. An einer Reihe gleich aussehender Türen vorbei gelangte der Anwalt schließlich zu seinem Apartment mit der Nummer 10.

Kauffman schaltete das Licht in der kleinen Diele an. Wenn er sich von seinem Instinkt hätte leiten lassen, wäre er wohl als Erstes auf den Kühlschrank zugestürzt, hätte eine gute Flasche Bier herausgeholt und seinem Magen gierig die nötige Flüssigkeit eingeflößt, um die Temperaturverhältnisse seines Körpers wieder ins Gleichgewicht zu bringen und zu spüren, wie ihm der Schaum aus der Flaschenöffnung über seine Finger rann, während er die eiskalte Flasche umklammerte. Doch sein berufliches Pflichtbewusstsein war stärker als der Überlebensimpuls eines durstigen Mannes. Er hatte nicht vergessen, dass er in seiner Hosentasche das Perlenetui trug und dass diese Wohnung die besten Voraussetzungen für ihre Sicherheit bot. Sie war nicht nur durch jene fünf Etagen geschützt, die die Männer von Danone, wenn auch etwas nachlässig, bewachten. Dort befand sich nämlich auch Kauffmans eigentlicher Safe. Das Apartment verfügte über ein Wohnzimmer, ein kleines, schlicht möbliertes Schlafzimmer, eine winzigen Küche und ein für jegliche Notfälle ausgestattetes Badezimmer. Mit dem Fuß schloss Kauffman die Tür und ging ins Wohnzimmer. Ein intensiver blauer Lichtschein drang durch das Fenster herein. Die riesige Leuchtreklame von Danone krönte das Gebäude nur einige Meter über ihm. Tastend fand der Anwalt den Schalter einer Lampe, wodurch der himmelblaue Lichtschein auf die Terrasse verbannt wurde. Dann warf er sein Jackett auf das Sofa und ging in die Küche. Zum zweiten Mal widerstand er der Versuchung, sich direkt auf den Kühlschrank zu stürzen. Stattdessen beugte er sich über den Mikrowellenherd wie ein Uhrmacher über eine ihm wohlbekannte Uhr und bediente kurz die Tasten. Die Tür machte klick und der Apparat öffnete sich dank einer unsichtbaren Sprungfeder. Ein trauriges Lämpchen, wie das eines Tabernakels, beleuchtete das Innere. Mit einem weiteren Handgriff konnte man die Rückwand des Geräts seitlich verschieben und den Safe freilegen. Kauffman holte das ihm bereits vertraute, nussförmige Etui aus seiner Hosentasche hervor. Der Safe war nicht ganz leer. Im Halbschatten, wo sein Arm gerade noch hinreichte, lagen einige Geldbündel. Gewisse, nicht deklarierte Nebeneinkünfte, von Gummilitzen zusammengehalten, legten Zeugnis ab von jenen Aktivitäten des Anwalts, die Geld einbrachten, das je schwärzer, umso verführerischer war. Ein Einbrecher oder ein Steuerfahnder (was für Kauffman ein und dasselbe war) könnte die Tür seines Büros aufbrechen oder seine Rechnungsbücher prüfen, aber niemand wusste von der Existenz jener winzigen, Reichtum bergenden Höhle im dreizehnten Stock des Gebäudes, im Schutz einer Mikrowelle und oberhalb des schützenden Bollwerks der fünf Stockwerke von Danone und ihren Wachmännern. Es gab keinen sichereren Ort für die »Betrügerin«. Er betrachtete die Perle nochmals, bevor er sie in die Tiefe des Safes legte. Seine Verwunderung darüber, sie in den eigenen Händen zu halten, weckte unbestimmte Sehnsüchte in ihm. Einen Augenblick zögerte er, bevor er wieder den Schließmechanismus der Tür bediente. Ohne sich besonders sicher zu sein weshalb, glaubte er Geld zu benötigen, und nachdem er einen Augenblick überlegt hatte, griff er sich eines der Geldbündel. In seinem Kopf würde es in einer Angelegenheit wie dieser keine eindeutige Ansichtsweise geben. Dann setzte er sanft den Mechanismus in Gang, um die Tür der Mikrowelle zu schließen.

Jetzt, und erst jetzt, ging der durstige Kauffman zum Kühlschrank, um sich ein Bier zu holen. Mit der Flasche in der Hand (die Flasche war kalt, der Schaum lief über seine Finger) trat er hinaus auf die Terrasse. Die Vorhänge der Schiebetür wehten leicht hinter ihm. Die großzügige elektrische Überflutung von Danone fiel auf seine Schultern. Die Nacht erzitterte unter dem Brummen vieler Tausender von Watt. Mit einem einzigen gierigen Schluck trank Kauffman ein Drittel der Bierflasche leer. Ein wonniges Gefühl von einsiedlerischer Freiheit durchströmte ihn. Weit davon entfernt, sich von den drei mächtigen Silben in der

Größe eines Eisenbahnwaggons, die über seinem Kopf regierten, unterdrückt zu fühlen, bewunderte Kauffman die Wolkenkratzerlandschaft, weit über den Unheil verkündenden Schatten der Hochhäuser unten auf dem Straßenpflaster. Mit einem zweiten Schluck reduzierte er das Bier auf das letzte Drittel. Hoch am Himmel funkelten Sternbilder aus Banken-Logos. Zu seinen Füßen öffneten sich urbane Hohlwege, Cañons und Schluchten im Labyrinth der Großstadt. Mit einem letzten Schluck, der ihm mit etwas Magensaft wieder hochkam, trank Kauffman das Bier aus und besänftigte mit kurzen Schlägen seiner Handfläche auf die Lippen die gasförmigen Gottheiten, die aus seinem Mund traten. Die Nacht war prächtig. Von hier oben aus beherrschte man Madrid.

Der Anwalt bückte sich, um die Bierflasche neben das Balkongeländer zu einem weiteren halben Dutzend leerer Flaschen zu stellen – Überreste früherer nächtlicher Entschädigungen für seinen Durst –, und ging zurück in die Wohnung. Er lockerte sich den Krawattenknoten, streifte ein Paar feiner Krokodillederschuhe ab und schleuderte sie von sich. Im Wohnzimmer hatte sich die Hitze des Tages gespeichert und er war froh um die Brise, welche die Vorhänge aufblähte und sie in orientalisch anmutenden Bewegungen flattern ließ. Der Anwalt ließ sich in einen Sessel fallen und griff nach dem Telefon. Jetzt, da seine körperlichen Bedürfnisse befriedigt waren, wollte er seine Pflicht erfüllen, die als Erstes darin bestand, den Gran Duque darüber zu informieren, was an diesem Abend vorgefallen war.

Es gab verschiedene Möglichkeiten, mit dem Gran Duque Kontakt aufzunehmen. Er konnte sich nicht daran gewöhnen, ihn anders zu nennen. Niemand konnte es. Er erinnerte sich an den Juwelier Kauffman, wie er unter größter Vorsicht und einer Andeutung, listig wie eine Schlange, den speziellen Beinamen Millionetis einwarf, einen Namen, dessen bloße Nennung die Möglichkeit suggerierte, zum erlauchten Kreis der Millionäre zu gehören, und der gleichzeitig der Beschwörung eines Glückssterns gleichkam. Es gab verschiedene Möglichkeiten, mit Millionetis Kontakt aufzunehmen, wiederholte für sich also Kauffman, und entschied sich dabei für den Beinamen, der ihm am meisten Glück zu versprechen schien. Eine davon war, ihn in der Bank anzurufen. Eine andere war, ihn im Präsidium der Handelsgesellschaft anzurufen oder im Präsidium eines halben Dutzend von Handelsgesellschaften, die von ihm abhingen. Er könnte ihn aber auch in dem weiten, nahezu unerschöpflichen Kreis von Geschäftsleuten antreffen, auf die Millionetis Einfluss ausübte. Doch Kauffman wusste, dass die beste Möglichkeit, mit dem Duque in Kontakt zu treten, diejenige war, ihn in der »Rebhuhnfarm« anzurufen. So hieß das Landgut, das der »Statthalter« des Gran Duque Fernando Garras, was so viel bedeutete wie die »Kralle«, unweit von Madrid besaß. Nur wenige Leute kannten diese Telefonnummer, ausschließlich enge Vertraute und die gewohnten Lieferanten, einige Schneider, ein Waffenhändler und eben auch Kauffman, der als Vertreter des Gran Duque auf Auktionen in der Hierarchie eine Stellung einnahm, in der er zwar nicht zu den engsten Vertrauten gerechnet wurde, die aber eindeutig über dem Niveau der Schneider lag, wenn auch leicht unter dem des Waffenhändlers, der für Millionetis in der Jagdsaison die Purdley-Flinten und Büchsen vorbereitete. Der Anwalt wählte die Nummer des Landguts und streckte die Beine aus. Ein verspäteter Rülpser füllte seinen Mund mit dem vergangenen Wohlgeschmack des Bieres. Vielleicht würde er sich eine zweite Flasche genehmigen. Er schob diesen angenehmen Gedanken für später beiseite und wartete.

Aquino, Garras' Dienstbote, ein Filipino, hob den Telefonhörer ab. Er war ein schweigsamer Asiat, der darauf beharrte, flatternde Hemden mit weiten Ärmeln zu tragen, als würde er in jedem davon einen Dolch verbergen. Er hatte sich erstaunlich leicht auf dem Landgut eingewöhnt und man sagte ihm nach, dass er sich auf die Zubereitung köstlicher Aphrodisiaka aus gegorenem Johannisbrot verstand. Der Filipino hatte darauf gedrungen, sich höchstpersönlich um die Meute von Jagdhunden zu kümmern, und nach einigen Intrigen wurde der Jäger entlassen; Aquino hatte erreicht, dass ihn die Hunde, sobald er sich den Käfigen näherte, mit respektvollem Schweigen, hängenden Schwänzen und starrem Blick empfingen, hündisch ergeben, als würden sie ein höheres Wesen anerkennen, jemanden, der stärker war als sie. Einige glaubten, dass der Filipino aus Heimweh ab und zu einen davon verspeiste. Andere meinten, dass ihn die Hunde respektierten, weil er sie gut ernährte, wobei das eine das andere nicht ausschloss. Der Filipino erkannte Kauffmans Stimme. Er wusste, dass sie »dem Mann mit den Kolliers« gehörte, wie er ihn nannte.

»Duque ist im Urlaub«, gab er mit sachlicher Stimme Auskunft, wie jemand, der eine Sonnenfinsternis ankündigt. »Aquino weiß nicht, ob er wiederkommt«, fügte er noch mit passiver Resignation hinzu, als teilte er eben mit, dass einer der Hunde verschwunden sei.

»Ist sonst noch jemand auf dem Landgut?«

»Fräulein Toribia und Herr Garras.«

Der Filipino ließ die Artikel einfach weg. Toribia, die den Spitznamen »Rebhuhn« hatte, war die Köchin und Wirtschafterin des Landguts, Witwe eines Gärtners. Sie stammte aus Tomelloso, einem Ort in der Gegend von La Mancha, eine bäurische und bereits etwas in die Jahre gekommene Frau, die der Filipino nur Fräulein Toribia nannte, weil er ein Auge auf sie geworfen hatte und darauf hoffte, sie eines Tages einladen zu können, um gemeinsam mit ihm zum Abendessen einen Hund zu verspeisen. Der Anwalt bat den Asiaten, ihn mit Garras zu verbinden.

»Sagen Sie Herrn Garras, dass ich mit ihm sprechen will.«

»Garras badet in großes Schwimmbecken«, lobte der Dienstbote seinen Herrn.

»Das ist egal. Garras wird hocherfreut sein, mit Kauffman reden zu können.«

»Kau Man kann warten«, informierte der Filipino gleichmütig.

Also wartete Kauffman darauf, dass der Filipino seine Nachricht überbrachte. Er verfolgte am Telefon das Klack, klack der holzbesohlten Sandalen, als der Asiate mit dem Mobiltelefon in der Hand die Eingangshalle durchquerte. Als er an der Küche und dem Waschraum vorbeiging, wurde das Klack, Klack verhaltener. Der Filipino hatte Licht entdeckt. Er reckte die Brust und sein Schritt wurde männlich und würdevoll wie bei den Liebestänzen in seinem Land, denn er wollte die Witwe beeindrucken. Dann trat er auf die Veranda, die von zwei schmiedeeisernen Laternen beleuchtet wurde, in deren Lichtschein die Geranien ihre Schatten auf den Terrakottaboden warfen. In dem festen Glauben, Toribia tief beeindruckt zu haben, stieg er mit einem beschwingten Klack, Klack die Treppe hinunter. Dann betrat er den geräuschschluckenden und weichen Rasen. »Kau Man« schaukelte weiterhin in seiner Hand. Der Swimmingpool lag etwas abseits im Schutz einer Lorbeerhecke und zwischen den Schatten der Umkleidekabinen. Ein Palmwedel spiegelte sich auf der gewellten Oberfläche des Wassers, das durch die Poolbeleuchtung blau wirkte. Der geräuschlose Weg dorthin wollte nicht enden. Der Anwalt wurde ungeduldig.

»Hallo, Garras? Garras, hallo?«

Die Nacht war lau. Der Filipino gelangte schließlich an den Rand des Swimmingpools. Fernando Garras durchmaß das Becken gerade mit den langsamen Bewegungen eines in einem Netz fluoreszierender Lichtreflexe gefangenen Pottwals. Seine Silhouette kroch am bläulichen Grund des Beckens dahin. Der Filipino hielt ihm mit ausgestrecktem Arm das Telefon hin, als sei darin ein »Kau Man« in entsprechender Miniaturausfertigung versteckt.

»Garras?«, wiederholte die elektrische und schwache Stimme des Anwalts einen Meter über der Wasseroberfläche.

Fernando Garras stieg die kleine Leiter hoch. Er trug eine

weite Badehose, die an Boxershorts erinnerte. Mit beiden Händen fuhr er durch sein glänzendes, schwarzes Haar, warf seine Locken zurück und ging tropfend auf den Filipino zu. Er nahm das Telefon und schickte den Asiaten mit einer Geste fort. Klack, klack, klack entfernten sich die Holzsohlen über den Zement der Beckenumrandung hinweg zur weichen Stille des Rasens, weiter zur Veranda und zum amourösen Ballett in der Eingangshalle, gegenüber der Küche, wo Toribia, nichts ahnend von dem zarten, ihr geltenden Balzritual, gerade die Ärmel hochkrempelte, um mit ihren kräftigen Armen einen Kuchenteig zu kneten.

Fernando Garras schlenderte mit dem Telefon in der Hand zu der Stelle, wo die Handtücher lagen. Fünf oder sechs gestreifte Liegestühle standen um ein paar Tische herum und bildeten einen leeren Kreis, wie in einer verlassenen Bühnenszene, wo sich die Geister der Cocktailstunde zur Mittagszeit immer noch unterhielten. Er war ein Mann von mittlerer Statur, muskulös und behaart, hatte breite Schultern, das entschlossene Auftreten und den wiegenden Gang von großen Affen, die Bodybuilding betreiben. Er ging auf die Fünfundvierzig zu, hatte aber noch immer wunderschönes, dichtes schwarzes Haar, von jener glänzenden und sorgfältig gekämmten Art, wie sie bisweilen bei Zuhältern und bei Pferderennen wettenden Männern zu entdecken war. Trotz seines Äußeren war Fernando Garras ein Wirtschaftsexperte; zumindest schlossen seine Dienste die eines Finanzberaters mit ein. Er war zum Vertrauensmann des Gran Duque bei dessen dunklen Machenschaften geworden, bei denen es wichtiger war, die Schwächen der anderen zu kennen als die eigenen Zahlen. Man erinnerte sich an Börsengeschäfte, die ihm den gleichen furchtsamen Respekt eingebracht hatten, den die Hunde vor dem philippinischen Hausangestellten hatten. Es hieß, sein Vermögen sei beträchtlich. Er war mit Millionetis nur an den unabdingbaren Gesellschaften beteiligt oder an solchen, bei denen ein Strohmann gebraucht wurde. Aber das waren Angelegenheiten, mit denen der Anwalt Kauffman naturgemäß nichts zu tun hatte. In den Kreisen des Duque wurde Garras der »Adjutant« genannt, andere nannten ihn den »Statthalter«. Viele wussten, dass es bei gewissen Beziehungen zu Millionetis nötig war, auf ihn zu zählen.

Mit dem Telefon in der Hand näherte sich der »Adjutant« nun dem leeren Kreis der Liegestühle – langbeinige Insekten in gestreifter Livree, die einer Art nächtlichem Geheimnis unter dem schwarzen Zauber des Palmenhains anheim gegeben waren. Fernando Garras schüttelte das Wasser von sich ab. An seinen behaarten Schultern glänzten noch winzige, kristallene Tropfen. Er rückte sich die Boxershorts zurecht, die ihm als Badehose diente, und ließ ein athletisches Schnauben vernehmen. Dieses männliche Lungengeräusch gab dem Anwalt zu verstehen, dass er am Apparat war.

»Fernando?«, tönte es zaghaft aus dem Telefon, das Garras mit seinen Fängen umkrallte.

»Kauffman, was gibt's Neues?«, fragte Fernando Garras und hielt das Telefon an sein Ohr, während er mit seinen Augen den Bademantel suchte.

»Ich wollte mit dem Duque sprechen«, sagte der Anwalt. »Aber euer Chinese hat mir gesagt, dass nur du da bist.«

»Ist es wichtig?«

Der winzige Kauffman räusperte sich. Seine Gedanken flogen zu dem Schatz, den er in seinem Safe hinter dem Mikrowellenherd eingeschlossen hatte, und er befand, dass es sehr wohl wichtig war. Aber er sagte es nicht. Die Erfahrung hatte ihn gelehrt, sich vorsichtig auszudrücken.

»Es hat mit dem Kollier zu tun.«

»Mit dem Kollier?«

»Dem ›Wasserfall des Persischen Golfs‹«, sprudelte es aus dem Anwalt in einer geschwollenen und schnellen phonologischen Kaskade heraus.

»Ach, der ›Wasserfall‹«, entgegnete Garras schlicht.

Er hatte die Handtücher auf einer der Liegestuhllehnen entdeckt. Der Anwalt ließ sich von dem scheinbaren Desinteresse des anderen nicht täuschen. In einer langen, weitschweifigen Rede begann er die Situation zu erläutern. Er hatte sich vorgenommen, keine genaue Auskunft zu geben, um für den Gran Duque den saftigsten Teil der Information zu reservieren. Das war die Olendorf-Technik: viel reden, das Wesentliche aber für sich behalten. Fernando Garras schob den ersten Liegestuhl zur Seite. Sein stark behaarter Körper wurde von einem Schauder ergriffen. Er legte das Telefon auf den Gartentisch und begann sich die Brust kräftig zu frottieren. Dann machte er ein paar Dehnübungen und stellte zufrieden fest, dass er die Zehenspitzen noch mit den Fingerknöcheln berühren konnte. Ebenso zufrieden war er nach einigen Hüftdrehungen. Seine Taille funktionierte. Daraufhin streckte er die Arme wie ein robuster Affe aus und zog sich den Bademantel an. Aus dem Telefon quoll weiterhin mit monotoner Beharrlichkeit eine endlose Wortkaskade. Der Anwalt glaubte, dass Garras die Bedeutung der Angelegenheit gewittert hatte. Daher sein Schweigen. Umständlich fuhr er mit seinem Bericht fort, während Garras lediglich einen Blick auf das impertinente, winzige Funktelefon warf und sich in aller Ruhe den Bademantel zuband. Mit gesunden und tiefen Atemzügen weitete er seine Brust: Er atmete den Sauerstoff der Pinien ein und zwei Liter Kohlendioxyd aus. Dann streckte er sich auf einem der Liegestühle aus, der ihn mit einem langen Knarzen seiner Sprung- und Blattfedern wie ein unter der Last der aufgeladenen Kohle ächzender Förderwagen empfing. Leuchtkäfer kreuzten die Dunkelheit. Mit Genugtuung spürte Fernando Garras seine festen Muskeln nach dem nächtlichen Bad. Seine großen, porzellanartigen Augen glänzten misstrauisch und arglistig in der Nacht. Er sollte den Filipino um einen Cocktail bitten, bevor er ins Haus zurückging und sich für das Abendessen anzog. Und danach versuchen, dessen Gunst zu erlangen, indem er ihn einlud, mit ihm ein Glas auf der Veranda zu trinken. Freuden der Nacht. Schwierig, die Filipinos, trotz allem, was man über sie sagte. Aber grazil von Gestalt. Und da gab es noch diese Geschichte mit dem köstlichen Aphrodisiakum, hergestellt auf der Basis von verdorbenem Johannisbrot. Vielleicht würde er noch ein wenig mehr Gymnastik vor dem Abendessen treiben. Das Landgut war dicht von Steineichen umgrenzt. Am schwarzen Horizont der Berge von Toledo begann der Mond aufzugehen. Fernando Garras tätschelte seine Bizepse und seufzte. Neben ihm auf dem Korbtisch setzte das Telefon seine ganze Litanei von Erklärungen mit dem sandigen Knirschen einer alten Grammophonplatte fort. Endlich entschied er sich, das Telefon wieder in die Hand zu nehmen.

»... das ist alles«, schloss der Anwalt, zufrieden darüber, Fernando Garras alle Details erklärt zu haben, ohne ihm einen wirklichen Hinweis auf das zu geben, worum es eigentlich ging.

»Der ›Wasserfall‹, was?«, meinte Fernando Garras.

»So ist es«, entgegnete der Anwalt, leicht überrascht. Keine Frage, Garras ließ sich nichts anmerken. Dadurch versuchte er wohl, weitere Informationen aus ihm herauszukitzeln.

»Der Duque ist in Marbella«, sagte Garras. »Ich werde mit ihm sprechen und dich zurückrufen, um dir Bescheid zu geben. Bist du im Büro?«

»Nein, ich bin nicht im Büro. Ich gebe dir eine andere Nummer.«

Kauffman diktierte die Telefonnummer seiner Wohnung und Garras notierte sie sich im Geiste dank seines außerordentlichen Zahlengedächtnisses, das alle an ihm rühmten und das von den nächtlichen Bädern gestärkt wurde. Der Vollmond ging über den Bergen auf. Der Anwalt gab noch ein paar verbale Verzierungen zum Besten, aus Angst, dass Garras ihm misstraut haben könnte. Der »Adjutant« des Duque unterbrach ihn.

»Hör zu, Kauffman, ich werde mit dem Duque sprechen und dir dann sagen, ob er mit dir sprechen will«, meinte er hart. »Die Sache mit dem Kollier ist eine Laune von ihm. Verstehst du? Ich riet ihm, in die Zucht von Kampfstieren zu investieren. Das ist nicht dasselbe, sagte er mir. Und ich weiß sehr wohl, dass das nicht dasselbe ist, aber Kolliers bringen nur Schwierigkeiten, wie die Frauen. Es wäre ihn billiger gekommen, schwarze Stiere mit grünen Augen zu züchten als ein Vermögen für dieses Kollier auszugeben.«

»Ich verstehe«, sagte Kauffman lakonisch.

»Aber der Duque ist nun mal der Duque und er investiert in das, was *er* will. Was *ich* mit diesem Schmuck machen würde, steht auf einem ganz anderen Blatt«, fügte er betont männlich hinzu und betrachtete seine scharfen, gut gefeilten Fingernägel, während er mit Wohlgefallen an den Filipino dachte.

»Ich verstehe«, wiederholte Kauffman.

»Ich werde dich zurückrufen.«

Garras empfand für Kauffman keinerlei Sympathie. Er schätzte weder dessen professionellen Stumpfsinn noch sein geringes Interesse für Fitness oder sein mittelmäßiges, geschäftliches Können. Fernando Garras schlug den Kragen des Bademantels hoch, um seinen Stiernacken zu bedecken, und vergrub die Hände tief in den Taschen. Im Liegestuhl ausgestreckt, unter dem prächtigen Funkeln des Himmelsgewölbes wie auf dem Deck eines Überseedampfers, vernachlässigte der »Adjutant« des Gran Duque nun seine Muskeln und überließ sich einem behaglichen Gefühl von nächtlichem Glück. Genussvoll atmete er die frische Nachtluft ein. Das Wasser im Swimmingpool stand in einem Rechteck aus opalartigen Lichtreflexen. Die Lichter im Haus projizierten das filigrane Geflecht aus Kletterpflanzen und kunstvoll geschmiedetem Eisen auf die schwarze Lagune des Rasens. Irgendwo in der Dunkelheit zischte der Rasensprenger. Vielleicht würde er den Filipino um einen Cocktail bitten, aus Freude daran, ihn mit dem Tablett in der Hand näher kommen zu sehen. Jemand hatte ihm von dessen tätowiertem Körper erzählt. Würde er ihn ihm präsentieren? Wie auch immer, Millionetis musste benachrichtigt werden. Er selbst brauchte nicht zu wissen, was Kauffman mit seinem unverständlichen und lästigen Gerede wollte. Sicherlich hatte es nichts mit Gesundheit und Bodybuilding zu tun. Aber der Duque hatte ganz genaue Anweisungen hinterlassen bezüglich allem, was das Kollier betraf.

Der Anwalt Kauffman sah die leuchtende Mondkugel über Madrids Wolkenkratzern aufgehen und dachte, dass nun der Augenblick gekommen sei, seine Kehle zu erfrischen und seine Beredsamkeit mit einem weiteren, wohlverdienten Bier zu belohnen. Er war stolz auf seine Redegewandtheit und seine Bedachtsamkeit, was von höchstem Nutzen sein könnte, wenn er eines Tages seinen Beruf als Anwalt für Wirtschaftsrecht an den Nagel hängen und wieder den Gerichtssaal betreten würde. Garras hatte nichts von den wahren Verwicklungen der Sache erraten können. Er ging in die Küche und öffnete eine zweite Flasche. Dann kehrte er in sein Wohnzimmer zurück, um sie zu genießen. In der tiefblauen Nacht ging der Vollmond wie eine riesige, schwerelose Perle über der gebrochenen Linie der Wolkenkratzer auf. Sein perlmutterfarbener Geist blitzte auf wie ein einsames Vorzeichen für Glück und Gefahr. Kauffman machte es sich gegenüber der Terrasse bequem. Die flatternde Gardine filterte den elektrischen Lichtzauber von Danone. Auch Kauffman empfand keinerlei Sympathie für Fernando Garras. Insgeheim stieß ihn dessen Reichtum ab, und ebenso das, was er als unverständliche Freuden ahnte. Ihm missfiel sein gut gekämmtes Gorilla-Aussehen und sein langes Schweigen am Telefon, obwohl sich das ganz offensichtlich auf seine eigene Beredsamkeit zurückführen ließ. Er war ein Auswuchs des Gran Duque, wie eine muskulöse, gut gebaute Warze. Ein athletischer Homunkulus mit großer Macht, mit dessen Einfluss man rechnen musste. Der Anwalt gedachte, eine ausgezeichnete Beziehung zu ihm aufrechtzuerhalten.

Nach einer halben Stunde klingelte das Telefon. Etwas hatte sich in Garras' Haltung geändert, nicht der Ton seiner Stimme, aber die übermittelte Botschaft.

»Ich habe mit dem Duque gesprochen. Er sagt, du sollst morgen das erste Flugzeug nach Marbella nehmen.«

»Einverstanden.«

Kauffman stöpselte das Telefon aus und leerte seine Bierflasche. Das Schicksal zeigte sich großzügig und stand ganz auf seiner Seite. Er erhob sich vom Sessel und trat hinaus auf die Terrasse, um den Mond zu bewundern. Madrid vergnügte sich oder schlief. Dann kehrte er wieder zurück in die Wohnung, hinterließ dabei eine Spur aus Socken, Hose, Hemd und Unterhose und verschwand schließlich unter der Dusche. Danach legte er sich in dem schlichten Schlafzimmer in das Einzelbett. Ganz im Gegensatz zu dem, was Margarita nach ihrem ehelichen Freiheitspakt und gegenseitigen Zugeständnissen denken könnte, war die Wohnung nämlich keine Höhle des Lasters.

Das Gespräch mit Millionetis

»Golf? Niemand weiß, was Golf eigentlich ist. Die Golfspieler wissen nicht, was Golf ist«, sagte der Gran Duque mit Nachdruck. Er war ganz in Weiß gekleidet: Leinenhose, Leinenhemd, Golfschuhe aus feinem Kalbsleder, weiße Socken schottischer Fertigung, den Hosensaum in Golfermanier oberhalb des Knöchels umgeschlagen, um bequem durch das Gras spazieren zu können. Eine Baseballmütze mit dunklem Schirm warf einen halbmondförmigen Schatten über seine Augen, während er einen Augenblick stehen blieb, um den Golfplatz zu betrachten. »Niemand versteht etwas von Golf. Für viele mag es ein Spiel sein, das darin besteht, weiße Bälle in kleine Löcher zu befördern. Für noch viel mehr Leute mag es ein Sport sein. Aber wenigen ist die Erkenntnis beschieden, dass Golf reine Metaphysik ist. Spielen Sie Golf, Herr Kauffman?«

»Ja. Aber für mich ist es nur ein Spiel.«

»Es gibt lediglich zwei Regeln, Kauffman: den Ball nicht aus den Augen verlieren und immer den Horizont beherrschen. Da sehen Sie sie«, sagte er mit der Gebärde eines Hirten, der seine Lämmer hütet, »da sehen Sie sie, wie sie die Hänge hinauf und hinab laufen, Wäldern und Talsohlen ausweichen, friedlich den Bahnen folgen, ihre Nasen in das Gras stecken, verzweifeln und die Schläger zerbrechen oder ihre Freude mit dem Gebrüll einer Rothaut kundtun. Aber sie haben keine Ahnung, was Golf eigentlich ist.«

Kauffman hatte nie gedacht, dass Golf etwas Metaphysisches hätte, aber sein Spiel musste er noch deutlich verbessern. Er folgte dem Duque über das sacht ansteigende Gelände, wobei er mit seinen glatten Stadtschuhen auf dem vom *Marbella Club de Golf* kostspielig gepflegten Rasen ins Rutschen kam und mit Hilfe seines Koffers sein Gleichgewicht zu halten suchte, um nicht zu stürzen. Eben erst vom Flughafen gekommen, hatte er bereits feststellen müssen, dass er für diese Einladung, die letzten Einlochungen einer morgendlichen, sich ihrem Ende nähernden Golfpartie mitzuerleben, unzweckmäßig gekleidet war. Der Junge, der die Schläger transportierte, wahrte höfliche Distanz. Unter einer weißen Baskenmütze, die so groß war wie ein Fallschirm und das Abzeichen des Clubs trug, folgte der Junge aufmerksam den Ausführungen des Gran Duque, mit dem Gedanken, sie eines Tages anzuwenden, um selbst Golfchampion und reich zu werden. Er trug ein T-Shirt mit dem Aufdruck eines Christuskopfes, was weder den Duque noch den Club zu stören schien. Friedliche Spieler anderer Partien überquerten den Platz mit kleinen Gefolgschaften. In der Ferne blitzte der Gesellschaftssitz des Clubs.

»Junge!«

Der Träger Jesu Christi kam mit dem Caddie heran. Der Gran Duque wählte einen anderen Schläger, wog ihn in der Hand ab und streichelte ihn in seiner ganzen Länge, als handle es sich um ein raffiniertes Folterinstrument. Dann stemmte er seine Füße ins Gras und heftete seine Augen auf den Ball, eine herausfordernde und winzige Kugel, die mit hinterlistigem Eigensinn ausgestattet zu sein schien. Mit forschendem Blick prüfte er danach die Bahn, die sie zurücklegen sollte. Im Sonnenlicht zeichnete sich jeder Grashalm unnatürlich klar ab. Doch bevor er seinen Driver schwang, wandte sich der Gran Duque nochmals an den Anwalt.

»Glauben Sie bloß nicht, was man Ihnen über den Zusammenhang zwischen dem Golfspiel und dem Bluthochdruck, dem besseren oder schlechteren Funktionieren der Herzklappen oder der Möglichkeit, sich mit Geschäftsleuten zu treffen, erzählt; das sind Erfindungen der Lehrbücher. Glauben können Sie jedoch an etwas, was ich Ihnen sagen kann: Mit Hilfe des Golfspiels werden Sie Ihr Bewusstsein entdecken und sich selbst kennen lernen. Spielen Sie allein, spielen Sie immer allein, spielen Sie mit ihrem Bewusstsein.«

»Ich spiele immer allein«, log der Anwalt, kriecherisch darauf bedacht, ihm nach dem Mund zu reden.

»Und vergessen Sie nicht, dass jedes Loch das Auge Gottes ist.«

Der Duque drehte sich nun elegant in der Hüfte und versetzte dem Ball einen wohl überlegten Schlag. Der Aufprall erfolgte im selben Augenblick, in dem der Duque einen kurzen Seufzer ausstieß. Der Ball beschrieb eine Parabel von geringer Höhe, hinterließ eine sichtbare Spur im Gras und kam nach zwanzig Metern wieder auf dem Boden auf, nicht weit entfernt von einem der Augen Gottes, das mit einer hellroten Fahne markiert war. Offensichtlich war der Duque mit dem Schlag zufrieden. Sein franziskanisches Gesicht erhellte sich mit einem Lächeln. Kauffman lächelte ebenfalls.

»Ausgezeichneter Schlag, Duque«, schmeichelte er verhalten.

Der Duque schnaubte.

»Was die außergewöhnlichen Nachrichten betrifft, die Sie mir über das Perlenkollier überbringen sollen, so werden Sie mit mir zu Mittag essen und mir dann zur Siestastunde berichten, was Sie mir zu sagen haben. Das ist der beste Zeitpunkt. Ich ertrage keine Unterbrechungen, während ich verdaue. Außerdem kann ich immer dann am besten zuhören, wenn ich kurz davor bin einzuschlafen.«

»Mit dem größten Vergnügen«, antwortete Kauffman, weniger schmeichlerisch und etwas überrascht.

»Caddie, komm her!«

Millionetis wählte wieder einen anderen Schläger und der

Junge, der sich aus dem Schweißtuch der Veronika ein T-Shirt genäht hatte, blieb neben ihnen stehen.

»Um zwei«, sagte der Duque noch.

»Um zwei.«

Der Duque wünschte allein mit dem Spiel fortzufahren. Der Anwalt Kauffman verstand die Anspielung. Der Duque und der Junge setzten daraufhin ihren Weg der spirituellen Vervollkommnung fort, während der Anwalt zum Club zurückkehrte, dazu ganze Hektare glänzenden Grases überquerte, mit hängender Zunge die Hänge nahm und neidvoll die Glückseligen betrachtete, die dieses andalusische Paradies himmlischer Weidegründe in elektrischen Wägelchen kreuzten. Gen Norden erhob sich das Skelett eines kahlen Gebirges. Die unerbittliche Sonne Marbellas kündigte einen heißen und gleißend hellen Tag an. Es war halb zwölf, als der Anwalt den gläsernen, mit einer Klimaanlage ausgestatteten Zufluchtsort des Clubs erreichte.

Dort machte er es sich in einem Sessel bequem, von wo aus er einen gleichsam sinfonischen Ausblick über die Landschaft genießen konnte. Ein mittelmeerblauer Streifen löste sich zwischen den stechend grünen Hügeln des Golfplatzes auf, die mit blühenden Oleanderhainen besprenkelt waren und wo emsige und wanderlustige Zwerge grüppchenweise zwischen den Löchern Gottes nach ihrer eigenen Identität – oder sonst einer krankhaften Interpretation dieses Spiels – suchten, während hinter seinem Rücken die versteinerten Giganten eines Gebirges sarazenischer Topographie zu sehen waren und Dörfer, die immer noch den afrikanischen Namen irgendeines Clans bewahrten. Was kostete es wohl, dieses weitflächige *Green* täglich so intensiv grün zu halten?, fragte sich der Anwalt wortspielerisch und bewunderte den morgendlichen Glanz des Golfplatzes. Zweifellos war dies unter den gegebenen Umständen nicht die dringendste Frage und ab einem gewissen Punkt würden Sport und Wohlbefinden möglicherweise zu einer metaphysischen, äthylischen, ethischen oder odontologischen Angelegenheit werden, wie auch immer die Wissenschaft heißen mochte, die sich in jedem einzelnen Fall mit dem Menschen und einem guten Leben beschäftigte, angefangen von der Lebensangst bis hin zu Zahnschmerzen. Ein trübsinniger Kellner in der Uniform eines Marineoffiziers brachte ihm ein Bier. Kauffman ließ es sich schmecken. Es war sein erster genussvoller Augenblick an diesem Tag, und er schob damit das erniedrigende Gefühl beiseite, sich in einen Regenwurm oder einen Mistkäfer verwandelt zu haben, als er mit seinen kläglichen Einschmeichelversuchen vor dem Duque ein wenig übertrieben hatte.

Er war an eben diesem Morgen mit der ersten Maschine aus Madrid nach Marbella gekommen. Der Duque hatte einen Wagen geschickt, um ihn vom Flughafen abholen zu lassen. Der Duque verbrachte den Morgen damit, sich ganz seinen gesunden Verpflichtungen auf dem Golfplatz zu widmen, und der Chauffeur hatte den Anwalt direkt zum Spielgelände gefahren und ihn darüber informiert, dass ihn der Duque erwarte, was so viel bedeutete wie, dass der Duque damit meine, der Anwalt solle sich zur Verfügung halten.

Er war John Huston. Jemand hatte es ihm einmal gesagt oder ihn darauf aufmerksam gemacht in derselben und klaren Absicht, ihm zu schmeicheln – und dem Duque hatte der Vergleich gefallen. Er sah John Huston ähnlich; er war hochgewachsen, grauhaarig und wie die Franziskanermönche trug er einen kurzen, weißen Kinnbart; seine Augen unter den schweren Lidern blickten schlau und orientalisch; und vor allem ähnelte er John Huston in seinem jupitergleichen Willen, alles zu beherrschen, was sich in seinem Blickfeld befand – und im Falle des Duque ließe sich hinzufügen, was sein Geldbeutel beherrschte –, mit dieser Ausstrahlung körperlicher Kraft, die sich mit den Jahren vervielfachte, bis sie zu einem weiteren Merkmal seiner Erscheinung wurde, ebenso wie sein Hang zu schweren Drinks, die raumgreifende Heiligkeit seines Äußeren oder das Gefühl, dass dieses imposante Bündel, das so gemessen und gleichzeitig niederwalzend in seinen Bewegungen war, ebenso gut einen Multimillionär darstellen konnte wie den Chef einer kriminellen Bande. Es galt als gewiss, dass er es nicht leicht gehabt hatte im Leben, aber niemand legte Wert darauf, allzu viel darüber zu erfahren. Der Anwalt hatte an seinem Körper Narben gesehen, die sowohl von Verletzungen bei irgendeinem Sportwettbewerb herrühren, als auch Spuren einer Schlägerei sein konnten, aber angesichts der zeitlosen Bewunderung eines John Huston, Millionetis oder Gran Duque zählten die Narben wenig, solange der alte und muskulöse Körper den Anforderungen des Lebens entsprach. Und genau deshalb unterwarf der Anwalt seine Meinung dem strengsten Vorbehalt, jenem, der den finanziellen Appetit mit der Angst verband. Tatsächlich sah er John Huston ähnlich und niemand, der nicht bei gesundem Menschenverstand war, hätte gezögert, einen Pakt mit dem Gott der Golfplatz-Löcher zu schließen, um das Alter des Duque mit seiner beneidenswerten körperlichen Konstitution zu erreichen. Er konnte vielleicht vom Blitz getroffen sterben oder durch irgendeinen Krieg ruiniert werden, aber niemand konnte sich seinen Verfall vorstellen, am wenigsten seine steinreichen Nachbarn in Marbella, und schon gar nicht die Ziegenhirten auf jenen fernen afrikanischen Felsen, von wo aus man die unerreichbaren und grünen Weiden des Marbella-Golfclubs erahnten konnte.

Unter der höflichen Aufsicht jenes Offiziers der mauretanischen Marine, der sich um die Bar kümmerte, genoss Kauffman sein erstes Bier an diesem Vormittag und spülte seinen Mund frei von dem Geschmack nach synthetischem Kaffee und den Petroleumderivaten des Frühstücks, das man ihm im Flugzeug serviert hatte. Die Klimaanlage blies angenehm kühle Luft auf seine Schultern. Vor seinen Augen erstreckte sich eine der teuersten Landschaften der Welt, und während er dickbäuchig im Sessel sitzend jene Bewertung genoss (vielleicht etwas zu dickbäuchig, dachte er, während er den Hügel streichelte, der unter seinem Sommerhemd vorrückte, unerbittlich angetrieben von der Kohlensäure und den Gärstoffen des Bieres), ging ihm sein gestriges Gespräch mit Kauffman durch den Kopf. Gestern? Er war überrascht, dass nicht bereits ein Jahrhundert verstrichen war, seitdem sich die »Betrügerin« in seinem Besitz befand. Kauffman? Aniceto Kauffman, Juwelier, unterstrich der Anwalt für sich, und trennte dabei seine eigene, denkende Identität von der des Besuchers, der ihn in die Geheimnisse des Kolliers eingeweiht hatte. Kauffman legte sich einen Schlachtplan zurecht, wie er den Duque über die Ereignisse informieren würde. Er würde dem Duque gegenüber diejenige Stellung einnehmen, die der Juwelier Kauffman ihm, dem Anwalt, gegenüber eingenommen hatte. Kurz und gut, sagte er sich und richtete seine Augen auf den Mauretanier, als suche er nach einem neutralen Zeugen, er war also dabei, die Wege zu seinem Glück zu entwerfen, die unerforschlichen Wege zum Glück des Anwalts Kauffman. Dabei verfolgte er mit seinen Blicken, wie in der Ferne eine winzige Gestalt in Begleitung vom unzertrennlichen Caddie die Bahnen der neun Löcher Unseres Herrn bespielte.

John Huston war bis nach eins auf dem Golfplatz. Kurz zuvor ließ er Kauffman durch seinen Chauffeur wissen, dass er ihn danach zu Hause erwarten würde. Der Anwalt klopfte sich die Taschen ab, um sein Bier zu bezahlen, was man ihm bestimmt nicht erlauben würde. Dann hob er den mitgebrachten Aktenkoffer vom Boden auf, den er beinahe stehen gelassen hätte, und folgte dem Chauffeur hinaus in die Gluthitze des Mittags, vorbei an der Grünanlage vor der Club-Rezeption bis zum Wagen, den der Duque geschickt hatte.

Der Chauffeur fuhr eine von Palmen gesäumte Allee entlang, die durch eine Villengegend führte. Die Palmen waren klein und dickbäuchig wie Artischocken. Dann ging es nach links eine kurze Steigung hinauf, von wo aus sich ein weiter Blick auf das Meer bot. Die Sonne glitzerte über einem Horizont, der in Dunst wie von geschmolzenem Blei gehüllt war. Das Auto gewann an Höhe. Eine von Artischocken gesäumte Allee, ähnlich der ersten, führte sie zu einem Rondell, das von tropischer Fülle überquoll. Dort hielt der Wagen vor einer steinummauerten Finca an. Das Falkenauge des Chauffeurs oder irgendein entsprechendes Instrument bewirkte, dass sich die Schiebetür öffnete, um das Auto einzulassen. Der Garten offenbarte sich nun in seiner vollen Pracht. Es lag nicht nur an dem gezähmten tropischen Urwald, der so reich an botanischen Arten war, dass dem Anwalt Kauffman schwindlig wurde, als er zu beiden Seiten des gepflasterten Weges die üppige und unbekannte Flora an sich vorbeiziehen sah, die diesen Garten in Marbella zu einem kleinen Ausschnitt des Amazonas-Dschungels machte. Jenes Pflanzenlabyrinth hätte eine Guerilla beherbergen können und zweifellos verschaffte es einem Heer von Gärtnern Arbeit. Die Villa befand sich auf einem offenen Gelände wie auf einer Lichtung im Urwald. Der Duque erwartete ihn auf einer Veranda, deren Fliesen gerade besprengt worden waren. Der Mittagstisch war gedeckt; gelbe Teller auf zwei langen Teakholzplatten, die an Bahnschwellen erinnerten. Man hörte Springbrunnen plätschern und auch irgendeinen exotischen Vogel hartnäckig krächzen, und in dem luxuriösen Inneren des Hauses sah der Anwalt einen Hund von der Größe eines Kalbes verschwinden, ein träges, sabberndes Tier mit großen fleischfarbenen, tieftraurig blickenden Augen, das sich dem Besucher gegenüber gleichgültig zeigte und im Begriff war, sich im Halbschatten irgendeines Salons auf dem Boden auszustrecken.

Millionetis war vom Finanzhai zu einem Finanzpatriarchen geworden. Er hatte ein Netz aus Gesellschaften aufgebaut, deren Interessen niemand hätte genau bestimmen können, am wenigsten jene, die vom Geldfluss angezogen sich in seinen Netzen gefangen sahen wie im Inneren einer eingesperrten, aber zuckenden Substanz, bewässert vom mächtigen Willensfluss des Duque, der imstande war, Imperien zu zerschlagen und die prächtigen kleinen Paläste der angesehensten Unternehmen mit einem einzigen Schlag seines Spekulanten-Zauberstabs in elende

Hütten zu verwandeln. Nichts davon war der Welt, in der sich Millionetis bewegte, unbekannt und zweifellos trug es zu seinem Ansehen bei. Aber der alte Patriarch, weise und skrupellos wie der Chef eines Clans, wusste immer noch auf einen Blick die Geschäftslage seiner Feinde zu erkennen, ebenso wie die süßlichen Schmeicheleien seiner Freunde: Und als throne er auf einem Sockel aus Säcken voller Gold, verstand er es vor allem, die Direktoren der solventesten Banken für sich einzunehmen, um sie zu den treuesten Hütern seines Kapitals zu machen. Man konnte nicht behaupten, dass der Anwalt Kauffman den Duque verehrte. Man konnte jedoch sehr wohl behaupten, dass er ihn mit religiöser Ehrfurcht betrachtete. Und als er sich im Herzen jenes Marbellanischen Urwaldes wiederfand, in den er noch nie zuvor einen Fuß gesetzt hatte und von dem er sich vorstellen konnte, dass er vom weißen Mann noch nicht betreten worden war (der, wirtschaftlich gesehen, normale weiße Mann), wurde ihm klar, dass die größten Geheimnisse von äußerer Prachtentfaltung umgeben sind – in jenem Fall von einer wundersamen Verschwendung botanischer Vielfalt –, und man hätte sagen können, dass inmitten dieser sehr gelungenen Nachahmung des Paradieses, abgesehen von dem verdächtig aussehenden Chauffeur und sabbernden Hund, Millionetis *Der Schöpfer* war.

Der Duque hatte seine Kleidung gewechselt und trug nun ein leichtes, mit tropischen Früchten bedrucktes Hemd, das über einem Paar Shorts flatterte. Er hatte bequeme Sandalen an, die seinen großen Füßen hinreichend Bewegungsfreiheit boten. Auf Huston'sche Art hob er seine Arme und bot Kauffman seine Gastfreundschaft an. Das Mittagessen bestand aus einem Ochsenfilet beträchtlichen Ausmaßes und diversen Früchten. Irgend jemand sang hinten in der Küche. Es wurden weder Höflichkeiten ausgetauscht, noch predigte der Gran Duque von seiner Metaphysik wie auf dem Golfplatz. John Huston verschlang sein Fleisch und stellte dabei sein prächtiges Gebiss zur Schau. Der Anwalt hatte größere Schwierigkeiten, mit seiner Portion fertig zu werden. Er fühlte sich erst erleichtert, als der Duque vom Tisch aufstand und einen unsichtbaren Kellner anwies, die Teller abzuräumen; und jener Geist, der aus den Tiefen des Hauses auftauchte, deckte tatsächlich den Tisch ab und damit auch das argentinische Ochsenfilet, das zu drei Vierteln auf dem Teller des Anwalts zurückgeblieben war. Der Gran Duque setzte sich in einen der Schaukelstühle, streifte die Sandalen ab und schlug die nackten Füße übereinander. Verwirrt und etwas lächerlich, mit einer Chirimoya in der Hand, folgte ihm der Anwalt. Er mochte keine Chirimoyas. Er wusste nicht, warum er diese Frucht in der Hand hielt. Der Anwalt war zerstreut und seine Aufmerksamkeit erwachte automatisch erst wieder, als sich ein konkretes Ziel bot: als der Kellner erneut aus den Tiefen des Hauses auftauchte, diesmal mit einer Flasche Whisky und zwei Gläsern. Er brauchte jetzt einen Schluck. Der Duque lud ihn ein, sich zu bedienen. Der Anwalt ergriff ein Glas und seine Muskeln entspannten sich. Er umging den Schaukelstuhl und setzte seinen Hintern entschlossen in einen der Korbsessel. Das Hemd klebte ihm am Körper, obwohl sich oben an der Decke der Veranda langsam die Schaufeln eines Ventilators drehten.

»Wir sind allein«, sagte der Duque. »Meine Tochter Ricky ist zum Segeln gegangen, meine Frau befindet sich auf Korsika, der Kellner wird seinen Dienst in einer Viertelstunde beenden und die Person, die in der Küche singt, tut dies nur, damit ich weiß, dass sie in der Küche ist und nicht irgendwo anders. Was Herkules betrifft«, er bezog sich auf den Hund, »so ist er zehn Jahre alt und fast taub. Die Luft ist rein, was Sie vielleicht wundern wird.«

»Versteckt sich denn niemand im Urwald?«

»Niemand«, lächelte der Duque.

John Huston faltete die Hände über dem Hemd. Der Anwalt rutschte unruhig hin und her.

»Ich nehme an, dass Ihnen Fernando Garras bereits alles berichtet hat, was ich ihm erzählt habe.«

»Garras schenkt allzu vielen Dingen keine besondere Aufmerksamkeit«, sagte der Duque und schloss sanft den blauen Spalt seiner Augen. »Fangen Sie noch einmal von vorne an.«

Es verging eine halbe Stunde, während der Anwalt alles wiederholte, was er über das Kollier wusste. In diesem Umfeld kolonialer Bepflanzung nahm sein Bericht über das Gespräch mit Aniceto Kauffman in der Kanzlei irreale Züge an. Nur das Glas Whisky in der Hand vermittelte eine gewisse Kohärenz. Kauffman beschrieb den unverhofften Besuch des Juweliers, für den er eine heimliche Sympathie entwickelt hatte. Der Duque wusste sehr wohl alles über die Geschichte des »Wasserfalls des Persischen Golfs«, mehr noch, seine Informationsquellen und seine Bildung, die Kauffman ihm zuschrieb, machten jegliche noch so genaue Aufzählung überflüssig. Dennoch hörte der Duque aufmerksam der Beschreibung zu, die der Anwalt bezüglich seiner Unterhaltung mit Aniceto Kauffman abgab. Kauffman sprach von den venezianischen Perlen, vom madjarischen Anteil, den russischen Perlen und denen, die ein Geschenk des Sultans gewesen waren. Er erwähnte kurz die Anekdote mit dem Sack Kichererbsen während des Bürgerkriegs. Er ging die Liste der Eigentümer des »Wasserfalls des Persischen Golfs« durch, angefangen bei der Kaiserin über den Industriellen Kauffman bis hin zum Gran Duque. Millionetis schlug die Augen auf, als er seinen Namen als letzten Eigentümer auf der Liste hörte; zweifellos war er geschmeichelt. Schließlich schloss Kauffman seine Ausführung mit der Aufzählung der einzelnen Perlen, aus denen der »Wasserfall« bestand. Die Erwähnung der beiden Perlen, die dem Kollier fehlten, hob er sich für den Schluss auf. Im letzten Augenblick, einem mächtigen Instinkt zur Vorsicht folgend, wie jemand der zögert, bevor er ins Leere springt, hielt der Anwalt im Gespräch inne, ehe er gestehen wollte, dass der Juwelier Kauffman ihm eine der verlorenen Perlen zur Aufbewahrung anvertraut hatte und diese sich jetzt in seinem Besitz befand. Er hatte dabei das wunderliche Gefühl, eine Lebensversicherung zu unterzeichnen.

Es verstrichen einige endlose Minuten des Schweigens. Der Duque war in Gedanken versunken. Die Sache war es eindeutig wert. Schließlich schlug er die Augen auf. Er setzte zu einem Huston'schen Gähnen an, das den Blick in seine scharlachrote Mundhöhle freigab, und befreite seine Luftröhre mit einem ausgiebigen Räuspern vom Belag.

»Ich schwöre bei meinem künstlichen Gebiss, dass das die absurdeste Sache ist, die ich seit langem gehört habe«, erklärte er rundheraus und schloss seine Kiefer mit einem knackenden Geräusch, das von einem Kaiman hätte stammen können. »Wie, sagen Sie, heißen die beiden Perlen, die fehlen?«

Kauffman zögerte bestürzt.

»Eine heißt ›Nemesis‹, die andere ›Betrügerin‹.«

»Die ›Betrügerin‹, soso!«

Der Duque gab ein Knurren von sich.

»Herr Kauffman, jetzt muss *ich* Ihnen etwas erzählen«, begann er in einer großzügigen Demonstration seiner Geduld. »Erstens, Herr Kauffman, hat dieses Kollier nie einem Industriellen namens Kauffman gehört. Zweitens bezweifle ich, dass ihr Juwelier Kauffman heißt, auch wenn ich nicht in Frage stelle, dass er verrückt ist. Und drittens, Herr Kauffman, haben Sie, die Kauffmans, etwas, was ich nicht begreife und was zu einem Alptraum werden kann. Sie sind ein guter Anwalt und ein erfolgreicher Unterhändler bei Versteigerungen, aber ich verstehe nicht, auf welche Weise sich die Kauffmans um Sie herum vervielfachen und ob dies etwas mit irgendeiner Art von Betrug zu tun hat.«

»Ich schwöre Ihnen, Duque …«

Im Innern des Hauses wechselte der Schatten von Herkules, dem Hund, seinen Platz.

»Ich verstehe Sie, Kauffman, aber das Wichtigste ist das, was ich Ihnen jetzt sagen werde«, fuhr der Duque fort, ungeachtet Kauffmans schüchterner Ergebenheitsbeteuerungen. »Das Wichtigste ist, dass Sie wissen, Kauffman, dass dem ›Wasserfall des

Persischen Golfs‹ keine zwei Perlen fehlen. Das Kollier ist vollständig.«

»Ich schwöre Ihnen, Duque ...«, beharrte Kauffman mit ersterbender Stimme.

»Ich weiß, ich weiß«, fuhr der Duque in gutmütigem Ton fort. »Sie sind gekommen, um mich darüber zu unterrichten, dass dem Kollier zwei Perlen fehlen und dass die Kauffmans auf meiner Seite stehen. Und ich bin dankbar, dass die Kauffmans auf meiner Seite stehen. Niemals werde ich die Treue des Kauffman-Clans anzweifeln, was auch immer seine dunklen Interessen sein mögen. Aber glauben Sie mir, Kauffman, diese ›Nemesis‹ und diese ›Betrügerin‹ sind dem Erholungsbedarf der Kauffmans zuzuschreiben. Was Sie brauchen, ist Urlaub. Wir alle wissen, was Identitätsprobleme sind. Mich nennen die einen den Gran Duque, die anderen Millionetis ... Wieder andere behaupten, ich sähe John Huston ähnlich«, fügte er mit alter Koketterie hinzu.

»Ich würde es niemals wagen, Sie Millionetis zu nennen«, beteuerte Kauffman.

»Das ist egal, Kauffman, hören Sie auf mich. Ziehen Sie sich mit allen ihren Kauffmans in ein Hotel in den Bergen zurück.«

»Ich weiß nicht, ob ich mich deutlich genug ausgedrückt habe, Herr Kauffman, ich meine, Duque«, unterstrich Kauffman konfus in einem letzten feierlichen Versuch, seine Seriosität zu beteuern. »Dem ›Wasserfall des Persischen Golfs‹ fehlen zwei Perlen. ›Nemesis‹ und die ›Betrügerin‹. Möchten Sie Beweise dafür haben?«

Der Duque öffnete ein treffsicheres Auge. Der blaue Strahl der Pupille durchmaß den Raum zwischen Kauffman und ihm. Hinter seinem Rücken wechselte der Schatten von Herkules zum zweiten Mal den Platz.

»Beweise? Was für Beweise?«

»Aniceto Kauffman brachte Beweise in mein Büro mit. Alte Fotografien des Kolliers«, sagte Kauffman.

Er hielt rechtzeitig inne und milderte seinen Tonfall, als hätte er einen falschen Schritt getan. Er war kurz davor zu erklären, was das für ein Geheimnis war, das eingesperrt in einer nussförmigen Schatulle im Safe seiner Wohnung hinter der Mikrowelle lag, aber sein Instinkt hielt seine Worte zurück.

»Fotografien!«, rief der Duque aus.

Der blaue Strahl blitzte zur Decke.

»Hören Sie mir zu, Kauffman«, fuhr er fort. »Das, was ich Ihnen gerade erzählt habe, ist nur die Hälfte dessen, was ich Ihnen eigentlich sagen wollte. Vielleicht muss ich Ihnen jetzt die andere Hälfte eröffnen.«

»Bitte, ich höre.«

»Schon vor geraumer Zeit erzählte man mir von der Sache mit den wandernden Perlen, eine ähnliche Geschichte wie Ihre. Da ist die Rede von wandernden, vagabundierenden Perlen – nennen Sie sie, wie Sie wollen –, und auch die Rede von Leuten, die angeblich bereit sind, ein Vermögen auszugeben, um sich eine dieser Perlen anzueignen, die außer irgendwelchen schrulligen Sammlern und verrückten Juwelieren niemand gesehen hat; Perlen, die angeblich aus dem Besitz Karls des Großen stammten oder die einmal eine gewisse Königin schmückten, deren Kopf in einem Korb landete, oder auch den Turban eines zum Sultan aufgestiegenen Piraten. Ich gestehe Ihnen, dass auch mich diese Geschichten faszinieren, und es hätte mich gewundert, wenn dem ›Wasserfall des Persischen Golfs‹ keine Perle gefehlt hätte. Schließlich und endlich haben alle Kolliers ihre verlorenen Perlen. Können Sie mir folgen?«

»Ich kann Ihnen folgen.«

»Und daher ließ ich, als ich das Kollier erwarb, Nachforschungen anstellen. Sie kennen sich ja mit diskreten Untersuchungen aus. Ein Kollier, das aus unterschiedlichen Teilen besteht. Ein Kollier, das kurz davor stand, im Eintopf einer Feldküche zu landen. Ein Kollier mit der Geschichte Europas in seinen Perlen.«

»Genau.«

»Nun ja. Auch mir sagte man, dass zwei Perlen fehlen, die

wandernden Perlen, und glauben Sie mir, ich scheute weder Kosten noch Mühen. Aber die Nachforschungen ergaben genau das Gegenteil.«

»Das Gegenteil?«

»Jemand hatte dem Kollier zwei Perlen hinzugefügt. Die näheren Umstände kenne ich nicht.«

Dem Anwalt Kauffman entfuhr ein Ausruf.

»Überrascht Sie das?«

»Ich muss gestehen, dass ich das nicht erwartet habe.«

»Ich sagte Ihnen ja bereits, dass Ihnen noch die andere Hälfte der Wahrheit fehlte. Nach dem«, fuhr der Duque fort, »was Sie mir erzählen, müssten dem Kollier vier Perlen hinzugefügt worden sein, und wenn wir so weitermachen würden, hätten wir bald Perlenpaare, die sich wie die Karnickel vermehren würden, entschuldigen Sie den Vergleich, und am Ende wäre der ›Wasserfall des Persischen Golfs‹ ein dreireihiges, bis zu den Knöcheln seiner Besitzerin reichendes Kollier, wenn der Besitzer einfältig genug wäre, für alle Perlen, von denen man behauptet, sie bildeten einen Teil des Kolliers, ein Vermögen zu bieten. Halten Sie mich für einen Einfaltspinsel, Herr Anwalt?«, stieß der Duque mit der finsteren Miene eines Viehhändlers hervor.

Kauffman erblasste.

»Keinesfalls.«

»Das lobe ich mir. Und jetzt werde ich Ihnen noch etwas sagen, was bei den Nachforschungen ebenfalls ans Tageslicht getreten ist.«

»Noch etwas?«

»Keine Angst. Bis jetzt hat es noch niemand geschafft, mich zu betrügen, ohne nicht aus dem Handelsregister gelöscht zu werden. Oder aus dem entsprechenden Register des Standesamtes. Und damit ist alles gesagt. Die Sache, Herr Kauffman, ist die, dass die Nachforschungen auch ergeben haben, dass zwei der Perlen falsch waren.«

»Falsch?«

»O nein, nicht falsch. Aber australisch. Zweifellos die besten Perlen der Welt. Perlen aus der Korallensee. Und ich habe nichts gegen Australien, Herr Kauffman, ein Land von hartgesottenen Sträflingen und ehemaligen Prostituierten. Eine meiner Firmen kauft australische Wolle oder Lammfleisch, so genau weiß ich das nicht. Ich selbst würde nach Australien ziehen, wenn ich mein Leben mit irgendeiner ihrer Illusionen beraubten Frau neu anfangen müsste. Aber Tatsache ist, dass die beiden australischen Perlen des Kolliers nicht die historischen Perlen sind. Und wenn irgend jemand diese beiden Perlen aus dem verdammten Känguruland hinzufügte, dann, weil zwei historische Perlen fehlten«, bemerkte der Duque, wobei er seine jetzt scharlachrote Wut kaum zurückhalten konnte. »Verstehen Sie jetzt, Herr Kauffman, warum mich die Geschichte interessiert?«

»Ich verstehe. Auch ich denke, dass Australien ein großartiges Land ist, mit all seiner Wolle und all den Verbrechern, von denen Sie sprechen, aber ein Kollier aus dem Hause Österreich-Ungarn ...«

»Eben«, erwiderte der Duque; seine Gesichtsmuskeln begannen sich langsam zu entspannen. Der Ärger hatte ihn wie John Huston mit einer plötzlich auftretenden Wundrose im Gesicht aussehen lassen.

»Wenn ich Sie richtig verstanden habe, sind die beiden echten australischen Perlen falsche Perlen des ›Wasserfalls‹.«

»Das haben Sie ganz richtig verstanden«, knurrte der Duque.

»In diesem Fall bin ich ihr Mann«, diente sich der Anwalt diskret an. »Kurz und gut, ich will sagen, dass ich ihr Mann bin in dem Maße, in dem es das Schicksal und andere finanzielle Faktoren erlauben, die Situation zu klären. Die Kunst und die Geschichte werden es uns eines Tages danken. Man wird den Namen Millionetis preisen.«

»Wiederholen Sie nochmals die Namen der Perlen, die Sie ausfindig gemacht haben.«

»Die eine wird ›Nemesis‹ genannt«, wagte Kauffman zu stottern. »Die andere«, Kauffman lächelte, »also, die andere wird die ›Betrügerin‹ genannt. Seltsamer Name, nicht wahr?«

»Seltsam«, bestätigte der Duque.

Der Anwalt griff nach dem Whiskyglas und nahm einen kräftigen Schluck.

»Die Sache ist die, dass Aniceto Kauffman, der Juwelier ...«, stammelte er.

»Ich schwöre bei meinem Haarwuchsmittel, dass Sie diesen Unsinn vergessen müssen. Vergessen Sie sogar seinen Namen.«

»Aber ...«

»Haben Sie mir etwas zu sagen?«

Der Anwalt nahm einen zweiten, doppelt so kräftigen Schluck Whisky.

»Ja.«

»Und müssen Sie vorher erst etwas trinken, um es mir sagen zu können?«

»Ja.«

»Ich höre.« Der Duque zeigte lächelnd Nachsicht.

»Die Sache ist die, dass Aniceto Kauffman, oder wie Aniceto Kauffman auch immer wirklich heißen mag, eine der beiden Perlen hat.« Der Anwalt atmete erleichtert auf, als hätte er sich gerade zu einem mühsamen Geständnis durchgerungen. »Ich habe nicht den geringsten Zweifel daran, auch wenn ich nicht weiß, wie die Perle in seine Hände gelangt ist. Auch kann ich mir nicht erklären, wer dem Kollier die beiden australischen Perlen hinzugefügt hat. Und ich versichere Ihnen«, bemerkte Kauffman, vom Whisky beflügelt, »ich versichere Ihnen, dass es sich um keinen betrügerischen Versuch handelt.«

»Gut, Kauffman, sehr gut.«

»Glauben Sie mir?«

»Ich schwöre Ihnen bei der Gesundheit meines Schneiders, dass ich nicht weiß, ob ich Ihnen glauben soll. Welche Perle besitzt denn Ihr Kauffman?«

»Die Nummer 15. Die ›Betrügerin‹.«

»Gut, Kauffman, sehr gut«, wiederholte der Duque mit einem vipernhaften Blitzen in den Augen. »Ich dachte schon, Sie seien ein gerissener Anwalt, aber jetzt glaube ich allmählich, dass Sie ein ganz gewöhnlicher Anwalt sind, wie jeder andere auch.«

»Lassen Sie die Komplimente.« Der Anwalt erdreistete sich zu einem leicht kumpelhaften Lächeln.

Das vipernhafte Blitzen des Duque wurde intensiver.

»Ich weiß nicht, weshalb Sie glauben, dies sei ein Kompliment«, antwortete er erbarmungslos. »Und was wissen Sie von ›Nemesis‹?«

»Die zweite Perle kann sich demnächst ebenfalls in den Händen von Aniceto Wie-auch-immer-sein-Nachname-sein-mag befinden.«

Der Gran Duque schloss die Augen und überlegte lange, wobei er das Schnauben eines Wiederkäuers von sich gab. Dann änderte er die Wellenlänge und wechselte zum Fauchen eines Raubtieres über. Kauffman klammerte sich an sein Whiskyglas, um sich Mut zu machen. Schließlich schlug der Duque die Augen auf und faltete die Hände auf eine so definitive Art, als hätte er eine Entscheidung getroffen.

»Sie werden nach Madrid zurückkehren, Kauffman, und Sie werden vergessen, dass Sie hier bei mir waren. Oder noch besser, hören Sie auf mich und fahren Sie in einen Ferienclub. Sie haben es nötig. Es gibt Spezialkliniken für Ihren Fall. Was die Angelegenheit mit den Perlen betrifft, so überlassen Sie das ruhig mir und vergessen Sie, dass Sie es mir überlassen haben. Wenn Sie es trotz allem vorziehen, nicht in eine dieser Nervenkliniken zu gehen und weiterhin gute geistige Gesundheit vorgeben, dann setzen Sie sich mit Fernando Garras in Verbindung, was auch immer Sie brauchen. Aber betreten Sie mir nie wieder Marbella und streichen Sie aus ihrem Gedächtnis, dass Sie mich getroffen haben«, fügte der Duque jupiterhaft hinzu. »Verstanden?«

»Verstanden.«

»Bei den Ratten des Pantheons der Kauffmans, hören Sie auf, in allen Ecken Verwandte zu sehen.«

»Das werde ich, Duque.«

»Sind Sie verheiratet, Kauffman?«

»Äh ... ja.«

»Wenn alles vorbei ist, wird meine Gattin sich freuen, Ihre Frau kennen zu lernen, und wir werden ein kleines Abendessen zu viert organisieren, und eines Tages werden Sie mein persönlicher Anwalt sein.«

»Danke, Duque.«

»Und jetzt gehen Sie, denn die Person, die in der Küche singt, wird bald aufhören zu singen und mit mir eine Siesta halten. Sie hatten eine Tasche bei sich.«

Kauffman hatte seinen Aktenkoffer ganz vergessen.

»Richtig. Eine Tasche mit Aufzeichnungen und einem Notizblock.«

»Holen Sie sie. Mein Chauffeur wird Sie zum Flughafen bringen. Wenn es Ihnen nichts ausmacht, wird Sie Herkules begleiten, was zugleich sein Auslauf sein wird. Er ist ein sehr treuer, aber auch sehr eifersüchtiger Hund. Er mag es nicht, wenn ich mit der Köchin Siesta halte«, lächelte John Huston.

»Ich verstehe«, lächelte Kauffman blöde.

Der Duque verabschiedete sich ohne aufzustehen.

»Auf Wiedersehen, Kauffman. Sie sind ein guter Kerl. Das nächste Mal bringen Sie außer Ihrer Frau auch noch Ihre Golfschläger mit.«

Auf dem Weg zum Flughafen belegte Herkules den Vordersitz neben dem Chauffeur. In der für zärtlichkeitsbedürftige Tiere typisch passiven und schmerzlichen Haltung hatte er den Kopf zum Anwalt umgedreht. Kauffman wagte es, ihn am Kopf zu kraulen, doch das Tier knirschte mit den Zähnen und machte eine kraftvolle Bewegung gleich einem Wachsoldaten, der seine Waffen präsentiert. Der Hund stützte sein Kinn auf die Rückenlehne des Sitzes; er beanspruchte mehr Platz als der Chauffeur, der neben ihm einem unbedeutenden Subjekt glich, das grollend eine Tellerkappe trug. Von seinen rosafarbenen und fleischigen Lefzen tropfte mit ritueller Feierlichkeit literweise Sabber, während seine Augen die Sehnsucht von Fleisch fressenden Tieren ausstrahlten, die ab einem gewissen Alter, ohne dabei ihre Instinkte gänzlich befriedigt zu haben, in jedem Unbekannten ihre vielleicht letzte Gelegenheit sehen. Kauffman lehnte sich schweigend auf seinem Sitz zurück. Herkules schloss die Augen, knirschte im Schlaf in kurzen Abständen mit den Zähnen und döste während der friedlichen Strecke auf von Palmen bestandenen Alleen von Millionetis' Finca zum Flughafen, gewiegt von dem prächtigen Brummen eines gut geölten Motors, in dem Wissen, einmal mehr unbefriedigt zu bleiben, da ihm niemand befehlen würde, die leichte Beute anzugreifen, die in Gestalt jenes auf dem Rücksitz verschanzten Unbekannten so nahe war.

Der Anwalt machte es sich bequem, so gut er konnte – sehr zur Enttäuschung von Herkules. Im Kinderzimmer seiner Töchter gab es ein Foto mit einem ähnlichen Hund, die Darstellung eines Monsters, das Minderjährige beschützte, erinnerte sich Kauffman in einem plötzlichen Anflug von Sehnsucht nach seiner Familie. Während die Palmen an ihm vorbeizogen, dachte er an den Sommer, vergeudet und verdorben wegen dummer Phantasien von Freiheit und erotischen Territoriumserweiterungen, von denen nichts als Bitterkeit übrig bleiben würde. Die plötzliche Sehnsucht nach der Familie machte ebenso schnell einem Gefühl von Beklemmung Platz. Er war sich sicher, dass zwischen Margarita und ihm alles tragisch enden würde. Der Eifersuchtsstachel allein genügte nicht als sexuelle Herausforderung, um den Verdacht auf latente Impotenz zu beseitigen, die in Verbindung mit einer akuten Charakterschwäche bei Männern eines gewissen Alters festzustellen ist (Kauffman wollte sich auf kein Alter festlegen, um seiner eigenen Situation alle Türen offen zu lassen). Schließlich tauchte sein väterlicher Instinkt auf – hervorgerufen von einem Monster wie diesem, mit kräftigem Maul, Zähnen wie Felsen, verstümmelten runden Ohren und dem riesigen Kopf einer Bulldogge –, um das männliche Bild von sich selbst wiederherzustellen, als Vater, wenn schon nicht als feuriger Liebhaber. Und nichts konnte ihm in dieser vagen Atmosphäre von Bedrohung und Schutz eine größerer Hilfe sein als die Erinnerung an seine Töchter, diese beiden zarten Mädchen, wie sie in ihre Spielsachen vertieft waren oder wie sie Bilder brutaler, erfundener Geschichten mit erstaunlicher Naivität austauschten oder mit geschlossenen Fäusten in kuscheligen und winzigen Doppelbetten schliefen unter einem Mond, der anders war als der seine, denn seiner war ein einsamer Mond im absoluten und relativen Sinne der Liebe.

Es war schon nach acht Uhr abends, als Kauffman in Madrid ankam. Vom Flughafen nahm er ein Taxi und fuhr direkt in die Kanzlei. Das Gebäude schien leer. Mit seinen Schlüsseln öffnete er die pharaonischen Türen aus Panzerglas. Seine Schritte hallten auf dem Marmor der Eingangshalle wider. Als er in den Aufzug stieg, zögerte er kurz, ging dann aber die Knopfleiste durch, ohne dort zu drücken, wo sich sein Büro befand. Weit oben im Hochhaus, in seiner privaten Wohnung nämlich, warteten zwei oder drei Flaschen eiskalten Biers und eine lauwarme Dusche auf ihn, und dann ein zum Ausruhen einladendes Sofa mit Blick auf den vom Sonnenuntergang blutrot gefärbten Himmel. Eingehüllt in einen Bademantel, nach Eau de Cologne duftend und mit feuchten Haaren streckte er sich auf dem Sofa aus und gab sich ganz dem elenden Gefühl der Einsamkeit hin. Es kam ihm in den Sinn, seine Frau anzurufen, doch hob er sich diese Möglichkeit für später auf. Nichts rechtfertigte die Unterbrechung der Freiheit, die sie sich gegenseitig zugestanden hatten. Sie würde mit ihrer Freiheit umgehen, so wie er mit seiner Langeweile umging. Er kostete auch die Vorstellung aus, wie sie von einem Schwarzen besessen wurde: einem tierisch gestriegelten Typen mit der gewaltigen Stirn eines Gorillas, einer flachen Nase und übertrieben großen, öligen Bizepsen wie die eines Muskelprotzes auf dem Jahrmarkt. Und er, Kauffman, akzeptierte es zornig und zitternd, imaginärer Zeuge der Stöße eines königlichen Zepters zwischen den Beinen seiner Frau zu sein. Dann schob er das Bild beiseite, oder seine Phantasie löste sich von selbst auf, mit derselben rohen Impertinenz, mit der sie gekommen war. Erneut ertrank er in Sehnsucht. Schüchterne Lichtsignale bevölkerten den Himmel. Schließlich ging mit den ersten Sternen der Nacht, die in blendendem Weiß arglos über den Wolkenkratzern hingen, über seiner eigenen Dachterrasse das blaue elektrische Licht von Danone an. Die ganze Wohnung wurde durchtränkt von der zyanontischen Atmosphäre, die von dem riesigen Neonschild tropfte. Eines Tages würden sie als Ehrengäste auf der Finca von Millionetis zu Abend essen, er und Margarita. Sie hätten sich wieder versöhnt und es würde keine Rede mehr sein von irgendeinem Schwarzen oder irgendeinem Liebhaber welcher Hautfarbe auch immer, überzeugt, dass ihre Ehe halten würde durch die von der Eifersucht hervorgerufene gegenseitige Anspannung.

Plötzlich wandte sich Kauffman wieder den unerledigten Angelegenheiten zu: Er verbannte die Gefühle aus seinem Herzen und löschte die Erotik aus seiner Phantasie. Sein Leben war in ein Geheimnis verwickelt worden, das tiefer war als die übliche geschäftliche Aufregung. Die ungewöhnliche Sache mit den Perlen kam seinem Anwaltsinstinkt entgegen und forderte seine Gewitztheit heraus, sich dies für das eigene Ansehen zunutze zu machen. Er dachte über das Vertrauen nach, das ihm Millionetis hatte zuteil werden lassen. Danach zog er jedoch eben jenes Vertrauen in Zweifel. Was war schon klar? Nichts war klar. Aber wenn eines klar sein sollte, dann, dass er, Kauffman, sich weder betrügen lassen noch darauf verzichten würde, gewissermaßen der Anwalt der »Betrügerin« zu sein und eventuelle Gewinne aus irgendeiner hypothetischen Transaktion einzustreichen. Es kam ihm in den Sinn, in die Küche zu gehen, um sich nochmals zu vergewissern, dass sich das Schmuckstück wirklich in seinem Besitz befand. Ihn empfing der trübe Glanz von Glas und Porzellan, als er sein Gesicht der blinden Scheibe der Mikrowelle näherte. Routiniert bediente er den Mechanismus und der Safe kam zum Vorschein. Sein Arm glich einem sich gierig schlängelnden Reptil, als er ihn bis zum Ellbogen hineinsteckte, um die Nussschale der Schatulle hervorzuholen.

Da war sie, die »Betrügerin«. Er ließ die Perle über seine Handfläche tanzen. Um sie genau zu betrachten, brachte er sie ganz nahe an seine Pupillen heran, bis seine Wimpern das Perlmutt fast streiften. Dabei kniff er nach Expertenart wie ein Juwelier ein Auge zu. Die eingehende Prüfung der Perle offenbarte ihm ihren sphärischen Zauber und ihre bereits bekannte satinartige, von kaum wahrnehmbaren Vertiefungen geprägte Textur. Schon hatte ihn wieder die ganze Faszination der »Betrügerin« erfasst.

Würde sie von »Nemesis« übertroffen werden? Dann zog er sein Auge soweit zurück, wie es am günstigsten war, um in seiner Bewunderung fortfahren zu können, und ließ die Perle erneut auf der Handfläche tanzen. Flüchtige sexuelle Visionen kamen ihm wieder in den Sinn. Margarita in den Armen des riesigen Schwarzen. Offenkundig aktivierte die Habgier einen erotischen Mechanismus von komplizierten libidinösen Beziehungen. Teilweise spürte er, dass der Kontakt des Perlmutts mit der nackten Haut nicht nur bei Frauen berauschende Gefühle hervorrief, sondern auch bei Männern auf wer weiß welch verschlungenen Pfaden die verwirrendste Erektion auslösen konnte. Er nahm ein leichtes Gefühl von Wärme wahr, als berge das Perlmutt eine Art Energie in sich, die die Temperatur ansteigen ließ. Das steif werdende Geschlecht erreichte sichtbare, eigentümliche Ausmaße, Samenerguss auf seidenen Betttüchern, ein riesenhafter Bantu, der mit seinem Glied die Nachttischlampe herunterwarf. Unerklärlicherweise spürte Kauffman, wie in wenigen Sekunden seine Phantasie wuchs, die unter normalen Umständen auf sich warten ließ und unterschiedlich lange Phasen des Verlangens brauchte, bevor sie sich entwickelte. Schließlich verstummte der Ruf seines Fleisches mit der gleichen geheimnisvollen Schnelligkeit, mit der er gekommen war, und das Auge des Gesetzes betrachtete die Perle nun wieder fast wissenschaftlich, sozusagen rein geschäftsmäßig, wie es Kauffmans Beruf entsprach. Die »Betrügerin« würde ihr Versprechen einlösen. »Nemesis« würde später an die Reihe kommen. Vor ihm lag die »Betrügerin« – sicher in seiner Gewalt. Er schloss die Schatulle mit einem Klick, der ein Vermögen wert war, und versenkte sie wieder zurück in die gewundenen Tiefen des Geldschranks, der hinterlistig in einer Ecke der nichttragenden Mauer eingelassen worden war. Der geniale Präzisionsmechanismus tat sein Übriges, indem er den unauffälligen Mikrowellenherd wieder auf seinen Platz rückte und damit einen Schatz verdeckte, der früher einmal eine Kaiserin in seinen Bann gezogen hatte.

Noch war es zu früh, um zu beurteilen, in welchem Maße ihn der Besitz der Perle verändert hatte, ungeachtet der Vereinbarung, die er mit Aniceto Kauffman getroffen hatte. Der Anwalt dachte kurz nach. Auf der Uhr des Mikrowellenherdes war es nach neun, fast halb zehn Uhr abends, und er hatte einen leeren Magen. Zweifellos war es am vernünftigsten, erst einmal dieses Bedürfnis zu stillen. Er holte sich ein Tablett aus dem Wandschrank und machte sich in der winzigen Küche ein Käsebrot. Der Kühlschrank hielt in seinem kühlen Paradies treu einen Vorrat von Bier für ihn bereit. Das genügte. Der Anwalt setzte sich mit dem Tablett auf den Knien ins Wohnzimmer und dachte nach, während er sein bescheidenes Abendessen zu sich nahm. Es war nötig, Aniceto Kauffman einen Besuch abzustatten. Es war unabdingbar, den Juwelier zu treffen, denn der Anwalt war kein Mann, der seine Versprechen einfach so über Bord warf – wie zweifelhaft sein Mandant auch immer sein mochte –, auch wenn nichts unklarer war, als zu wissen, wer tatsächlich sein Mandant war, ob Millionetis oder jener Juwelier.

Er kannte das Viertel Desamparados und den gleichnamigen Platz, wo Aniceto Kauffman laut seiner Visitenkarte, die er in der Kanzlei zurückgelassen hatte, sein Juweliergeschäft führte, einigermaßen gut. In der Nähe des Platzes lagen zwei oder drei empfehlenswerte Restaurants, die Kauffman schon besucht hatte. Eines trug den Namen »Gargantua«, das auf Mastschweinkoteletts und rotes Fleisch spezialisiert war, ein berühmter Tempel, in dem Zeremonien gepflegt wurden, die dem schrillen Gesang des Bluthochdrucks vorangehen. Ein anderes war das »Casa Garrafones«. Seinem Weinkeller sagte man ausgesprochene Großzügigkeit nach, bei dementsprechend maßlosen Preisen, weshalb dort auch häufig die dumpfen Klagelieder des Herzinfarkts angestimmt wurden. Doch der Anwalt konnte sich an kein Juweliergeschäft in jener Gegend erinnern. Er täuschte sich also, wenn er glaubte, alles über die Plaza de los Desamparados zu wissen, denn das Taxi, das er gegen elf Uhr nachts nahm, hielt vor einem Laden mit einem polierten Glasschild, auf dem in barocker Goldschrift »Juwelier« stand. Das Schaufenster war zwar mit Holzplatten und einem Metallgitter verbarrikadiert, im Innern aber brannte Licht.

Irgendwie stieg der Gedanke in ihm hoch, dass die geheimnisvollen Umstände dieses Ortes doch nicht so waren, wie sie im Hinblick auf den an sich schon geheimnisvollen Handel mit Edelsteinen zu erwarten gewesen wären. Vorsichtig drückte er gegen die Tür und das Türblatt gab sanft nach. Die Hälfte des Geschäfts wurde von einem Ladentisch eingenommen, an dem zu beiden Seiten einige Vitrinen funkelten, die im Halbdunkel eine Sammlung von Modeschmuck ausstellten. Zwei Kandelaber und eine Reihe glänzender Silbertabletts verliehen dem Raum von einem Regal herab eine gewisse düstere Feierlichkeit. Hinter dem Ladentisch konnte man eine leicht geöffnete, von einer Stoffbahn halb verdeckte Tür ausmachen. Dort nahm eine gewundene Treppe ihren Anfang, von der man hätte vermuten können, dass sie zu einer Diebeshöhle führte. Der Lichtschein kam von dort. Kauffman ging um den Ladentisch herum und blieb dann stehen. Seine Hand stützte sich auf die abgegriffene Kugel des Geländerlaufs. Er hörte das Geräusch von Schritten.

»Ist da jemand?«

Die Schritte hielten inne. Der Anwalt war ein neugieriger, wenn auch kein mutiger Mann und stieg behutsam die Stufen hinauf, denen er dabei ein Konzert von Knarzgeräuschen entlockte. Als er auf Augenhöhe mit dem oberen Stockwerk war, entdeckte er zuerst eine Garderobe mit einem Trenchcoat und einer Garnitur Stöcke, einen Spucknapf aus Porzellan, der sich unangenehmerweise genau auf der Höhe seiner Nase befand, eine Fressschale für Katzen und einen kleinen Reisekoffer, einen wunderlichen Wald aus Sesselbeinen, ein Paar Schuhe mit farbigen Socken und ein Paar menschliche Beine, die diese Schuhe offenbar täglich trugen. Der Anwalt Kauffman hob den Blick. Er stieg die restlichen Stufen hinauf und fand sich nun von Angesicht zu Angesicht mit dem Schuhbesitzer wieder. Kauffman erschrak. Die Person saß in einem der Sessel. Es war ein massiger Mann, mit einem fleischigen Gesicht, schweißbedeckt und mit einem zu Schlaganfall neigenden, aber zufriedenen Aussehen, als käme er gerade von einem Abendessen in einem der Restaurants des Viertels. Er hatte es sich in seiner ganzen Fülle im schwachen nächtlichen Gegenlicht bequem gemacht, das von der Straße her durch die Scheibengardinen drang, und seine Umrisse lagen zur Hälfte im Schatten der einzigen Lampe der Wohnung. Neben ihm qualmte eine Zigarre, deren Aufgabe wohl darin bestand, den Raucher in blaue Dunstschwaden zu hüllen. Der Unbekannte führte die Zigarre an seine genusssüchtigen dicken Lippen und stieß eine Rauchwolke aus.

»Wer sind Sie?«, rief Kauffman.

»Ich bin der Weihnachtsmann«, sagte der Unbekannte mit den farbigen Socken und trocknete sich seine Stirn mit einem Taschentuch. »Ich habe mich in der Jahreszeit geirrt und bin die Hitze einfach nicht gewöhnt.«

Der Mann stopfte das Tuch in die obere Jacketttasche.

»Und Sie?«, fragte er.

»Ich bin Alfredo Kauffman, Anwalt«, entgegnete Kauffman rasch und geschäftsmäßig.

»Anwalt, was? Gut, Mann, sehr gut«, knurrte der Unbekannte. »Ich habe von Spürhunden mit einem sehr guten Geruchssinn gehört und von Totengräbern, die eine Vorahnung von Sterbefällen haben. Aber noch nie habe ich einen Anwalt gesehen, der bei einem Fall so schnell zur Stelle ist. Wenn ich mich vorstellen darf: Kommissar Potes vom Polizeirevier in der ›Straße der Gegeißelten‹, der Calle de los Azotados. Der ›Platz der Obdachlosen‹, Desamparados, fällt in meinen Bezirk. Die Scherze können Sie sich sparen.«

»Ist irgendwas passiert?«

»Nichts, was sich nicht zwischen einem Anwalt und einem Polizisten klären ließe. Setzen Sie sich, Herr Kauffman.«

Der Anwalt hörte ein Geräusch hinter seinem Rücken und drehte sich um.

»Mein Assistent, Inspektor Cangrejo.«

Aus der Küche tauchte eine junge Gestalt auf, mit abgezehrtem Gesicht und mürrischen Augen hinter einer Nickelbrille. Der Mann hielt ein Messband in der Hand und eine Art winzigen Staubwedel. Er grüßte mit einem kurzen Kopfnicken und verschwand sofort wieder, um eingehend irgendwelche Nachforschungen anzustellen.

Die Wohnfläche entsprach der des Schmuckgeschäfts einschließlich des rückwärtigen Lagerraums im Erdgeschoss. Zweifellos handelte es sich um die Wohnung des Juweliers. Kauffman wandte sich erneut dem Kommissar zu.

»Ich bin auf der Suche nach Aniceto Kauffman«, stotterte er.

»Er liegt zu Ihren Füßen«, sagte der Polizist und führte die Zigarre an seine Lippen.

»Wie bitte?«

»Ich will damit sagen, dass Sie zu Ihren Füßen das haben, was von seiner Person in diesem Haus noch übrig geblieben ist. Passen Sie auf, dass Sie die Markierung mit ihren Schuhen nicht verwischen.«

Da erst entdeckte Kauffman, was der Kommissar meinte. Auf

dem Dielenboden war ein weißer Umriss mit Kreide skizziert. Er entsprach einem Mann mittlerer Statur, mit vom Körper weggestreckten Armen und verdrehten Beinen, so dass es aussah, als nehme er eine ungeschickte Ballettposition ein. Die Zeichnung deutete hochgezogene Schultern und einen kurzen Hals in unterwürfiger Haltung an. Der Umriss des Kopfes ruhte teilweise auf dem Teppich. Der Kreidestrich wurde an jener Stelle etwas ungenau und grenzte einen dunklen und feuchten Fleck von kaum geronnenem Blut ein. Kauffman trat entsetzt einen Schritt zurück. Dabei streiften seine Schultern den Garderobenständer und er spürte die Umarmung des Trenchcoats hinter sich. Erschrocken sprang er zur Seite und stieß gegen die Lampe. Die Schatten tanzten an der Wand.

»Wer ist das?«, fragte Kauffman, als liege das Opfer immer noch in dem schwachen Kreideumriss.

Kommissar Potes zog einen Notizblock aus der Tasche und fing an vorzulesen.

»Aniceto Correa, Juwelier, zweiundfünfzig Jahre alt, ledig, Hehler. Dreimal verurteilt wegen Unterschlagung geraubter Objekte, Spezialist für Edelsteine, 1963 vom Berufsverband ausgeschlossen. Er hatte offenbar weder Feinde noch Freunde. Der Zeitpunkt seines Todes lässt sich auf ... sagen wir, auf ungefähr achtzehn Uhr festlegen. Vor nicht ganz einer Stunde wurde seine Leiche abgeholt und vor morgen werden wir die Ergebnisse der Autopsie nicht bekommen. Dieses Geschäft betrieb er seit 1975. Tod ohne erkennbare Anzeichen von Gegenwehr. Auf den ersten Blick fehlen keine Wertgegenstände. Inspektor Cangrejo nimmt gerade die Spuren auf und in wenigen Minuten wird er uns Genaueres sagen können.«

»Dieser Mann hat sich in meinem Büro mit einer Visitenkarte als Aniceto Kauffman vorgestellt!«, rief Kauffman fassungslos aus und zeigte mit dem Finger auf das Kreidegespenst.

»Mag sein. Wir haben neunundneunzig Visitenkarten auf den Namen Aniceto Kauffman gefunden. Die Schachtel muss hundert enthalten haben. Diese und andere Fragen werden zu gegebener Zeit geklärt werden müssen. Setzen Sie sich, Herr Kauffman. Ich werde Ihnen nun eine Weihnachtsgeschichte erzählen.«

Kauffman umrundete die Kreidesilhouette, ohne seine Augen von der unsichtbaren Leiche des Juweliers abzuwenden, und setzte sich in einen Sessel auf der anderen Seite des Zimmers. Die Lampe wackelte wieder. Die Schatten schwangen an der Decke. In der Küchentür erschien der Kopf von Inspektor Cangrejo.

»Chef . . .«

»Lass uns mal kurz in Ruhe, Cangrejo. Ich komme gleich. Sind Sie verheiratet, Kauffman?«

»Ich bin verheiratet und spiele Golf«, antwortete Kauffman mechanisch.

»Gut. Auch ich bin verheiratet, Herr Kauffman, und ich habe meiner Frau versprochen, mit ihr heute Abend eine Zarzuela anzusehen, diese Art von Zänkerei unter Nachbarn desselben Innenhofes mit Orchesterbegleitung, die im Freien auf der Plaza Mayor aufgeführt wird und um zehn Uhr beginnt. Aber zum jetzigen Zeitpunkt spricht meine Frau wohl mit einem ihrer Kollegen, Herr Kauffman, mit irgendeinem Scheidungsanwalt, denn es ist bereits elf Uhr nachts, und die Eintrittskarten befinden sich in meiner Tasche, und auf der Plaza Mayor schreien sie sich schon seit einer Stunde an und umarmen sich im Chor zum Klang des städtischen Orchesters. Man könnte sagen, dass der Verantwortliche des Polizeireviers ›der Gegeißelten‹ ein Mann ist, den ernsthafte familiäre Schwierigkeiten erwarten. Aber man kann durchaus nicht behaupten, er sei ein pflichtvergessener Mann. Kennen Sie Aniceto Kauffman-Correa schon lange?«

»Seit zwei Tagen.«

»Seit zwei Tagen«, wiederholte der Kommissar. »Nehmen wir einmal an, dass ich ihn seit sechs Jahren kenne, seit ich für diesen Bezirk eingeteilt wurde. Nichts Ernstes, kleine Kontrollen, kleine Diebstähle. Die Sache ist die, dass im vergangenen Dezember jemand Correa mit einem Mercedes besuchte. Es ist nichts

Außergewöhnliches, einen Mercedes in diesem Viertel zu sehen, viele Zigeuner haben einen Mercedes, aber der Fremde, der den Juwelier in einem blauen Mercedes aufsuchte, war nicht irgendein Mann. Er hatte einen Chauffeur und wurde von einem Leibwächter begleitet. All diese Angaben wurden von einem Nachbarn bestätigt. In diesem Viertel sind die Nachbarn ungeheuer wichtig. Fahren Sie einen Mercedes, Herr Kauffman?«

»Nein.«

»Ich auch nicht. Das ist auch unwichtig. Es hätte ja sein können. Jener Besucher kam zweimal, laut der uneigennützigen vertraulichen Aussage des Nachbarn. Also, an Heiligabend, diesem verdammten Abend, der dem ersten Weihnachtsfeiertag vorangeht, rief Aniceto Kauffman im Polizeirevier an, um mitzuteilen, dass er mit dem Tode bedroht wurde, hier und genau in dem Augenblick an jenem verdammten Abend, an dem die ganze Christenheit mit Frau und Kindern zusammenkommt, um Truthahn zu essen. Ich war nicht im Dienst. Ich tat das, was die ganze Christenheit an jenem Abend tut, aber ich musste meine Serviette beiseite legen und nachsehen, was es bei Aniceto Kauffman zum Essen gab.«

»Rief er vom Juweliergeschäft aus an?«

»Er rief von diesem verdammten Telefon aus an, das Sie dort sehen.«

»Was war passiert?«

»Was passiert war? Bringen Sie mich nicht zum Lachen. Ich frage mich immer noch, was in jener verdammten Nacht im Haus des Juweliers passiert ist. Als ich hier ankam, saß Correa dort in demselben Sessel, in dem Sie jetzt sitzen. Er feierte Weihnachten. Er hatte ein Glas Whisky in der Hand. Die leere Flasche war über den Boden gerollt.

›Kommissar‹, begrüßte er mich und erhob sein Glas, ›frohe Weihnachten!‹

›Komm schon, Correa‹, erwiderte ich, ›ich bin nicht gekommen, um mit dir auf Ostern anzustoßen.‹

Er senkte den Kopf und trat mit dem Fuß nach der Flasche, so dass sie in der anderen Ecke des Zimmers landete. Es war die einzige Geste unbeherrschter Gewalt. Er war betrunken, leicht betrunken, so wie sich vielleicht ein Meistergeiger oder ein Briefmarkensammler betrinkt. Der Juwelier war ein ruhiger, zurückhaltender Mann. Ich kannte ihn seit sechs Jahren, so wie ihn die Strolche hier im Viertel kannten. Ich weiß nicht, was er in diesem heruntergekommenen Laden verkaufen konnte, aber er machte immer Geschäfte. Nehmen wir einmal an, dass er gestohlenen Schmuck verkaufte. Nehmen wir ebenso an, dass er Modeschmuck aus Taiwan verkaufte. Die Sache ist die, dass Correa überwacht wurde. Er wusste es und war mir deswegen nicht böse, ganz im Gegenteil, er wusste, dass er beobachtet wurde und das stärkte sein Vertrauen.

›Jemand will mich umbringen, Kommissar‹, sagte er und unterdrückte seinen Schluckauf vom Whisky.

›Dann wirst du wohl irgendeinen Gauner betrogen haben‹, antwortete ich.

Mit seinem häschenartigen Lachen fing er zu lachen an.

›Der ist mehr als nur ein Gauner, Kommissar.‹

›Na komm schon, Correa, ich habe das Weihnachtsessen halb stehen gelassen und du willst mir doch wohl jetzt nicht erklären, dass dich der Direktor der Spanischen Staatsbank umbringen will.‹

Correa lachte wieder.

›Ich habe etwas in meinen Händen, das mich mein Leben kosten wird, Kommissar.‹

Die Unterhaltung war wie im Zirkus. Ich redete mit ihm wie mit einem Clown.

›Und was hast du in deinen Händen, Correa?‹

›Das kann ich Ihnen nicht sagen.‹

›Komm schon, Correa, sag es dem Kommissar.‹

›Kommissar?‹, stotterte er.

›Komm schon, Correa, jetzt sag's mir halt!‹

Ich wurde allmählich ärgerlich. Der Juwelier nahm einen Schluck Whisky und schwieg. Und die Bedrohung? Er gab mir keine Erklärung. Es war ein Irrtum gewesen und der gute Mann hatte Gespenster gesehen. Gespenster! Am Weihnachtsabend! Ich kehrte nach Hause zurück. Der Truthahn war inzwischen kalt geworden, die Kinder hatten sich um den traditionellen *turrón* gestritten und meine Frau war ohne abzuräumen ins Bett gegangen, nachdem sie ein paar Ohrfeigen ausgeteilt hatte.«

Der Kommissar zog an der Zigarre und blies zornig den Rauch durch die Nase aus.

»Verstehen Sie jetzt?«

»Ich verstehe.«

Der Kommissar betrachtete skeptisch die Zigarrenasche und schien sich ein wenig zu beruhigen.

»Und jetzt, sieben Monate später, lässt sich der arme Kerl ausgerechnet in der verdammten ›Nacht der Zarzuela‹ umbringen!«, rief er und zeigte mitleidig auf den weißen Umriss von Aniceto Correa. »Und ich mit den beiden Eintrittskarten in der Tasche!«

»Man wird sie Ihnen erstatten.«

»Man wird sie mir erstatten!« Der Kommissar lachte sarkastisch. »Lassen Sie mich meiner Frau erklären, dass man uns die Eintrittskarten erstatten wird und dass ich sie dafür morgen auf eine heiße Schokolade mit Churros einladen werde. Sie wissen nicht, wie eine Frau ist, die den ganzen Nachmittag beim Friseur verbracht hat, um sich für die ›Nacht der Zarzuela‹ schön machen zu lassen, und der sie dann sagen müssen, dass das alles nicht so wichtig sei, dass man uns die Eintrittskarten schon erstatten wird«, fügte er mit schmerzerfüllter Ironie hinzu. »Und das nach allem, was am Heiligabend passiert ist!«

»Das kann ich mir gut vorstellen«, getraute sich Kauffman anzudeuten.

»Das können Sie sich gut vorstellen«, jaulte der Kommissar auf.

Erneut gab er ein skeptisches Schnauben von sich. Es war offensichtlich, dass dieser Anwalt sich überhaupt nicht vorstellen konnte, wie seine Frau war. Der Assistent des Kommissars steckte wieder den Kopf durch die Küchentür.

»Chef . . .«

»Eine Sekunde noch, Cangrejo, ich komme gleich.«

Der Kommissar dachte eine Weile nach. Die Asche seiner Zigarre rieselte über die Sessellehne. Unterdessen betrachtete Kauffman das Zimmer etwas genauer. Es war die Wohnung eines Wahnsinnigen. Die Möbel hätten ohne weiteres von einer Müllhalde stammen können, wenn nicht diese Patina aus dem neunzehnten Jahrhundert gewesen wäre, die ihnen einen gewissen antiken Anstrich verlieh. Er entdeckte eine Büste mit Backenbart des letzten österreichischen Kaisers auf der Konsole eines unbenutzten Kamins. Das Licht der Lampe fiel rechtwinklig auf die Tapete an der Wand, wo eine verstaubte Urkunde hing. Jeder Gegenstand schien schon seit Jahrhunderten an seinem Platz zu stehen. Die abgestandene Luft juckte einen in der Nase. Es roch nach altem Lack und nach rasch verdunstenden Flüssigkeiten, die der Juwelier wohl benutzte, um Edelmetalle zu prüfen. Zweifellos gab es in diesen Möbeln geheime Schubladen, winzige Waagen, Pinzetten, Linsen – das vollständige Arsenal dieses Gewerbes, das dem Anwalt vorkam wie das Laboratorium einer Zunft, die auf Taschenspielerei spezialisiert war. Wenn dies der Schauplatz eines Verbrechens war, dann deutete nichts darauf hin, dass Gewalt angewendet worden war. Nachdem Kauffmans Augen die unheimliche Raumausstattung überflogen hatten, kehrten sie zurück zu der unsichtbaren Leiche des Juweliers, wie er ausgestreckt innerhalb der Kreidebegrenzung lag, eine schwerelose Figur in einem improvisierten Ballett auf dem dunklen Dielenboden. Er konnte sich des Gefühls nicht erwehren, an einer Totenwache teilzunehmen, bei welcher der Körper des Verstorbenen auf seinen bloßen Umriss reduziert war. Wie es bei solchen Anlässen vorkommt, wurden Erinnerungen an den Toten in ihm wach. Er dachte an seine flötende Stimme, seine höfliche, aber verschmitzte Art, seine Silhouette, die von den Lichtstreifen der Jalousie durchschnitten wurde, an das Halbdunkel des Büros am vorgestrigen Abend. Ein Geheimnis tat sich auf Kauffmans Weg zu Ruhm und Reichtum auf. Zumindest war jetzt vollkommen unklar, wie es weitergehen sollte. Dennoch gewann seine berufsbedingte Fähigkeit, sich zu verstellen, schließlich die Oberhand, als der Kommissar ungeduldig auf der Zigarre herumkaute, während sie sich gegenseitig anschwiegen. Er fühlte sich dem letzten Willen des Verstorbenen verpflichtet, oder dem, was er unter dessen letzten Willen verstand, und zwar mit derselben Loyalität, die er jedem anderen Mandanten auch entgegengebracht hätte. Es ging also darum, die Perlen nicht in diese Angelegenheit dunkler, zweifellos mächtiger, zweifellos zu fürchtender Interessen hineinzuziehen – Bedrohungen, die das Schicksal bereithielt, wenn das schreckliche Gesicht von »Nemesis« oder das lächelnde Antlitz der »Betrügerin« im Spiel waren. Er war mehr denn je verpflichtet, das Geheimnis zu wahren, denn er begann nun zu begreifen, dass sein Leben davon abhing. Mitten in einer Sommernacht erschauerte er und seine Hände wurden schweißnass.

»Hässlich. Sehr hässlich«, murmelte der Kommissar und schüttelte dabei leicht seinen Kopf.

»Wie ist er ermordet worden?«, fragte Kauffman.

»Er wurde von einem Kegel erschlagen.«

»Wie bitte?«

»Man hat ihm den Schädel mit einer Keule gespalten. Der Blutfleck dort auf dem Teppich zeugt davon.«

Der Kommissar führte die Zigarre an seine Lippen. Seine Augen schlossen sich zu einem orientalischen, misstrauischen Schlitz, um sich vor dem Rauch zu schützen. Sein Buddha-Bauch blähte sich.

»Seltsam ist, dass sein Hals Verletzungen wie von Krallen aufwies.«

»Krallen?«

»Oder Fingernägeln, wenn Ihnen das lieber ist. Kurz und gut, es muss noch eine ganze Menge geklärt werden. Haben Sie ›Der Doppelmord in der Rue Morgue‹ gelesen?«

»Zu meiner Zeit. Ich habe es zu meiner Zeit gelesen«, bekräftigte Kauffman verwirrt.

»Ich habe immer davon geträumt, mit einem Fall wie dem in der Rue Morgue betraut zu werden, und ich glaube, jetzt habe ich ihn endlich«, atmete der Kommissar zufrieden auf und wog seine familiären Probleme gegen seine berufliche Karriere ab. »So wahr ich Potes heiße. Vielleicht ist die Sache die Eintrittskarten für die Zarzuela wert.«

»Ich freue mich, dass Sie zu diesem Schluss gekommen sind.«

Der Kommissar hüllte sich wieder in sein detektivisches Schweigen. Kauffman unterbrach ihn.

»Warum hat sich ihrer Meinung nach der Juwelier in meinem Büro als Aniceto Kauffman vorgestellt?«

»Damit Sie ihn empfangen und ihm aufmerksamer zuhören. Er hatte Ihnen wohl etwas Wichtiges zu sagen. Über was haben Sie denn mit dem Juwelier gesprochen, Herr Kauffman?«

»Über allgemeine Dinge. Um genau zu sein, er war daran interessiert, mit dem Besitzer eines Kolliers, den ich vertrete, Verbindung aufzunehmen.«

»Schmuckangelegenheiten, nicht wahr?«

»Genau.«

»Nun ja, Herr Kauffman. Auch ich werde mit Ihnen über diese Angelegenheiten sprechen müssen.«

»Ich lasse Ihnen meine Anschrift da.«

»Ihre Anschrift habe ich auf der Leiche gefunden. Nehmen wir einmal an, ich hätte gerne, dass Sie mir sagen, warum ein dubioser Juwelier aus dem schmutzigen Viertel Desamparados einen Anwalt aus dem besten Bezirk Madrids aufsucht.«

»Das werde ich Ihnen gerne erklären«, begann Kauffman zu lügen.

»Keine Sorge, Sie werden noch genügend Zeit haben, mir alles zu erklären.«

Der Assistent des Kommissars erschien in der Küchentür mit dem Messband und dem Koffer mit den polizeilichen Instrumenten in der Hand.

»Chef ...«

»Was ist, Cangrejo?«

»In der Küche sind keine Spuren«, kündigte der junge Mann hinter den Gläsern seiner Brille an. »Der Mörder kann nur durch den Kamin gekommen sein.«

»Red keinen Unsinn, Cangrejo. Der Mörder kann auch durch die Tür gekommen sein, durch die Herr Kauffman gleich hinausgehen wird.«

Kauffman stand auf. Der Kommissar wandte sich ihm zu.

»Sie verlassen uns?«

»Ich denke, meine Anwesenheit ist nicht weiter vonnöten. Aber ich bleibe in Madrid; ich werde nicht in Urlaub fahren.«

»So gefällt es mir, Herr Anwalt, wir werden uns also in den Nächten dieses heißen Sommers wiedersehen«, sagte der Kommissar lächelnd. »Wir gehören zu den wenigen, die in Madrid bleiben«, fügte er traurig philosophierend hinzu und betrachtete den Umriss des Opfers auf dem Boden. »Cangrejo, begleite den Herrn hinaus.«

Der junge Mann legte Koffer und Messband beiseite und ging vor dem Anwalt die steilen Stufen hinunter. Unten im Laden blitzte der Modeschmuck. Düstere silberne Lichter wanderten über die Decke. Kauffman verließ das Geschäft und atmete erleichtert auf. Er hatte Durst. Die Nacht war lau, versprach erfrischende Morgenstunden. Er überquerte den Platz und schlenderte ein paar Straßen entlang, bevor er ein Taxi nach Hause nahm. Das einzig offene Lokal in der Gegend war eine Hawaii-Bar, wo Kauffman einen Seemannscocktail bestellte, der in einer großen ausgehöhlten Ananas serviert wurde. Das Gefäß in beiden Händen haltend, schlürfte er dessen Inhalt und bemühte sich dabei, den zur Kreation gehörenden Zitronen- und Orangenschalen und anderen Küchenabfällen eines Handelsschiffes auszuweichen. Er fühlte sich gestärkt. Er bestellte sich einen zweiten Cocktail, diesmal den Kannibalencocktail, der in einem Totenkopf aus Bakelit mit bengalischem Feuer serviert wurde und ein erregender Mix aus Pfeffer und Zimt auf einer gerinnenden und gärenden Samenflüssigkeit war. Er löschte das bengalische Feuer und trank das Zeug, dessen stärkende Wirkung die des ersten Cocktails noch übertraf. Mit zitternder Hand beglich Kauffman die Rechnung. Dann fuhr er mit männlichem Elan und einer sauren, tropischen Euphorie im Magen hinauf in seine Wohnung. Zu viele Dinge gingen ihm durch den Kopf und schließlich und endlich waren alle irgendwie gefährlich. Er brauchte Hilfe. Der Gran Duque hatte gesagt: »Wenn du Hilfe brauchst, ruf Fernando Garras an.« Aber er war sich nicht sicher, ob das wirklich die Hilfe war, die er brauchte. Alle in seinem Hirn zusammenkommenden Verdachtsmomente verdichteten sich auf den harten Kern eines Hauptverdachts, der es ihm unmöglich machte, seine Zunge zu lösen. Heiße, glühende Flüche brannten ihm im Hals. Der Alkohol reduzierte die zerstörerischen Gedanken auf die bedauernswerte Verfassung eines Betrunkenen mit schwerer Zunge. Es war ein Uhr morgens, als er beschloss, in der Finca anzurufen. Überraschenderweise war Garras höchstpersönlich am Apparat.

»Hallo, Garras?«

»Ja, am Apparat«, entgegnete Garras.

»Hier spricht Aniceto Kauffman, ich meine, Alfredo Kauffman, Kauffman hat mir gesagt, dass ich dich anrufen soll, äh, ich meine, der Gran Duque hat gesagt, dass ich dich anrufen soll.«

»Kauffman, du bist verrückt«, antwortete Garras schlicht und einfach.

Vor einer Stunde hatte er seine Gymnastikübungen beendet. Jetzt stand noch eine Massage an, bevor er zu Bett gehen würde.

Er reichte das Telefon weiter an den philippinischen Dienstboten, der neben ihm stand.

»Herr Kau Man? Herr Garras bekommt gerade eine philippinische Massage.«

»Sag ihm, dass ich mit dem Gran Duque gesprochen habe.«

»Herr Kau Man? Der Gran Duque hat auch mit Herrn Garras gesprochen.«

»Kauffman, hörst du mich, verdammter Chinese?! Ich heiße Kauffman!«, schrie Kauffman und verlor die Nerven. »Und jetzt sag dem Fleischklumpen, den du vor dir auf dem Tisch liegen hast, dass er ans Telefon kommen soll.«

Die harten Drinks der Hawaii-Bar zeigten ihre Wirkung. Innerlich grinste Kauffman mit teuflischer Zufriedenheit. Sein Ziel war es, Zwietracht zu säen, Misstrauen und Hass zu schüren und sich mit der diabolischen Tugend zu erheben, Böses zu tun, zu Ehren der Kreideleiche von Aniceto Kauffman, das heißt eigentlich von Aniceto Correa, welcher Art die Verpflichtungen auch immer sein mochten, die er dieser Person gegenüber noch hatte. Der enthemmte Kauffman wartete mit dem Hörer in der Hand. In einem plötzlich lichten Moment wurde er auf den gefährlichen Zustand seines Magens aufmerksam. Den Preis für den nächtlichen Wagemut würde er am nächsten Morgen mit hohen Zinsen zahlen müssen. Andere, dunklere Ängste wurden rasch verdrängt. Nach ein paar Minuten wurde das Gespräch wieder aufgenommen.

»Herr Kau Man? Herr Garras wünscht Sie zur Hölle«, richtete der Filipino unparteiisch aus.

Und legte auf.

Kauffman denkt nach

»Nein, wirklich nicht«, sagte Millionetis, während er seine Hände über dem Kopf zusammenschlug und mit eben diesem berühmten Kopf schätzte, wie lange er wohl brauchen würde, um Kauffman zu überzeugen. »Nein, wirklich nicht«, wiederholte er am Telefon, »das hätte nicht geschehen dürfen, nicht so und auch nicht anders, denn schließlich richtet sich das Töten einer Person nicht nur gegen das Fünfte Gebot und gegen meine persönliche Überzeugung, sondern wird auch von Gesetzes wegen verfolgt. Und ich erörtere hier nicht, ob das Gesetz oder das Fünfte Gebot bei einem gewissen Menschenschlag recht hat oder nicht. Das wissen Sie genau, Kauffman. Oder etwa nicht?«, fügte er hinzu, wobei ihm mitten im Satz die Luft ausging. Dann atmete er tief ein und schloss: »Warum sollte ich das also anordnen? Denken Sie mal nach, Kauffman.«

»Das tue ich gerade.«

»Warum sollte ich das also tun?«

»Ich weiß es nicht.«

»Nein. Warum sollte ich Garras befehlen – so etwa mit den Worten ›Garras, schaff dir den Typen vom Hals‹ –, seine Krallen am Hals dieses Unglücklichen als Spur zurückzulassen, wo ich ihn noch nicht einmal gekannt habe und mit dem ich mich hätte einigen können? Auch wenn ich, nach allem, was Sie mir erzählen, – lassen wir einmal die Zahlen beiseite – sehr bezweifele, dass er mich verstanden hätte. Das macht keinen Sinn.«

»Nein, das macht keinen Sinn.«

»Ganz abgesehen davon, dass Sammler miteinander reden, diskutieren, und nicht einer den anderen erwürgen oder ihm den Schädel einschlagen lässt mit einem Stuhlbein oder mit, wie Sie behaupten, einem Kegel«, redete Millionetis weiterhin auf den Anwalt ein, während er dem riesigen Hund Herkules die Hand auf den mächtigen Kopf legte, ihn zwischen den Augenbrauen kraulte und den Hund fast mehr von seinen Argumenten zu überzeugen schien als seinen weit entfernten Gesprächspartner. Dann wandte er sich wieder dem Telefon zu, um seine Gefühle darzulegen, und Kauffman vernahm eine sich wiederholende Unschuldsmelodie von abgrundtiefer, finsterer Scheinheiligkeit: widerhallende, sträflichste Verdächtigungen, absurde Entschuldigungen des Gran Duque, der ganz und gar nicht beleidigt war und von dem zu diesem Zeitpunkt noch keiner irgendeine Erklärung verlangt hatte.

»Beim Barte des Herkules, denken Sie mal nach, Kauffman, ich kann es Ihnen schwören, bei den Spiegeleiern meines Frühstücks. Ich habe mehr als genug Geld und hätte diesem unvorsichtigen Juwelier die Perlen ohne weiteres abkaufen können, wenn er sie gehabt hätte, aber er hatte sie nicht, Kauffman, das versichere ich Ihnen, so wie ein Aniceto Correa kein Aniceto Kauffman ist, und auch das hätte ich Ihnen versichern können.«

»Das ganz bestimmt«, entgegnete Kauffman überzeugt.

»Dem Kollier fehlen zwei Perlen, einverstanden. Und es hat zwei australische Perlen zu viel. Und ich bin wie andere vor mir auch dazu bereit, viel, doch nicht das Leben, für die Originalperlen zu geben. Aber nicht so viel, um anzuordnen, dem Juwelier, der sich als ein Verwandter von Ihnen ausgibt, die Fingernägel in den Hals einzugraben, anzuordnen, dass Garras seine Krallenspuren als Visitenkarte zurücklassen und dass man dem Juwelier den Schädel mit einem Nudelholz einschlagen soll oder mit einem ... wie sagten Sie?«

»Kegel.«

»Kegel. Dazu bin ich nicht fähig.«

Millionetis atmete auf und schob den Hund zur Seite, damit er seine Beine im Korbsessel übereinander schlagen konnte. Herkules trottete träge davon. Marbellas Morgen roch nach Toastbrot und frisch besprengten Fliesen. Millionetis drehte sich in seinem Sessel um und wandte sich mit dem Telefon in der Hand zum offenen Balkon und der prächtigen Einladung des tropischen Gartens hin. Es war neun Uhr morgens. Kauffman hatte ihn angerufen, noch bevor er zum Golfen gegangen war.

»Und dieser Wurstfabrikant«, fuhr er fort, »Camporrón oder Camporreal, wie sein Nachname auch immer lauten oder seine Marke auch immer heißen mag, aber bestimmt nicht Kauffman, er war der Erste, der bemerkt hatte, dass dem Kollier zwei Perlen fehlten, aber er hätte deswegen auch niemanden getötet. Nehme ich an. Ja? Ich sagte, nehme ich an. Auch ich kenne die Geschichte meines Kolliers.«

»Das nehme ich an«, sagte Kauffman.

»Das nehmen Sie an? Sie nehmen es nur an?«, bemerkte Millionetis. »Wie dem auch sei, Camporrón oder Camporreal . . .«

»Camporrón«, stellte Kauffman klar, der bereits gewisse Nachforschungen angestellt hatte.

». . . Camporrón war ein leidenschaftlicher Sammler und hatte Mittel im Überfluss. Übrigens, warum hat sich der Juwelier Ihnen als Kauffman vorgestellt und hat Camporrón, der vor fünfzehn Jahren gestorben ist, auch Kauffman genannt?«

»Der Kommissar meint, damit ich seiner Geschichte mehr Aufmerksamkeit schenke«, erklärte Kauffman kühl.

»Sehen Sie? Dieser Mann hatte nichts zu bieten.«

Kauffmans Stimme wurde leise. Er log finster: »Vielleicht.«

»Außerdem, warum sollte gerade ich Sie anlügen?«, rief Millionetis überschwänglich. »Ich bin nur ein bescheidener Multimillionär. Camporrón verkaufte das Kollier und widmete sein Leben und sein Vermögen der Suche nach den beiden wandernden Perlen. Es gibt Philatelisten, die ihre ganze Briefmarkensammlung verkaufen, um ein oder zwei seltene Marken zu ergattern. Andere begehrten das Kollier und waren zu jeder Gemeinheit fähig. Wieder andere endeten im Gefängnis oder in einer Heilanstalt. Warum hätte ich zu mehr fähig sein sollen als sie?«

»Warum hätten Sie zu weniger fähig sein sollen?«

Schweigen. In der Tiefe seines Herzens fühlte sich der Gran Duque geschmeichelt. Wie allen mächtigen Männern behagte ihm der Ruf, ein schlechter Mensch zu ein. Er ließ sich die Frage auf der Zunge zergehen und ließ sie sich dann wiederholen:

»Glauben Sie?«

»Ich glaube, dass Sie vielleicht nicht weniger dazu fähig sein konnten«, wiederholte Kauffman.

Millionetis streckte die Beine aus.

»Du hast Recht, Junge. Bei den Flöhen meines Hundes. Ich freue mich darüber, dass dieser Umstand mir erlaubt, dich zu duzen. Vielleicht wäre ich nicht weniger dazu fähig gewesen und bin auch verrückt geworden. Aber das ist ein Geheimnis, das unter uns bleiben muss.«

Er lachte laut auf, was mit Gekreische von unsichtbaren Kakadus in der Voliere des Gartens beantwortet wurde. Herkules streckte sich wieder neben ihm aus. Millionetis legte seine Hand nach Art eins stattlichen Jägers auf den mächtigen Kopf des Hundes. Erneut schlug er einen vertraulichen Ton an.

»Ganz ehrlich, Kauffman, ich weiß nicht, wovon Sie sprechen. Ich danke Ihnen für Ihren Anruf. Ich danke Ihnen, dass Sie mich über die aktuellen Ereignisse in Madrid und die Todesanzeigen auf dem Laufenden halten. Aber bei allen Toastbroten des Frühstücks, denken Sie nach, Kauffman. Wenn ich etwas vom Tod des Juweliers erfahren hätte, hätte ich es Ihnen auch mitgeteilt.«

Schweigen. Im Dickicht des Gartens ließ das Gekreische der Vögel allmählich nach.

»Hören Sie mir zu?«

»Ich höre«, antwortete Kauffman lakonisch.

»Hören Sie auf mich, Kauffman, lassen Sie die Angelegenheit mit dem Kollier sein. Überlassen Sie die Perlen ihrem Schicksal.«

»Ist es gefährlich für mich?«

»Meine Zuneigung schützt Sie, Kauffman, bei allen Toten der Rechtsanwaltskammer.«

»Ich werde auf Sie hören, Duque.«

»Auf mich hören ist das Beste, was Sie in Ihrem Fall tun können, Kauffman. So gefällt es mir.«

»Ich werde auf Sie hören«, wiederholte Kauffman, der nicht lange gebraucht hatte, um grundlegende Spitzfindigkeiten zu erlernen. »Letztendlich bin ich nicht der Besitzer des Kolliers.«

Kauffman glaubte nun, dass er von Millionetis nichts erfahren würde und verabschiedete sich rasch. Der Gran Duque legte auf. Herkules stellte sich auf seine vier Beine und wedelte ungeduldig mit dem Schwanz. Der Gran Duque sah auf die Uhr. Ihm blieb noch Zeit, um einige Dinge zu erledigen, bevor er zum Golfen ging.

Am anderen Ende der Leitung rekapitulierte Kauffman die Ereignisse. Die Sache hatte an diesem Morgen nicht gut angefangen. Nachdem er in seiner Junggesellenwohnung aufgewacht war, hatte er sich im Bademantel auf die Bettkante gesetzt und versucht, mit seiner Frau zu telefonieren, jedoch ohne Erfolg. Jemand hatte den Hörer nicht richtig aufgelegt, vielleicht sie, vielleicht eines der Mädchen, der Unterschied machte mehr als nur eine Kleinigkeit aus, so wie mehr als nur eine Kleinigkeit zwischen den Handlungen liegt, die das Ergebnis des Zufalls sind oder die vorsätzlich begangen wurden. Die Kinder konnten im Spiel oder aus Unachtsamkeit das Telefon ausgehängt haben. Aber seine Frau, ach, seine eigene Frau, immer noch die Liebe seines Lebens, sogar unter diesen Umständen ihrer getrennt verbrachten Ferien, konnte es wohl überlegt ausgesteckt haben, um sich den Dämonen der Fleischeslust ungestörter hingeben zu können. Kauffman bereute es, diesem Pakt zugestimmt zu haben, und vergaß dabei, dass er selbst doch am meisten dahinter gestanden hatte, weil er sich teuflische Genüsse im Bett ausgerechnet hatte und subtiles Leid für seine Frau. Zärtlich dachte er an die köstlichen gefüllten Zucchini, die sie ihm eigenhändig und unter der Gefahr, sich die Fingernägel zu ruinieren, zu seinem letzten Geburtstag zubereitet hatte, denn sie wusste, wie sehr ihm gefüllte Zucchini schmeckten. Damals bedeutete Liebe nicht sexuelle Herausforderungen, sondern das häusliche Zusammentreffen der Familie bei einem Zucchinigericht. Spät abends hatte er sie in ein Fischrestaurant ausgeführt; die schlafenden Kinder waren allein zu Hause geblieben. Austern und französischen Champagner. Danach hatten sie sich mit der kraftvollen Langsamkeit der Gezeiten geliebt und er hatte die Mutter seiner Töchter mit Sperma bedeckt, wie ein Pottwal sein Weibchen deckt, als biologischer Nachweis für die Dominanz des männlichen Geschlechts. Warum war es nötig gewesen, ein Jahr später auf dieses starke Unwetter des gegenseitig zugestandenen Abenteuers zuzusegeln? Der Anwalt schob seine Eifersucht beiseite. Andere Ängste und Befürchtungen befielen sein Gemüt. De facto hatte er es sich in der Wohnung über seinem Büro bequem gemacht und war nicht mehr nach Hause zurückgekehrt, seit sie und die Kinder in Urlaub gefahren waren. In der raschen Erhitzung des Morgens überfiel ihn wie ein schmerzhafter Stich ein Gefühl der Beklemmung. Der Sommer war die Zeit der Delirien. Er wählte wieder die Nummer, um festzustellen, dass noch immer nicht aufgelegt war. Dann zog er sich an und verwarf jeden Gedanken daran, dass er auf diesem Weg Trost und Verzeihung finden könnte.

Als Nächstes hatte er mit seinem Anwalt sprechen wollen. Er wollte mit X reden. Er wusste, dass er ihn wegen der Zweifel, die ihn quälten, nicht wirklich zu Rate ziehen konnte, aus Gründen, die auf der Hand lagen. Es war ihm auch klar, dass X, sein Anwalt, Erklärungen verlangen würde, die Kauffman als Anwalt unter keinen Umständen zu geben bereit war. Das war das

Rätsel des Charakters von Juristen. Zähe Leute, dachte Kauffman voller Stolz, aber schwer zu durchschauen, gab er zu, ebenfalls voller Stolz. Aus irgendeinem geheimnisvollen Grund, den er selbst nicht begriff, war die Sache mit den Perlen zu seiner persönlichen Angelegenheit geworden. Habgier hatte darin keinen Platz, nachdem die anfängliche Faszination wegen des Handelswertes der Perlen einmal überwunden war, und auch nicht das Ausmaß der Provokation, ja, er ließ es nicht einmal zu, sich den Dank und die Ehren auszumalen, die Millionetis jemandem erweisen würde, der ihm in der Handfläche die beiden historischen Perlen präsentieren würde, die dem Kollier fehlten. Es war ein Verbrechen begangen worden und dieser Gedanke quälte Kauffman. Der Anwalt wollte mit Herrn X, seinem Anwalt, sprechen, um die Stimme eines Freundes zu hören und um mit seinem ehemaligen Kommilitonen zu plaudern. Er wählte die Telefonnummer einer Kanzlei in Barcelona.

»Federico?«

Herr X hieß Federico.

»Es ist niemand hier. Don Federico ist in Urlaub gefahren«, antwortete eine muntere Frauenstimme mit der wichtigtuerischen und ruhigen Autorität des Reinigungspersonals in leeren Büros.

Kauffman legte auf ohne eine Nachricht zu hinterlassen. Es gab keine Erleichterung für seine Unentschlossenheit oder seine Zweifel, solange es ihm nicht gelang, die Lösung bei sich selbst zu finden. Das hatte er in einem Fitnessstudio gelernt, wo er Monate zuvor ein paar Kurse über Zen-Meditation belegt hatte.

An dritter Stelle hatte der Anwalt mit Millionetis sprechen wollen. Alle Kobolde dieses Schicksalstelefons hatten sich verschworen, damit es wenigstens bei diesem Anruf zu einem Gespräch kam. Und nachdem er mit Millionetis telefoniert hatte, war er dazu entschlossen, dem knappen Ratschlag, den dieser ihm gegeben hatte – »Denken Sie nach, Kauffman« – zu befolgen. Kauffman dachte nach. Das Gespräch hatte die letzten anmaßenden Erwartungen, irgendeine Art von emotionaler Unterstützung zu erhalten, zerstört, so wie mit der rasch ansteigenden Thermometerskala die schwache Hoffnung auf Kühle geschwunden war, die die Nacht ausgelöst hatte. Aber eines war ihm klar geworden, nachdem er Millionetis' volltönende Stimme und sein schallendes Gelächter gehört hatte, zwischen Orchideen, Palmen, Hibiskussträuchern, Kakadus und riesigen Doggen: Kauffman musste rasch nachdenken. Sein Ansehen stand auf dem Spiel und, wer weiß, vielleicht sogar sein Leben. Wie die Philosophen aus der Antike begann er im Bademantel in der Wohnung auf und ab zu gehen, die Faust am Kinn, mit zusammengekniffenen Augenbrauen, Jupiter und seinen Hund herausfordernd – ein Mann voll und ganz seinen Überlegungen hingegeben und mit List gewappnet.

Seine erste Überlegung betraf einen Verdacht. Aber nicht irgendeine Art von Verdacht, grau und formlos, sondern einer, der in dem Maße seine Größe und Farbe veränderte, in dem er in seiner Vorstellung wuchs. In dem amazonasartigen Garten in Marbella verbarg sich eine Vermutung, die Kauffman paradoxerweise nicht zögerte zu konkretisieren. Der Verdacht wurde zur klaren Erkenntnis: Der Gran Duque war über das Vorgefallene unterrichtet, über Kanäle und aus Gründen von vielgestaltiger Bedeutung, aus dunklen Motiven, die Kauffman nicht vorhatte zu ergründen. An dieser Gewissheit war nicht zu rütteln: Der Gran Duque wusste es und vermutete auch, dass *er* es wusste.

Möglicherweise weiß er es so genau, wie ich es ahne, überlegte Kauffman und betrachtete dabei in Gedanken die sich zu ihm drehende Sonnenblume der Erkenntnis, er weiß, dass ich es ahne, und daraus ergeben sich Konsequenzen, die ich bedenken muss.

Er überlegte weiter. Der Kommissar hatte von einem blauen Mercedes in der Nähe der Wohnung des Juweliers gesprochen. Es spielte keine Rolle, welcher Art Millionetis' Leidenschaft für Autos war, genauso wenig, wie seine Leidenschaft für Pferde eine Rolle spielte. Kauffman wusste jedenfalls, dass sich unter den Luxusautos, die in den Garagen auf der Finca des Gran Duque standen, ein blauer Mercedes befand. Der Juwelier war von einem Kegel erschlagen worden, oder einer Keule, und jedermann wusste von der Leidenschaft der Filipinos für das Kegelspiel und den Umgang mit Keulen (die asiatische und perfektionierte Ausgabe der Keule, mit einem steifen Lederüberzug und drei dicken Stahlkugeln darunter, eine tödliche Waffe, mutmaßte Kauffman, der sich plötzlich als Kenner der lebensgefährlichen Varianten, die auf dem Markt der Keulen existierten, herausstellte aufgrund einer Fernsehserie, die er Monate zuvor gesehen hatte). Und zu guter Letzt kostete Kauffman die zufällig eingetretene semantische Übereinstimmung zwischen den Krallen, deren Abdrücke auf dem Hals des Juweliers zu sehen gewesen waren, und den Krallen des Nachnamens »Garras« aus, und trotz der juristischen Unzulässigkeit dieser Hypothese brauchte er kein schlüssigeres Indiz als eben jenes.

Also, schauen wir mal, Kauffman: Ein Doktor der Rechte, viele Berufsjahre und keinerlei kriminalistische Erfahrung gestatten dir nicht, dich von derartigen Mutmaßungen leiten zu lassen, sagte sich Kauffman nachdenklich; dennoch fand er seine heimliche Überzeugung irgendwie logisch begründet, denn die Metapher war immer schon vor dem einfachen Gedankengang da und Fernando Garras war der Mann für unheilvolle Aufträge, wenn es von ihm verlangt wurde. Schauen wir mal, Kauffman: Ein Doktor der Rechte und ein Berg Vermutungen gegenüber einem Sandkorn Gewissheit berechtigen nicht dazu, die Gewissheit gegen den Berg Vermutungen abzuwägen in dem Maße, wie die Zeit voranschreitet. Und trotzdem ...

Der Anwalt zog einen Schlussstrich unter seine Überlegungen und gab der Gewissheit den Vorzug. Dann wanderten seine Gedanken zu Aniceto Correa, den der Anwalt *in pectore* nach wie vor Aniceto Kauffman nannte – mit einer Treue, die nichts als Gegenleistung für die Übereinstimmung der Nachnamen forderte und die deutlich auf die Sympathie und das Vertrauen zurückzuführen war, das dieser Mann in ihn gesetzt hatte. Er stellte sich die sterbliche Hülle Aniceto Kauffmans vor, wie sie auf irgendeiner verchromten Bahre im Seziersaal des städtischen Leichenschauhauses lag und auf die Autopsie wartete. Nackt, weiß, leicht dickbäuchig, das Glied schlaff, die Füße weit voneinander weggestreckt, die Lippen eine fleischige, violette Blume unter der Leuchtstoffröhre, der zertrümmerte Schädel an ein viereckiges Barett aus geronnenem Blut erinnernd und die starren Hände in einer Weise zusammengeführt, als suchten sie nach etwas unbegreiflich Subtilem, das sie hatten entwischen lassen. Er stellte sich vor, wie der Juwelier bei niedrigen Temperaturen in der Kühlkammer lag, umgeben von dem Geruch nach Ammoniak und Benzol, dieses starke Betäubungsmittel in jenem antiseptischen Territorium des Todes. Seine Erscheinung hatte sich von dem Kreideumriss auf dem Dielenboden seiner Wohnung gelöst, um sich in körperlicher Gestalt an jenen gerichtsmedizinischen Ort aus rostfreiem Stahl und Kacheln zu begeben, wo sie nur noch darauf wartete, dass das Skalpell und das Seziermesser in Aktion traten. Der Anwalt empfand Mitleid mit der Leiche. Eine aufrichtige Sympathie verband ihn mit dem Toten. Alte Gesprächsfetzen drangen an Kauffmans Ohren, als wenn die sterbliche Hülle Hertzsche Wellen aussandte.

»Dem Kollier fehlen zwei Perlen, Herr Kauffman, die Nummer 15 und die Nummer 42.«

»Oh.«

»›Nemesis‹ und die ›Betrügerin‹.«

»Zwei Perlen?«

»Die ›Betrügerin‹ befindet sich in meinem Besitz, Herr Kauffman, und ich bin in der Lage, Ihnen zu sagen, wo ›Nemesis‹ ist.«

Der Anwalt blieb mit flatterndem Morgenmantel und weit aufgerissenen Augen mitten im Zimmer stehen, als er die unhörbare Botschaft vernahm. Das war der Grund für Kauffmans, Anicetos, Tod gewesen, daran zweifelte er kein bisschen, welche

Komplikationen sich auch immer ergeben haben mochten, die letztlich dazu geführt hatten. Schrecklicher Ehrgeiz versteckt sich hinter dem Gemüt eines jeden Sammlers. Jetzt befand sich die »Betrügerin« an einem sicheren Ort, im Safe hinter seiner Mikrowelle, und Kauffman war nicht nur im Besitz der Perle, sondern auch im Besitz des Geheimnisses. Bedrohung schwebte über ihm. Und »Nemesis«? Das Echo des Gesprächs mit dem Juwelier kehrte in sanften Schwingungen an sein Ohr zurück.

»Der Industrielle Kauffman war der Erste, der bemerkt hatte, dass dem Kollier zwei Perlen fehlen. Sie, Kauffman, sind der Anwalt, durch den das Kollier zu Millionetis gelangt ist. Und ich, Aniceto Kauffman, habe die Perlen gefunden, die dem Kollier fehlen.«

Kauffman lächelte. Er dachte an die imaginäre Serie von Kauffmans, und es schien ihm, als verpflichtete ihn dies zu irgendeiner Art Treue. Kauffman? Er fühlte sich stark. Er fühlte sich dreieinig. Er fühlte die Lebensenergie der Dreifaltigkeit der Kauffmans in sich. Möglicherweise war es nur ein schwaches Anzeichen dafür, dass er dabei war, verrückt zu werden. Den Anwalt kümmerte es wenig, herausbekommen zu haben, dass der Industrielle Kauffman mit Nachnamen Camporrón hieß und der Juwelier Kauffman in Wirklichkeit Aniceto Correa war. Die falsche Übereinstimmung ging viel weiter. Der Juwelier hatte eine Art geistige Verwandtschaft eingebracht und das gefiel Kauffman. In diesem Augenblick schlitzte das Seziermesser Anicetos Bauch auf, um die Eingeweide herauszuholen. In wenigen Minuten würden das wilde Gekreische der Säge und die dumpfen Schläge des Skalpells das weiche Labyrinth der Gehirnmasse freilegen. Eine Sache war ganz offensichtlich. Der Juwelier war von denen umgebracht worden, die die »Betrügerin« suchten, aber nicht wussten, dass sich die Perle nicht mehr im Besitz des Juweliers befand. Kauffman machte eine Pause. Am Ende der kurzen Diele seiner Wohnung glänzte das schwarze Herz des Mikrowellenherds unter dem Küchenlicht. Nein, die »Betrügerin« war nicht dort, wo die Mörder sie zu finden gehofft hatten. Sie befand sich an einem sicheren Ort, in den Händen derjenigen Person, die das Vertrauen Aniceto Ex-Kauffmans am meisten verdient hatte. Da kamen dem Anwalt die letzten Worte des Juweliers in den Sinn; es war der Augenblick gewesen, in dem er sein ganzes Vertrauen in ihn setzte.

»Meine erste Garantie ist Ihr Wort, Herr Kauffman.«

»Gibt es noch jemanden, der über diese Angelegenheit informiert ist?«

»Natürlich. Eine Person namens Julián el Gordo, also Julián der ›Dicke‹, alias Seine Eminenz, Goldschmied und Hersteller von Devotionalien. Entschuldigen Sie, dass ich eine Karte präsentiere, die Ihnen als Drohung erscheinen mag.«

»Natürlich.«

Der Anwalt hatte diese Worte schriftlich festgehalten. Er suchte jetzt seinen Notizblock. Ein Gefühl von Euphorie erfüllte ihn. Flink ging er seine Aufzeichnungen durch, wobei er diejenigen überblätterte, die nichts mit der Angelegenheit zu tun hatten. Mit einem kurzen Blick überprüfte er die wichtigsten Punkte des Gesprächs. Vor seinen Augen lagen die geheimnisvollen Namen und die genaue Wortwahl. Julián el Gordo, »Nemesis« und die »Betrügerin« ...

»Denken Sie daran, dass sich ›Nemesis‹ in zwei Tagen in Ihren Händen befinden kann. Und außerdem ...«

»Außerdem?«

»Sehen Sie, Kauffman, ich meine ...«

»Was meinen Sie?«

»Also, sehen Sie, Herr Kauffman ...«

»Aniceto.«

An einer Stelle gerieten die Wörter durcheinander; und zwar in dem Augenblick, als der Anwalt gespannt war, was er vom Juwelier zu hören bekommen würde und was er selbst schon vermutete.

»Julián el Gordo könnte auch eine Hilfe sein.«

Der Anwalt klappte seinen Notizblock zu. Eine schwache übersinnliche Wahrnehmung zeigte ihm an, dass die Eingeweide des Juweliers bald auf Aluminiumtabletts neben dem Autopsie-Tisch liegen würden, in einer äußerst delikaten Ausstellung seiner sterblichen Überreste. Petroleumgrünes Schillern der Schleimdrüse, faltiges Granatrot der Milz, milchige Proben des Kleinhirns, geschmückt mit der rosigen Verästelung der Haargefäße, dickes Blut aus der Leber, sanftes Irisieren des moosartigen Darmgewebes, das die reiche und ausgiebige Gärung des letzten Abendmahls des Juweliers sehen ließ. Nicht mehr als eine Lake, nicht mehr als eine stinkende Ausstellung von Eingeweiden – das ist das erniedrigende, gerichtsmedizinische Schicksal unseres Körpers, während sich der Geist erhebt und die Seele schluchzt angesichts der ätherischen Kraftlosigkeit ihres neuen Zustandes – unbeholfen, verwirrt, träge ... Das war die letzte Schau des Innenlebens des Perlenjägers, eine ektoplasmatische Infusion in der empfänglichen Phantasie des Anwalts Kauffman, der dem Juwelier zum Abschied seine Erinnerungen an das Schul-Latein widmete: *Animula, vagula, blandula* ...

»Ich werde nicht mehr daran denken«, murmelte Kauffman nachdenklich. »Zumindest nicht so, dass es mich am Denken hindert.«

Der Anwalt hob den Blick zum leuchtenden Horizont der Stadt, an dem das wilde Tier der Hitze seine Glieder zu strecken begann. Kauffman band mit dem Gürtel seinen Morgenmantel zu und ließ das Nachdenken bleiben. In wenigen Sekunden hatte er erkannt, was seine nächsten Schritte in dieser Angelegenheit sein würden. Er beschloss, Julián el Gordo zu besuchen. Angetrieben von der gerechten Notwendigkeit, die Angelegenheit zu klären, wie obskur sie auch immer sein und welche Gefahr sie auch immer bergen mochte, ließ seine Gefühlswelt nun den tatkräftigeren Seiten seines Anwaltsberufs den Vortritt. Er hielt seinen Ehrgeiz, die beiden verloren gegangenen Perlen in seiner Hand zu vereinigen, für legitim, ohne sich deswegen beschämende Vorwürfe machen zu müssen; denn dadurch würde vermieden, dass die Perlen in die Krallen von Garras gerieten, oder in die Krallen irgendeiner anderen Person, die dreist genug war, ihre Krallen nach ihnen auszustrecken, oder so gut informiert, dass sie sich ihm in den Weg stellen würde und ihr jedenfalls jedes Mittel recht wäre, mit oder ohne Millionetis' Zustimmung. Und was tat er unterdessen noch hier im Morgenmantel? In Madrid stieg das Thermometer. »Nemesis« hielt sich verborgen. Ein Mörder lief frei herum. Zwei Gerichtsmediziner beugten ihre Köpfe über die Eingeweide einer Leiche und unterhielten sich murmelnd hinter ihren antiseptischen Masken über bevorstehende Urlaubspläne. Es war gegen elf Uhr vormittags. Der Anwalt ging ins Bad, um sich zu duschen, bevor er in Aktion trat.

Seine Frau Margarita war mit dem großen Auto, dem schicken BMW, in den Urlaub gefahren – dem ganzen Stolz der Kauffmans. Kauffman war mit dem anderen Wagen, ihrem, in Madrid geblieben – einem Ford der Mittelklasse, den Margarita sonst immer dazu benutzte, die Kinder zur Schule zu bringen. Kauffman war gerührt gewesen, als er ein Dracula-Abziehbild an der Windschutzscheibe des Autos entdeckte und einen benutzten Kaugummi am Rückspiegel und bunte Dinosaurier im Handschuhfach, und er hatte gelächelt, als er die fettigen, großzügig verteilten Abdrücke von Kinderfingern auf den Polsterbezügen sah, und war nachsichtig gewesen angesichts der wilden Spuren von Zähnen an der Rückenlehne des Fahrersitzes. Das war das Auto seiner Frau und seiner Töchter, der Menschen, die er über alles liebte. Nachdem er die mit Bonbonpapier voll gestopften Aschenbecher gelehrt und einzelne Turnschuhe und halb abgekaute Stifte auf den Rücksitz geworfen hatte, hatte Kauffman diesen Wagen mit einem Gefühl tiefster Zuneigung gefahren. Es war der innigste Bereich seines Familienlebens in diesen Tagen der Einsamkeit. Wieder suchten ihn die wollüstigen Hirngespinste seiner Phantasie heim. Vielleicht benutzte seine

Frau in diesen Ferien den BMW für nächtliche Orgien auf irgendeinem Parkplatz am Strand? Kauffman hingegen würde sich hüten, jemals *ihren* Wagen, diese heilige Stätte der Schulkinder, zu entweihen, wenn er eine Frau bei sich hätte – trotz der gegenseitig zugestandenen Freiheit.

Als er sich geduscht und angezogen hatte, fuhr er in die Tiefgarage des Hochhauses hinunter, wo er Margaritas Auto auf dem Stellplatz geparkt hatte, auf dem normalerweise sein BMW stand. Es war zwölf Uhr mittags und irgendjemand war an diesem Tag bereits vor ihm in Aktion getreten. Das Auto stand an seinem gewohnten Platz, aber es glich nicht mehr seinem Auto, denn es war vollkommen demoliert. Es war auch nicht das Auto seiner Frau und seiner Töchter, denn es hatte eine radikale Veränderung erfahren. Jemand hatte mit dem Messer die Reifen aufgeschlitzt und das alte Automobil war ohnmächtig auf seine Felgen gesunken, die Reifen lagen endgültig erschöpft auf dem Boden, nachdem die letzte Luft aus ihnen entwichen war. Nach der Manier des Sancho Pansa war die Windschutzscheibe mit Stockschlägen zertrümmert worden, das Glas war unter dem Einsatz eines Kegels oder einer Keule geborsten und in diamantenen Splittern klirrend auf den Boden der spärlich beleuchteten Tiefgarage geregnet. Wuchtige Keulenschläge hatten die Karosserie zerstört. Der Kofferraum war aufgesprungen und zeigte sich in einer gähnenden Leere. Die Hintertür hing nur noch an einem Bolzen und der Anwalt entdeckte auf dem Sitz ungleiche Paare von Turnschuhen, Schulhefte, zerkaute Stifte, die Reste eines bedrohten Schullebens. Die Polstersitze hatten klaffende Wunden davongetragen. Hämische Sprungfedern kamen zum Vorschein und spieen Polstermaterial aus. Kauffman sah sich um. Es schien ihm, als hallte in dem Säulenlabyrinth der menschenleeren Garage immer noch der Krawall eines Besessenen wider, der mit dem Werkzeug eines Wilden auf die Karosserie einschlug und wie ein verrückter Affe um den Wagen hüpfte. Der Motor war tropfenderweise sanft aus dem Leben geschieden; zurückgeblieben war lediglich eine schwarze Öllache. Das zersplitterte Glas knirschte unter seinen Füßen. Jemand bedrohte die Familie Kauffman und hatte als Erstes sein Auto zerstört. Irgendwo in der Garage setzte das Getriebe eines Lastenaufzugs ein.

»Mein Auto!«, schrie der Anwalt und hob die Faust. »Das Auto meiner Frau und meiner Töchter!«, wiederholte er.

Seine Stimme vervielfältigte sich in dem dumpfen Labyrinth aus Beton. Die Atmosphäre war beklemmend. Kauffman fühlte sich gefangen und war kurz davor, das Bewusstsein zu verlieren. Mit der Hand fasste er sich an den Hals und stürzte auf die Stahltür zu, die hinter ihm donnernd ins Schloss fiel. Er erreichte die Aufzüge. Er hämmerte auf die geschlossenen Türen ein, schlug mit der Faust auf die Knöpfe. Die Lichter begannen wie verrückt zu tanzen. Endlich kam ein leerer Aufzug, in dem gespenstische Stille herrschte. Kurz darauf trug die sanfte Pneumatik des Aufzugs den Anwalt nach oben und brachte ihn zurück in seine Wohnung. Dort, mit der Aussicht auf den Himmel von Madrid, ausgestreckt auf seinem Sofa, bekam Kauffman endlich wieder Luft. Jetzt wusste er Bescheid, was der Gran Duque mit seinen Ratschlägen sagen wollte. Vielleicht hatte der Anwalt nicht genug nachgedacht. Vielleicht sollte er noch besser nachdenken.

Die Sache mit dem Filipino

»Gut, Aquino, gute Arbeit«, sagte Fernando Garras als rede er mit einem dressierten Affen.

Gleichmütig und ohne eine Miene zu verziehen ging der Filipino um seinen Herrn herum, um einen Bademantel und eine Unterhose mit Blumenmuster aufzuheben. Dieser lag nackt, nur die Lenden und den Po mit einem Handtuch bedeckt, vor ihm auf der Liege und wartete auf seine Massage. Der Filipino schob ein Fitnessgerät zur Seite und verließ kurz den Raum. Als er zurückkehrte, rieb er sich die Hände mit Kokosöl ein. Das Hemd trug er wie beim Flamenco oberhalb des Bauchnabels geknotet, da so die Hüften besser zur Geltung kamen. Der Filipino mochte kein Kokosöl, aber sein Herr mochte Kokosöl sehr wohl. Auf seiner Insel benutzte man zum Massieren Affentalg. Mit Affentalg ließ sich leicht arbeiten. Sehr viel leichter als mit Kokosöl. Kokosöl stößt Frauen ab. Seinem Herrn machte es nichts aus, Frauen abzustoßen. Der Filipino beugte sich mit glänzenden Fingern über seinen Herrn und begann dessen Muskeln mit Öl einzureiben. Fernando Garras' kräftiger Körper entspannte sich.

»Fest, Aquino, richtig hart«, stöhnte er auf dem Bauch liegend, die Lippen gegen ein Lederkissen gepresst. »Mach mich fertig. Plag dich!«

Die Spanier sind verrückt, dachte Aquino Tuán. Der Asiat war im Süden der Insel Mindanao geboren und seit vielen Generationen dachten dort alle, dass die Spanier verrückt waren. Niemand wusste mehr, wer die Spanier waren, aber alle wussten, dass sie verrückt waren und Frauenfleisch aßen. Sein Herr schmierte sich mit Kokosöl ein und aß kein Frauenfleisch. Auf seiner Insel hatten die Spanier damals viel Frauenfleisch gegessen. Jetzt, in Spanien, hatte Aquino Tuán gesehen, dass die Spanier viele Dinge aßen, auch viel Dreck. Sie waren verrückt.

Spanien war ein gefährliches Land, und deshalb hatte Aquino Tuán aus seinem Land die heilige Keule und das multifunktionale Schweizer Messer seiner Vorfahren mitgebracht. Die Keule war eine kurze Waffe und aus *bataklán*-Holz gefertigt, das so hart war wie das *taklán*-Holz: Aber in Aquinos Dorf wurden die traditionellen Keulen eben aus *bataklán* geschnitzt, auch wenn man sie im Nachbardorf aus *taklán* machte, denn so hatten das seine Vorfahren schon immer gemacht. Das multifunktionale Schweizer Taschenmesser war seinem Großvater von einem spanischen Missionar geschenkt worden, weil sein Großvater ihm für eine Nacht Frauenfleisch besorgt hatte. Das Schweizer Taschenmesser und die Keule waren in Aquinos Besitz übergegangen und er hatte beides nach Spanien mitgenommen, weil die Spanier verrückt waren. Nicht so verrückt wie die Malaien oder die Chinesen aus Hongkong, aber anders verrückt. Aquino Tuán hatte sich überlegt, zum Arbeiten nach Singapur oder nach Hongkong zu ziehen, wo man gute Dollar zahlte. Dann hatte er aber beschlossen, nach Spanien zu gehen, wo man gute Peseten verdiente, die man dort Knete nannte. Später konnte man dann die Knete in Dollar tauschen. In fünf oder sechs Jahren hätte Aquino Tuán genügend Knete gespart, um heimzukehren und gutes Frauenfleisch zu kaufen. Aquino Tuán wollte in sein Dorf zurückkehren und vielleicht Fleisch exportieren, um Spanien mit gutem Frauenfleisch zu versorgen. Die Spanier mochten philippinisches Fleisch. Die Männer sagten: Was für ein toller weiblicher Happen. Viele Filipinos kamen ohne ihre uralten Waffen nach Spanien und verdienten nicht so viel Geld wie Aquino. Nie würden sie einen Exporthandel mit Frauenfleisch aufziehen können.

Sein Herr hatte Feinde. Just an diesem Morgen hatte Aquino das Auto eines der mächtigen Feinde seines Herrn zerstören müssen. Außerdem hatte sein Herr einen großen Herrn, der auch Feinde hatte. Aquino hatte mit dem *bataklán*-Holz einem anderen mächtigen Feind seines Herrn den Schädel einschlagen müssen. In seinem Dorf gehörte Aquino Tuán der Kaste der Krieger an, auch wenn er in Spanien als Dienstbote arbeitete, um Knete zu sparen, die er wiederum in Dollar umtauschen wollte. Während er den Körper von Fernando Garras mit Kokosöl massierte, dachte der Filipino an Toribia, die Köchin, und spürte unter der engen Hose eine rasche Erektion. Toribia, die Haushälterin, die Witwe des Gärtners, war eine korpulente Frau, widerspenstig wie ein wildes Huhn, stark wie der Büffel im Reisfeld. Aquino hatte sich überlegt, den Spaniern diesen Happen Frauenfleisch zu rauben.

Aquino gehörte zu der Kaste der Krieger und auf seinen Hinterbacken prangten die Tätowierungen zweier Götterfiguren. Auf der linken Pobacke befand sich das Antlitz von Nuhr und auf der rechten das Antlitz von Thur – in allen Einzelheiten und mit dem kompletten Schmuck der Götter. Diese Tätowierungen hatten viele Dollar gekostet, die ein guter japanischer Tatoo-Künstler eingesteckt hatte. Die Beine von Nuhr und Tuhr waren entlang der Beine von Aquino eintätowiert. Die Götter tanzten, wenn Aquino tanzte. Von der Hüfte nach unten bedeckten die gestikulierenden Götter jeden Quadratzentimeter seiner Haut. Das Antlitz der Götter bedeckte das Gesäß. Mit ihrer göttlichen linken Faust machten sie eine bedrohliche Geste, während sie die rechte Faust in das übel riechende Windloch steckten, wo sich vermutlich ihre heiligen Keulen befanden. Wenn Aquino den Hintern zusammenkniff, blickte das finstere Gesicht der Götter furchterregend. Wenn Aquino aber den Hintern entspannte, zeigte sich das tätowierte Lächeln der Götter, und aus dem Loch entwichen fröhliche Winde. Es war ein heiterer Zeitvertreib. Wenn man auf eine bestimmte Art die Schritte wechselte, unterhielten sich die Götter Nuhr und Tuhr in einer windigen Sprache. Wenn man sich wie bei einer Ballettposition bückte, stieß Nuhr kleine Explosionen aus. Wenn man sich entsprechend in die andere Richtung bückte, antwortete die Stimme Tuhrs mit einem ähnlichen Knattern. Es war der fröhliche rituelle Tanz eines verliebten Kriegers. Ein amerikanischer Anthropologe mit jugendlichem Blick hinter runden Brillengläsern hatte Aquinos Dorf besucht und sich auf einem Block Notizen gemacht. Den Tanz hatte er den *Dance of the Wind Men* genannt. Aquino würde all das Toribia vorführen, seine tätowierten Götter am Po, seine Ballettschritte, seine Winde und er war sich sicher, dass es ihm gelingen würde, das wilde Huhn damit verliebt zu machen. Dann würde er sie den Spaniern rauben. Er würde die Köchin mit auf seine Insel nehmen, damit sie für ihn kochte.

Auch der Herr wollte Aquinos Po sehen, aber dann spürte Aquino, wie sich seine Hinterbacken zusammenzogen und wie die Götter verärgert die Fäuste ballten und ihre Keulen im Windloch umklammerten. Der Körper seines Herrn, kräftig und korpulent, an Schultern und Rücken behaart, lag locker bäuchlings auf der Massagebank. Aquinos ölige Finger kneteten geschickt dessen Muskeln. Er massierte die rückseitigen Rippen und fuhr die Sehnen entlang. Der Körper von Fernando Garras war glänzendes Fleisch. Der Filipino konzentrierte sich auf seine Arbeit. Allmählich ließ die durch die Erinnerung an Toribia hervorgerufene Erektion nach. Garras stöhnte. Der Asiat stützte sein ganzes Gewicht auf Garras' Nieren und massierte entlang der Wirbelsäule nach oben. Sein Herr aß kein Frauenfleisch. Man vermutete, dass er Männerfleisch aß. Falls sein Herr aber jemals versuchen würde, sich über die Tätowierung auf Aquinos Hinterbacken herzumachen, oder vorhätte, sein Glied in das Loch einzuführen, wo nur die Übelkeit erregenden Götter ihre

Keulen aufbewahren durften, dann würde Aquinos Keule aus *bataklán*-Holz den Schädel seines Herrn zertrümmern.

»Braver Junge«, stöhnte Garras und drehte auf dem Tisch den Kopf um, damit er auf der anderen Wange zu liegen kam – nichts von der Bedrohung ahnend. Er hatte zum Frühstück Orangensaft getrunken, der ihm jetzt sauer aus dem Magen aufstieß. Dem Filipino missfiel der Rülpser seines Herrn. In Asien waren die Reichen grausamer, aber höflicher, feinfühliger, wohlerzogener. Nie rülpsten sie wie die unflätigen arabischen Millionäre oder wie die unflätigen spanischen Millionäre, wenn sie sich unbeobachtet fühlten. Die Rülpser gaben Giftstoffe frei und verärgerten den Friedensgeist der Luft. Der Filipino hatte dem Thema Rülpser viele Stunden der Meditation gewidmet.

Aquino hörte kurz auf zu massieren und lief durch den Korridor davon, Klack, klack, sich dessen bewusst, dass der Blick seines bäuchlings auf dem Tisch liegenden Herrn auf seinen Po geheftet war, der sich fest und klein unter der Baumwollhose abzeichnete. Er ging die drei Stufen hinauf, die zum Dienstbotentrakt führten, und als er an der Küche vorbeikam, dämpfte er das Echo der Sandalen, um Toribias Aufmerksamkeit nicht zu erregen. Die Frau aus La Mancha war immer noch dort. Aquino erspähte sie aus den Augenwinkeln, wie sie, die Ärmel bis zu den Ellbogen hochgekrempelt, ihre Hände in der Spüle unter dem Wasserstrahl vergraben hatte. Zweifellos wussten diese ersehnten Hände, die Aquino tausendmal küssen würde, nichts von den geheimnisvollen Genüssen, die der Filipino zu teilen bereit war. Von der Waschlauge weich und sauber, waren ihre Hände so zart wie Haifischknorpel. An jedem einzelnen ihrer Finger zu saugen, käme dem Genießen der auserlesensten Muscheln des Chinesischen Meeres gleich. An ihrer Handfläche zu knabbern, entspräche dem Genuss eines köstlichen Kuttelgerichts – eine zwar spanische, aber dennoch gute Speise. Die kräftige Frau aus La Mancha sah den Schatten des Filipinos vorbeigleiten. Im Weitergehen überlegte sich Aquino sonstige

Genüsse. Klack, klack ertönten wieder die Holzsohlen seiner Sandalen, während Toribia den Wasserhahn zudrehte und sich die Hände an der Schürze abwischte.

Am Ende des Flurs öffnete Aquino einen verchromten Schrank mit dem Massage-Zubehör und kehrte mit den vibrierenden Saugnäpfen zurück, die die Durchblutung förderten. Klack, klack: Als er wieder an der Küche vorbeiging, vergaß er seine Schritte zu dämpfen und die Frau aus La Mancha drehte sich um. Ihr Haar war offen und sie trocknete ihre Hände ab. Ihr Blick war wie der Vulkan Pinatubo für das Herz eines Mannes, dachte Aquino und spürte eine neue Erektion. Toribia runzelte wild die Stirn. Das Kommen und Gehen des Filipinos vor ihrer Küche störte sie. Aquino schätzte die grobe Geste der Frau, denn er wusste, wie man mit der Technik seiner Vorfahren wilde Frauen zähmte. Klack, klack, klack schritt er die drei Stufen hinunter, die zum Fitnessraum führten. Fernando Garras lag vergessen auf der Massagebank und begann ungeduldig zu werden. Der Filipino kam, steckte das mitgebrachte Gerät ein und legte Garras die vibrierenden Saugnäpfe zu beiden Seiten des Brustkorbs an. Dann schaltete er auf Stufe fünf. Fernando Garras zog die Lenden ein. Er nahm seine ganze Männlichkeit zusammen und ertrug es tapfer.

Nach zehn Minuten erklärte Garras die Sitzung für beendet und entließ den Filipino. Sein Körper schmerzte ein wenig, aber er hatte das Gefühl, dass sein Blut, anstatt in den Venen zu zirkulieren, jetzt in einem geschlossenen Kreis um die Wette lief. Aquino trocknete sich die Hände mit einem Lappen und warf die schmutzigen Handtücher in einen geflochtenen Korb. Dann sammelte er die Geräte ein und verließ den Massageraum. Seine Schritte verloren sich, klack, klack, klack, im Labyrinth des Hauses mit kurzen, klack, klack, Unterbrechungen, mit vorsichtigen Geräuschen, bis sie schließlich in den höhlenartigen Räumlichkeiten verklangen, wo er seinen geheimnisvollen Schlupfwinkel hatte. Der Filipino zog sich nicht vom Schlachtfeld zurück. Die

Lage seiner Schlafhöhle war strategisch. Er hatte einen Altar, der dem Heiligen von Aquino gewidmet war, einem Gott der Spanier; denn Aquino Tuán dachte, dass die spanischen Götter fast so mächtig waren wie die Götter seines Landes. Auf einem anderen Altar stand der Heilige Cavite, ein Gott, der die Spanier hasste und die Eingeborenen der Insel Mindanao beschützte. Vor jedem Altar glomm träge ein Räucherstäbchen vor sich hin. Zwischen den beiden kleinen Altären lag die Keule aus *bataklán*-Holz, fein gesäubert vom Blut eines spanischen Hundes und von den Farbresten einer Autokarosserie. Keine einzige neue Delle war zu den alten Dellen im Holz hinzugekommen. Es war gutes Holz. *Bataklán*-Holz. Aquino Tuán zog seine Schuhe aus und verbeugte sich vor beiden Altären. Dann trat er zu seinem kleinen Fenster. Von dort konnte man unauffällig die rückwärtige Terrasse beobachten, wo die Wäscheleinen hingen. Die Haushälterin, Köchin und Büglerin würde über kurz oder lang dort erscheinen, um die Wäsche aufzuhängen. Toribias behaarte Achselhöhlen, die bei dieser Tätigkeit sichtbar wurden, verhießen weitere Behaarungen weiter unten, an noch begehrterer, versteckter Stelle. Mit diesem anmutigen Wunder vor Augen würde Aquino Tuán hinter dem Fenster eine rituelle Masturbation vollziehen können. Tatsächlich erschien nun Toribia. Sie ahnte, dass der Filipino sich irgendwo versteckte und rasend an sich Hand anlegte. Sie stellte den Korb mit der sauberen Wäsche auf den Boden und begann diese aufzuhängen: Mit der Anmut einer Frau aus La Mancha hob sie dazu die Arme, so wie man ihr erzählte hatte, dass es die Nutten in einem Bordell an der Kreuzung der Bundesstraße nach Tomelloso machten, wenn sie in der Bar die Flaschen ins Regal stellten. Sie war korpulent und stolz auf ihren dichten Haarwuchs und auf ihre Achselhöhlen. Ihr verstorbener Mann hatte diese schon gepriesen, als sie noch verlobt waren, und im Allgemeinen war sie stolz auf die haarige Zurschaustellung ihrer Macht. Als sie mit der Arbeit fertig war, ließ sie die Wäsche an den Schnüren aufgehängt zurück, gleich einem Geheimcode der Marine, den der Filipino entschlüsseln sollte.

Unterdessen war Fernando Garras auf der Massagebank eingeschlafen, ganz benommen durch die Entspannung seiner Muskeln. Als er wieder munter wurde, stieg er vom Tisch und schlüpfte in seinen Bademantel. Kurzbeinig, klobig und massiv wie ein Poker-Würfel ging er auf die Hauptterrasse und band sich den Gürtel zu. Auf dem sportlichen Bademantel aus elfenbeinfarbener Seide war am Rücken ein roter Kreis aufgedruckt, gleich dem Auge eines Würfels. Der Saum reichte Garras bis zu den Waden, die so dick und behaart waren wie die eines Boxers. Die Seide zitterte leicht in der Morgenluft, als Garras seinen Blick über die Landschaft schweifen ließ – über der noch ein leichter, aus den Steineichenwäldern der Finca kommender feuchter Schleier der Nachtluft lag –, weit hinaus in die Ferne bis hin zu den Umrissen eines Gebirges am blauen Horizont, wo vermutlich Andalusien begann. Der Pinienhain lag noch unter einem See aus Schatten. Der Morgen war lau und vom Duft eines nahen Jasminbuschs erfüllt. Eingebettet in ein tadelloses rechteckiges Rasenstück glitzerte zu seinen Füßen der Swimmingpool so leuchtend, als wäre er voller Quecksilber. Garras klopfte sich die Manteltasche nach seinem Handy ab. In Pantoffeln, die mit seinen Initialen bestickt waren, ging er die Freitreppe der Veranda bis zum Swimmingpool hinunter, sanften Schrittes, auf Schaumstoffsohlen gleich einer Venus des Boxsports, gemächlich und selbstsicher, seine polierten Fingernägel an der Seide des Bademantels reibend. Er bewegte sich mit dem Selbstbewusstsein der Boxkämpfer, wenn sie aus dem Umkleideraum kommen, Männer mit festen Vorstellungen von bewundernswerter Einfachheit: den Gegner zu vernichten. Dieser Instinkt war ihm bei einigen Finanzgeschäften eine große Hilfe gewesen. Er diente ihm auch als Rückendeckung, denn es gibt keinen besseren Kämpfer als den, der keine Schwachstellen zeigt, und Garras' Rücken nach zu schließen, so wie er jetzt die

Treppen zum Rasen und dem Swimmingpool hinunterschritt, war diese Miniatur-Wand von Rücken mit dem aufgedruckten Poker-As alles andere als schwach. Er hatte auch das Leben von zwei oder drei jungen Männern zerstört, die sich von ihm hatten lieben lassen und dies ausnützen wollten. Millionär zu sein stellt für alle Welt eine große Versuchung dar, und ganz besonders für diese Art von jungen Männern. Nun war der »Statthalter« des Gran Duque aber ein unbedeutenderer Millionär als der Gran Duque. Erstens war er auf eine andere Art Millionär. Zweitens war sein Reichtum das Nebenprodukt von Millionetis' Reichtum. Das wusste Garras sehr wohl. In Zeiten, in denen Millionär sein nur ein Wunschziel war, hatte Garras bereits erkannt, dass sein Vermögen davon abhing, wie sich das von Millionetis entwickelte. Seinem Kämpfergeist passte es nicht, dass er immer an zweiter Stelle stand, aber das Leben bot andere Möglichkeiten, sich persönlich zu vervollkommnen. Die Schönheit war eine von diesen Möglichkeiten, dachte Garras, als er mit nach unten gerichtetem Blick die entzückenden Initialen betrachtete, die auf seine Pantoffeln gestickt waren. Fernando Garras erhob nicht den Anspruch, als Ästhet zu gelten, und hätte er es doch, dann würden viele seiner Bekannten in dem vornehmen Fitnesscenter, das er in Madrid besuchte, in wildes Gelächter ausbrechen und sich ihren bronzefarbenen Bauch halten. Das war es nicht. Aber Habgier war auf ihre Weise eine Ästhetik, genauso wie Groll oder Rache. Und es gab nichts auf der Welt, was seine Habgier mehr weckte und die lodernden Feuer des Grolls und der Rache mehr anschürte als die Existenz dieser zwei wandernden Perlen, die im Kollier des Gran Duque fehlten. Es tat wenig zur Sache, wie diese Geschichte Garras zu Ohren gekommen war. Wie oft schon hatte er Demütigungen hinnehmen müssen, wie groß war häufig sein Groll gewesen. Ehrlich gestanden kannte Garras die Geschichte und war nicht bereit, sich diese winzige Beute entreißen zu lassen. Beide Perlen in Händen zu halten, wäre Balsam für seine Seele. Er handelte im Auftrag des Gran Duque, doch nicht einmal Millionetis ahnte, was hinter seinem Rücken vorging. Als zweiter Millionär in Millionetis' Kielwasser zu schwimmen, war eine Sache. Eine andere Sache war, sich die beiden fehlenden Perlen anzueignen, wenn der Gran Duque das Kollier hatte. Millionetis höchstpersönlich hatte ihn beauftragt, die Sache in die Hand zu nehmen. Er solle sein Möglichstes tun, um an die Perlen heranzukommen. Und dieser Kerl, Kauffman, der sich unter Hehlern und Juwelieren so geschickt zu bewegen schien, nein, der sei keine Gefahr und erst recht kein Gegner. Er sei nur ein guter Kerl. Aber alle Finanzmänner wissen, wie ungelegen gute Kerle oft kommen können. Garras höchstpersönlich, ein knotiges Konglomerat aus Muskeln und Gewitztheit, verstand die Komplexität der menschlichen Seele. Mehr noch, er verstand sogar die Komplexität von Millionärsseelen. Falls diese beiden Perlen existieren sollten und zwei Perlen seines Kolliers falsch seien, sagte Millionetis, würde er, Millionetis, denjenigen, der diesen Makel behob, reich belohnen. Mit einem Vielfachen dessen, was die Perlen wert wären, ganz klar. Aber nicht alles in der komplexen Seele der Millionäre lässt sich kaufen und bezahlen. Und genau da begannen die verschlungenen Pfade des Millionärs Garras. Es ging darum, herauszufinden, was für ein Spiel der Anwalt Kauffman spielte, und sich über die eigenen Rachegefühle klar zu werden, wie tief sie waren und wie tief seine Unzufriedenheit wegen eines nie eingestandenen Grolls war, den er, Fernando Garras, beseitigen könnte, indem er sich heimlich die beiden Perlen aneignete und dem Gran Duque die wertlose Trophäe eines unvollständigen Kolliers ließe.

In jedem Fall musste er mit Millionetis reden. Er war inzwischen am Swimmingpool angekommen und ging auf die Liegen zu. Die Sonne hatte nach und nach den Tau des Rasens aufgesogen. Durch die Sohle seiner Pantoffeln hindurch spürte Garras das raue und robuste Gras. Es war Rasen, der nicht bewässert werden musste und in kompletten Teppichen aus Südafrika importiert wurde. Dieses Gras war für Kühe unverdaulich. Es ertrug die Sommerhitze der Mancha und seine dicke, blaugrüne Farbe knirschte unter der Mittagssonne. Garras zog seinen Bademantel aus und legte ihn über die Rückenlehne eines Korbstuhls, bevor er es sich in einem der Liegestühle bequem machte. Es waren schwere, karrenähnliche, makellos weiß lackierte und mit einem gestreiften Segeltuch bezogene Liegen. Garras blähte seine Brust und ließ einen Bizeps anschwellen, der so wulstig war wie ein Tumor. Er fühlte sich gesund und kräftig und zu vielen Heldentaten aufgelegt. Nachdem er einige Angelegenheiten erledigt hätte, wollte er an diesem Morgen einhundertzwanzig Bahnen schwimmen. Das entsprach ungefähr zwei Kilometern – ein absoluter Rekord auf diesem Landgut, denn der Filipino hasste Wasser, Toribia badete nie und die Arbeiter der Finca konnten nicht schwimmen.

Vom Liegestuhl aus wählte er auf dem Handy die Nummer von Millionetis. Ringring. Millionetis meldete sich sofort. Er hatte ihn mit dem eingeschalteten Telefon in seiner hinteren Hosentasche überrascht.

»Hallo, Duque. Hier ist Fernando Garras.«

Der Duque schien nicht gut aufgelegt zu sein.

»Beim Schweif des Herkules, Fernando, äh, ich meine, beim Schwanz meines Hundes! Ich spiele gerade mit dem Präsidenten von Sopicrem Golf und er ist mir fünf Schläge voraus. Was, verdammt noch mal, willst du?«

Garras notierte sich das Detail. Von gewissen Golfpartien hingen einige Börsennotierungen ab.

»Ich will dir nicht dein Golfspiel verderben, aber es gibt Neuigkeiten.«

»Neuigkeiten? Was für Neuigkeiten?«

Millionetis übergab dem Caddie seinen Schläger und trat einige Schritte zur Seite. Der Präsident von Sopicrem, ein ansehnlicher alter Herr, der T-Shirt und Hose in den Farben seiner Firma trug, holte zu einem erfolgreichen Weitschlag aus. Eingelocht.

»Unser Anwalt hatte einen Autounfall, als er aus der Garage fuhr. Ihm selbst ist nichts passiert, aber sein Auto wurde vollkommen demoliert.«

»Sonst noch was?«, fragte der Duque ungeduldig.

Sopicrem wedelte mit dem Schläger, um den Punkt zu bestätigen. Dieser lächerliche Alte schickte sich gerade an, ihm das vierte Loch wegzunehmen. Der Duque wurde wütend. Er würde zum Gespött des Eigentümers der Firma Amusátegui – Kräne und Abschleppdienste und des Chefs von Salsa Terrins in Spanien werden, wenn sie sich im Club träfen.

»Dieser Hehler-Freund von Kauffman hat auch einen Unfall gehabt«, informierte Garras ihn weiter. »Er hat sich zu Hause den Kopf an einem Balken angestoßen, als er aufstehen wollte. Einfache Leute leben in Häusern mit niedrigen Decken, Duque«, fügte Garras hinzu, in dem Versuch, witzig zu sein.

»Das sind keine Neuigkeiten, Garras«, unterbrach ihn Millionetis trocken.

Garras schwieg verwirrt.

»Jemand hat mich heute Morgen darüber informiert. Und ich schwöre dir bei meinem unversehrten Hals, dass mich das nicht interessiert. Gibt es etwas, was dich daran interessiert?«

»Nein, nichts, Duque«, sagte Garras vorsichtig.

»Warum erzählst du mir das dann?«

»Es ist anzunehmen, dass ich mich um eine Laune von dir kümmere«, wagte Garras diskret zu bemerken.

»Es reicht, Garras. Ich habe keine Launen, und wenn ich welche habe, dann kaufe ich sie.«

»Einverstanden, Duque. Setzen wir doch einfach den Fall, dass ich dachte, es könnte dich interessieren, über gewisse Dinge auf dem Laufenden zu sein.«

»Das bin ich, Garras. Rufst du mich von der Finca aus an?«

»Ja.«

»Dann schwöre ich dir bei der nächsten Spargelernte, dass ich nur Ergebnisse will und keine Nichtigkeiten. Und komme mir ja nicht damit, dass du in der Finca keinen Spargel anbaust«, sagte der Duque und lachte schwerfällig.

»Ich baue keinen Spargel an«, stellte Garras düster klar.

»Falls diese zwei Perlen existieren, bring sie mir und ich werde dich mit Schatzbriefen überhäufen«, sagte der Duque. »Und falls sie nicht existieren, finde heraus, was es damit auf sich hat, mich glauben zu lassen, es gäbe sie. Das ist alles.«

»Warum willst du, dass ich sie suche?«

»Warum ich will, dass du sie suchst? Warum ich will, dass du diese Perlen suchst?«

»Genau das frag ich dich.«

»Genau das fragst du mich. Aha. Aber ich werde dir nicht sagen, warum ich will, dass du sie suchst. Ergebnisse will ich, Garras«, drängte der Duque und wandte sich wieder dem sonnenbeschienenen, vom Wind bewegten, herrlich glänzenden Green zu. »Und wenn du nicht anrufst, um mir Ergebnisse mitzuteilen, dann lass mich in Ruhe Golf spielen.«

Millionetis brach das Gespräch ab. Er steckte das Handy in die Tasche und spähte über den Golfplatz. Er hatte den Eindruck, dass sein Gegner, der Präsident von Sopicrem, auf einmal in der Landschaft verschwand. Tatsächlich war Sopicrem in ein Loch gefallen. Nicht in ein Golfloch, sondern in ein Loch bei den sanften, künstlich angelegten Hängen des Platzes. Millionetis rieb sich die Hände und verlangte vom Caddie seinen Schläger. Mit ein wenig Glück hatte sich Sopicrem ein Bein gebrochen. Das war der Augenblick, die fünf verlorenen Schläge aufzuholen. Er würde sich beeilen müssen. Sopicrem war fähig, seinen Vorsprung mit einem gebrochenen Bein zu halten. Vielleicht hatte er sich auch einen Ellbogen gebrochen. Die Alten haben Glasknochen. Mit einem gebrochenen Ellbogen und einem gebrochenen Bein wäre Sopicrem verloren. Der Duque war in Hochstimmung. Er zog sich die Mütze tief ins Gesicht und ging begierig zu der Stelle, wo sein Ball liegen geblieben war. Er schätzte die Abstände und ließ den Ball mit einem perfekten *swing* in einer günstigen Position vor dem dritten Loch aufkommen.

Auch Garras steckte sein Telefon wieder ein und hatte das Gefühl, seine Pflicht erfüllt zu haben. Er hatte den Schein gewahrt. Nichts besänftigt das Gemüt eines Tyrannen mehr als eine routinierte Huldigung. Vielleicht würde Millionetis eines Tages bedauern, so viele Erniedrigungen um sich herum gesät zu haben wie bittere Blumen. In jedem Handbuch für gute Manieren wird davon abgeraten, mit der Gabel in den Po seines Tischnachbarn zu stechen. Garras würde sehr darauf achten, sich am Tisch nicht neben Millionetis zu setzen. In der Morgensonne schloss er die Augen und wünschte sich mehr denn je, die beiden Perlen zu besitzen. Nicht, um sie Millionetis zu übergeben. O nein. Nicht für hundert Kilo Schatzbriefe. Auch nicht für einen Kubikmeter Aktienpakete und Schuldverschreibungen, die in jedem Fall, bei der Arglist des Duque, am Ende nicht mehr wert sein würden, als das Papier auf dem sie gedruckt waren. Das war es nicht. Mit dem Besitz der beiden Perlen hatte es mehr auf sich, als den Wunsch nach Rache und dem Gefühl von Macht. Dem Gran Duque würde immer etwas fehlen, was Garras sein Eigen nennen würde. Darin läge insgeheim die Genugtuung seines Spiels, denn das Wissen um das schmachvolle Fehlen zweier Perlen im Kollier des Gran Duque würde seinen Besitzerstolz heben, immer wenn er die beiden Perlen heimlich betrachtete.

Garras schlug die Augen auf und entdeckte den Filipino neben sich, der sich dem Swimmingpool ohne sein gewohntes Klack, klack leise genähert hatte. Er war barfuß und brachte auf einem Tablett das andere Telefon, als sei es ein Frühstückscroissant. Sein morgendliches Ritual hatte er beendet. Nach einem reichlichen Samenerguss hatte er sich gesäubert und seine Hose gewechselt. Er überreichte seinem Herrn das Telefon und sagte nur zwei Worte:

»Kau Man.«

»Wer?«

Der Filipino antwortete nicht. Garras packte das Croissant mit seinen Krallen und hielt es ans Ohr.

»Ja bitte?«

Es kam keine Antwort vom anderen Ende der Leitung.

»Geh ein paar Schritte zur Seite, Aquino«, befahl Garras daraufhin, weil er dachte, der Filipino könnte den Empfang stören.

Aquino trat zur Seite.

»Ja bitte?«

Die Leitung war immer noch tot. Die Verbindung war unterbrochen worden. Garras gab das Telefon zurück.

»Dieser Anwalt ist verrückt«, murmelte er und schloss erneut die Augen.

Die Sonne schien jetzt direkt auf den Swimmingpool und die Mosaike auf dem Beckengrund wellten sich wie ein Tigerfell. Die Wasseroberfläche sandte kurze Strahlen vom Durchmesser einer 100-Peseten-Münze aus. In dem Maße, wie sich die Sonne dem Zenit näherte, erreichten die Temperaturen den Schmelzpunkt für Muskelmasse; Garras würde nun ein langes Bad nehmen. Allein in dem schillernden Swimmingpool schwamm er unaufhörlich seine Bahnen und holte alle zwei, drei Züge Atem. Sein Schatten glitt schwerelos durch das Wasser. Er war wie ein überentwickeltes Spielzeug. Wenn er den Kopf zwischen zwei Wasserfurchen hob, konnte man seinen wilden Gesichtsausdruck erkennen.

Kauffman vergewissert sich

Kauffman legte leise den Hörer auf, als wäre er nicht allein in der Wohnung. Er war zwar allein, aber um ihn herum kreisten neue Zwangsvorstellungen.

Eine halbe Stunde zuvor, nachdem er mit Millionetis gesprochen hatte, war er in schwindelerregender Hast die Treppen hinuntergejagt ohne den Aufzug abzuwarten, der irgendwo im Danone-Bereich des Gebäudes feststeckte. Einer plötzlichen Eingebung folgend war er wie ein Wasserfall die dreiundzwanzig Stockwerke hinuntergestürzt, als befände er sich in einem tosenden Alptraum. Das Gebäude verfügte über einen Wachdienst. Der Wachdienst seinerseits verfügte über ein Videosystem, das den Eingang und die Garage überwachte. Mit viel Glück hatte dieses System die Zertrümmerung seines Wagens aufgezeichnet. Mit noch mehr Glück hatte der Wächter die Aufzeichnung auch gespeichert.

Atemlos stolperte er die Treppen des Notausgangs hinunter bis zu dem Raum, wo man die Bildschirme überwachte. Der Wächter stellte sich als neunzehnjähriger Praktikant heraus. Er war als Urlaubsvertretung für den August eingestellt worden. Anfangs verstand er nicht, was Kauffman eigentlich wollte. Er schien taub zu sein. Kauffman drückte sich auch schlecht aus, nachdem er dreiundzwanzig Stockwerke hinuntergerannt war und nun das Gefühl hatte, seine Lungen hingen ihm aus dem Hals. Aber der Jugendliche war nicht taub. Er hörte Walkman, und als er ihn abnahm, erwies er sich als ein höflicher junger Mann, der ganz genau verstand, was der nach Atem ringende Kauffman sagte. Er drehte an den Bildschirmen herum, die in diesem Augenblick mittels eines technischen Kniffs gleichzeitig einen Dokumentarfilm über Naturschutz, die Ziehung der Lottozahlen und die Aufzeichnung eines Konzerts in dem Park Casa de Campo zeigten. Schließlich stellte er das statische, aus drei Winkeln aufgenommene Bild der Tiefgarage ein. Auf einem der Bildschirme sah man Kauffmans demoliertes Auto. Der Jugendliche schaltete daraufhin den Rücklauf ein. Nach einer Minute erschien ein Besessener, der mit einer Keule in der Hand um Kauffmans Wagen sprang. Der Anwalt erkannte sofort Garras' philippinischen Dienstboten. Das war die Gewissheit, die er gesucht hatte. Er wollte nicht warten, bis sein Wagen auf dem Bildschirm wiederhergestellt war, trotz des Drängens des Jungen, der auf eine unerwartete Möglichkeit der Zerstreuung gestoßen war.

Der Anwalt ballte die Fäuste.

»Schweine!«

Kauffman legte einen Geldschein auf die Konsole und sagte, dass sich die Polizei das vielleicht noch anschauen müsste. Danach verließ er den Überwachungsraum und ging zur Eingangshalle, wo er geduldig auf einen der Aufzüge wartete, während er über seine Absicht nachsann, Garras nochmals anzurufen. Später wollte er dann doch nicht mit Garras sprechen. Es genügte ihm zu wissen, dass sein Anruf angekommen war. Garras würde feststellen, dass Kauffman wachsam war, und das war das Wichtigste.

›Gut, Kauffman‹, sagte Kauffman mit einer leisen, sentimentalen Stimme zu sich selbst. ›Der Krieg ist erklärt. Jeden Augenblick kann man dir mit einer Keule den Schädel einschlagen und deine Töchter werden kommen und über deiner Leiche weinen, Halbwaisen in so zartem Alter, und deine Frau wird ihre aufregenden Abenteuer vergessen und mit deinem eingeschlagenen

Kopf auf dem Schoß weinen, weil du ein guter Ehemann gewesen bist, und ein guter Vater und ein vielleicht nicht ganz so guter Anwalt. Aber wenn du siegst, Kauffman – welch Ruhm für dich und deine Familie! Ein neues Auto und ein gemeinsamer Familienurlaub, und vielleicht, wenn man die Töchter derweil in ein Internat geben würde, eine zweite Hochzeitsreise. Nur Mut, Kauffman, zeig, was du wert bist. Du hast bei deinem Examensjahrgang an siebzehnter Stelle gestanden.‹

Er stand vom Sofa auf und ging in die Küche. Dort öffnete er den Mikrowellenherd und entfernte die Rückwand, um an den Safe heranzukommen. Den Arm bis zum Ellbogen hineingetaucht, drehte er an der Zahlenkombination und holte die Schmuckschatulle heraus. Die Perle zu betrachten, verschaffte ihm ein Gefühl der Erleichterung. Er erinnerte sich, dass man zu früheren Zeiten den Perlen medizinische Kräfte gegen Hysterie und Geburtswehen zuschrieb, und wenn er auch nicht gegen Geburtswehen ankämpfen musste, so doch vielleicht gegen Hysterie, und deshalb war es gut, die Perle bei sich zu haben. Die »Betrügerin« strahlte einen beständigen, perlmutterfarbenen, sanften Glanz aus, leicht violett, wie die Spitzen einer bestimmten Spargelsorte. Einmal mehr konnte er ihre geheimnisvolle radioaktive Kraft feststellen. Beim Funkeln schien die Perle ihre eigene Energie zu verbrauchen; sie gab eine leichte Wärme an die hohle Hand ab. Wer weiß, welche Schmach die »Betrügerin« in ihrem Namen barg. Kauffman wusste es nicht. Aber er spürte in seiner Handfläche ihre mächtige Strahlung. Er legte die Perle wieder zurück in das Etui und betrachtete sie noch kurz, bevor er den Safe wieder schloss. In diesem Halbdunkel wirkte die Perle noch geheimnisvoller. Man hätte fast sagen können, sie leuchte. Sie schien ein schwaches Licht auszustrahlen. Dann schob er die Rückwand der Mikrowelle wieder an ihren Platz zurück und schloss das Gerät. Er rieb sich die Hände und Schläfen und kehrte in das kleine Wohnzimmer seines Apartments zurück. Bei diesem Spiel war jetzt die Reihe an ihm.

Er beschloss, noch am selben Abend Julián el Gordo aufzusuchen. Möglicherweise war El Gordo bereits darüber informiert, was seinem Freund Aniceto zugestoßen war, vorausgesetzt, er las Zeitung. Sicher war in der Morgenausgabe darüber berichtet worden. In jedem Fall ließ sich Kauffmans Besuch nicht mehr hinausschieben. Es empfahl sich jedoch, Vorsichtsmaßnahmen zu treffen, und dem Anwalt schien es angebracht, abzuwarten, bis es dunkel wurde. Der Nachmittag war lang. Neben seinen Vorsichtsmaßnahmen sprach nichts dagegen, vorher noch ein paar Whiskys zu trinken. Als er schließlich die Wohnung verließ, fühlte er sich selbstbewusst und mutig und spazierte euphorisch quer durch die Eingangshalle Richtung Ausgang. Draußen gingen in Madrid die Lichter an. Zwei Putzfrauen, die mit ihren Wischmops sich überschneidende Wege zurücklegten, kommentierten den beschwingten Gang des Anwalts, bis er mit dem Kopf gegen die Glastür donnerte.

Der Aufprall gegen das Glas hallte wie ein Glockenschlag nach. Kauffman sah winzige Sterne regnen und wurde etwas ernster. Ohne stehen zu bleiben verließ er das Gebäude und nahm ein Taxi. Eine halbe Stunde später stand er vor der Anschrift, die ihm Aniceto Ex-Kauffman gegeben hatte. Es war ein zweistöckiges Haus in der Nähe einer alten Küchenmöbelfabrik, nicht weit von dem Ort entfernt, wo Kauffman früher einmal ungewöhnliche Versteigerungen und Antiquitätenläden besucht hatte, auf der Suche nach einem seltsamen, ganz bestimmten Wandschränkchen, das Margarita unbedingt haben wollte. Kauffman hatte schließlich so ein Wandschränkchen auch gefunden und auf seinem Streifzug zugleich das Viertel kennengelernt. Das gesamte Viertel roch modrig. Von niemandem beachtet siedelten dort millionenfach Kolonien von mikroskopisch kleinen Pilzen, gediehen Flechten und blühte der Hausschwamm. In der unbarmherzigen Abenddämmerung nach jenem staubigen Nachmittag legte sich die Hitze wie eine erdrückende Samtdecke über die Stadt. Kauffman klingelte. Er hörte Geräusche und ein Hin und Her hinter der Tür und nach wenigen Minuten öffnete man ihm. Es ließ sich nicht leugnen, dass das Auge, das an der Tür erschien, einem wohlbeleibten Mann gehörte. Das Augenlid mochte zweihundertfünfzig Gramm wiegen. Der Arm an der Hand, welche die Klinke hinunterdrückte, mochte fünfzehn Kilo wiegen, was, mit der restlichen Anatomie verrechnet, für die dahinter versteckte Person ein Gewicht von einhundertzwanzig bis einhundertdreißig Kilo ergab. Durch die halb offene Tür konnte man nur ein Drittel dieser Summe sehen. Kauffman stellte sich vor und streckte seine Visitenkarte einer eineinhalb Kilo schweren Hand hin.

»Julián el Gordo, nehme ich an«, begrüßte ihn Kauffman.

»Julián Gordo Capilla«, sagte der andere ungerührt. »Gordo ist mein Nachname, aber viele Leute nennen mich El Gordo.«

El Gordo öffnete nun die Tür und zeigte sich in seiner ganzen Fülle. Er las die Visitenkarte und hob seine Augenlider zu seinem Besucher.

»Wieder andere nennen mich Seine Eminenz. Sind Sie Kauffman, der Anwalt?«

»Höchstpersönlich.«

»Aniceto hatte mir erzählt, dass er zu einem Anwalt gehen würde.«

Seine Eminenz hielt kurz inne und näherte sein kugelrundes Gesicht Kauffmans Stirn.

»Ist Ihnen etwas passiert?«

»Ich bin gegen eine Glastür gestoßen.«

»Treten Sie ein.«

El Gordo drehte sich um und überließ es Kauffman, die Tür zu schließen. Diese kleine rechteckige Lagerhalle war sein Geschäft. Aniceto Ex-Kauffman hatte es Kauffman beschrieben. Es gab First- und Secondhand-Heiligenbilder, mit Kruzifixen voll gestopfte Kisten und verstaubte Vitrinen mit Kultgegenständen. Am Ende der Halle lag die Wohnung Seiner Eminenz. Kauffman zog den Kopf ein, um unter dem Arm eines Erzengels durchzugehen. Auf einer Seite im Halbschatten funkelte der von Pfeilen durchlöcherte, jugendliche Körper des Heiligen Sebastian. An der Wand hing ein mit Reißnägeln befestigter Erotik-Kalender mit dem Blatt des vorigen Monats. El Gordo schob einen Kordelvorhang zurück und sie betraten eine Art Wohnzimmer, wo die Anzahl von Bildern und Gegenständen merklich geringer war. Es war ein fensterloser Raum. Eine kleine Tür führte zur Küche. Der Fernseher lief und das Zimmer schien im Licht der Mattscheibe zu vibrieren. El Gordo schaltete den Fernseher aus. Es brannte nur eine Lampe, weshalb er noch eine zusätzliche anknipste. Dann machte er es sich auf einem breiten Diwan bequem und bot Kauffman einen Sessel an.

»Setzen Sie sich.«

Kauffman gehorchte. Er wusste nicht, wie er El Gordo von den Ereignissen berichten sollte, aber es war auch gar nicht nötig. El Gordo war auf dem Laufenden. Das Einzige, was er nicht wusste, war die Sache mit Kauffmans Auto, doch das schien ihm auch nicht wichtig. Er erkundigte sich nur nach der Automarke. Ein Freund von ihm würde sich für den Schrott interessieren, meinte er. Ein anderer hätte wohl Interesse an den Ersatzteilen. Er selbst handle nur mit religiösen Objekten. Aber sicherlich sei Kauffman wegen etwas anderem gekommen.

»Aniceto sagte mir, dass ich in Aktion treten müsse, falls ihm etwas zustieße. Die Sache muss wohl schiefgelaufen sein, sonst wären Sie nicht hier.«

Kauffman stimmte ihm zu. Man konnte nicht wissen, was für eine Art Aktion dem Mann dabei vorschwebte, wenn nicht eine drastische Abmagerungskur. Der Anwalt wagte jedoch nicht nachzufragen. Andererseits schien El Gordo ein Mann zu sein, der durchaus Mittel zur Hand hatte. Sein Blick war gelassen. Möglicherweise bewahrte er in irgendeiner Schublade eine winzige Pistole auf, winzig im Verhältnis zu ihrem Besitzer natürlich, und mit einem speziellen Abzug, um seinen Finger durchzubekommen.

»Wenn Sie etwas trinken möchten, dann bedienen Sie sich«, sagte El Gordo und zeigte auf ein Möbelstück, in dem sich vielleicht auch die Pistole befand.

Der Anwalt lehnte das Angebot ab.

»Ich habe etwas getrunken, bevor ich aus dem Haus gegangen bin«, antwortete er und fasste sich unbewusst an die Beule an seiner Stirn.

»Also, dann sagen Sie mir, was Sie hierher geführt hat. An und für sich bin ich ja derjenige, der jemanden wegen der Perle zu Ihnen hätte schicken müssen, die Ihnen Aniceto überließ, und um Ihnen notfalls die Beine zu brechen oder Ihnen sonst wie eine Lektion nach Gutdünken zu erteilen«, erklärte El Gordo und bestätigte damit, dass er durchaus über die nötigen Mittel verfügte. »Das waren meine Anweisungen für den Fall, dass Aniceto etwas zustoßen sollte. Aniceto und ich waren gute Freunde. Wir waren wie Cousins.«

»Ich danke Ihnen, dass Sie nicht voreilig gehandelt haben«, entgegnete Kauffman.

»Ich wusste, dass er Sie schätzte. Ich vermute, es macht Ihnen nichts aus, wenn ich Ihnen erzähle, dass ich ihm von diesem Geschäft abgeraten habe. Diese Perlen, ob nun alt oder nicht, konnten ihm nur Unglück bringen. Als meine Mutter heiratete, trug sie ein Perlenkollier, und trotzdem hatte sie eine schwierige Entbindung.«

Es verstand sich von selbst, dass El Gordo das Ergebnis dieser grässlichen Entbindung war.

»Man kann sagen, was man will, aber mit Perlen spielt man nicht«, schloss El Gordo. »Sind Sie gekommen, um sie mir zu bringen?«

»Nein.«

Kauffman blickte ruhig. Er verneinte die Frage mit der gleichen Direktheit, mit der sie El Gordo gestellt hatte. Seine Eminenz dachte kurz über die Antwort nach. Dann entschied El Gordo, dass das nicht seine Angelegenheit war. Er akzeptierte das Vorhandensein einer geheimen Übereinkunft zwischen Aniceto und Kauffman, in die er sich nicht einmischen sollte. Wenn man dem Typen auf sein Geheiß hin die Beine gebrochen hätte, dann wäre das vielleicht nicht im Sinne Anicetos gewesen, den er wie einen Cousin geliebt hatte, und vielleicht hätte er damit nur den Leuten einen Gefallen getan, die Aniceto den Schädel eingeschlagen und aus dem Wagen dieses Typen nur Alteisen und Schrott gemacht haben. Sein scharfsinniger Verstand arbeitete eine Weile mit diesem Syllogismus. Der Wert der Perle hatte dort nichts verloren. Das Perlengeschäft ging ihn nichts an. El Gordo beschränkte sich darauf, Schutz zu gewährleisten. Kauffman nutzte die Pause und wagte noch eine Frage:

»Eigentlich bin ich gekommen, um Sie zu fragen, wie ich an die andere Perle herankomme. Aniceto gab mir zu verstehen, dass Sie es wüssten.«

»Dass ich es wüsste?«

»Aniceto wusste es und er gab mir zu verstehen, dass Sie es wüssten«, wiederholte Kauffman.

Der Verstand Seiner Eminenz arbeitete weiter. El Gordo senkte den Kopf und verschränkte die Hände unter dem Kinn wie ein Geistlicher. Dann hob er den Blick und für einen Augenblick durchzuckte ihn eine andere Idee. Vielleicht wäre es nicht gut, diesen Typen hier mit gesunden Beinen hinausgehen zu lassen. Dann verwarf er den Gedanken wieder. Er zog es vor, bei seinem ersten Entschluss zu bleiben. Über Kauffmans Kopf hinweg konnte er den Kordelvorhang sehen, der noch zurückgezogen war, und dahinter im Halbdunkel den Laden, wo sich seine Schätze türmten.

»Nehmen wir einmal an, dass ich weiß, wo die andere Perle ist. Nehmen wir an, dass ich es weiß und es Ihnen erzählen werde. Was bekomme ich dafür?«

»Nichts«, sagte Kauffman unverfroren.

»Nichts?«

»Die Perlen sind nicht Ihr Geschäft«, sagte Kauffman, der die

Lage Gordos verstanden hatte. »Außerdem weiß niemand außer mir, dass Sie es wissen. Niemand wird kommen und Sie danach fragen.«

»Es gibt Dinge, auf die man nicht antworten sollte, auch wenn man danach gefragt wird«, bemerkte El Gordo spitzfindig.

»Einverstanden.«

»Sagt Ihnen der Name Kiki Calonge etwas?«

»Es ist das erste Mal, dass ich diesen Namen höre.«

»Kiki Calonge ist das, was Sie mit ›andersrum‹ bezeichnen würden, homosexuell. Wir hier im Viertel sagen schwul dazu.«

»Ich verstehe.«

»Kennen Sie ihn?«

»Ich kenne einige angesehene Leute, die Sie als schwul bezeichnen würden«, sagte der politisch korrekte Kauffman.

»Ich will Kiki Calonge nicht schlecht machen«, sagte el Gordo. »Ich frage Sie nur, ob Sie ihn kennen. Falls Sie ihn nicht kennen, werde ich Ihnen nicht erzählen, ob er einen geweiteten Arsch hat oder nicht. Was Sie wissen wollen, ist, wo sich diese Perle befindet, ›Demetria‹ ...«

»›Nemesis‹.«

»Genau. Ein Name, der so ähnlich klingt wie der meiner Schwiegermutter. Nun, Sie müssen wissen, dass Kiki Calonge, alias Patas Blancas, also Calonge mit den ›weißen Beinen‹, der Mann ist, den Sie suchen. Er hat die andere Perle. Und fragen Sie mich nicht, ob ich gut oder schlecht daran tue, es Ihnen zu sagen, denn das frage ich mich selbst gerade.«

»Es ist ein Vertrauensbeweis, den Sie dem Gedenken Anicetos schuldig sind.«

»Sagen Sie mir, was hat Aniceto Ihnen genau erzählt?«

Kauffman fasste die Geschichte kurz zusammen. Er berichtete von den Wechselfällen des Kolliers und den beiden verirrten Perlen und der Anwalt verstand es, sich so kurz wie möglich zu fassen, als würde er eine Gleichung aufstellen, deren zweite Unbekannte noch bestimmt werden musste. El Gordo lauschte der knappen Darstellung der Vorkommnisse. Dann kratzte er sich mit einer Hand am Knie. Etwas bewegte sich zu seinen Füßen. Kurz darauf sprang eine Katze auf seinen Schoß. Das Tier sah Kauffman misstrauisch an.

»Gut«, sagte El Gordo und nahm die Katze in seine Arme, als sei sie eine Verzierung seiner Weste. »Sie wissen eine ganze Menge. Das lässt sich nicht leugnen. Aber Sie müssen auch wissen, was ich davon halte. Meiner Meinung nach sind diese Perlen falsch. Bei der ersten sagt es ja schon ihr Name: die ›Betrügerin‹. Was die zweite betrifft, ›Demetria‹, kann ich keine Erklärung abgeben, aber wenn sie wie meine Schwiegermutter ist, garantiere ich Ihnen, dass es keine scheinheiligere Perle gibt.«

»›Nemesis‹«, verbesserte Kauffman sanft.

»Das ist egal. Ich will nichts beweisen. Gibt es sonst noch jemanden, der hinter den Perlen her ist?«

»Nach dem, was Aniceto und meinem Auto zugestoßen ist, sieht es ganz danach aus.«

Als der Anwalt das Schicksal seines Freundes Aniceto erwähnte, verdunkelte sich Gordos Stirn mit neuen Gedanken an gebrochene Beine.

»Haben Sie eine Ahnung, wer es gewesen sein könnte?«

»Ich weiß es nicht«, log Kauffman. »Ich vermute, dass da andere Kanäle existieren.«

»Sollte ich es herausfinden, könnte es sein, dass ich jemanden hinschicke, um diesen Leuten die Beine brechen zu lassen«, entschied El Gordo.

Der Anwalt antwortete nicht. Die Katze rekelte sich im Schoß ihres Besitzers und sprang auf den Boden.

»Sie hat geworfen«, sagte El Gordo und zeigte auf einen Karton unter dem Fernseher, wo vier blinde, unförmige Kätzchen übereinander krabbelten. »Wenn ich herausfinde, wer Aniceto den Schädel eingeschlagen hat, werde ich jemanden beauftragen, dieser Person die Beine zu brechen und die Finger abzuhacken, damit diese Kätzchen mit ihnen spielen können.«

»Ganz abgesehen von dem, was man meinem Auto angetan hat«, bemerkte der rachsüchtige Kauffman.

»Ganz abgesehen davon«, gestand ihm El Gordo mit einer bischöflichen Geste zu. »Und jetzt hören Sie gut zu, was ich Ihnen über Patas Blancas erzählen werde. Es kann etwas Licht in diese Geschichte mit den Perlen bringen. Aber ich versichere Ihnen, dass das nicht meine Angelegenheit ist. Um Aniceto tut es mir leid. Und glauben Sie mir, es wird mir auch für Sie leid tun, falls es bei Ihnen schief geht.«

El Gordo stellt einige Dinge klar

»Vergessen Sie nie meinen Namen«, sagte El Gordo. »Vergessen Sie ihn bloß nicht, Julián Gordo Capilla, denn notfalls könnte er Ihnen nützlich sein. Ich werde, wenn nötig, die Beine ihrer Feinde brechen lassen, und ich bin mir sicher, dass Sie dasselbe für mich tun würden, und ich würde die Finger von Anicetos Feinden abhacken lassen oder sonst irgendwas, und ich bin mir sicher, dass Sie sie auch abhacken lassen würden. Alles, was ich Ihnen nun sagen werde, hat mit der Geschichte von ›Demetria‹ zu tun, oder wie Sie diese Perle auch immer nennen mögen, aber vergessen Sie nie meinen Namen. Julián Gordo Capilla, Devotionalien, religiöse Gegenstände, Seine Eminenz, wie mich die nennen, die Respekt vor mir haben, und ich versichere Ihnen, dass sie alle Respekt vor mir haben, angefangen bei Kiki Calonge, der mich um eine Bürgschaft bat. Was eine Bürgschaft für Kiki Calonge bedeutet? Dasselbe, was es für Aniceto war. Sich sicher zu sein, dass ich jemandem die Beine brechen lassen würde, falls ihm etwas zustoßen sollte. Oder sonst irgendwas. Das ist mein Geschäft. Das hier ist ein privater Wachdienst.«

Der Anwalt hörte sich die Einführung an und nahm Notiz von den Dienstleistungen, die El Gordo anbot. Womöglich könnte er sie noch gebrauchen. Verzückt betrachtete El Gordo die Katze, die im Karton ihre Jungen säugte. Dann kratzte er sich unter der Achsel.

»Verstehen Sie?«

»Ich habe verstanden. Es sind Dienstleistungen, die auch ein Anwalt in Anspruch nehmen kann.«

»Genau. Man zahlt, wenn die Beine des Feindes gebrochen worden sind. Oder man hinterlässt eine Sicherheit, das hängt von der Zahlungsfähigkeit jedes Einzelnen ab. Patas Blancas hinterließ mir eine Sicherheit. Aber ich vertraue den Schwulen sehr. Es sind Menschen, die leiden. Wenn sie etwas im Laden kaufen, dann ist es immer ein Heiliger Sebastian. Der Heilige Sebastian ist jener mit Pfeilen gefolterte junge Mann, so wie Patas Blancas sein ganzes Leben von Schulden gequält worden ist. Drehen Sie sich um. Drehen Sie Ihren Kopf. In meinem Laden können Sie einen Heiligen Sebastian sehen.«

Der Anwalt kam seiner Aufforderung nach und drehte den Kopf. Im Halbdunkel des Lagers erkannte er das Heiligenbild, das ihm schon beim Hereinkommen aufgefallen war. Nackt und mit den Ellbogen an einen Baum gebunden, strahlte der Körper des Heiligen Sebastian einen seidigen, patinierten Glanz wie von altem Elfenbein aus. Der Märtyrer, der noch lebte, wand sich und hatte den Kopf erhoben, wodurch sein Adamsapfel und die Muskeln der jugendlichen Brust hervortraten. Mit dem linken Oberschenkel schützte er die verletzlichste Stelle seines Unterbauchs, der mit einem sittsamen Leintuch bedeckt war, das nachlässig von fast weiblich wirkenden Hüften herabhing. Seine geröteten und schmerzerfüllten Augen blickten zu einer Lampe auf, die von der Decke hing. Ein halbes Dutzend Pfeile steckten in seinem Gesäß und seinem Körper. An anderen Stellen war nur noch die offene Wunde zu sehen. Den Anwalt überfiel eine gewisse Unruhe. Was sollte diese Andeutung? Handelte es sich gar um eine Vorwarnung? Wer würde im vorliegenden Fall von Pfeilen durchbohrt enden? Der Anwalt Kauffman hatte zwar mit Pomp und großem Aufwand die Erstkommunion seiner Töchter gefeiert, ging aber im Übrigen schon lange nicht mehr in die Kirche. Dennoch hatte er einen fast abergläubischen

Respekt vor Heiligenbildern, besonders vor denen, wo die schlimmsten Qualen dargestellt wurden: enthäutete, von Pfeilen durchbohrte, auf dem Grill geröstete Heilige. Er empfand eine Art Ur-Angst angesichts dieser transzendenten Gewalt, die mit irgendeiner dunklen Bedeutung behaftet war. Das kam daher, dass er als Kind viele Stunden betend vor ähnlichen Darstellungen verbringen musste, auf denen sich, wenn sein Überdruss und seine Langeweile überhand nahmen, die Figuren zu bewegen und ihre qualvolle Haltung zu verändern schienen. Etwas jedoch hatte der erwachsene Kauffman von jener Erziehung gelernt: Seine Generation wusste, welche Martern einem Menschen bereitet werden konnten, und war daher perfekt darauf vorbereitet, sich allem zu stellen. Sie hatten sich in das Berufsleben eingefügt, darauf gefasst, jeden Augenblick mit den gleichen Martern konfrontiert zu werden, allerdings in einer Form, die nicht einmal allegorisch war. Und die Geschäftswelt und die Gesellschaft zeigten gnadenlos ihre eigenen Enthäutungen, ihre Kreuzigungen mit dem Kopf nach unten, ihre nie verheilten Wunden und ihr langsames Geröstetwerden auf dem Grill. Er hatte mehr als einen enthäuteten Heiligen Bartholomäus gesehen, der das Vorzimmer eines Bankiers schmückte, als wolle der Finanzier dem Klienten damit eine seiner Vorlieben zeigen. Und er wusste von mehr als einem Heiligen Lorenz, der auf einem Grill zu Tode geröstet wurde – im Büro eines schwitzenden Generaldirektors, der kurz vor seinem Rücktritt stand. Aber all das brachte ihn zu weit ab von dem, was ihn augenblicklich beschäftigte. Im Übrigen gingen die Bestrebungen derzeit dahin, diese Großtuerei zu verbergen, indem man die Antiquitäten und religiösen Gemälde aus den Büros verbannte, um sie durch harmlose Kunst zu ersetzen. Der Anwalt durfte weder seine Schwäche zeigen noch die bitteren Lehren, die ihm seine kurze Berufserfahrung in der Anwaltskanzlei beschert hatte. Sicher war unter all den Heiligen der Heilige Sebastian der Schutzpatron der Homosexuellen und der gequälten, säumigen Schuldner. Was ging ihn das an?

El Gordo machte eine Pause.

»So ist es«, sagte El Gordo, als der Anwalt wieder bei der Sache war. »Kiki Calonge wurde immer von Schulden gequält, aber sein Schicksal begann sich zu wenden, als der Zufall ihn auf diese beiden Perlen stoßen ließ. Und entschuldigen Sie, dass ich Ihnen sagen muss, dass ich mehr weiß als Sie oder mehr, als Ihnen Aniceto erzählt hat, Gott hab ihn selig.«

»Ich bin gekommen, um Informationen einzuholen.«

»Haben Sie schon einmal etwas von der berühmten Kompanie Ballets Russes gehört?«

»Ich habe schon davon gehört.«

»Nun gut, Sie werden von der Ballets Russes gehört haben und von den Chören der Russischen Armee und wer weiß von was sonst noch allem, was aus Russland stammt, ganz abgesehen vom russischen Kartoffelsalat, aber deswegen müssen Sie noch lange nicht wissen, dass Kiki Calonge einen russischen Freund hatte, der vielleicht sein Verderben, aber gleichzeitig auch sein Glück war. Genau kann ich Ihnen das nicht sagen. Jedenfalls war es dieser russische Freund, der zwei sibirische Perlen nach Spanien brachte und sie Patas Blancas anbot. Und eine dieser Perlen war ›Demetria‹ oder ›Dimitri‹, das ist ihr russischer Name und so nennen Sie die Perle ja auch.«

»›Nemesis‹«, verbesserte Kauffman ihn resigniert zum x-ten Mal.

»›Dimitri‹ und die ›Betrügerin‹.« El Gordo stellte sich taub. »Ein Pärchen, das aus der Kälte kommt. Sie werden wissen, ob die beiden zu der Geschichte des Kolliers passen.«

Der Anwalt schwieg. Er war besorgt. Zum ersten Mal hatte er das Gefühl, dass die Perlen falsch sein könnten. Besser gesagt, sie waren vielleicht nicht falsch, oder nicht vollkommen falsch, aber sie könnten möglicherweise nicht diejenigen sein, die die Jäger historischer Perlen anscheinend während der letzten fünfzig Jahre gesucht haben. Es war ein flüchtiger Gedanke. Er war informiert genug, um zu wissen, dass es auch in Sibirien Perlen gab. Zum Beispiel Süßwasserperlen, die in dem kalten Wasser des Baikalsees heranwuchsen. Immer noch konnte Kauffman aus seinen Erinnerungen an die Schulzeit diese Faszination wachrufen, die der Name jenes Sees bei ihm auslöste. Oberfläche: einige zehntausend Quadratkilometer. Tiefe: etwa zweitausend Meter. Fauna: hyperboreisch-aquatisch an der Oberfläche und seltsam abyssisch in der Tiefe. O Gott, er fantasierte. Es hieß, der See sei derart tief, dass er den Perlen einen geheimnisvollen Glanz verlieh, den die Experten den »Schimmer des Baikal« nannten, eine Art eiskalte Lüster-Variation. Aber es handelte sich hierbei um niedrig gehandelte Perlen, wie alle, die aus Süßwasser stammten. Andererseits gab es noch die echten sibirischen Perlen, diejenigen, die nur in ganz wenigen Kolonien einer seltenen Austernart zu finden waren und nur einige Monate im Jahr in den eisfreien Armen des arktischen Meeres gediehen. Es waren barocke Perlen mit wunderlichen Formen, die Jahrzehnte brauchten, um sich zu entwickeln. Sie zählten auch nicht zu den gesuchtesten, doch ihre Herkunft machte sie interessant. Vielleicht waren die Perlen aufgrund eines Geschenks des Zaren zu dem Kollier des Hauses Habsburg hinzugekommen. Aber all das beruhte auf reinen Spekulationen. Zu denken, dass diese Art von Perlen die habgierigen Vorgänge verursacht haben könnten, die man in der Umgebung von »Nemesis« und der »Betrügerin« registrieren konnte, war Unsinn. Wenn El Gordo Recht hatte und die Perlen aus Russland stammten, konnte der Grund für ihre Herkunft auch ein ganz anderer sein. Man hatte die Perlen des Kolliers während des Spanischen Bürgerkriegs ausgefädelt. Dann hatte man sie in einem Sack mit Kichererbsen versteckt (laut Anicetos Darstellung Kichererbsen von hervorragender Qualität, dicke, perlmutterfarbene aus Fuentesaúco). Es war gut möglich, dass die beiden abhanden gekommenen Perlen in die Hände eines ausländischen Soldaten geraten waren, der sie auf dem Weg der Repatriierung nach Kriegsende in die Sowjetunion geschafft hatte. Wenn diese Perlen jetzt wieder auftauchten, war das dann nicht eine der Spätfolgen des Berliner Mauerfalls? Waren nicht etwa auch Bilder von Rembrandt, von Tizian oder Tintoretto wieder aufgetaucht, die man schon für verschollen erklärt hatte? Weshalb also nicht auch ein paar Perlen, die aus einem Sack mit Kichererbsen gestohlen worden waren und eigentlich zu einem kaiserlichen Kollier gehörten? Jemand wollte, dass diese Perlen nach Spanien gelangten, da sich dort der derzeitige Besitzer des Kolliers befand. Nochmals ließ sich der Anwalt durch den Kopf gehen, was seiner Meinung nach eine weitere Unsinnigkeit war. Dann beschloss er, die Angelegenheit ad acta zu legen. Den Weg der Perle Nummer 15 und der Perle Nummer 42 über all die Jahre zurückzuverfolgen, mit einem Bürgerkrieg und einem Weltkrieg dazwischen und nur mit den Daten, über die er verfügte, war eine sinnlose Aufgabe. Er hatte keine Ahnung vom Juwelenschmuggel. Sein einziger Fehltritt in diesem Bereich war gewesen, seiner Frau auf dem Schwarzmarkt eine goldene Uhr zu kaufen, die sich schließlich als falsch herausgestellt hatte. Der russische Weg, über den die Perlen aufgetaucht sein sollten, war so plausibel wie irgendein anderer. Trotzdem fehlte noch eine Kleinigkeit.

»Wie gelangte die ›Betrügerin‹ in Anicetos Hände?«

»Patas Blancas übergab Aniceto eine der beiden Perlen, damit dieser mit dem Handel beginnen könnte. Aniceto wusste, dass der Besitzer des Kolliers jener Mann war, der zwar für viele Millionen Kolliers kauft, der aber noch nie hierher gekommen ist, um einen Heiligen zu kaufen. Ich glaube, er heißt mit Nachnamen Millionetis, so wie ich mit Nachnamen Gordo heiße. Und man nennt ihn den Gran Duque, so wie man mich El Gordo nennt. Aniceto wusste auch, dass der Anwalt, der in den Kauf des Kolliers eingeschaltet war, Sie waren. Was die zweite Perle betrifft, ›Dimitri‹, so hat Calonge sie behalten, um selbst mit ihr zu handeln. Man sagt, es sei die wertvollere Perle, mit einem härteren, männlicheren Lüster, wenn Sie verstehen, was ich meine.«

»Aniceto war also der Vermittler zwischen Kiki Calonge und mir, das heißt zwischen Kiki Calonge und Millionetis«, rekapitulierte Kauffman.

»Genau.«

»Ich glaube, mir wird schlecht.«

»Nur ruhig.«

»Wie hieß der russische Freund von Kiki Calonge?«

»Dimitri«, antwortete El Gordo schlicht.

Kauffman senkte den Kopf und vergrub die Stirn zwischen den Händen. Geistesabwesend verharrte er einige Sekunden in dem Versuch, wieder zu klarem Verstand zu gelangen.

»Fühlen Sie sich nicht gut?«, fragte El Gordo.

Der Anwalt antwortete nicht. Er hob seinen Blick und betrachtete schweigend den Mann, der ihm gegenübersaß. Die Katze hatte ihre Jungen allein gelassen und war wieder auf dessen Schoß gesprungen. Sie spielte mit einem Hemdknopf. El Gordo missfiel die Art, wie Kauffman ihn ansah. Vielleicht würde er ihm doch die Beine brechen lassen. Dann begriff er, dass der Anwalt wieder zu sich kommen musste. So viel neue Information hatte ihn gänzlich niedergeschmettert. El Gordo war ein mächtiger Mann in seinem Viertel, aber er prahlte nicht gerne mit seiner Stellung. Es schien ihm angebracht, dem Gespräch eine andere Richtung zu geben, damit der Anwalt nicht vollkommen zusammenbrach. Er war besessen von dieser Perle, ›Dimitri‹. El Gordo dachte an die Besessenheit anderer Leute angesichts von Reliquien, Menschen von jedem Schlag, die genauso gut auf der Suche eines Gewandrestes der Heiligen Teresa in seinen Laden kamen wie um ihm heimlich ein Stück des echten Schädels von Adam anzubieten. Alles Verrückte. Verrückt wie Aniceto es war, wie es dieser Kauffman war und wie es zweifellos auch Kiki Calonge war, alias Patas Blancas. Eine Perle? Perlen gibt es viele. So viele wie Reliquien. Auch Reliquien gibt es viele. Und wer besitzt die echte Reliquie? Es war besser, die Verrückten zu beruhigen und ihren Gemütszustand zu verfolgen. Viele Dinge rochen faul bei dem Handel mit Reliquien, aber noch viel fauler roch jener Handel mit Perlen. Mit einem einzigen Faustschlag könnte er den Anwalt in eine Reliquie verwandeln, aber am einfachsten war es, sich kurz und bündig von ihm zu verabschieden.

»Ich werde Ihnen die Adresse von Patas Blancas geben und Sie können dann mit ihm und Dimitri über den Kauf von ›Demetria‹ verhandeln.«

Der Anwalt verlor die Kontrolle über sich.

»›Nemesis‹, kapieren Sie? Der Name der Perle ist ›Nemesis‹.«

El Gordo sah ihn verwundert an.

»Habe ich je etwas Gegenteiliges gesagt? Sie haben meine Katze erschreckt.«

»Zum Teufel mit der Katze.«

El Gordo presste seine dicken Lippen zusammen. Die Katze sprang von seinen Armen herunter und El Gordo stand auf. Ihm gefiel die Art nicht, wie ihn dieser Typ ansah. Er sollte dem Anwalt zumindest eine Ohrfeige verpassen, wenn er schon niemanden zur Hand hatte, der ihm die Beine brechen könnte. Er verließ das Zimmer. Hinter ihm fiel der Kordelvorhang zu. Kauffman betrachtete die Katze. Als das Tier bemerkte, dass es mit dem Anwalt ganz allein war, schlich es zu dem Karton, um seine Miezekätzchen zu beschützen. Kauffman hörte El Gordos Schritte im Lagerraum, die den Dielenboden erbeben und die Bilder wackeln ließen. Nach wenigen Minuten kehrte er mit einer riesigen Bibel in den Händen zurück, die ihrem Umfang nach zu schließen kein Messbuch sein konnte. Er blies auf das Buch und fuhr mit dem Jackenärmel über den Einband, um den Staub zu entfernen. In diesem Buch verwahrte El Gordo vertrauliche Adressen oder solche, die eine spezielle Behandlung benötigten. Zwischen den Seiten des ›Buches der Richter‹ befanden sich die Adressen der säumigen Schuldner. Im Buch ›Exodus‹ die derjenigen, die einer abschreckenden Strafe bedurften. Kiki Calonges Anschrift befand sich im ›Buch der Richter‹. Vielleicht würde sie zwischen den Seiten des ›Exodus‹ landen, falls er eine abschreckende Lektion verdiente.

»Hier haben Sie die Adresse von Kiki Calonge. Sie können sie abschreiben«, sagte er und reichte dem Anwalt ein Stück Papier.

Der Anwalt notierte sie.

»Man kann niemandem mehr vertrauen, Herr Kauffman, glauben Sie mir«, sagte El Gordo. »Es tut mir Leid für Aniceto. Sie kenne ich nicht, aber es würde mir auch für Sie Leid tun. Was Kiki Calonge betrifft, so stehen seine Schulden irgendwo aufgeschrieben, und ich hoffe, dass seine Geschäfte glänzend laufen, so glänzend, wie die Perlen funkeln, ich will damit sagen, dass bei ihm alles gut läuft und er das zahlt, was er dem Haus schuldet. Diese Nachricht können Sie ihm von meiner Seite überbringen.«

Der Anwalt gab das Stück Papier zurück.

»Das werde ich tun. Ist hier eigentlich ein untersetzter, kräftiger, breitschultriger Mann vorbeigekommen, der von einem philippinischen Hausangestellten begleitet wurde und dasselbe wie ich gefragt hat?«

El Gordo sah Kauffman misstrauisch an.

»Und was, wenn er vorbeigekommen ist?«

»Ist er vorbeigekommen?«

»Nein, es ist niemand vorbeigekommen, der zu ihrer Beschreibung passt. Und wenn sonst noch jemand weiß, dass Patas Blancas die andere Perle besitzt, dann hat er es ohne mein Wissen erfahren.«

El Gordo schloss die Bibel mit einem dumpfen Schlag, wie jemand ein Bilanzbuch schließt.

»Die Perlen sind nicht meine Angelegenheit«, beharrte El Gordo. »Sie schulden mir nichts, aber meiner Katze schulden sie eine Entschuldigung.«

Der Anwalt steckte die Adresse von Kiki Calonge in seine Jacketttasche und stand auf. Er spürte, dass ihm in dieser Höhle die Luft ausging. Noch musste er den Lagerraum mit den gefolterten Menschen und den geheimnisvollen Engeln durchqueren, bevor er zum Ausgang gelangte. Trotz allem fand er die Kraft, einen Blick auf den Karton zu werfen. Die Katze säugte wieder ihre Jungen. In dieser Nacht konnte noch alles gut werden. Der Anwalt schob das Gefühl beiseite, sich lächerlich zu machen, da er so schnell wie möglich raus wollte. Er spitzte seinen Mund zu einer Flöte und schnurrte:

»Miez, miez ...«

Die Katze sträubte ihr Fell.

»Sie dankt es Ihnen nicht, aber so ist es schon besser«, sagte El Gordo mit dem Buch der Bücher unter dem Arm.

Der Anwalt nutzte die Gelegenheit, um dem Sessel auszuweichen und sich zu verabschieden. Dann durchquerte er die Galerie der Märtyrer und Kruzifixe, der mit falschen Steinen gefassten Hostienkelche aus Falschgold, der Kelche und Monstranzen – ja sogar die Christusfiguren waren falsch. Aber dort draußen, da lag der freie Himmel, und wer weiß, ob ihm die Nacht nicht noch eine zweite Chance gab, sozusagen als Möglichkeit seine mannhafte Hartnäckigkeit unter Beweis zu stellen.

Kauffman auf Sauftour

Als Kauffman in sein Büro zurückkam, war es später, als er dachte. Noch nie im Leben hatte er sich so einsam gefühlt. Wie seltsam die Stadt geworden war. Zuerst war er versucht gewesen, nach Hause zu fahren, in das Haus seines Familienglücks, sein friedliches Heim, das es vor diesen Ferien noch gewesen war, die eigentlich erregend und nicht blödsinnig werden sollten – all das begriff der Anwalt jetzt, als ihn die Augustnacht einen Kelch voller Beklemmung und Einsamkeit schwitzen ließ, was er sehr wohl verdient hatte. Seine Frau, Margarita, feierte die gegenseitig zugestandene Freiheit möglicherweise mit einem ganz anderen Kelch, einem, der gefüllt war mit einem mediterranen, aphrodisischen Cocktail. Und genau darunter litt Kauffman. Seine Töchter, Margarita und Andrea, durchnässten möglicherweise ihre Kopfkissen mit Tränen – wegen jenes zweifachen Alleingelassenseins psychisch für immer gestört. Und er, Kauffman, fand keine Tugenden oder Sünden, die im sich nähernden Tunnel der Nacht nicht töricht gewesen wären. Er hatte den Taxifahrer gebeten, ihn an einem Straßencafé in der Nähe seines Bürogebäudes abzusetzen. Über den Wolkenkratzern schimmerte die immerwährende blaue Reklame von Danone, die Strahlen gesunder Ernährung über die ganze Stadt aussendete. Riesenhaft erhob sich die Betonmasse des Fußballstadions in der Dunkelheit gleich einem mächtigen römischen Amphitheater. Die Nacht schien geschwängert von unheilvollen Vorzeichen. Gleichzeitig entfachte eine leichte

Brise, eine angenehme Frische, die von wer weiß woher kam, die Begierde und füllte die Lungen mit einem Hauch von Leben, während Angestellte der Stadtreinigung in Gummistiefeln städtisches Wasser in einem mächtigen Strahl auf die Fahrbahn richteten. Echos der Einsamkeit hallten auf den Stufen des leeren Stadions wider. »Margarita, ich liebe dich!« Der romantische Kauffman verherrlichte den Größenwahn seiner Gefühle. Vielleicht lief sein Leben Gefahr. Vielleicht glitt das Abenteuer eines Sommers den unvermuteten Abhang aller Bedrohungen hinunter. Und was taten seine Töchter unterdessen? Seine Herzenstöchter weinten ihre Kopfkissen voll, während ihre Mutter Strandbars abklapperte und ihr Vater sich in einer Madrider Bar mit Gin Tonics ertränkte.

Der Anwalt hatte einen Gin Tonic bestellt, um seinen Durst zu löschen. Danach bestellte er einen weiteren Tonic, diesmal mit viel Gin. Bedient wurde er von einer jungen Frau, die auf Rollschuhen zwischen dem Kiosk, in dem sich die Theke der Bar befand, und den Tischen draußen auf dem asphaltierten Platz hin- und herglitt. Sie war wohl nicht älter als achtzehn Jahre und trug Hot Pants, diese bis auf die Höhe der Leistenbeuge abgeschnittenen Jeans, welche die von Kindheit an mit Danone genährten, kecken Beine zur Schau stellten. Mit leichter Anmut schwebte sie auf ihren Rollschuhen dahin. Möglicherweise studierte sie an der Universität, und das war nur ihr Ferienjob, aber sie konnte genauso gut eine Prostituierte sein, die in dem Gewerbe mit der Unschuld der Kunstrollschuhläuferinnen erst anfing, um sich ein Taschengeld zu verdienen oder um den Sex und das Leben zu genießen und nebenbei noch ein bisschen Geld zu verdienen. Einen Augenblick lang grübelte der Anwalt über beide Möglichkeiten nach. Er hatte den Bezug zu den äußeren Signalen von Sex verloren. In wenigen Jahren hatten das Alter und die Änderung von Gewohnheiten dazu geführt, dass er in vielen Fällen nicht mehr zwischen einem Angebot von unbezahltem und bezahltem Sex unterscheiden konnte. Er hatte das Gespür verloren, die Anzeichen hierfür wahrzunehmen. Die Codes hatten sich geändert. Eine unaussprechliche Lüsternheit fand Befriedigung an dieser einfachen Grenze, sich eine Prostituierte im Körper einer Nymphe vorzustellen, während ihm die junge Frau gleichgültig und anmutig den Hintern zuwandte und wie eine rollschuhfahrende Sirene zur Theke rollte, wo sie von einem zwanzigjährigen Typen erwartet wurde, der ihr Zuhälter, doch genauso gut ein Kommilitone sein konnte.

»Chims Hütte« stand auf dem Neonschild über dem Kiosk. Der Freund der Kellnerin dort konnte Chim sein oder ein Freund von Chim. Der zum Platz hin offene Kiosk war ein High-Tech-Schuppen: das Dach war aus Schilfrohr, die Theke aus Acryl, und über den Flaschenregalen hingen barocke Neoninstallationen. Die Pfeiler waren zwar aus Bambus, aber das Ganze hätte auch ein Raumschiff sein können. Abgesehen von dem Barhocker, auf dem Chim saß, waren die anderen vier oder fünf Chromhocker leer. An den Tischen draußen saß fast niemand. Nicht weit davon entfernt stand eine Gruppe junger Leute neben ihren Mopeds und lachte schallend. Zwei Manager, die wie Kauffman zum Arbeiten in Madrid geblieben waren, unterhielten sich noch bei einem Drink zu dieser späten Stunde. Auf der anderen Seite des kleinen Platzes erhob sich das Fußballstadion mit all seinen wuchtigen Mauern, Gewölben, Zugängen und Architraven, mit all den architektonischen Attributen, die man gleichermaßen in den düstersten ›Carceri‹-Radierungen von Piranesi hätte finden können. Unter dem Regen einer weißglühenden Laterne betrachtete ein Pärchen seine leer getrunkenen Limonadengläser. Das war alles. Die übrigen Bambussessel mit blauen Moleskinkissen boten eine Wüste fehlender Gesäße und dazwischen schwebte die rollschuhfahrende Nymphe und sammelte Aschenbecher und Gläser ein. Ihre Bewegungen mit dem Tablett in der Hand strahlten in den nostalgischen Augen des Anwalts und den raubgierigen Augen von Chim etwas Ätherisches, Zartes in der Nacht aus.

Kauffman dachte wieder an seine Töchter. Und gleichzeitig auch an seine Frau. Wenn seine Tochter Margarita das Alter der Rollschuhläuferin erreicht hätte, würde er sie nie als Kellnerin arbeiten lassen. Was Andrea betraf, so war sie noch im Unschuldsalter und vor ihr lagen die glücklichsten Jahre zum Rollschuhfahren. Der Gedanke an seine Frau war weniger süß. In Kauffmans Gedächtnis tauchte alter Groll, unbegründete Eifersucht auf und über all dem schwebte wie ein prächtiger, nächtlicher Raubvogel das Gefühl der Eifersucht, die durch die Situation in diesem Sommer sehr wohl gerechtfertigt war. Und was, wenn sie auf ihn nicht eifersüchtig war? Und was, wenn er sich brüsten würde mit nicht vorhandenen Abenteuern, die bereits mit dem leichtesten Anzeichen einer Erektion begannen, angesichts der schwerelosen Bewegungen einer rollschuhlaufenden Kellnerin? Alberne Hirngespinste, wenn er am Ende der Nacht vielleicht sogar mit seinem eigenen Leben spielte und sich in ein sehr viel maßgebenderes Abenteuer stürzte als nur in irgendein emotionales. Und es würde der Augenblick kommen, in dem Margarita alles erführe, denn er würde ihr davon erzählen, während er ihr die beiden denkwürdigen Perlen auf der Handfläche als Lösegeld eines reumütigen Liebsten für die flüchtige Ehefrau präsentieren würde. Denn genau das war sein Plan. In diesem Augenblick war ihm jegliche andere Überlegung unwichtig. Währenddessen mochte sie nächtliche Strandbars abklappern und die Hormondrüsen der Strandwächter anregen und internationale Mannschaften von Sex-Athleten auf jenen Olympischen Sommerspielen verführen und ihre Töchter allein lassen, die sich dem tränenreichen Trost ihrer Kissen hingaben. Wer weiß, wie weit die Verantwortungslosigkeit einer Mutter gehen konnte, die entschlossen war, hemmungslos ihre Freiheit zu genießen. Deswegen, und weil er sich als Vater sehr verantwortlich fühlte, beschloss Kauffman, seinen Befürchtungen telefonisch nachzugehen. Er nahm einen Schluck von seinem dritten Gin Tonic und ging zur Theke. Interessiert beobachtete Chim, wie Kauffman näher kam. Chim wusste, was Strohwitwer um ein Uhr morgens in der ersten Augusthälfte in Madrid suchten.

»Wo ist das Telefon?«

»Es steht vor dir, Mann.«

Tatsächlich. Dort befand sich ein phosphoreszierendes Gerät, dessen Innenleben in dreifarbiges lichtdurchlässiges Plastikmaterial gebettet war. Kauffman hob den Telefonhörer ab. Er hatte die Form eines Lutschers. Er nahm den Lutscher an sein Ohr und wählte die Nummer auf etwas, was wohl ein Lutscher-Ständer sein sollte. Nach dreimaligem Klingeln nahm Margarita den Hörer ab.

»Margarita?«

»Ja?«

Kauffman war gerührt. Margaritas Stimme war sanft, zaghaft und zart, ja seltsam kindlich.

»Margarita, ich liebe dich! Trotz allem liebe ich dich und nichts wird uns je trennen können!«, rief Kauffman ohne Umschweife aus.

Am anderen Ende der Leitung herrschte Schweigen. Kurz darauf antwortete dieselbe Stimme begeistert:

»Papa!«

Es war das Kind. Seine Tochter Margarita. Kauffman räusperte sich und stimmte wieder väterliche Töne an.

»Margarita, Liebling, ist deine Mutter zu Hause?«

»Sie ist ausgegangen. Sie hat gesagt, sie ginge mit ein paar Freunden frische Luft schnappen.«

»Und wie kommt es, dass ihr noch nicht im Bett seid?«

»Wir haben gerade ...«

»Was ist das für ein Lärm, den ich da höre?«

»Wir haben gerade ›Krieg der Sterne‹ gespielt.«

Kauffman wurde unruhig. Es war offensichtlich, dass seine Kinder ihre Kissen nicht mit Tränen durchnässten, aber im Hintergrund hörte man Angst einflößende Erschütterungen. Verlassene Engelchen. Sie bekämpften ihre Einsamkeit mit Kinderspielen. Der Lärm erinnerte Kauffman an einen Besuch, den er einmal aus beruflichen Gründen bei einer Sägemühle gemacht hatte.

»Ihr werdet doch wohl nicht das Haus auseinander nehmen, oder?«

»Neee …«

Im Hintergrund war die kreischende Stimme von Andrea zu hören.

»Margarita will mir mit der Kaffeemühle Locken drehen!«

»Margarita, lass deine Schwester in Ruhe.«

»Sie hat sie mit der Verlängerungsschnur aus der Garage angemacht!«

»Margarita!«, rief Kauffman in dem Versuch, aus vierhundert Kilometern Entfernung Ordnung herzustellen. »Nimm die galaktischen Waffen und bring sie zurück in die Küche. Hast du verstanden?«

»Und sie will mich mit dem Rührstab verquirlen!«

»Aaaah!«

»Ruhe!«, schrie Kauffman in den Lutscher-Hörer.

Chim lehnte an der Theke und lächelte ironisch. Der Anwalt drehte ihm den Rücken zu und bedeckte den Hörer mit der Hand. Chim zog sich einen Barhocker heran. Kauffman drehte sich um.

»Wenn sie gestatten, das ist ein Privatgespräch«, sagte Kauffman.

»Ja, Mann, ja, um diese Uhrzeit sind es immer Privatgespräche.«

Der Anwalt wandte sich wieder dem Telefon zu und senkte die Stimme.

»Hör zu, Margarita, ihr geht jetzt ins Bett. Wenn deine Mutter zurückkommt, dann richte ihr aus, dass ich angerufen habe, hast du kapiert? Und wenn sie jemanden mitbringt, dann sag ihr nichts. Es ist ein Cousin von ihr.«

»Der Cousin, der gestern da war?«

Kauffman schluckte.

»Der von gestern oder auch irgendein anderer. Aber ihr geht jetzt ins Bett.«

»Andrea will mit dem Rührstab Glühbirnen verquirlen. Sie will, dass ich die Glühbirnen im Esszimmer herausdrehe.«

»Margarita!«

Im Hintergrund hörte man das Summen eines nicht identifizierbaren Geräts.

»Margarita, du bist ja wohl schon alt genug, um dich um deine Schwester zu kümmern und sie ins Bett zu bringen!«

»Andrea will mit dem Fön eine Banane zerquetschen.«

»Ab ins Bett!«, schrie Kauffman über die Hälfte der Halbinsel hinweg.

Chim wich mit dem Barhocker ein wenig zurück.

»Bleib cool, Kumpel, ganz cool ...«

»Ab ins Bett! Verstanden? Und ich will in der Nacht kein einziges Haushaltsgerät mehr hören. Kapiert? Ich werde selbst mit deiner Mutter sprechen ... Und ich werde mit den Cousins deiner Mutter reden«, fügte Kauffman kriegslüstern hinzu.

Auf der anderen Seite der Leitung herrschte nun Schweigen. Die Kinder waren folgsam. Kurz darauf bekam Kauffman ein »Gute Nacht, Papa« von Margarita zu hören, gefolgt von einem »Gute Nacht, Papa« von Andrea, was sein Herz erweichte. Kauffman verabschiedete sich und wartete, bis seine Tochter den Telefonhörer aufgelegt hatte. Dann schien es ihm, als hörte er die nackten Füße der beiden Mädchen den Gang entlanglaufen bis zum Schlafzimmer, wo er sie in Gedanken zu Bett brachte. Galaktische Engelchen in der Freiheit einer Sommernacht. Mit dem Lutscher noch in der Hand dachte er an seine abwesende Frau. Es lag etwas Schwindelerregendes in der Liebe und auch in der Tatsache, dass die Liebe all jene Feuerproben bestehen musste, jenes Kaudinische Joch durchschreiten, die Thermopylen passieren und durch jenes Bett von Prokrustes gehen musste, oder von wem das Bett auch immer sein mochte, in dem seine Frau in dieser Nacht die Beine spreizen und ihm untreu werden würde, wenn sie ihn nicht sogar im eigenen Ferienbett betrügen würde, während die Kinder so täten, als schliefen sie, falls sie nicht bereits vom elektrischen Strom getötet worden waren. Aber nein. Nichts davon durfte von den Kindern auch nur erahnt werden, nichts davon durfte vor den Pupillen ihrer Augen enthüllt werden. Das war der Pakt. Und wenn etwas passierte? Ja, wenn etwas passierte … Kauffmans Leiden wurde unerträglich. Bevor er den Telefonhörer losließ, wählte Kauffman die Telefonnummer zwanghaft wieder. Chim zog seinen Barhocker wieder an den Rücken des Anwalts heran. Es klingelte fünfmal, bevor jemand abhob.

»Margarita?«

»Ja.«

Es war die Stimme seiner Frau.

»Margarita?«, wiederholte Kauffman verblüfft. Chim gab einen Pfiff von sich; das Gespräch schien ihn zu interessieren.

»Ich bin gerade zur Tür hereingekommen«, erklärte Margarita. »Ich war kurz an der Strandbar Zigaretten holen.«

Kauffman zögerte eine Weile. Er drehte sich zu Chim um. Chim ermunterte ihn mit einem Blick.

»Bist du allein?«

»Das nehme ich doch an.«

»Und die Kinder?«

»Sie sind im Bett. Es sieht so aus, als hätten sie in der Küche gespielt.«

»Bist du wirklich allein, Schatz?«, drängte Kauffman.

»Hör zu, Kauffman«, sagte Frau Kauffman trocken, die manchmal mit ihrem Mann sprach, als läse sie zum ersten Mal seinen Nachnamen bei der Eintragung im Standesamt. »Das ist mein Urlaub. Und heute Nacht bin ich allein. Und ich lege mich jetzt hin.«

»Und dein Cousin?«, bohrte Kauffman weiter, begierig, etwas zu erfahren.

»Was für ein Cousin?«

»Dein Cousin, der gestern Abend da war.«

»Ach, den meinst du ... Nun ja, Kauffman, es war ein interessanter Abend ...«

»Ich liebe dich, Schatz!«

»Ersparen wir uns die Liebeserklärungen, Kauffman. Das ist nicht der Sommer der Zärtlichkeiten.«

»Aber ich liebe dich, Schatz!«, beteuerte Kauffman.

»Wenn du mich so sehr liebst, warum hast du mich dann mit den Kindern in Urlaub geschickt?«

»Wie?«

»Du weißt schon, was ich meine.«

»Wir waren uns doch darüber einig, dass unsere Liebe frischen Wind braucht, Margarita.«

»*Deine* Liebe hat frischen Wind gebraucht.«

»Nenn mich nicht immer Kauffman«, flehte Kauffman.

»Wie soll ich dich denn nennen? Meine Nachtigall aus Cercedilla? Wir sind kein frisch verliebtes Paar mehr und verbringen unseren Urlaub auch nicht in Cercedilla.«

»Margarita!«

»Sag endlich, was du willst, Kauffman.«

»Margarita, du kannst dir nicht vorstellen, was hier los ist. Es hat mit meiner Arbeit zu tun. Eine schwerwiegende Angelegenheit in Verbindung mit zwei Perlen. Eine davon hab ich. Vielleicht krieg ich morgen schon ›Demetria‹ in die Hände.«

»Demetria?«

»Ich meine ›Nemesis‹.«

»Du betrügst mich, Kauffman. Ich hab keine Ahnung, wovon du überhaupt sprichst!«

»Die ›Betrügerin‹ hab ich schon. Ich ruf aus einer Bar in der Nähe des Bernabéu-Stadions an und kann dir jetzt nicht mehr erklären«, sagte Kauffman und warf einen verstohlenen Blick auf den höchst interessierten Chim.

»Du drehst langsam durch, Kauffman.«

»Margarita!«

»Lass mich in Ruhe, Kauffman, und leg einen flotten Dreier mit deinen Freundinnen hin.«

»Das sind keine Freundinnen, Margarita.«

»Einverstanden, es sind keine Freundinnen. Aber ich glaube, ich hol jetzt noch eine Schachtel Zigaretten an der Strandbar, die ist recht gut besucht.«

»Tu das nicht!«

»Gute Nacht, Kauffman«, verabschiedete sich Frau Kauffman unerbittlich.

Die Verbindung wurde unterbrochen. Kauffman behielt den Lutscher noch eine Weile in der Hand, als könne die Stimme seiner Frau wiederkehren und ihm die ersehnte Zärtlichkeit zurückgeben, doch die Stimme war nicht mehr zu hören und Kauffman legte schweren Herzens den Hörer zurück auf den Lutscher-Ständer. Chim rückte seinen Barhocker diskret zur Seite. Chim war verständnisvoll. Probleme gab es viele. Alle Menschen hatten Probleme. Jede Nacht kamen Typen mit einer Menge Problemen zu »Chims Hütte«. Der Anwalt schob mit müder Geste das phosphoreszierende Telefon beiseite – gleich einem Romanhelden, dem vom Schicksal noch größere Leiden angekündigt wurden als jene, die er gerade erduldet hatte. Seine Einsamkeit war schmerzlich und das Schicksal dunkel. Der trügerische Glanz der Nacht ließ ihn sein Unglück noch stärker empfinden. Das Leben erschöpfte sich in scheinbaren Komplizenschaften, darin, Tränen mit Gin zu trinken, bis der Kelch zur Neige ging und die Quellen des Schmerzes versiegten. Der lyrische Kauffman genoss einen Augenblick sein eigenes Leid und dachte an seine Schulzeit zurück, während der er davon geträumt hatte, Dichter zu werden. Dann fasste er sich wieder und gewann den inneren Stolz eines Helden zurück, der sich zu höheren Taten berufen weiß, zu solchen, aus denen er vor den Augen seiner eigenen Frau ruhmreich hervorgehen würde. Er legte einen Schein auf die Theke aus Acryl, damit Chim das Gespräch abkassierte.

»Probleme, Kumpel?«

Kauffman drehte sich zu dem jungen Typen hin. Er mochte etwa fünfundzwanzig Jahre alt sein, nicht älter. Er hatte ein spitzes Kinn, trug lange Koteletten und zwei Ringe im rechten Ohr. Sein Haar war mit einem Seidentuch zusammengefasst, das hinten herunterhing. Er trug ein feines schwarzes Hemd mit aufgedruckten Totenköpfen, ein von der Piratenflagge inspiriertes Haute-Couture-Modell. Chim hatte etwas unbestimmt Gefährliches an sich, wirkte aber zugleich warm und menschlich; in seinen Augen lag eine kindliche Großzügigkeit, denn »Chims Hütte« war zweifellos ein Geschäft, das gut lief. Der Anwalt betrachtete kurz dieses Gesicht. Es konnte einem jungen Zuhälter gehören oder auch einem Soziologiestudenten bei einer Feldforschung über Prostitution. Die rollschuhlaufende Kellnerin sammelte die letzten Gläser der Nacht von den leeren Tischen ein. In einvernehmlichem Schweigen verfolgten die beiden Männer ihren schwerelosen Flug. Eine unsichtbare Strahlung hatte die restlichen Einwohner der Stadt vernichtet und Madrid bei Nacht bestand nur noch aus diesem Engel, der zwischen dem Bambus und dem Neon mit einem Tablett in der Hand hin und her rollte. Chim seufzte. Der Anwalt öffnete seinen obersten Hemdknopf.

»Die Kleine ist um drei fertig«, sagte Chim. »Dann zieht sie ihre Rollschuhe aus und du kannst sie mit in ein Hotel nehmen. Oder wenn du willst, kannst du sie auch mitsamt den Rollschuhen flachlegen.«

Mit vernebeltem Geist dachte Kauffman über das Angebot nach. Chim bot ihm die Kleine mit Rollschuhen an. Oder Chim erzählte ihm, was jeder andere Chim an seiner Stelle täte, wenn er die Kleine mit den Rollschuhen haben könnte. Chim selbst räumte seinen Zweifel aus.

»Das macht tausend Eier für das Telefon und viertausend für die Drinks. Wenn du noch zwei Riesen drauflegst, kannst du das Mädel mitnehmen.«

Der Anwalt fuhr sich mit der Hand über die schweißnasse Stirn.

»Na komm schon, Kumpel, entscheid dich. Nur zehntausend Eier. Wo findest du um diese Uhrzeit schon so 'nen Fick?«

»Heute Nacht kann ich nicht«, sagte Kauffman und fühlte sich ein bisschen wie ein Pirat.

»Wirklich?«

»Wirklich, heute Nacht kann ich nicht.«

Er zog die vier Geldscheine für den Gin aus der Tasche und legte sie auf die Theke neben den anderen Schein. Chim griff mit seiner blassen Hand nach dem Geld. Er wirkte nun gleichgültig, vielleicht enttäuscht. Der Anwalt war der letzte Kunde in dieser Nacht und Chim blieb nicht gerne allein, denn das Leben war kurz für Piraten wie Chim, und die Nächte waren lang und Bezahlen war nicht alles, wenn man etwas in »Chims Hütte« trank. Es fehlten Freunde, und es fehlte das Gespräch. Eigentlich verabscheute der junge Pirat das Geld. Dennoch nahm er die Scheine an sich und streckte seinen Arm über das Acryl hinweg zur Registrierkasse hin.

»Dann eben ein andermal, Kumpel.«

»Ja, dann eben ein andermal«, versprach der Anwalt und verabschiedete sich.

Die Kellnerin kam sanft an die Theke herangeflogen. Sie stellte das Tablett ab und lächelte die beiden an, bevor sie wieder mit ihrer kurzen, zerrissenen Hose und ihren nymphenhaften Brüsten zu den Tischen flog.

Fünf Minuten später schlenderte Kauffman vom dunkelsten Teil des Fußballstadions hinüber zum Platz, wo das Danone-Gebäude emporragte. Die großen Bögen des Stadions in seinem Rücken wirkten wie die riesenhafte Bedrohung einer imaginären Katastrophe, als sei dieser Betonklotz bereits eine moderne Ruine – verblichener Glanz ehemaliger kaiserlicher Zeiten des Fußballs und der Spiele vor plebejischen Menschenmassen. Die Nacht machte alle Schatten größer und schwebte über dem Stadion wie eine drohende Voraussage, dass diesem das gleiche Schicksal von Zerstörung beschieden sei wie dem Kolosseum von Rom. Der Anwalt erreichte den Danone-Wolkenkratzer. Durch den Dienstboteneingang betrat er das Gebäude und fuhr hoch zu seiner Kanzlei. Die Korridore waren verlassen, nur erhellt von einer schwachen, blauen Lichtspur. Irgendwo weit weg waren das pneumatische Brummen eines Generators und dumpfe metallische Schläge zu hören. Der Anwalt betrat sein Büro und stellte fest, dass alles in Ordnung war. Zwei Kakerlaken liefen in unterschiedliche Richtungen davon, um unter den Möbeln Schutz zu suchen, und eine Sommerfliege, im Schlaf überrascht und vom Licht der Pergamentlampe aufgescheucht, flog schwerfällig wie ein Wasserflugzeug zum glänzenden Punkt einer Bronzefigur. Das war die nächtliche Fauna seiner Kanzlei. Die Hitze des Tages hatte einen scharfen Bodensatz zurückgelassen, eine Art langsame Sedimentation der Luft in aufeinander folgenden Schichten, die durch den Flug der Schmeißfliege durcheinander gebracht zu werden schienen. Kauffman sperrte die Tür zweimal ab, nachdem er einen letzten Blick auf seine Unterlagen geworfen und festgestellt hatte, dass alles an seinem Platz lag. Dann nahm er den nächstgelegenen Aufzug, um in seine Wohnung hinaufzufahren. Auch dort schien alles in Ordnung zu sein. Das Einzige, was in letzter Zeit nicht in Ordnung schien, war sein eigenes Leben, dachte Kauffman. Mit diesem bitteren Gedanken ging er zu Bett und als er einschlief, war es später, als er dachte.

Das Dinner im Haus des Gran Duque

Die Nacht senkte sich über Marbella mit einer süßlich duftenden Luft – »Allure« von Chanel unter den enthaarten Achselhöhlen der Damen und »XS« von Paco Rabanne an den Manschetten der Hemden der Herren, die zum Essen ausgingen, während die Belüftungssysteme der Restaurants strenge Küchengerüche und Moleküle jener teuren Düfte in Hinterhöfen und schlecht beleuchteten Gassen verteilten. Dieses Ambiente, zwischen Übelkeit erregenden Parfums und der Tyrannei der Küchen, machte einen Großteil der Beschreibung des sommerlichen Marbellas aus. Der Golfplatz, die wahre Lunge Marbellas, war menschenleer. Drei oder vier Pärchen speisten im Club zu Abend. Die grünen Wellen des Geländes reflektierten das Licht des Mondes in zyanotischem Glanz. Das Gras wirkte blau. Eine Batterie von Rasensprengern befeuchtete die Spielfläche mit leichten Sprengladungen gleich den Maschinengewehrgarben bei den historischen Volkstänzen *Moros y Cristianos.* Das Bewässerungssystem war komplex. Dasselbe Computerprogramm, das die Schachpartie bei dem Duell »Computer gegen Garry Kasparow« gewonnen hatte, diente hier dazu, die verschiedenen Feuchtigkeitsgrade der Spielbahnen zu kontrollieren. Jede Parzelle erhielt eine entsprechende Bewässerung nach einer sorgfältigen Berechnung, in welche die Faktoren Verdunstung, Tagestemperatur, Salzgehalt der Luft, Frequentierung des Geländes und Wachstumsgrad des *green* einflossen. Von der Glasfront des Clubs aus konnte man nichts davon wahrnehmen. Die hydraulische Intelligenz der Golfanlage lag im Dunkeln. In das Mondlicht getaucht wirkte die Welt des Golfs wie ein Märchen: silbrige, traumhafte Wiesen, dunkle Kurven, Wäldchen ohne Wolf. Die Küche des Golfclubs war mittelmäßig und die Preise waren so unwirklich wie die Landschaft, die vom Club aus zu erkennen war.

Millionetis hatte einige Freunde zum Abendessen eingeladen, und obwohl er erst überlegt hatte, einen Tisch im Golfclub zu reservieren, änderte er seine Meinung wieder und reservierte einen Tisch in einem Nobelrestaurant. Dann änderte er seine Meinung erneut, als er an den Pestgeruch von Chanel und »XS« von Paco Rabanne über Reis mit Hummer dachte, und beschloss, seine Freunde zu sich nach Hause einzuladen. So war der Geschmack des Gran Duque, verfeinert und voller Verachtung für die allzu offensichtlichen Wonnen, die der Reichtum verschafft. Die Düfte im Garten des Gran Duque waren anders. Der Esstisch war auf der Veranda aufgestellt worden. Der amazonasartige Garten des Gran Duque erfüllte sich von der anderen Seite der Balustrade her mit echten Urwaldgeräuschen. Es roch nach Vanille und Hibiskus. Feinere Nasen hätten noch den Geruch von Palisanderholz und anderen seltenen Hölzern wahrgenommen, aber die Nasen der Gäste waren in die Begrüßungscocktails getaucht. Der Duque schlürfte einen Dry Martini, der offensichtlich mit einem französischem Wermut, Noilly Prat, zubereitet war.

»Der Handel hat seit jeher mit Schmuggel und Piraterie zu tun gehabt«, rief er als Antwort auf ein nicht zu Ende geführtes Argument aus und nahm das Glas von seinen Lippen. »Bei dem Schwanz meines Hundes, die großen, durch Handel erworbenen Vermögen waren schon immer Sache der Schmuggler und Piraten gewesen. Eine ganz andere Sache hingegen ist es, sein Geld zu investieren.«

Herkules, der Hund von Millionetis, wedelte lustlos mit dem

Schwanz. Er hatte sich nicht weit von seinem Herrchen entfernt hingelegt und schien dem Gespräch nicht zu folgen.

»In die Belieferung von Piraten zu investieren«, unterbrach ihn Amusátegui, der Besitzer der Firma Amusátegui – Kräne und Abschleppdienste, der noch nie daran gedacht hatte, in etwas zu investieren, was nicht mit Schwermetall zu tun hatte.

»Oder in neue Produkte des Schmuggels und der Piraterie«, führte der Duque aus. »Alles, was verboten ist, ist teuer. Der Pirat und der Schmuggler richten sich nach dem Gesetzbuch der Verbote, als sei das ihr Bürgerliches Gesetzbuch.«

Amusátegui lächelte. Das Einzige, wovon er eine Ahnung hatte, waren Kräne und Abschleppwagen, ein Gebiet wiederum, auf dem er sich außerordentlich sicher fühlte. Gelegentlich hatte er Material ohne Erlaubnis importiert, aber es wäre ihm nie in den Sinn gekommen, dass das Schmuggel sein könnte; es war vielmehr eine Frage, die richtigen Leute im Hafen von Bilbao zu kennen. Außerdem konnte der ständige Schmuggel von tonnenschweren Kränen nicht als Schmuggel angesehen werden. Niemand versteckt Kräne auf unbegrenzte Zeit. Zu sperrig, wenn sie ans Tageslicht treten. Eine andere Sache war es, von handlicheren Kränen zu sprechen, unter hundert Tonnen. Was die Piraterie von Kränen betraf …

Als er seine Nase in den Cocktail tauchte, einen *Marbella Guiri*, fing Amusáteguis Gedankengang an zu wanken. Er hatte einen *Marbella Guiri* bestellt, weil er ein neugieriger Mann war. Die Zusammensetzung dieses Cocktails war geheim, aber der Diener des Duque hatte innerlich geheimnistuerisch gegrinst, als er ihn servierte. Niemand sonst hatte einen *Marbella Guiri* bestellt. Der Mann von Salsa Terrins in Spanien hatte sich einen *Tía Terrins* mixen lassen, einen Cocktail auf Tequila-Basis, der einzige dort bekannte, der einiger Tropfen Salsa Terrins bedurfte. Was den dritten Gast betraf, einen Mann, der den beiden anderen unbekannt war, so hatte dieser einfach ein Glas Weißwein bestellt, das die dunklen Lichtblitze der Bäume einfing.

Der Mann betrachtete das Glas eingehend, bevor er es an seine Lippen führte, als bewundere er diese Reflexe im Gegenlicht oder als fürchte er, dass man ihn vergiften wollte.

Der zweite Gast war also der Chef von Salsa Terrins in Spanien. Er wurde von allen liebevoll Terrins genannt. Terrins war Sohn eines Briten und einer Spanierin und vertrat in Wirklichkeit die Interessen eines multinationalen Nahrungsmittelkonzerns. Hervorragender Golfspieler, dessen Ratschläge der Duque schätzte. Er war ein hochgewachsener Mann mit hageren, leicht pferdemäßigen Gesichtszügen, der mit speziell für ihn kreierten Schlägern spielte, die etwas länger waren als die normalen. Er warf nicht mit Ratschlägen um sich, aber seine Gestalt wirkte beeindruckend, wenn er mit großen Schritten über den Platz schritt oder einen Schlag genau abschätzte, indem er sich breitbeinig hinstellte und seine Hand wie einen Mützenschirm an die Stirn hielt. Sein Spiel war elegant, ganz anders als das derbe Spiel Amusáteguis, der darauf bestand, eine halb volle lederne Weinflasche über der Schulter auf das Gelände mitzunehmen. Beide waren noble Gegner, das absolute Gegenteil von Sopicrem. Deshalb hatte der Duque sie zum Abendessen eingeladen.

Den Präsidenten von Sopicrem hatte der Gran Duque nicht zum Abendessen eingeladen. Sopicrem hatte die Golfpartie an diesem Morgen gegen ihn gewonnen. Für den Feind – nicht einmal Wasser. Trotz der Prellung am Knie und einer Quetschung am Ellbogen, die er sich zugezogen hatte, als er in jenes Loch hinter der Erdaufschüttung gefallen war, hatte sich der Alte weiter über den Platz geschleppt, um seine drei oder vier Schläge Vorsprung bis zum letzten Loch zu verteidigen. So viel Hartnäckigkeit irritierte den Gran Duque. Die Alten hatten nicht hartnäckig zu sein. Andererseits bewertete Millionetis gerne das Vermögen der Leute, und Sopicrem war weiter nichts als eine Geflügelbrühe im Vergleich zur unbestrittenen industriellen Macht des Amusátegui-Imperiums. Nicht einmal neben Terrins konnte Sopicrem bestehen. Niemand würde das internationale

Geschäftsvolumen einer so namhaften Soße wie der Salsa Terrins mit dem bescheidenen, rein nationalen Vertrieb von Sopicrem-Suppenwürfeln vergleichen.

»Man soll Herkules den Schwanz abschneiden, wenn ich lüge«, behauptete der Duque.

Herkules hatte fröhlich den Schwanz in die Höhe gereckt, als er seinen Namen hörte, hielt in der Bewegung jedoch abrupt inne.

»Die wahre Größe des Handels liegt im Schmuggel und in der Piraterie«, griff der Duque den Faden wieder auf. »Das ist die Epik der freien Marktwirtschaft, nicht die Ethik. Niemand ist im Geschäft, um Lehren zu erteilen. Ich bin sicher, dass mir da niemand widersprechen wird.«

Amusátegui hatte einen Teil seines Vermögens in eine Gesellschaft auf der Insel des Großen Kaimans gesteckt und widersprach nicht. Terrins erinnerte sich vage an eine Tochterfirma seines multinationalen Konzerns in Gibraltar und widersprach auch nicht. Der dritte Mann, der Unbekannte, den der Duque mit einem unaussprechlichen Namen vorgestellt hatte, bewunderte die kräutergrüne Farbnuance des Weines in seinem Glas und lächelte leicht.

»Bist du meiner Meinung, Prwzulski?«

Ramses Prwz nickte mit dem Kopf.

»Prwz ist meiner Meinung«, sagte der Duque. »Man soll meinem Hund ein Ohr abschneiden, wenn ich nicht Recht habe.«

Alle stimmten ihm zu. Herkules erhob sich vorsichtig und verschwand klugerweise im Haus.

»Diese Herren bezweifeln es nicht«, sagte Prwz mit einem leicht argentinischen Akzent.

»Auf alle Fälle«, predigte Terrins, »gibt es ethische Grenzen für die Epik.«

»Protestiere, Prwz . . .«

Prwz protestierte.

»Ich glaube, dass sich der Duque auf den Handel in ganz anderen Dimensionen bezieht.«

»Genau darauf beziehe ich mich, auf den Handel in ganz anderen Dimensionen!«

»Niemand spricht hier von Drogenhandel oder Waffenschmuggel«, fügte der Argentinier sanft hinzu.

»Prwzulski hat Recht. Der Drogenhandel ist Sache der geschmacklos angezogenen Kolumbianer und die Rüstung ist das Geschäft von Staatenlosen«, fuhr der Duque beharrlich fort. »Der Schmuggel und die Piraterie öffnen sich sehr viel ehrgeizigeren Bereichen.«

»Ehrgeizigen und gefährlichen«, verdeutlichte Prwz warnend.

»Äußerst gewinnbringende, noch nicht legalisierte, genetische Manipulationen, Viren für die Computersysteme der Konkurrenz, seltene und verbotene Materialien«, rezitierte der Duque und zählte mit den Fingern eine ganze Palette von Verstößen auf. »Das sind die neuen Waren des Schmuggels und der Piraterie. Dafür werden Joint Ventures gebildet. Und es ist wohl nicht nötig zu erklären, was ein Joint Venture ist. Auch Schmuggler legen ihre Ersparnisse zusammen, um ein Boot zu chartern, und Piraten tun sich zusammen, um eine Mannschaft aufzustellen.«

»Zum eigenen Nutzen«, kam ihm Prwz zuvor.

»Bist du schon an der Sache dran, Duque?«, forschte Terrins nach.

»Seh ich etwa aus wie ein Bandit?«

»Komm schon, Duque.«

»Nehmen wir an, dass ich schon dran bin«, räumte der Duque geschmeichelt ein. »Aber das sind Dinge, über die man nur mit seinen Golfkollegen spricht.«

Terrins lächelte und führte seinen *Tía Terrins* an die Lippen. Längst hatte Amusátegui Abstand davon genommen, einen zweiten Schluck seines *Marbella Guiri* zu probieren. Es war ein schwerer Cocktail. Farbe und Geschmack erinnerten ihn an Bremsflüssigkeit gemischt mit Pacharán-Likör. Der Gran Duque sah ihn mitleidig an. Auch der Duque wusste nicht, was sein Kellner in den *Marbella Guiri* tat. Möglicherweise Lacke und bittere Kräuter. Da kam ihm ein Gedanke. Vielleicht würde er Sopicrem eines Nachmittags einladen, einen *Marbella Guiri* zu trinken. Er hätte ihn verdient. Die Idee machte ihn euphorisch. Das würde seinen Magen ruinieren. Mit Darmproblemen wäre Sopicrem nicht mehr imstande, zu gewinnen.

Ramses Prwzulski stellte sein Glas Weißwein auf den Tisch, nachdem er das matte und grünliche Gold seines Inhalts gekostet hatte. Seine Gesten waren bedächtig. Wie alle Polen war er Nachfahre einer alten, aristokratischen Familie. Wie alle Argentinier war er vorsichtig und sentimental. Gelegentlich benutzte der Polen-Argentinier auch irgendeine andere Identität, die gerade in Frage kam: Ramses Pérez, Ramses Perdito, so wie eben Ramses Prwzulski. Aber er war weder ein Heuchler noch ein Betrüger, und an jeder seiner Identitäten war ein Körnchen Wahrheit.

Warum er bei diesem Abendessen zugegen war, hatte Millionetis nicht eindeutig geklärt. Terrins hatte auf den ersten Blick geschätzt, dass der andere kein Golfexperte war, und sein Interesse für den Unbekannten war auf der Stelle geschwunden. Argentinier sind Poloexperten. Vielleicht war Prwz Polospieler (in Gedanken kürzte Terrins dessen Namen schlecht ab und sprach ihn Prsch aus, wie die Marke eines Erfrischungsgetränks seiner Firma). Vielleicht war Prsch Experte im Tontaubenschießen. Die Polen sind hervorragende Schützen. Das erzählte ein britischer Onkel von Terrins, der zur Fasanenjagd nach Polen gefahren war. Auf jeden Fall hatte Prwzulski nichts mit den sportlichen Interessen von Terrins zu tun, weder was Polo noch Schießen betraf, und er konnte nicht herausfinden, welche Interessen sonst den Argentinier hierher geführt hatten. Was »Amusátegui – Kräne und Abschleppdienste« betraf, so verstand ihr Besitzer die finanziellen Anspielungen des Polen nicht so recht (Amusátegui hatte sich den Namen nicht gemerkt; er glaubte, dass die ständigen »prwzs« des Duque Rülpser waren). Dennoch wusste Amusátegui Prwz' Lächeln zu schätzen, als er ihm versicherte, sein Geschäft mit den Kränen zu lieben, und auch das Verständnis des Polen, dass er nur bei Spezialtransporten expandieren könne. Er war nicht interessiert an dem rätselhaften Gefasel von Millionetis, aber es war offensichtlich, dass der Pole nicht gekommen war, um ihm an die Brieftasche zu gehen. Amusátegui misstraute Unbekannten, die herbeieilten, um ihm Geld aus der Tasche zu ziehen, bevor sie ihm eine Investitionsmöglichkeit anboten.

»Komm, Prwz«, sagte der Duque. »Ich glaube, wir haben diese Herren schon genug schockiert. Es wird Zeit, dass wir zu Abend essen.«

Der Diener hatte den Tisch auf der anderen Seite der Veranda gedeckt. Dort öffnete sich der Garten zu einem bekiesten Rondell und man konnte die hohen Wölbungen einer Voliere erkennen. Die Vögel schliefen. Die Kakadus lärmten zwar kurz, als die Gäste den Tisch wechselten, aber gleich darauf versteckten sie die Köpfe wieder unter ihren Flügeln und begannen sich auf den Schaukeln zu wiegen – luxuriöse Launen des Hausherrn, denen er selbst wenig Aufmerksamkeit schenkte. Die Nacht von Marbella über dem Blätterwerk war von einem glühenden Blau, übersät von den Lichtern des Sporthafens. Weiter hinten in tiefer Finsternis hörte man das Geräusch eines Springbrunnens. Hinter ihnen ertönten im scheinbar unbewohnten Haus Küchengeräusche.

»Komm, Prwz«, sagte der Duque. »Setz dich zu meiner Rechten.«

Terrins setzte sich neben Amusátegui, mit dem Rücken zur Voliere, den Blick auf das Haus und dessen nachhallendem Inneren gerichtet. Diesen Sommer waren in Marbella Abendessen mit verbotenen Speisen in Mode. Diese Laune kam aus den edelsten und exzentrischsten Milieus Amerikas und bestand darin, Gerichte mit seltenen geschützten Arten oder mit vom Aussterben bedrohten Tieren zu servieren. Selbstverständlich wurde dies nur in einflussreichen, geschlossenen Kreisen praktiziert.

Millionetis wollte seine Gäste mit einem besonderen Menü überraschen. Es gab geräucherten Lachs aus dem Colorado-Nationalpark, wo das Fischen von Lachs auf dem elektrischen Stuhl enden konnte. Danach servierte man einheimische Krebse, deren letzte Exemplare an entlegenen Quellen im Urbel-Gebirge ein prekäres Dasein fristeten. Es gab ein Carpaccio von einer sonderbaren Gazellenart aus der arabischen Wüste, deren Fleisch ein mit Millionetis befreundeter Scheich besorgt hatte. Es war ein Essen der Zuwiderhandlung, das man mit einem gewissen gastronomischen Sadismus genoss. Es gab eingelegte Rebhühner, und auch wenn es keine wirklich verbotenen Tiere waren, so erläuterte der Duque doch, dass es sich um Rebhühner handle, die ausschließlich in der Schonzeit mit der ersten Patrone abgeschossen worden waren. Die mit der zweiten Patrone erlegten Rebhühner würden mitten im Flug ihren Darm entleeren, sobald sie die Detonation des ersten Schusses hörten, aus Angst natürlich, und da sie ihre Exkremente nicht in den Gedärmen behielten, würden sie nicht den richtigen Hautgoût bekommen, somit an Geschmack verlieren. Die Gäste akzeptierten die Erklärung und befanden, dass diese Rebhühner zu den verbotenen Speisen gezählt werden konnten. Amusátegui versicherte, bei einer anderen Gelegenheit einen im Ofen gebackenen Seebarsch gegessen zu haben, der aus dem Aquarium eines Museums stammte. Er war ebenfalls kein verbotenes Tier gewesen, aber seine Herkunft unterband jeden Einwand.

Angezogen von dem Essensgeruch trottete Herkules aus dem Haus und setzte sich neben sein Herrchen auf die Hinterpfoten. Sein wunderschöner, großer Kopf reichte bis zur Tischdecke und Millionetis kraulte ihn mit einer erhabenen Geste zwischen den Ohren. Der Hund schloss die Augen. Der Duque lehnte sich in seinem Korbstuhl zurück, dessen Rückenlehne ein ausgedehntes Ächzen von sich gab.

»Zufrieden, Terrins?«

»Zufrieden, Duque.«

»Guuut … Prwz, oder auch ich selbst, könnte erklären, dass es nicht einfach ist, ein solches Abendessen zu bereiten. Man benötigt Wilddiebe, Fischdiebe, heimliche Köche etc., etc. Und all das kostet viel Geld.«

Amusátegui spürte, dass sie ihm jetzt vielleicht doch an die Brieftasche gehen wollten, und rutschte leicht nervös in seinem Stuhl zurück. Er beruhigte sich, als der Duque zu einem mächtigen, zufriedenen Gähnen ansetzte. Der Hund ließ einen langen elastischen Sabberfaden fallen, der bis auf den Boden reichte.

»Man läuft viele Gefahren«, fuhr der Duque fort und klappte seine Kiefer wieder zu. »Und genauso ist es auch mit den besten Geschäften. Man braucht ebenfalls viel heimlich agierendes Personal. In gewissem Sinne gehört Prwz zu meinem geheimen Personal.«

»Sind Sie Fischer?«

»Prwz ist mein Berater in Geschäften anderer Dimensionen. Na los, Prwz, erzähl uns was von diesen Geschäften.«

Prwz führte vorsichtig den Schwanz eines vom Aussterben bedrohten Krebses zum Mund.

»Komm schon, Prwz, bei den eingelegten Rebhühnern, erklär uns irgendein korruptes Geschäft.«

»Plutonium«, schlug Prwz vor.

»Bitte?«

»Plutonium«, wiederholte Prwz. »Radioaktives Plutonium.«

Der Duque zeigte ein breites Lächeln, stolz auf seinen Berater.

»Und, was habe ich euch gesagt? Prwz könnte euch die ganze Nacht erzählen, was Plutonium ist, aber ich werde euch das Wichtigste zusammenfassen: Es wiegt zehn- oder fünfzehnmal mehr als Gold und ist fünftausendmal mehr wert.«

»Bist du ins Plutoniumgeschäft eingestiegen, Duque?«, fragte Terrins, ohne auch nur einen blassen Schimmer davon zu haben, was für einen Nutzen er für seinen multinationalen Konzern daraus ziehen könnte.

»Ahhh …«, entgegnete der Duque nur.

»Das ist nicht viel«, sagte Amusátegui, während er in Gedanken den Plutoniumpreis überschlug.

»Es gibt nicht mehr dazu zu sagen. Man kauft dem Chef des Reinigungspersonals irgendeines Atomkraftwerks im Osten ein paar Gramm Plutonium ab und verkauft es an denjenigen, der es benötigen könnte. Es gibt keine Eile. Das Plutonium bleibt etwas mehr als vierundzwanzigtausend Jahre lang aktiv.«

»Wer benötigt Plutonium?«

Der Duque zuckte mit den Schultern. Amusátegui wusste nicht, ob Plutonium dazu dienen könnte, große Gewichte zu heben. Terrins schloss nicht aus, dass man es als Konservierungsstoff verwenden könnte.

»Wer benötigt Plutonium, Prwz?«, fragte der Duque seinerseits.

Der Berater antwortete gelangweilt.

»Ich weiß es nicht. Aber die Leute, die es benötigen, benötigen viel.«

»Da habt ihr's gehört.«

»Das radioaktivste Isotop des Plutoniums bringt Granitwände zum Schmelzen. Jeder, der Energie benötigt, braucht Plutonium. Den Militärbereich nicht zu vergessen. Das Plutonium ist das Pulver der nuklearen Munition.«

»Damit ist alles gesagt«, rief der Gran Duque begeistert aus.

»Warum benötigt man Munition?«, fragte Amusátegui, der unaufmerksam gewesen war.

»Warum zum Teufel wollen wir wissen, warum diejenigen Munition benötigen, die sie benötigen? Wir kaufen Plutonium zu absoluten Schrottpreisen ein und verkaufen es zum Plutoniumspreis. Das ist das Geschäft. Ich bin dabei.«

»Allein?«

»Nein, nicht allein. Noch jemand mischt mit.«

»Prsch?«

»Prwz.«

Übellaunig verschränkte der Duque seine Arme. Seine beiden

Gäste wandten sich wieder ihren Tellern zu. Der Berater senkte den Blick und schloss seine Zähne über einem Bissen arabischer Gazelle. In den alten polnischen Familien schaut man sich nicht in die Augen und zeigt auch seine Zähne nicht. In der alten polnischen Aristokratie bedeutet das In-die-Augen-Schauen und das Zähnezeigen eine Geste der Herausforderung. Prwzulski bewahrte aristokratische Sitten, aber im Laufe der vielen in Argentinien verbrachten Jahre hatte er gelernt, vorsichtig wie ein Gaucho zu sein. Er war nicht sicher, ob bei diesem Abendessen eine Investition herausspringen würde. Er brauchte zweihundertfünfzig Millionen Peseten, um fünfundzwanzig Gramm Plutonium *free on port* zu erhalten. Wenn die Operation zufrieden stellend ausgehen würde, bräuchte er weitere fünfhundert oder sechshundert Millionen, um mehr als nur ein Muster zu bekommen. Amusátegui, der untersetzte, fest gebaute Galicier, der mit Kränen handelte, schien nicht an einem Produkt interessiert zu sein, dessen Wert er nicht verstand. Er glaubte, dass Isotope ein neues Dämpfungssystem für Kräne seien. Prwz erklärte, dass die Isotope Variationen desselben Produkts seien und dass es sich in jenem Fall um das wertvollste Plutoniumisotop handle. Was die andere Person anbelangte, dieser ärgerliche Brite, der seinen Namen verächtlich Prsch aussprach, als öffne er eine Dose Bier, so war sich Prwz gar nicht einmal sicher, ob dieser die Vertraulichkeit wahren würde. Der Duque übernahm die Verantwortung für die Vorsondierungen. Wie auch immer, der Duque könnte das ganze Geschäft auch allein übernehmen.

Die Gedanken des Duque schweiften in andere Sphären ab. Er überlegte gerade, Sopicrem eine Krawattennadel aus Plutonium zu schenken. Er meinte verstanden zu haben, dass das Plutonium galoppierende Leukämie hervorrief. Mit einer Krawattennadel aus Plutonium und einem *Marbella Guiri* war es schlicht unmöglich, dass Sopicrem beim Golf gewinnen würde. Doch der Duque behielt diese Überlegung für sich. Es war nicht albern zu denken, dass Sopicrem sogar mit Leukämie und Durchfall einige Schläge Vorsprung herausholen könnte. Er hatte es gerade diesen Morgen mit einem halblahmen Körper bewiesen. Der Duque kehrte in die Wirklichkeit zurück, als Amusátegui sich mit der Serviette die Lippen abwischte. Er hatte die letzte Scheibe Lachs vertilgt.

»Und befindet sich dieses Plutonium schon in Spanien?«

Es war an Prwz zu antworten.

»Nehmen wir an, dass es unterwegs ist.«

»Wir werden nicht mit einem Geigerzähler die ganze Halbinsel abklappern«, griff der Duque ein. »Du solltest nicht zu viel wissen wollen, Amusátegui; wenn du Knete in dieses Projekt stecken willst, dann tu's, und wenn nicht, dann werde ich es tun.«

Der Duque wandte sich zu Salsa Terrins.

»Und du, Terrins?«

»Ich denke wie Amusátegui. Ich kann mich nicht entscheiden, bevor ich nicht mehr Fakten bekomme.«

»Fakten, Fakten!«, rief der Duque zornig aus. »Willst du vielleicht mehr Fakten über das Rebhuhn, dass du gegessen hast? Verlange ich vielleicht mehr Fakten?«

»Du hast Prsch ...«

»Prwz kann nicht mehr erzählen, als er es schon getan hat. Stimmt's, Prwz?«

Prwz nickte mit dem Kopf.

»Und wer noch mehr Fakten will, soll erst einmal Geld hinlegen. Welcher Pirat verlangt Fakten, bevor er in See sticht? Es fehlt den Geschäften an Epik, beim Backenbart des Kaisers Barbarossa!«, rief der Duque im reinsten John-Huston-Stil, indem er seine sonore Stimme hob und seinen riesigen Mund so weit aufriss, dass die gereizten scharlachroten Streifen am Gaumen zu sehen waren. »Man soll mich in den Panzerschrank der Spanischen Staatsbank sperren, wenn ich mich irre! In diesem Geschäft steckt viel Geld.«

»Ganz sicher ...«

»Ganz sicher, Duque, aber nicht unseres.«

Die beiden Gäste hatten ihre Servietten zusammengefaltet und tranken den letzten Schluck Wein aus, der das Essen begleitete. Im Unterschied zu dem Menü war das einzig Verbotene an diesem Wein der Preis. Millionetis ließ seine Kiefer knacken und hielt seine Wut zurück. Prwzulski senkte ganz sanft den Blick und enthielt sich einer Meinung. Seine Annahmen bestätigten sich. Nicht alle waren fähig, derartige Geschäfte in Angriff zu nehmen. Er drehte seinen Kopf zum Garten und beobachtete die eingesperrten Vögel, die prächtigen Kakadus, die Paradiesvögel, die Federbüsche und langen, hauchzarten Federschöpfe anderer, unbekannter Vögel. Sie schliefen im Schatten, wussten vielleicht nicht einmal, dass sie eingesperrt waren. Millionetis ließ seine Kiefer wieder knacken und beauftragte seinen Diener, er solle die Wagen der beiden Gäste vorfahren lassen. Es gab keinen Kaffee. Auch keine Zigarren. Wer einen heimlich destillierten Digestif wollte, sollte ihn doch bei sich zu Hause trinken. Selbstverständlich zeigte er seine Wut nicht offen. Er beschränkte sich darauf, die Arme auf den Korbsessel zu stützen und die Versammlung für beendet zu erklären.

Amusátegui und Terrins waren gemeinsam in einem Wagen gekommen, der mit einem sanften und luxuriösen Reifenknirschen über das bekieste Rondell rollte und dabei mit den gelben Scheinwerfern ein Segment in den Garten schnitt. Der Duque erhob sich und gebot nun mit seiner ganzen Körpergröße über die Reste des Abendessens. Prwz blieb sitzen. Amusátegui und Terrins verabschiedeten sich.

»Wir sehen uns morgen beim Golf«, sagte Amusátegui.

»Herr Prsch . . .«

Prwzulski stand auf. Er verabschiedete sich auf polnische Art, indem er beiden Männern in die Augen blickte und sein Gebiss zeigte, damit sie die Bedrohung verstünden, die auf ihnen lasten würde, wenn sie den Gesprächsinhalt dieses Abendessens weitererzählen würden.

»Was die Isotope betrifft …«, begann Amusátegui leicht angesäuselt.

»Vergessen Sie's.«

Die beiden Gäste gingen die Stufen der Terrasse hinunter und verschwanden hinter den dunklen Scheiben des Autos. Herkules bellte und der Duque befahl ihm aufzuhören. Eine Diana-Statue erhellte das Rondell mit einer Laterne in der Hand. Nach einer Weile verschwanden die Rücklichter des Wagens im Blätterwerk, den Kiesweg entlang in Richtung Ausgang des Anwesens. Der Diener hatte den Tisch abgeräumt, an dem sie vorher den Aperitif genommen hatten, und der Duque bedeutete nun Prwzulski, sich dort hinzusetzen.

Der Tisch stand in einem dunklen Winkel. Auf jener Seite der Veranda ging ein leichter Wind und man hörte, von der Brise herangetragen, in der Ferne den nächtlichen Lärm Marbellas. Der Himmel erhellte sich kurz, so als explodiere ein Feuerwerk, und wurde dann wieder dunkel, ohne dass sie den Grund dafür erfuhren. Der Hund folgte dem Duque, wippte dabei sanftmütig mit dem riesigen Kopf und legte sich dann neben ihm nieder. Der Duque setzte sich auf denselben Platz, den er zuvor schon eingenommen hatte. Das ungewöhnliche Abendessen hatte seinen Magen verstimmt und innerlich verfluchte er die exzentrischen Moden Marbellas, die ihn dazu verpflichteten, des gesellschaftlichen Ansehens wegen von seinen üblichen Spiegeleiern zum Abendessen abzusehen. Er war ein genügsamer und gesunder Mensch. Er glaubte, dass der wahre Wille, Finanzgeschäfte zu betreiben, nur in einem genügsamen und gesunden Körper bewahrt werden könnte, gleich dem eines Athleten, der Rekorde und Siege anhäufte. Er war davon überzeugt, mehr als nur ein Geschäftsmann zu sein. Und als wolle ihm der Himmel Recht geben, erhellte sich die Nacht erneut mit einer Fontäne bengalischen Lichts und im Halbdunkel leuchtete sein Gesicht kurz mit einem jupiterhaften Glanz auf, leicht und vielfarbig, mit zwei gierig funkelnden Augen wie zu den

Zeiten seiner gewagtesten Spekulationen, bevor sie sich wieder in Dunkelheit hüllte.

»Jetzt, Prwzulski, bin ich es, der Fakten will. Ist die Ware schon in Spanien?«

Prwz hatte sich auf den Stuhl ohne Armlehnen gesetzt, auf dem zuvor Terrins gesessen hatte.

»Die Ware ist bereits in Spanien«, sagte der Pole nach einer Pause, »aber man muss mir diese Informationen noch bestätigen.«

»Mich interessieren nur die zuverlässigen Angaben«, sagte der Duque.

»Es gibt zuverlässige Quellen, die versichern, dass die Ware in Spanien ist.«

»Gut«, sagte der Duque zufrieden.

Ein leichter Rülpser hinderte ihn daran fortzufahren. Prwz stützte die Ellbogen auf den Tisch und eine blasse Haarsträhne fiel ihm ins Gesicht. Das Problem mit dem Plutonium, erklärte er langsam, sei nicht, es in das Land zu schaffen. Das Problem sei auch nicht, es zu bekommen, über die Netze hinweg, über die diese Art von Beschaffung liefe. Das Problem, sagte Prwz, liege in der Art und Weise des Transports. Wenn die Geschäftsmänner dies verstünden, hätten sie alles verstanden. Ein Gramm Plutonium in der flachen Hand würde Fleisch und Knochen in wenigen Minuten durchlöchern. Ein Gramm Plutonium in einem Safe würde genügend Hitze erzeugen, um die Banknoten seines unvorsichtigen Besitzers in fünfzehn Sekunden anzuzünden. Das seien weder Legenden noch Hexerei, sondern physikalische Gesetze. Das Problem sei also der Transport und der Schutz. Es gäbe viele Systeme und verschiedene Panzerungen für Schmuggelware, die einen umständlicher als die anderen. Er, Prwz, sei in der Lage zu garantieren, dass fünfundzwanzig Gramm Plutonium nach Spanien gelangt waren, was an Volumen etwas mehr als einem Kubikzentimeter entspräche. Es sei angemessen geschützt durch eine glasierte Keramiklegierung, um die Strahlung zu vermeiden. Zwei Perlen normaler Größe, erläuterte Prwz, wobei er eine kleine Kugel zwischen Zeigefinger und Daumen andeutete, deren Farbe und Struktur perlmutterartig sei. Das in die Perlen eingespritzte Plutonium sei relativ sicher untergebracht. Die beiden Kugeln beinhalteten fünfundzwanzig Gramm Plutonium zu nahezu gleichen Teilen. Sie seien nicht identisch, aber man könnte behaupten, dass sie vom gleichen Kollier stammten. Wenn das Geschäft zustande käme, würden künftige Lieferungen über den gleichen Weg erfolgen, also in Form von Plutoniumperlen. Man würde irgendwie versuchen, dass die beiden Perlen in die Hände des Gran Duque gelangten, aber das könne Prwz noch nicht zusichern.

»Perlen, Prwz?«, fragte der Duque argwöhnisch nach.

»Genau«, entgegnete Prwz.

»Die Zähne sollen mir ausfallen, wenn es jetzt nicht bei mir klingelt«, rief der Duque. »Zwei Perlen mit Plutonium gefüllt?«

»Genau das«, bestätigte Prwz.

Der Duque rieb sich die Hände.

»Ich glaube, ich habe schon vorher von diesen Perlen gehört.«

»Gut möglich«, entgegnete der Pole knapp.

»Man hat mir aber andere Geschichten erzählt«, fügte der Duque hinzu.

»Auch möglich.«

Prwz führte aus, dass, gewissen Gerüchten nach zu schließen, die Perlen an Bord der »Proletarischen Revolution« eingeschifft worden seien, ein sowjetisches Frachtschiff, das 1981 auf »Perestroika« und 1992 auf »Freihandel« umgetauft worden sei. Die alte Nussschale, in Odessa eingetragen, sei dreimal neu gestrichen worden und kreuze nun unter ukrainischer Flagge. Ihrem Namen alle Ehre machend, leistete die »Freihandel« wichtige Schmuggeldienste. Das Schiff war vor zwei oder drei Wochen im Hafen von Barcelona mit dem Plutonium in seinen Frachträumen eingelaufen. Man mochte meinen, dass eine winzige Schmuggelware von fünfundzwanzig Gramm Plutonium auf einem Frachter von zweihundertfünfzigtausend Tonnen absolut nicht auffallen würde, was auch so gewesen wäre, aber ab Barcelona wäre es zu Komplikationen gekommen. Ein Seemann namens Demetrio oder Dimitri habe die beiden Plutoniumperlen in aller Ruhe in seinen Taschen an Land gebracht und nach Madrid geschafft. Von diesem Augenblick an habe man sie aber aus den Augen verloren. Offenbar habe man die Perlen so etwas wie einem Lumpensammler anvertraut oder einem unbedeutenden kleinen Gauner, einem Homosexuellen, die Seemännern gewöhnlich gefallen. Vielleicht wartete man nur auf die Initiative des Gran Duque. Das war das Geschäft, dass er ihm unterbreiten wolle.

»Heißt das, dass zwei Perlen mit jeweils fünfundzwanzig Gramm Plutonium in Madrid herumschwirren?«

»Insgesamt fünfundzwanzig Gramm Plutonium«, stellte Prwz klar.

»Was ist das für ein Land, Prwz, in dem Plutonium in den Händen von Lumpensammlern landet?«

»Es ist der westliche Zipfel Europas«, bemerkte Prwz ruhig.

Der Duque schwieg und atmete tief. Prwz nahm seine Ellbogen von der Tischdecke und rückte vom Tisch weg. Das Feuerwerk war zu Ende und der Himmel war nun dunkler als zu Beginn ihres Gesprächs. Der Duque seufzte erneut. Die Nacht gab ihm ein Gefühl von Macht und gleichzeitig erfüllte ihn eine Art kosmische Euphorie angesichts des Geschäfts, das man ihm vorschlug. Perlen? Wer sprach da von Perlen? Die Wege des Herrn sind unergründlich, rezitierte der Duque innerlich, und noch unergründlicher sind die Wege, die verbotene Waren nehmen.

»Weißt du was, Prwz?«, rief er schließlich aus. »Du bist viel gereist und kennst beide Welten. Du bist ein gut informierter Mann, was so gefährliche Waren wie das Plutonium angeht und so spekulative wie den Kaffee. Aber es gibt etwas, wovon du keine Ahnung hast, nämlich von dem, was ich gerade empfinde ...«

»Was, Duque?«

»Wie soll ich es erklären, Prwz . . .«

»Zweifel?«

»Nein, Zweifel sind es nicht. Zweifel sind was für die Schwachen.«

»Misstrauen?«

»Nein, Misstrauen ist es auch nicht. Misstrauen ist was für die Feiglinge.«

Der Duque streckte seine Hand in die Dunkelheit des Gartens aus, als wolle er die Finsternis grüßen, und lauschte dem Geräusch eines Springbrunnens. Seine Augen glänzten mit emailartigen Reflexen und sein Herz schlug im langsamen Systole-Diastole-Rhythmus der großen Momente der Ruhe. Denn der Duque fühlte, dass man ihn irgendwo, an den unbestimmten Grenzen seiner Umgebung, betrog oder jemand sich selbst betrog, ohne es zu wissen; und dieses Gefühl stimmte ihn so ruhig wie die großen Dickhäuter, die sich nie bedroht fühlen und gleichgültig über den Staub auf ihrem Weg trampeln. Sein halbes Vermögen in ein gewagtes Geschäft zu investieren, war nichts gegen dieses Gefühl von Macht. Wer sprach von Perlen, hm? Wer hatte von Perlen gesprochen? Einen Augenblick träumte er davon, in seinem Weinkeller einen Plutoniumschatz für alle Ewigkeit zu lagern. Vierundzwanzigtausend Jahre Plutonium, eingeschlossen in zwei Perlen, das war die Zeit, die das Plutonium radioaktiv war. Der Duque wandte sich wieder Prwz zu, der schweigend auf dessen Worte wartete.

»Weißt du, was ich empfinde, Prwz? Ich empfinde Neid auf mich selbst«, rief der Gran Duque melancholisch aus.

»Neid, Duque?«

»Neid, Prwz. Ich habe ein Vermögen angehäuft. Aber ich bin neidisch auf alles, was ich noch nicht habe.«

Der Tod im T-Shirt

Kauffman wachte um zehn Uhr morgens mit einem Kater auf. In den ersten Minuten des Kampfes gegen seinen eigenen Körper glaubte er, blind geworden zu sein, wie nach einem Krieg oder wie nach einem Gefecht gegen die Sonne. Er hatte vergessen, die Vorhänge zuzuziehen, und die Sonne knallte unerträglich hell durch die große Fensterfront seiner Wohnung. Durch einen Kurzschluss hatte sich die Klimaanlage ausgeschaltet und das kleine Wohnzimmer war zum Brennpunkt einer Marter geworden, wo sich ein erschöpfter, blasser Kauffman mit einem bitteren Geschmack im Mund und gequälten Schläfen vorstellte, in der Sonnenüberflutung den Siedepunkt für Fleisch erreicht zu haben. In Unterhosen lag er auf dem Sofa. Er stand auf und stützte dabei seinen bleischweren Kopf mit beiden Händen. Er tastete nach dem Schalter der Klimaanlage wie jemand, der das Gesicht eines Freundes befühlte, und stellte sie wieder an. Dann ging er zu den Vorhängen und zog sie zu. Ein sanfter, karamellfarbener Halbschatten überflutete das Zimmer. Ein Summen frischer Luft erfüllte den Raum mit einem wohltätigen Hauch und in dieser automatischen Vorhölle verspürte Kauffman, dass er wieder auflebte und sein Gedächtnis in die Gänge kam.

Vage erinnerte er sich an das blaue Neonschild von »Chims Hütte« in einer Konstellation vergessener Eindrücke. Er hatte dort wohl zu viel Gin getrunken. Nichts Gutes ließ sich über Chims Gin-Qualität sagen. Kauffman stellte sich unter die Dusche und ließ den kalten Wasserstrahl über seinen Körper laufen, ohne seine Unterhose auszuziehen. Dann ging er, in ein Handtuch gewickelt, wieder ins Wohnzimmer und hinterließ dabei eine flüchtige Fußspur auf dem Teppich. Noch andere Eindrücke fielen ihm nun ein, die bittere Sprödigkeit seiner Frau, die weit entfernte Zärtlichkeit seiner Töchter, die ominöse Einsamkeit einer durchzechten Nacht. Trotz alledem entsann er sich des Standes seiner Geschäfte. Er hatte seine Schlüssel und seine Unterlagen auf den Tisch gelegt und unter diesen Papieren entdeckte er die mit seiner eigenen Hand festgehaltene Adresse und Telefonnummer von Kiki Calonge, El Gordos Schützling. Und in dem Moment erinnerte sich Kauffman auch an das, was der Sommer für ihn bereithielt, und unter allen Vorzeichen war in seinen Augen nur eines wichtig. Die zweite Perle zu bekommen. Er wollte nicht denken, dass dies eine fixe Idee sein könnte.

Nach wenigen Minuten hatte das Wohnzimmer wieder eine angenehme Temperatur erreicht, während am Madrider Himmel Feuerreiter galoppierten. Mit dem Telefon setzte sich der Anwalt auf das Sofa und wählte die notierte Nummer. Es meldete sich die raue und morgenmuffelige Stimme von Julián El Gordo, angefüllt mit einem guten Viertelliter dickflüssigen Schleims. Der Anwalt sah auf seinen Zettel und stellte fest, dass er sich in der Nummer geirrt hatte. Wortlos legte er auf. Es gibt Glücksspiele, die zu falschen Zielen führen, als wolle die göttliche Vorsehung einen auf eine mögliche Veränderung der Situation aufmerksam machen. Der Anwalt achtete jedoch nicht auf dieses Vorzeichen. Er wählte die zweite auf dem gleichen Papier notierte Nummer, die unter der von Julián el Gordo stand, und nach einiger Zeit meldete sich eine träge, verführerische Stimme.

»Kiki Calonge?«

»Einen Augenblick, bitte.«

Es meldete sich dieselbe Stimme wieder. Offenbar hatte die Person nur den Hörer in die andere Hand genommen, wie jemand, der sein vorteilhafteres Profil zeigen will.

»Calonge Patas Blancas?«, fragte der Anwalt, den kompletten Namen lesend, den er vor sich liegen hatte.

»Arschloch«, entgegnete die verführerische Stimme schlicht.

»Entschuldigung. Ich wusste nicht, dass dies eine Beleidigung ist. Ich rufe Sie auf Empfehlung von Julián El Gordo an.«

»Eine Beleidigung? Was dachten Sie denn; dass es ein Kompliment ist? Hat man Ihnen auch gesagt, dass El Gordo auch ›Bleichschwanz‹, *Pito Pálido,* genannt wird?«

»Ich bitte Sie nochmals um Verzeihung, Herr Calonge.«

»Darf ich erfahren, mit wem ich spreche?«

»Sie kennen mich nicht. Ich heiße Kauffman und bin Anwalt. Julián el Gordo hat mir Ihre Telefonnummer gegeben. Ich wollte mit Ihnen über eine heikle Angelegenheit sprechen.«

»Eine heikle Angelegenheit?«, sagte Kiki Calonge und fing an zu lachen. »Dann können Sie mich auch Kiki nennen, wenn Sie es wünschen.«

»Wie Sie wünschen, Kiki«, erwiderte der Anwalt leicht verwirrt.

Der andere brach wieder in Lachen aus.

»Sie sind sehr witzig.«

»Danke, Kiki.«

Wie viele Dinge hatte Kauffman in den wenigen Sommertagen gelernt! Es gab keinen besseren Spürsinn als den seinen, um angemessen einen Ausrutscher wieder in Ordnung zu bringen oder eine Unbesonnenheit zu korrigieren oder schlicht und einfach auf der Hut zu sein, um den Ausrutscher oder die Unbesonnenheit des Gesprächspartners zu registrieren. In diesem Fall war er sich sicher, dass Kiki Calonge seinen Anruf erwartet hatte. Vielleicht hatte El Gordo ihm Bescheid gegeben. Vielleicht waren andere, dunklere Interessen zu Kiki Calonge gelangt und hatten ihn darauf aufmerksam gemacht, dass sich jemand für ihn interessierte. Wie viele Dinge hatte Kauffman gelernt! Er lehnte sich im Sofa zurück und streckte seine Füße auf dem Glastisch aus, der vor ihm stand. Er war immer noch in Unterhosen. Die Klimaanlage brummte vor sich hin. Das Wasser verdunstete und hinterließ ein leichtes Frösteln auf seiner Haut.

»Ich bin an den antiken Perlen interessiert«, sagte Kauffman. »Soweit ich verstanden habe, besitzen Sie eine Perle, die Sie verkaufen wollen.«

»Hahaha«, lachte Patas Blancas mit jugendlicher Frische.

»Habe ich etwas Unpassendes gesagt?«

»Nein, Sie haben überhaupt nichts Unpassendes gesagt«, entgegnete Kiki spaßhaft mit sanfter Stimme. »El Gordo hat nur behauptet, dass Sie mir genau das sagen würden, was Sie eben gerade gesagt haben.«

»Das hat El Gordo behauptet?«

»Genau das.«

»Gut«, sagte Kauffman. »Versuchen wir es auf eine andere Weise. Vor einigen Tagen erhielt ich Besuch von jemandem, den Sie kennen, Aniceto Kauffman oder Aniceto Correa, Sie werden selbst wissen, wie Sie ihn nennen wollen. Aniceto besaß eine Perle, die er dem Gran Duque zuspielen wollte. Sie kennen sicherlich den Gran Duque.«

»Großherzöge, Markgräfinnen ...«

»Gut«, fuhr Kauffman unbeirrt fort. »Kauffman besaß also eine Perle, ich meine Correa, Kauffman bin ich, und von ihm habe ich erfahren, dass Sie deren Zwillings- oder Schwesterperle hätten.«

»Ich war im Besitz von beiden Perlen. Aniceto hatte auf meine Veranlassung hin das Geschäft mit der ersten Perle übernommen.«

»Das weiß ich bereits vom Großen Gordo.«

»Gordo. Einfach nur Gordo«, verbesserte ihn Kiki Calonge.

»Gordo«, berichtigte sich Kauffman.

Die Stimme am anderen Ende der Leitung schwieg einige Sekunden lang.

«Erzählen Sie mir etwas über den Gran Duque.«

»Lassen wir den Gran Duque aus dem Spiel. El Gordo hat mir

gesagt, dass ich wegen der zweiten Perle mit Ihnen ins Geschäft kommen könnte.«

»Was bekam Aniceto denn für die erste Perle?«

»Sie wissen, was Aniceto für sie bekam«, antwortete Kauffman nach einem kurzen Zögern. »Ich kann Ihnen versichern, dass ich nichts damit zu tun hatte. Andere Leute interessierten sich auch für die Perle. Aber das kann ich Ihnen nicht erklären.«

Die Stimme fing nervös an zu lachen.

»Ich glaube, dass die Perlen allmählich gefährlich werden, meinen Sie nicht auch?«

»Kommen Sie, Kiki. Es gibt keinen Grund, nervös zu werden«, erwiderte der Anwalt in dem Versuch, unterhaltsam zu sein.

»Nervös?«

»Niemand will Ihnen etwas antun, Herr Calonge. Wenn sich die zweite Perle in Ihren Händen befindet, würde ich gerne mit Ihnen zu einer Einigung kommen.«

»Wo ist die Perle gelandet, die Aniceto hatte?«

»Das weiß ich nicht«, log Kauffman.

Die Stimme lachte wieder. Sie hatte etwas Heiseres, Raues an sich, das Kauffman überraschte. Es war das Lachen eines verängstigten Mannes. Sein anfänglicher Charme war verschwunden, als hätte er einen verdächtigen Schatten am Fenster gesehen.

»Dem armen Aniceto hat man den Kopf mit einer Axt gespalten«, hauchte er.

»Es war keine Axt«, stellte Kauffman klar.

»Woher wissen Sie das?«

»Ich weiß es, das ist alles. Aber ich hatte nichts damit zu tun«, sagte Kauffman.

Daraufhin wollte er seine Unschuldsbeteuerung noch mit einem Schwur à la Gran Duque verstärken.

»Ich schwöre bei meinen Eingeweiden, dass ich nichts damit zu tun hatte. Mich interessiert nur die zweite Perle und, wenn möglich, mit Ihnen übereinzukommen. Na los, Herr Calonge.

Die Perle in Ihren Händen ist Dynamit«, sagte Kauffman, ohne zu wissen, was er da gerade sagte. »Das Beste, was Sie tun können, ist, sie so schnell wie möglich loszuwerden. Und das ist keine Drohung.«

»Nein?«

»Nein«, erwiderte Kauffman, wobei er sich seltsam ermutigt fühlte. Er streckte die Beine aus und kratzte sich an den wenigen Haaren, die ihm auf der Brust wuchsen. Er fühlte sich immer selbstsicherer, je mehr er die Angst seines Gesprächspartners erkannte. »Ich werde Sie heute Abend besuchen, Herr Calonge«, fuhr er fort. »Ich habe vor, Ihnen einen guten Preis für diese Perle zu bieten. So oder so ist diese Perle in meinen Händen sehr viel sicherer als in Ihren.«

»Und wenn ich mich weigere, Sie zu empfangen?«

»Aber Kiki, Sie werden schließlich nicht denjenigen die Tür öffnen, die Anicetos Schädel eingeschlagen haben.«

Der andere schwieg.

»Vermutlich werde ich gegen acht Uhr abends bei Ihnen sein. Um diese Zeit wird die Temperatur schon gesunken sein. Die Hitze macht uns alle nervös. El Gordo hat mir Ihre Adresse gegeben. Es ist nicht nötig, dass Sie mich wie einen Gast empfangen.«

»Scheren Sie sich doch zum Teufel.«

»Heute Abend um acht«, erwiderte Kauffman.

Der andere antwortete nicht, doch der Anwalt legte den Telefonhörer mit der Gewissheit auf, dass ihn sein Gesprächspartner an diesem Abend erwarten würde. El Gordo war eine gute Referenz. Außerdem waren Kauffmans Absichten klar und Patas Blancas könnte andere Bedrohungen mehr befürchten. Viel hatte Kauffman in den wenigen Sommertagen gelernt. Er hatte sich überlegt, dass das Leben eines zeitweiligen Singles nur dann lebenswert war, wenn man sich auf Abenteuer einließe, und zwar nicht zwangsläufig solche, die man eben von einem Single erwarten würde, sondern Abenteuer ganz anderer Art, wo sich

Arglist mit Habgier und dem Bestreben nach Besitz verband. Kauffman kümmerte es wenig, welche Ängste Patas Blancas quälen könnten, angefangen von der Angst, dass man ihm den Kopf mit einer Axt spaltete, oder mit einem Maurensäbel, einer Keule oder irgendeinem anderen Instrument, das verwendet worden war, um den Hüter der »Betrügerin« umzubringen. Das Schicksal kündigte sich bereits im Namen der Perle, »Nemesis«, an, soweit sich der Anwalt an das wenige Griechisch erinnerte, das er im Gymnasium gelernt hatte.

Kauffman bekümmerten diese brutalen Spekulationen wenig. War er am Ende gar im Begriff, verrückt zu werden? Waren das die Auswirkungen der Einsamkeit und Hitze? Madrid im August war eine Stadt zum Fürchten. Vermutlich dünstete der Straßenteer gewissen Stoffe aus, die den Verstand derjenigen Leute trübten, die in der Stadt geblieben waren, und man sprach auch von einer Abhängigkeit vom Teerdunst, so wie es eine Abhängigkeit vom Benzingeruch gab und eine Abhängigkeit von den Auspuffgasen, sobald die Sommerfrischler zurückkehrten und die Stadt von der sommerlichen Trance in die herbstliche Routine überging. Kauffman kam in den Sinn, dass es nur ganz wenig bedurfte, damit ein Abenteuer das Leben eines Mannes veränderte, ohne dass es nötig war, dieses in exotischeren Gefilden zu suchen als in den aufgeheizten Straßen. Im bernsteinfarbenen Halbschatten der Vorhänge sitzend, vor der Hitze geschützt durch das ständige Summen der Klimaanlage, fühlte Kauffman, dass er sich seinem Ziel näherte. Und sein zuvor nie vermutetes Ziel war es, sich die zweite Perle anzueignen, wie jemand, der sich mit geschlossener Faust an einer zweiten spirituellen Energiequelle festhält. Vielleicht war das die Auswirkung der Geschichte. Vielleicht war das eine Folge der Legenden, die man ihm über die Perle erzählt hatte. Tatsache war jedenfalls, dass sein Leben nie mehr so sein würde wie bisher; denn in den Besitz der zweiten Perle zu gelangen, war ein so unumgängliches Ziel wie das Hochgefühl, das ihm der Besitz der ersten verschaffte. Irgendwann einmal, wenn sich »Nemesis« und die »Betrügerin« in seinen Händen oder in seinen geschlossenen Fäusten befänden, würde der Anwalt die nötige Energie finden, um die beiden Todsünden Habgier und Geiz zu bezähmen und somit auch Frieden finden.

Gegen halb drei Uhr nachmittags öffnete der Anwalt den Kühlschrank und bereitete sich einen raschen Strohwitwer-Imbiss. Es war aufgeschnittener Käse und gekochter Schinken da. In dem kleinen Wandschrank fand er etwas Toastbrot. Die erste Scheibe warf er in den Abfall, weil ein mikroskopischer Urwald aus Schimmelpilzen grünlich auf ihr zu sprießen begann. Er wählte zwei oder drei Scheiben aus der Mitte, die gesünder aussahen, öffnete eine Bierdose und trug alles auf einem Tablett ins Wohnzimmer. Mit dem Tablett auf den Knien aß er in Unterhosen zu Mittag, ohne genau zu wissen, was er aß, eingehüllt in eine irreale Atmosphäre. Er machte den Fernseher an und wenige Minuten später schaltete er ihn wieder aus, ohne genau zu wissen, was er gesehen hatte. Danach stellte er das Tablett mit den Essensresten auf den Boden und streckte sich auf dem Sofa zu einer Siesta aus. Die Sonne verließ allmählich die tief unten liegenden Straßen und floh in Richtung Westen die breiten Avenidas entlang, durch die erschöpften Alleen des Sommers, um schließlich hoch zu den Wolkenkratzern hinaufzusteigen und als Sonnenuntergang zu glänzen. Der bernsteinfarbene Schatten im Wohnzimmer nahm einen orangefarbenen Ton an, dann einen rötlichen, danach einen malvenartigen und schließlich einen perlmutternen. Als Kauffman nach seiner langen Siesta wieder aufwachte, war es zehn Minuten vor acht. Während jenes vierstündigen Intervalls hatte er unbekannte Gebiete durchlaufen, geschüttelt von kurzen Schauern, die durch die Klimaanlage ausgelöst wurden, im Schlaf gestört von dem Gedanken, allein und in Unterhosen zu sein, ohne jemanden, mit dem er die temperierte Einsamkeit teilen könnte. Als er endlich beschloss, die Vorhänge zurückzuschieben, war der Sonnenuntergang noch nicht so weit fortgeschritten, wie er gedacht hatte. Große Leinwände aus Licht bedeckten noch die weit entfernten Siedlungen aus Ziegelsteinbauten und das Gebirge am Horizont bot die bläuliche Textur eines Seidenstoffs. Träge und gleichgültig streckte Kauffman die Arme über das weite Panorama, das sich seinem Blick darbot. Dann zog er sich an, nachdem er sich ein zweites Mal geduscht hatte. Möglicherweise würde er zu spät zum Treffen mit Patas Blancas kommen, aber das beunruhigte ihn nicht. Er genoss die Verspätung gleich den Tieren, die gewöhnlich erst spät munter werden und genussvoll das langsame Voranschreiten der Nacht beobachten. Es war neun Uhr, als er schließlich die Wohnung verließ. Er wartete unten auf der Straße auf ein Taxi und gab dem Fahrer die Adresse, die auf dem Zettel stand. Kauffman lernte immer mehr Stadtviertel von Madrid kennen, die er nie zuvor besucht hatte. Das Taxi fuhr ihn durch derart entfernt gelegene Avenidas, dass sie einer anderen Geographie anzugehören schienen. Dann fuhr der Fahrer durch ein Straßengeflecht, wo der Sonnenuntergang nun die letzten Reste der Einsamkeit verlassen hatte. Schließlich setzte er ihn vor einem unscheinbaren Gebäude ab, dessen Nummer mit der auf dem Zettel übereinstimmte. Im Erdgeschoss befand sich ein Geschäft, das einen verlassenen Eindruck machte. Die beiden oberen Stockwerke boten auf ihren Balkonen den Anblick trauriger Blumentöpfe und ausgedörrter Bepflanzung, verstaubte Geranien und Nelken mit roten Blüten, die nach einer Transfusion schrien. Die Nacht war mit langen, blauen Schatten hereingebrochen. Von den Straßenlaternen herab ergoss sich ein quecksilberner Regen und die Fassaden ächzten vor Hitze.

Kauffman bezahlte das Taxi und klingelte an der Tür. Es gab vier Klingeln und auf gut Glück wählte er eine aus. Niemand reagierte. Nachdem er die zweite Klingel gedrückt hatte, stellte er fest, dass die Haustür offen war. Er stieß die Tür aus Glas und Aluminium auf und drang in das Innere des Hauses vor. Der Eingang war kühl. Die Bodenfliesen verströmten einen Geruch nach Seifenlauge und Keller, und die Marmorwände gaben eine angenehme steintypische Kühle ab, was im starken Gegensatz zu der erdrückenden Luft auf der Straße stand, die von einem ganzen Tag hochsommerlicher Hitze aufgeheizt war. Kauffman fuhr mit der Hand über jene kalten Wandplatten und ging bis zur Treppe. Der Lichtschalter funktionierte nicht. Tappend stieg er das erste Stück hinauf, bis er den zweiten Schalter fand. Dort drückte er auf den Knopf und eine in die Decke eingelassene Vierzig-Watt-Birne leuchtete auf, als sei sie von irgendeiner verborgenen Person aktiviert worden, und gleichzeitig hob das Ticktack der Zeitschaltuhr an. Dreißig Sekunden lang brannte das Licht. Kurz bevor es ausging, erreichte Kauffman mit der Fingerkuppe den nächsten Schalter.

Patas Blancas wohnte im obersten Stockwerk. Noch bevor Kauffman um den Treppenabsatz bog, ging das Licht wieder aus. Es lag etwas Schäbiges in dieser Art, die Treppen hinaufsteigen zu müssen, die Wände ertastend wie ein Betrunkener in einem unbekannten Haus. Als der Anwalt das Ende des Treppenaufgangs erreichte, ergriff ihn ein dumpfes Vorgefühl. Es war zu still in diesem Haus. Niemand hatte auf sein Klingeln reagiert. Der Sommer hatte zwar die Hälfte der Einwohner Madrids mit sich genommen, aber diese tiefe Stille hatte eine andere Bedeutung. Da war er sich ganz sicher. Plötzlich schauderte ihn und eine Gegenreaktion, wie das gewöhnlich im Fall von Panik geschieht, ließ ihn schwitzen. Am Treppenabsatz des zweiten Stocks gab es zwei Türen. Eine davon stand offen. Kein Lichtschimmer drang heraus. Nur Schatten und Umrisse, Nischen und Öffnungen der Treppe selbst, waren auszumachen in dem Lichtschein, den die Straßenlaternen durch ein Treppenhausfenster warfen. Kauffman ging weiter, an seinen eigenen Schatten geheftet. Er stieß die halb offene Tür auf, als öffne er den Deckel eines Sargs. Was sein Vorgefühl auch immer gewesen sein mochte, jetzt ließ ihn nichts mehr daran zweifeln, dass er zu spät kam. Auch wenn er nicht genau wusste, was das bedeutete, und auch keine Ahnung hatte, was während seiner Verspätung Entscheidendes passiert sein konnte. In der Wohnung herrschte absolute Stille. Ein Luftzug schlug ihm ins Gesicht, als stehe irgendwo ein Fenster offen. Kurz darauf, zwischen wehenden Gardinen, sah er Licht.

Der erste Raum war ein Vorzimmer mit einem Sofa und zwei Möbelstücken an der Wand. Das erste Licht wurde ihm von dem Blitzen eines Spiegels über einem der Möbel ins Gesicht geworfen. Kauffman erschrak plötzlich vor sich selbst. Das zweite Zimmer, immer noch im Dunkeln, war ein Wohnzimmer, das etwas größer war als der Eingangsbereich zuvor. Durch eine offene Tür sah man im gespenstischen Lichtschein, der von der Straße hereindrang, ein unordentliches Schlafzimmer. Eine winzige Küche, die so hygienisch und verchromt wie ein Labor aussah, war direkt mit dem Wohnzimmer verbunden. Neben dem Schlafzimmer stand die Badezimmertür offen. Darin lief ein Wasserstrahl, hartnäckig, gleichgültig, wie ein unnützer Sturzbach, unveränderlich. Es war das einzige Geräusch, das Kauffman nun seit einer ganzen Weile wahrnahm, abgesehen von dem unmerklichen Rascheln der Gardinen am Fensterrahmen und dem langsamen Flügelschlag eines Ventilators, dessen Lärm der Anwalt mit seinem eigenen Keuchen verwechselte. Kauffman stieß gegen einen Sessel und irgendetwas rollte über den Boden. Er spürte, dass ihn eine würgende Angst befiel, und als er sich weitertastete, schleppte er die Füße nach, als würde er Schuhe aus Blei tragen. Endlich fand er den Schalter einer Lampe auf einem niedrigen Tisch. Sofort versteckten sich die Schatten in den Ecken und verteilten sich auf ungewöhnliche und neue Weise im Wohnzimmer. Kauffman stieß gegen das Tischchen, auf dem die Lampe stand, und die Schatten begannen zu tanzen. Dann kam alles wieder zum Stillstand. Der Ventilator an der Decke war in seinem endlosen Dialog mit den Gardinen das einzige Zeichen von Leben, das es dort zu geben schien.

Kiki Calonge erwartete ihn, jedoch nicht so, wie Kauffman es sich vorgestellt hatte. Er lag bäuchlings auf dem Esstisch und auf den ersten Blick erwies sich seine Haltung als unverständlich und erinnerte an eine auseinander genommene Puppe. Es war ein seltsamer Körper, der da bäuchlings auf dem Tisch lag, so als wollte er das Möbelstück umarmen, die Arme über der Platte ausgestreckt und die Beine gespreizt, wobei die Füße den Boden berührten. Der Kopf lag auf der Seite, die Augen waren weit aufgerissen und blickten erschrocken zur Tür, durch die Kauffman hereingekommen war. Er war tot. Kauffman hatte erst einmal in seinem Leben eine ähnliche Szene gesehen, und das war im Kino gewesen. Trotzdem wurde er von einer seltsamen Ruhe erfüllt, als hätte er die Lage sofort genau erfasst. Die Beklemmung war verschwunden, wie das gewöhnlich im Augenblick höchster Anspannung geschieht. Er trat einige Schritte zurück und stellte sich so hin, dass er das zerquetschte Gesicht des Opfers sehen konnte, das auf einer Wange ruhte und die andere dem Ventilator preisgab, der sich über dessen Kopf drehte. Er konnte Calonges Züge kaum erkennen. Sein Schädel war eingeschlagen worden, und das Blut war wie langes Haar um ihn herum geronnen, und dicke Blutklumpen waren auf den Boden getropft. Kauffman wich noch einen Schritt zurück. Sein Körper stieß dabei gegen einen Schalter an der Wand und der Ventilator blieb stehen. Gleichzeitig beendeten die Gardinen ihr zartes Ballett. Da nahm die Szene die starre Einzigartigkeit eines echten Verbrechens an. Kauffman umrundete vorsichtig den Tisch und trat ans Fenster. Die Straße war leer. Der elektrische Regen der Straßenlaternen entlockte den Karosserien der geparkten Autos vielfarbige Schimmer. Eine Katze lief über die Straße und verschwand irgendwo.

Kauffman drehte sich wieder um. In dieser Szene lag mehr als die Bestialität des Verbrechens, was der Anwalt nicht gleich auf den ersten Blick erkennen konnte. Kikis nackten Körper bedeckte nur ein T-Shirt, das kaum bis zum Gesäß reichte. Calonge bot seine schneeweißen Beine im Schein der Lampe dar, und Kauffman fiel sein Spitzname wieder ein. Nie wäre es passender gewesen, ihn Patas Blancas zu nennen, als tot. Plötzlich entdeckte Kauffman den Grund für dessen seltsame Haltung. Seine Knöchel waren an zwei Tischbeine gefesselt, so dass er zwangsläufig die Beine spreizen musste. Die Arme über der Tischplatte waren an den Handgelenken an die gegenüberliegenden Tischbeine gefesselt. Die Leiche schien den Tisch zu umarmen und in dieser brutal gekreuzigten Haltung lag etwas, das man gewöhnlich nur auf alten Märtyrer-Szenen sah. Der weiße Körper bat um Mitleid, den leblosen Kopf zum Besucher gedreht, die weinfarbenen Lippen geschwollen, eine blutige Zahnreihe zeigend, das blasse Perlmutt der Augen zur Decke erhoben und das lange Haar aus Blut über seinen Körper fallend wie auf düsteren Märtyrer-Darstellungen. Kauffman kam kurz das Bild des gemarterten Heiligen Sebastian in den Sinn, so wie er ihn in Gordos Lagerraum gesehen hatte, an den Ellbogen an einen Baumstamm gefesselt, den weißen Körper verdreht, von Pfeilen durchbohrt. Aber die Haltung von Patas Blancas, dem Märtyrer dieses Zimmers, hatte etwas an sich, das auf den Heiligenbildern normalerweise nie zu sehen war. Dem Heiligen Sebastian dieses Stadtviertels hatte man die schlimmste Schmach nicht erspart. Das Blut lief an der Innenseite des Oberschenkels als langer, dünner Faden am weißen Bein herab, als wolle er dessen Form nachzeichnen. Kiki Calonge war bäuchlings auf dem Tisch liegend und an die vier Pfähle gefesselt vergewaltigt worden und zeigte seinen Arsch, den das T-Shirt nicht mehr bedeckte, als sei er die schändlichste Wunde, die man ihm zugefügt hatte, und in einer obszönen Heraufbeschwörung des Todesmoments konnte man denken, das Leben sei durch diese Körperöffnung aus ihm gewichen.

Die Minuten vergingen wie tropfendes Blei, bis Kauffman bemerkte, dass sein Hemd schweißnass war. Wundersamerweise bewahrte er einen kühlen Kopf. Er schaute sich noch einmal in der Wohnung um und fand seine ersten Eindrücke bestätigt. Auf dem Boden entdeckte er zwei Sommerschuhe, die zweifellos dem Toten gehörten. An anderer Stelle lagen Kleidungsstücke verstreut, was möglicherweise von dem Augenblick herrührte, an dem man dem Opfer die Kleider heruntergerissen hatte. In der Stille der Wohnung deutete alles darauf hin, dass bei der Tortur methodisch und ohne Energieverschwendung vorgegangen worden war. Man hatte etwas Bestimmtes gesucht. Er betrachtete noch einmal den Kopf der Leiche und ahnte, wer hier im Haus vorbeigekommen war. Ein Schlag mit einer Keule hatte diesen Schädel auf der Tischplatte zertrümmert. Dann entdeckte er ein neues Indiz. Kisten und Schatullen mit Krimskrams waren über den Boden des Schlafzimmers verteilt. Falls »Nemesis« unter diesen Gegenständen gewesen sein sollte, dann war sie jetzt nicht mehr dort. Inmitten der reglosen Unordnung, inmitten jenes zerwühlten Haufens von Modeschmuck, verriet die Perle mit ihrer Abwesenheit, was die Mörder gesucht hatten.

Kauffman kehrte ins Wohnzimmer zurück. Bei dieser zweiten genauen Betrachtung hatte die Leiche etwas von ihrer schrecklichen Heiligkeit verloren. Sie erschien ihm nun grotesk, wie das häufig bei Märtyrer-Szenen der Fall war. Er erinnerte sich an Calonges Stimme, mit der er noch wenige Stunden zuvor geflüstert hatte: »Dem armen Aniceto hat man den Schädel gespalten.« Vielleicht hatte er ja geahnt, was man mit ihm machen würde. »Und wenn ich mich weigere, Sie zu empfangen?« Patas Blancas hatte keine Chance gehabt, denjenigen die Tür vor der Nase zuzuschlagen, die Kauffman zuvorgekommen waren. Um Patas Blancas hätte es besser gestanden, wenn Kauffman früher dort gewesen wäre. Der Anwalt stupste mit der Schuhspitze gedankenlos einen Herrenslip beiseite, der auf dem Boden lag. Dann trat er wieder ans Fenster. Er hatte den Eindruck, Lärm im Treppenhaus zu hören. Als er sich umdrehte, standen zwei Männer im Türrahmen. Einer der beiden, der erste, betrat mit zwei Schritten die Diele. Er trug kein Jackett, das weiße Hemd war am Hals aufgeknöpft, die Krawatte gelockert. Seine Hose war schwarz. Der Mann trocknete sich die Stirn mit einem Taschentuch ab. Die zweite Person blieb im Schatten stehen. Der Erste verschmähte das wenige Licht, das die Lampe warf, und schaltete das Licht im Wohnzimmer an. Kurzzeitig geblendet schloss der Anwalt die Augen.

»Na sieh mal einer an, schon wieder der Anwalt.«

Kauffman erkannte den Neuankömmling nicht. Ohne auch nur einen Blick auf die Leiche zu werfen, inspizierte der Mann die Wohnung. Er bewegte sich dabei so sicher, als sei er schon einmal dort gewesen. Er schien festzustellen, dass alles in Ordnung war, das heißt, in der Ordnung, in der er den Schauplatz eines Mordes vorzufinden erwartete. Der Mann umrundete einmal den Tisch, um einige Einzelheiten zu überprüfen. Dann steckte er das Taschentuch, mit dem er sich die Stirn getrocknet hatte, wieder in seine Tasche und wandte sich an Kauffman.

»Es sieht so aus, als ob dort, wo ein Verbrechen stattgefunden hat, auch immer ein Anwalt zur Stelle ist. Und es sieht so aus, als ob dieser Anwalt immer der Anwalt Kauffman ist, findest du nicht auch, Cangrejo?«

Der Mann, der in der Diele stand, lachte spitz.

»Sieht ganz so aus, Chef.«

»Wer hätte das gedacht.«

Kauffman erkannte nun Kommissar Potes. Der andere musste sein Assistent sein. Sie waren sich in Aniceto Correas Haus begegnet, nachdem dieser ermordet worden war. Der Kommissar lächelte kurz, als sei es normal, die Leute, die man in einer Wohnung getroffen hatte, in der ein Verbrechen begangen worden war, in einer anderen wiederzutreffen, in der ebenfalls ein Verbrechen begangen worden war. Es war gut möglich, dass er sich nicht einmal eine andere Krawatte umgebunden hatte. Oder alle Krawatten des Kommissar Potes das gleiche Modell waren. Er sah müde aus. Sieben Tage im August machen jeden älter. Der Anwalt wusste dies aus eigener Erfahrung.

»Wie sind Sie hierher gekommen?«, fragte er.

»Wie findest du das, Cangrejo?«, sagte der Kommissar, ohne auf die Frage einzugehen.

»Ich finde das eine intelligente Frage, Chef«, erwiderte Inspektor Cangrejo aus seinem geschützten Winkel im Halbrund des Schattens.

»Anwälte stellen dummen Polizisten immer intelligente Fragen. Das war schon immer so. Niemand weiß, was es uns Polizisten an Kraft kostet, vor den Anwälten dümmer zu wirken, als wir sind. Vor allem um diese Uhrzeit und mitten im August. Setzen Sie sich, Herr Anwalt.«

Der Anwalt setzte sich in den Sessel, der hinter ihm stand. Er war aus Kunstleder und gab einen tiefen Seufzer von sich, als er Kauffmans Körpergewicht empfing.

»Genau«, sagte der Kommissar. »So ist es bequemer für Sie. Sie sind schon eine ganze Weile auf den Beinen und schleichen hier im Zimmer herum.«

»Ich bin nirgendwo herumgeschlichen.«

»Nur ruhig, Herr Anwalt, nur ruhig. Die Polizei muss keine Erklärungen abgeben, warum sie sich am Ort eines Verbrechens befindet, Anwälte schon. Dennoch werden wir es Ihnen als Ersten erläutern. Willst du es ihm erklären, Cangrejo?«

»Erklären Sie es ihm, Chef, das können Sie besser.«

»Dann erkläre ich es eben.«

Der Kommissar zuckte mit den Schultern als Geste unendlicher Geduld und trat auf den Sessel zu, in den sich der Anwalt gesetzt hatte.

»Heute Nachmittag wurde eine Person von einem Auto überfahren, die auf dem Mittelstreifen der Avenida Soundso wie ein Frosch umhersprang«, begann er. »Möglich, dass der Typ betrunken war oder dass ihn die Hitze verrückt gemacht hatte. Ich nehme an, dass Sie der Name der Avenida nicht interessiert, denn Anwälte lesen ja viel in Unterlagen nach, und Sie werden das im Protokoll finden. Aber ich werde Ihnen einige Einzelheiten erzählen. Es handelte sich um einen Mann namens Dimitri, einen russischen Matrosen ohne Papiere, oder ohne all die Papiere, die ein russischer Matrose eigentlich haben sollte. Er war sofort tot. Vielen wäre es egal, wenn sämtliche Illegale in Madrid auf der Stelle tot wären, aber dieser Typ hatte, abgesehen von einem Ausweis des Hafens von Barcelona, auch noch einen Zettel mit dieser Adresse hier in der Tasche. Erkläre ich es gut, Cangrejo?«

»Sie erklären es sehr gut, Chef.«

»Dann fahr ich fort. Kiki Calonge war in diesem Viertel bekannt dafür, viel Männerbesuch zu bekommen. Niemanden würde es wundern, wenn er von diesem russischen Matrosen besucht worden wäre. Aber Sie sehen ja.«

»Was?«

»Sie sehen ja, in welchem Zustand er ist.«

Kauffman stand auf. Der Sessel blähte sich in einer entgegengesetzten Atembewegung langsam wieder auf.

»Der arme Patas Blancas«, sagte der Kommissar und sah zum ersten Mal die Leiche an.

»Der Arme«, wiederholte Cangrejo wie bei einem Responsorium für den Verstorbenen.

Kauffman verharrte ein paar Minuten lang in Schweigen.

»Sie sagten also, dass ein so genannter Dimitri, überfahren in der Avenida Soundso . . .«

»Genau das habe ich gesagt.«

Der Anwalt bewegte sein Kinn. Er hob die Hand, um zu einer Erklärung anzusetzen, hielt dann aber inne. Perplex kratzte er sich am Kopf. Allein beim Anblick dieses Massakers wusste er mehr als die Polizisten, aber es war nicht seine Aufgabe, dies zu enthüllen. Mochte Kommissar Potes andere Gedanken haben, er jedenfalls würde seine für sich behalten. Der Kommissar wusste beispielsweise nicht, dass es zwischen Aniceto Correa und Patas Blancas noch ein anderes Opfer gegeben hatte: sein Auto. Ein mit einer Keule bewaffneter Schimpanse lief frei herum, begleitet von einem anderen gleichermaßen gefährlichen Mann, seinem Herrn oder Dompteur, aber Kauffman dachte, dass, wenn er erzählen würde, was er wusste, dies nicht erklären würde, warum er eigentlich hier war.

»Ich mache weiter«, sagte der Kommissar. »Oder willst du fortfahren, Cangrejo?«

»Fahren sie fort, Chef, Sie können das besser.«

Der Kommissar holte sein Taschentuch aus der Tasche und trocknete sich wieder die Stirn. Er ging zu dem Schalter für den Ventilator und stellte ihn wieder an. Von der Decke aus wehte nun langsam ein frisches Lüftchen herab und die Gardinen nahmen ihren Tanz wieder auf.

»Bei der Hitze ist es besser, dass wir alle ein bisschen Luft bekommen«, sagte der Kommissar, als schließe er den Toten mit ein. »Die Sache ist die, dass wir beim Betreten dieser Wohnung das vorgefunden haben, was Sie bereits gesehen haben: Ein Toter umklammert den Esstisch, und alle Anzeichen sprechen dafür, dass man ihm den Schädel einschlug, nachdem man ihn in den Arsch gefickt hatte. Entschuldigen Sie bitte meine Ausdrucksweise. Anwälte würden es vermutlich anders formulieren. Zwar kannte jedermann die Gewohnheiten von Patas Blancas, hier aber schien er sich nicht aus freiem Willen angeboten zu haben, denn schließlich mussten sie ihn fesseln. Sie haben es selbst gesehen.«

Kauffman musste sich beherrschen. Seine Entrüstung ließ seinen Puls schneller schlagen. Er hatte den Eindruck, dass Cangrejo im Schatten grinste. Zwischen dem Kommissar und ihm stand der Tisch mit der bäuchlings darauf liegenden Leiche. Deren offenes Auge blickte zum Ventilator, noch etwas gläserner als zu dem Zeitpunkt, als der Anwalt gekommen war. Der Tote wandte seinen Besuchern den weißen Hintern zu, das kurze T-Shirt klebte an seinem Körper und er zeigte das Loch seiner Schmach, als befände er sich auf einem Seziertisch und als sei sein Anus eben jene natürliche Öffnung, bei der man mit der Autopsie zuerst ansetzte. Das Mitleid war aus seinem Umkreis verschwunden. Mit dem Eindringen der beiden Polizisten war aus dem Bild seines Martyriums eine einfache Tatsachenfeststellung geworden, als sei dies ein Beispiel für das Entwürdigendste, was die Nacht in Madrid zu bieten hatte, was aber deswegen nichts Ungewöhnliches war und noch nicht einmal irgendeines Gefühls wert schien, das nicht verwaltungsmäßigen Charakters war. Das Blut, inzwischen so trocken wie der Firnis eines Gemäldes, bildete allmählich Risse auf der Tischplatte. So zumindest sah es der Anwalt, der damit begonnen hatte, jenes antike Bild schäbiger, gemarterter Heiligkeit, das er anfangs betrachtet hatte, in die hinterste Ecke seiner Erinnerung zu verbannen.

»Dies ist nicht mein Polizeibezirk«, fuhr Kommissar Potes fort und öffnete dabei die Hände. »Aber während der Ferien springen wir überall ein und fahren dorthin, wo man uns hinbestellt. Wir helfen uns gegenseitig aus. Und als wir hierher kamen mit Dimitris Zettel in der Hand und das hier entdeckten, gingen wir hinunter zum Auto, um per Funk das Kommissariat und den Untersuchungsrichter zu benachrichtigen. Stimmt's, Cangrejo?«

»Jawohl, Chef.«

»Als wir dann im Auto saßen, sahen wir jemanden in das Haus hineingehen. Und ich habe mir gesagt, das ist sicher ein Anwalt. Habe ich das gesagt, oder habe ich das nicht gesagt, Cangrejo?«

»Ich glaub schon, dass Sie das gesagt haben, Chef.«

»Ich hätte wetten sollen.«

»Sie hätten gewonnen, Chef.«

Der Kommissar zuckte mit den Schultern.

»Nachdem wir also per Funk die anderen verständigt hatten, sind wir dieser Person hinterhergegangen. Und so sind wir auf Sie gestoßen. Bis hier habe ich, glaube ich, alles erklärt. Witzig ist das schon. Es ist das erste Mal, dass ich in fünfundzwanzig Jahren Dienst jemandem eine Erklärung gebe. Wahrscheinlich, weil ich die Erklärungen, die *Sie* mir geben werden, nicht glauben werde.«

»Muss ich etwas erklären?«

»Hahaha. Hast du das gehört, Cangrejo?«

»Ich hab's gehört, Chef.«

»Ich werde nur in Gegenwart meines Anwalts aussagen«, bemerkte der überschwengliche Kauffman.

»Nehmen wir einmal an, dass ich neugierig bin«, beharrte der Kommissar geduldig. »Wenn Sie mir nicht erklären, warum ich Sie hier antreffe bei diesem Paket aus Blut und Scheiße, das den Esstisch umklammert, dann werden Sie es wohl dem Dienst tuenden Richter erklären müssen, sobald er erscheint. Sagen Sie mir nicht, dass der Tote einen Rechtsanwalt gebraucht hat. Sagen Sie mir nicht, dass Sie versucht haben, ihn künstlich zu beatmen. In fünfzehn Minuten wird der Richter kommen und er wird schlecht gelaunt und lustlos sein, weil er auch lieber im Urlaub wäre. Wären Sie nicht auch gerne im Urlaub, Herr Anwalt?«

»Ich bin im Urlaub«, sagte Kauffman.

»Hast du das gehört, Cangrejo?«

»Ich hab's gehört, Chef. Und ich hab's allmählich satt diesem Typen zuzuhören.«

»Da hören Sie es. Mein Assistent hat Sie allmählich satt und noch haben wir gar nichts von Ihnen gehört. Machen Sie ihn nicht nervös. Wie sein Namensvetter, der Krebs, geht Cangrejo auf die Leute los, wenn man ihn aufregt.«

Der Anwalt ließ sich wieder in den Sessel fallen, der wie ein Blasebalg ausatmete. Dieses müde Schnauben schien das Einzige im Haus zu sein, was noch von dem Toten stammte. Kommissar Potes zündete sich eine Zigarette an und blickte sich um, auf der Suche nach einem Ort, wo er das Streichholz ablegen konnte, das zwischen seinen Fingern brannte. Er fand einen Aschenbecher in Schneckenform. Kauffman faltete die Hände unter dem Kinn und dachte einen Augenblick nach. Es kümmerte ihn wenig, was diese beiden Männer vorhaben konnten, aber Tatsache war, dass er reden musste und auch eine Weile zum Nachdenken brauchte. Er glaubte, beides gleichzeitig tun zu können, wenn er einen Teil seiner Gedanken zurückhielt, ohne dass es aus seinen Ohren herausdampfte, während er all das berichtete, was er ohne weiteres erzählen konnte. Es war eine List, die er von der Klosterschule her kannte und die man gewöhnlich in Prozessen oder Verhören anwandte, sofern die Gegenpartei nicht geneigt war, alles aus einem herauszuprügeln. Doch das war nicht der Fall. Er hob die Augen und sah den Kommissar an, wie er breitbeinig vor ihm stand und eine Zigarette rauchte. Cangrejo bildete immer noch die Nachhut. Kauffman seufzte, als gäbe er einem unhaltbaren Druck nach, und fächerte sich mit einer Zeitschrift, die neben ihm lag, Luft zu und unterstützte so die Bemühungen des Ventilators.

»Na gut«, sagte er schließlich.

»Sie werden sich erleichtert fühlen, wenn Sie uns alles erzählt haben«, sagte Potes mit einem breiten Lächeln und bot dem Anwalt eine Zigarette an. Kauffman lehnte ab.

»Ich habe heute Vormittag mit diesem Mann telefoniert«, begann der Anwalt und deutete mit einer Kopfbewegung auf die Leiche. »Ich hatte heute Abend eine Verabredung mit ihm und bin zu spät gekommen. Viel zu spät offenbar, dem Zustand nach zu schließen, wie ich ihn vorgefunden habe.«

»Um wie viel Uhr sind Sie hier gewesen?«

»Haben Sie mich nicht ins Haus hineingehen sehen?«

»Ich will es aus ihrem Mund hören. Es ist für das Protokoll.«

»So gegen halb zehn«, entgegnete der Anwalt widerwillig. »Kiki Calonge hat mich erwartet. Wir hatten Geschäftliches zu regeln.«

»Aha.«

Inspektor Cangrejo reckte den Hals.

»Kokain, Chef?«

Kommissar Potes drehte sich zu seinem Assistenten um und bedeutete ihm mit der Hand, dass er den Mund halten sollte.

»Sei still, Cangrejo. Lass den Anwalt reden.«

Dann wandte er sich wieder Kauffman zu.

»Entschuldigen Sie meinen Assistenten. Sie sind Rechtsanwalt, und vermutlich sind Sie aus geschäftlichen Gründen hierher gekommen.«

»Ich bin jedenfalls nicht gekommen, um Kokain abzuholen. Mit Kokain habe ich nichts zu tun«, protestierte Kauffman.

»Wie seltsam«, sagte der Kommissar. »Offenbar sind einige namhafte Anwälte in Kokaingeschäfte verwickelt, als handle es sich dabei um Talkumpuder. Patas Blancas war auch dafür bekannt, damit zu tun zu haben. Oder glauben Sie etwa, dass sein Spitzname mit seiner Haut zu tun hatte?«

»Ich glaube überhaupt nichts.«

»Habe ich Recht gehabt, Chef?«, drängte der Assistent.

»Sei still, Cangrejo.«

Der Anwalt legte die Zeitschrift zur Seite, die ihm als Fächer diente, und strich sich mit den Händen über den Kopf. Seine Haare waren verschwitzt. Sein Herz schlug in beschleunigtem Takt. Er musste rasch irgendetwas improvisieren. Es war ausgeschlossen, von der Angelegenheit mit den Perlen zu sprechen. Ebenso ausgeschlossen war es, über das zu sprechen, was er persönlich aus jenem Mord schlussfolgerte; das heißt, er durfte weder den Schimpansen und dessen Herrn, Fernando Garras, erwähnen, noch eine Verbindung herstellen zwischen den zertrümmerten Köpfen von Aniceto Correa und Patas Blancas und den Schäden an der Karosserie seines eigenen Autos. Die Polizei musste ihren Weg gehen, und die Jäger seltener Perlen den eigenen. Da fiel ihm als Ausweg die Tür ein, die sie ihm gerade geöffnet hatten.

»In Ordnung. Nehmen wir einmal an, dass ich hierher gekommen bin, um Kokain abzuholen.«

»Aha«, sagte Cangrejo, noch bevor es sein Chef sagte.

»Sei still, Cangrejo.«

»Ich mache Sie darauf aufmerksam, dass ich das nicht vor

dem Richter zugeben werde. Und Sie werden auch kein Gramm bei mir finden«, bemerkte Kauffman.

Der Kommissar zog lang an seiner Zigarette. Er schloss die Augen und blies den Rauch zum Ventilator. Misstrauisch betrachtete er Kauffman und wandte sich dann seinem Assistenten zu.

»Seh ich aus wie ein Idiot, Cangrejo?«

»Nun ja, Chef, ich ...«

»Die Wahrheit. Sehe ich aus wie ein Idiot?«

Der Assistent zuckte mit den Schultern. Kauffman grub seine Finger in die Armlehne des Sessels und richtete sich auf. Das Gewitter kam näher. Der Ventilator summte heftiger, als würde der Kommissar aufs Gaspedal treten. Die Gardinen streckten ihre langen Arme zu beiden Seiten des Fensters aus, als wollten sie die Leiche dort auf dem Tisch umklammern, um ihre Seele in eine sanftere Welt davonzutragen. Der Kommissar beugte sich zu Kauffman, und die Gardinen berührten dabei fast sein Haar. Er faltete die Hände, während die Glut der Zigarette zwischen seinen Fingern weiterbrannte.

»Kommen Sie schon, Herr Anwalt, Sie werden mich doch nicht glauben machen, dass Sie hierher gekommen sind wegen dem, was Cangrejo behauptet. Ein Anwalt ihres Rangs kann sich das doch in jeder dieser spärlich beleuchteten Luxus-Bars beschaffen, die Anwälte nach einem harten Arbeitstag in der Kanzlei aufsuchen.«

»Einverstanden. Heute Morgen habe ich im Namen eines Freundes mit Patas Blancas gesprochen.«

»Was für eine Art von Freund?«

»Julián Gordo oder Julián el Gordo«, erklärte Kauffman und dachte, dass ihm El Gordo aufgrund dieser Aussage die Beine brechen würde, auch wenn angesichts dem, was in diesem Zimmer geschehen war, vielleicht andere El Gordo die Beine brechen würden. »Eine Art Antiquitätenhändler«, fuhr er fort. »Ich war an einigen Ikonen interessiert, die ein russischer Matrose Patas Blancas übergeben hatte, religiöse Bilder ...«

»Hier haben wir kein Heiligenbild gefunden.«

»Vielleicht hatte der Matrose sie bei sich.«

»Der Matrose hatte kein Heiligenbild dabei«, fuhr Cangrejo dazwischen.

»O. k.«, gestand Kauffman. »Ich weiß auch nicht, wo diese verdammten Heiligenbilder gelandet sind. Vielleicht waren es ja gar keine Heiligenbilder.«

»Wir wissen aber auch nicht, *was* es war«, sagte Kommissar Potes. »Findest du es nicht komisch, Cangrejo, dass der Anwalt nicht weiß, was er eigentlich abholen wollte?«

»Was soll ich da sagen?«

»Was du willst. Sag, was du willst.«

Der Anwalt stand auf. Der Sessel blähte sich gemächlich wieder auf, atmete gleichgültig ein, um seine ursprüngliche Form zurückzugewinnen.

»Soll ich sagen, dass ich hierher gekommen bin, um Sex mit diesem Mann zu haben, und dass ich einen Schwanz von der Länge eines Billardstocks habe? Und dass ich diesen Unglücklichen an Händen und Füßen an den Tisch gefesselt habe, um es besser genießen zu können? Und dass ich ihm dann den Schädel eingeschlagen habe mit so etwas Ähnlichem wie einer Limoflasche?«

»Wer weiß.«

Kauffmans Blick wanderte von den Händen des Kommissars direkt zum Gesäß von Patas Blancas, der genau dahinter lag.

»Sehen Sie, Herr Kommissar. Ich verberge meine Laster nicht.«

»Da sind Sie wohl der Einzige.«

»Ich weiß sehr wohl mein Berufsleben von meinem Privatleben zu trennen«, fuhr Kauffman fort und tat so, als hätte er nicht gehört. »Und was mich hierher geführt hat, hat nichts mit meinem Privatleben zu tun. Verstehen Sie? Und es hat auch nichts mit dem zu tun, was ihr Idiot von Assistent meint.«

»Cangrejo ist mein Name«, meldete sich der Betroffene zu Wort.

»Ist mir doch egal.«

»Beruhigen Sie sich, Herr Anwalt. Legen Sie sich nicht mit Cangrejo an«, sagte der Kommissar und hob seine Stimme.

»Wie soll man denn ruhig bleiben angesichts eines Toten in diesem Zustand?«, rief Kauffman aus und zeigte auf Patas Blancas.

»Was hat der Zustand des Toten damit zu tun?«

»Haben Sie ihn nicht angesehen?«

»Ich erfülle hier nur meine Pflicht.«

»Haben Sie ihn nicht angesehen?«, schrie Kauffman. Er hatte die Kontrolle über sich verloren.

»Ich sehe mir die Toten nicht an, um Mitleid mit ihnen zu empfinden. Das bleibt den Anwälten überlassen.«

»Ziehen Sie ihm das T-Shirt weiter runter!«, brüllte der Anwalt. »Werfen Sie ihm ein Bettlaken, einen Mantel, egal was, drüber! Oder glauben Sie etwa, dass, wenn Sie ihn so belassen, er sein Gesicht umdrehen wird und an der Gegenüberstellung teilnehmen wird?«

»Das glaube ich nicht.«

»Nein, das glauben Sie also nicht. Aber Sie glauben, dass Sie mich zum Kotzen bringen können.«

»Es gibt recht zartfühlende Naturen.«

»Darum geht es also?«

»Versuchen Sie nicht, das Thema zu wechseln.«

»Darum geht es also?«

»Cangrejo, deck den Armen mit irgendetwas zu«, befahl der Kommissar seinem Assistenten.

Inspektor Cangrejo sah sich verwirrt um, fand aber nichts in greifbarer Nähe. Er ging ins Badezimmer und riss mit einem Ruck den Duschvorhang herunter. Er warf das mit Blumen bedruckte Stück Plastik über die Leiche, die damit jetzt bis zu den Knöcheln zugedeckt wurde. Oben schauten noch die Hände heraus. Das Plastik war zu steif, um sich der Körperform anzupassen. Es sah aus wie eine Wachstuchdecke, die man über den Tisch geworfen hatte, ohne ihn vorher abzuräumen. Die Füße und

Hände lugten hervor, als seien es Essensreste. Es war zu pathetisch. Der Anwalt vergaß kurz die Situation und warum er hierher gekommen war. Er vergaß sogar seine Wut. Über jegliches absurde Gefühl hinaus, über jene sich überstürzenden Gefühlsanhäufungen hinaus, die ihm die Kehle zuschnürten, spürte er, dass mit dieser Situation andere Situationen nichts zu tun hatten, die Verehrung und Ehrfurcht verlangten, und dennoch waren eben dies seine verwirrten Gefühle gewesen, als er hierher gekommen war, noch bevor die Polizisten eingetroffen waren, Verehrung und Ehrfurcht wie beim Betreten einer dunklen Kapelle, in der irgendwelche Reliquien ausgestellt waren. Die unerklärlichen Umstände, in denen sich der Anwalt befand, reichten nicht aus, um dies zu rechtfertigen, aber in seinem Gedächtnis stiegen Erinnerungen an seine Zeit als Messdiener auf, weit zurückliegende Erinnerungen an den Schuljungen, der an der Gerechtigkeit der Welt zweifelte, als er vor dem Christus in der Sakristei stand. Jene zarte und überraschende Erinnerung, jenes kindliche Mitleid angesichts eines gequälten Mannes, war jedoch reine Verschwendung bei dieser gottlosen und darüber hinaus ungehörigen Angelegenheit, und er war nicht dazu bereit, sich davon mitreißen zu lassen. Der Anwalt spürte, dass er sich wandelte. Wie in der mittelalterlichen ›*Legenda aurea*‹ hätte er gewünscht, Blut zu schwitzen, um seine Fragensteller zu belehren. Die Leiche war immer noch mit dem Blumenduschvorhang bedeckt. Den Blicken nicht ausgesetzt, war Patas Blancas nun frei, dachte der Anwalt, ohne sich zu fragen, woher so viel Gefühlsduselei und Mitleid mit einem Mann kam, den er nicht gekannt hatte. Die unbewussten Listen spielten ihre Rolle, und zweifellos schaffte seine pathetische Übertreibung einen passenden Ausgleich zu seiner absoluten Weigerung, nichts zu erzählen, was ihn belasten könnte. Er verlor sein Ziel nicht aus den Augen, und wenn Kiki wegen der Perle sterben musste, so würde es der Anwalt verstehen, die Suche nach »Nemesis« ohne ihn fortzusetzen. Er war dazu bereit, Blut zu schwitzen, genauso wie das Opfer geschwitzt hatte, aber bevor dies geschah, hielt glücklicherweise ein Auto auf der Straße an, und kurz darauf wurde der Motor abgestellt und Türen klappten. Kommissar Potes atmete auf.

»Die Gerichtsbarkeit ist da.«

Fünf Minuten später betrat der Dienst tuende Richter die Wohnung mit einer Aktentasche unter dem Arm, gefolgt von einem Schriftführer, der neben dem Richter die gleiche Rolle einnahm wie Cangrejo beim Kommissar. Die vier Männer begrüßten sich, ohne Kauffman zu beachten, der sich abseits hielt. Der Richter war noch jung. Zweifellos war er entsprechend seiner Stellung in der Rangliste für den Monat August eingeteilt worden. Er betrachtete eingehend die Diele und das Wohnzimmer und warf danach einen Blick in das Schlafzimmer. Dann kehrte er ins Wohnzimmer zurück und fragte, ob man die Leiche mit dem Duschvorhang zugedeckt vorgefunden habe. Man verneinte. Dann stellte Potes Kauffman vor. Der Anwalt bot sich als Zeuge an für das, was er gesehen hatte, und der Schriftführer nahm seine Personalien auf. Kauffman beeilte sich, ihm seine Visitenkarte zu überreichen. Er würde eine Vorladung erhalten, um bei Gericht auszusagen. Kauffman fragte, ob seine Anwesenheit noch nötig sei, bis die amtliche Untersuchung der Leiche abgeschlossen sei. Der Richter kratzte sich an der Nase.

»Schalten Sie den Ventilator aus«, ordnete er an.

Cangrejo schaltete den Ventilator aus. In der plötzlich eingetretenen Stille knisterte das Plastik, das die Leiche bedeckte, leicht und verrutschte einige Zentimeter. Der Richter kratzte sich wieder an der Nase und befand, dass die Anwesenheit von Kauffman nicht unabdingbar sei.

»Wir müssten noch einige Dinge überprüfen«, schaltete sich der Kommissar ein.

»Wir werden sie bei Gericht überprüfen«, erwiderte der Richter in dem Wunsch, die Sache so schnell wie möglich hinter sich zu bringen.

Der Kommissar machte eine resignierte Geste. Der Anwalt

verabschiedete sich. Kommissar Potes gab ihm eher unfreundlich die Hand. Kauffman überging Cangrejo und drehte sich an der Tür nochmals um, um einen letzten Blick ins Wohnzimmer zu werfen. Der Duschvorhang war unmerklich über die Leiche gerutscht und Kiki Calonge ließ ein unheilvoll blickendes Auge erkennen, das glasiger war denn je und weiß und hart, als sei es aus Keramik. In diesem Auge konnte man einen Abschied und eine Warnung lesen, so etwas wie ein »Pass auf dich auf, Kauffman«, was der Anwalt zu deuten wusste.

Als der Anwalt das Haus verließ, kam ein zweites Auto. Es war ein Krankenwagen ganz besonderer Art, den gewöhnlich nur Gerichtsmediziner benutzen. Er fuhr ohne Sirene, denn bei seiner Arbeit war eine Sirene unsinnig. Kauffman sah auf die Uhr. Es war kurz nach halb zwölf. Fast zwei Stunden war er dort gewesen. Er blieb nicht am Eingang stehen, sondern lief sofort die Straße hinunter. Die Zeit war in einem Tempo vergangen, wie man es von der Ewigkeit annehmen konnte.

In dieser Nacht war »Chims Hütte« besser besucht, vielleicht weil die Nacht noch jung war. Kauffman zahlte das Taxi, das ihn dort hingefahren hatte, und näherte sich den Tischen. Es waren etwa zwanzig bis dreißig Leute da. Kellnerinnen auf Rollschuhen gab es zwei, aber keine von beiden war die, die Kauffman in der Nacht zuvor gesehen hatte. Kauffman suchte die Bambustische ab und beschloss schließlich, sich an die Theke zu setzen. Er bestellte bei Chim einen Gin Tonic und Chim ging hinter den Tresen, um ihn zu bedienen. Er hatte sich wieder wie ein Pirat zurechtgemacht, nur dass er dieses Mal ein anderes Hemd anhatte. Die Leuchtstoffröhre über der Bar verlieh ihm eine gewisse Leichenblässe, aber sein Lächeln war breit und die beiden Ohrgehänge ließen ihn wie einen fröhlichen Weihnachtsbaum aussehen.

»Was macht der Job, Kumpel?«

»Gut. Der Job läuft super«, antwortete Kauffman in einer etwas derberen Ausdrucksweise.

Chim füllte ein Glas zu einem Drittel mit Gin, tat Eis und eine Zitronenscheibe hinzu und schob Kauffman eine kleine Tonicflasche hin. Die Kellnerinnen flitzten in einem zweifachen Ballett zwischen den Tischen hindurch. Eine von ihnen trug einen kurzen Rock, wie ihn Eisläuferinnen tragen. Die andere trug enge Jeans und ein knappes Hemd, auf dem der Name der Bar stand: »Chims Hütte«. Das »Ch« von Chim war in Form eines Papageis auf einer Stange gestaltet. Dann, bei genauerem Hinsehen, stellte sich die zweite Rollschuhläuferin doch als die von der Nacht zuvor heraus.

»Ganz schön viele Rollschuhe«, bemerkte Kauffman.

»Ja, ganz schön viele Rollschuhe. Heute sind es zwei auf Rollschuhen.«

Kauffman vermischte das Tonicwater mit dem Gin und trank einen Schluck. Dann stützte er sich auf die Theke mit dem Glas in der Hand und drehte Chim den Rücken zu. Er mochte diesen Ort. Er spürte, wie ihn die Musik langsam durchdrang. Sogar der riesige Schatten des Stadions auf der anderen Seite der Grünanlagen des Platzes wirkte weniger Unheil verkündend. Kurzzeitig dachte er, dass er sich in der ersten Sphäre des Himmels befände, im Blick zwei rollschuhfahrende Erzengel weiblichen Geschlechts und ein Parkett voll lärmender Seliger. Bei dem Stimmengewirr entspannte sich der Anwalt allmählich. Er ließ die Eiswürfel im Glas klingen. Nach dem, was er an diesem Abend gesehen hatte, hatte er es verdient, einen Gin Tonic in diesem Winkel des Paradieses zu genießen und dem Glück zuzuschauen.

Die erotische Nacht

Irgendwie löste sich die Nacht in Alkohol auf, und in Nächten, die auf diese Weise an Konsistenz verlieren, lösen sich am Ende tiefer liegende Konflikte auf, wobei ein Rest an körnigem Bodensatz zurückbleibt, Panik, die nicht vergeht, und eine Beklemmung, die nicht aufhört. Kauffman hatte sieben Gin Tonics getrunken in einem Zeitraum, den er nicht bestimmen konnte, denn es konnten sowohl zwei, als genauso gut fünf Stunden gewesen sein. Im Höhenrausch der Trunkenheit fehlte es seinem Geist an Bezugspunkten. Nicht sieben waren es, dachte er, sondern siebzigmal sieben Gesten des Finger- und Stimmehebens: »Noch einen Gin, Chim«, woraufhin Chim das Glas großzügig zu einem Drittel mit Bombay-Gin füllte und Kauffman eine kleine Tonicflasche daneben stellte.

Die Tische vor seinen Augen hatten sich allmählich geleert. So wie der Tod lautlos seine Opfer holt, so waren die Bambusstühle nach und nach verlassen worden. Auf den Tischen blieben demonstrativ leere Gläser und volle Aschenbecher zurück. Die Seelen wanderten langsam in andere Paradiese und vom Barhocker aus, den Gin in der Hand, beobachtete Kauffman jene Abwanderung. In seiner schwarzen Pupille blieb ein Bild bestehen. Am dunkelsten Punkt seiner Netzhaut war immer noch eine Szene eingraviert, die er nicht löschen konnte. Kiki Patas Blancas, bäuchlings auf dem Tisch, richtete sein glasiges Auge auf ihn und verkündete: »Pass auf dich auf, Kauffman.« Und

Kauffman sagte sich diese Botschaft immer wieder vor. Er versuchte sich schreckliche Bilder in Erinnerung zu rufen. Kauffman entsann sich, einmal einen Toten bei einem Verkehrsunfall gesehen zu haben. Es nützte nichts. Patas Blancas kam zurück: »Pass auf dich auf, Kauffman!« Allein der Gin erfrischte seine Gedanken und ließ ihn vergessen. Leuten, die nicht gesehen hatten, was er gesehen hatte, konnte es der Anwalt mit einem Wort beschreiben: Müll. Der Tod konnte über sein Opfer herfallen wie ein Lastwagen, der Müll auskippte, und es war schmerzhaft zu erfahren, dass man unter so viel Unrat ersticken konnte, so dass das unmerkliche Verschwinden von Leben an diesen Tischen in der sanften Madrider Nacht die gleiche tröstende Wirkung hatte wie der Gin.

Chim sprach ihn von der anderen Seite der Theke aus an.

»Gut, was?«

»Sehr gut.«

Kauffman wusste nicht, auf was er sich bezog.

»Ritas ist besser«, sagte Chim. »Mir gefallen die runden besser, die, die aussehen wie eine Wassermelone oder ein Pfirsich.«

Kauffman erriet, dass er sich auf den Arsch einer der beiden Kellnerinnen bezog. Sie kamen und gingen Gläser einsammeln und Kauffman hatte den Überblick verloren, wie oft sie an die Theke gerollt waren, um die Tabletts abzuladen, neue Gläser zu holen, mit Flaschen und Sodawasser zu hantieren und sich wieder zu entfernen, das Tablett in die Höhe haltend, fast schwerelos, dorthin, wo sich scheinbar die letzten Grenzen der Nacht befanden, um von da Lichtblitze auszusenden oder Zeichen, die Kauffman nicht zu deuten wusste. Möglicherweise war es auch nur Einbildung. Sie glitten mit einer Leichtigkeit umher, als seien sie mit Rollschuhen zur Welt gekommen und würden kein anderes Fortbewegungsmittel kennen.

»Das war meine Idee«, sagte Chim, als Kauffman sich laut darüber wunderte. »Mit Rollschuhen bändeln sie leichter an.«

»Tatsächlich?«

»Diese Welt ist sehr pervers, Mann«, urteilte der Pirat. »Welche gefällt dir besser, Rita oder die von gestern?«

Aufgrund des Bildes, das immer noch auf seiner Netzhaut haftete, konnte Kauffman ohne weiteres zugeben, dass die Welt sehr pervers war, ja sogar sehr viel perverser als das Verlangen, das zwei berollschuhte Nymphen wecken konnten; und alles, was Chim ihm ins Ohr flüstern könnte, würde ihm kein Wort der Verwunderung und erst recht keines des Entsetzens entlocken können. Vielleicht würde es bei ihm nicht einmal eine Erektion auslösen. Unter himmlischen Sphärenklängen glitten die Nymphen umher und zeigten ihre Hinterbacken und Kauffman sah immer noch die blutigen Hinterbacken von Patas Blancas, die die Schmach seines Todes verrieten, bis die Scham sie mit dem Leichentuch des Hauses, dem Duschvorhang, bedeckte; und dieses Bild zu verdrängen, erwies sich als so schwer wie sich als betrunkener Engel zu fühlen, hier an der Theke dieser Bar. Er trank einen Schluck Gin und streckte den Rest mit Tonic. Als Chim nicht locker ließ, antwortete er lakonisch:

»Die von gestern gefällt mir besser.«

»Um drei ist sie fertig«, sagte Chim. »Das macht zwei Riesen, und dafür lad ich dich auf eines der achtzehn Gläser ein, die du getrunken hast. Wenn du beide mitnimmst, sind es fünf Riesen.«

Kauffman entgegnete nichts.

»Das ist doch fair, oder?«

»Wahrscheinlich ist es fair.«

»Klar ist es fair«, behauptete Chim.

»Und sie?«

»Was sie?«

»Wie viel bekommen sie davon?«

»Hör zu, Kumpel, ich verkaufe diese Mädels nicht. Die Mädels sagen mir, was sie verlangen, und das gebe ich den Typen weiter.«

»In Ordnung. Das hast du ja nun getan.«

»He, Mann«, sagte Chim unerwartet schroff. »Du bist doch wohl nicht schwul?«

»Nein, ich bin nicht schwul«, antwortete Kauffman übellaunig. Dann drehte er sich halb zu Chims Stimme hin. »Ich habe ganz schön Respekt vor den Schwulen.«

»O. k., Mann, alles klar. Ich habe auch ganz schön Respekt vor den Schwulen.«

»So ist es schon besser«, sagte Kauffman und hatte den Eindruck, dass Patas Blancas dadurch Gerechtigkeit widerfuhr. Er fühlte sich Patas Blancas immer noch durch eine seltsame Loyalität verbunden.

Chim entfernte sich von der Theke und kehrte umgehend wieder zurück. Etwas klarer im Kopf zündete Kauffman sich eine Zigarette an und bot dem Piraten eine an. Er wollte sich mit Chim nicht verkrachen. Die Nacht war lau und der Ort angenehm. Er wurde von einem wonnigen Gefühl einsamer Freiheit erfüllt, als hätte er sein Leben wieder aufnehmen können und als gehöre ihm »Chims Hütte« in dem Sinne, wie ihm Robinsons Hütte gehören würde. Etwas tummelte sich vor seinen Füßen. Es war eine Ratte. Ratten im Paradies. Zweifellos gab es auch Ratten in Robinsons Hütte. Das widerliche Tier steckte seine Schnauze zwischen die Erdnussschalen und Papierservietten. Kauffman warf das noch halb angezündete Streichholz nach ihm und das Tier verschwand jäh hinter der Hütte. Es war spätnachts in Madrid, die Stunde der Ratten. Währenddessen glitten die beiden rollschuhfahrenden Nymphen durch ihren eigenen Himmel. Kauffman spürte sein Zwerchfell klopfen und ein gewisses Kitzeln am Hosenschlitz. Der Anblick der Ratte hatte ihn erregt. Die Erotik eines einsamen Menschen nimmt verschlungene Pfade. Zu später Stunde in Madrid spürte Robinson Crusoe den Beginn einer schüchternen Erektion.

»Die Zweite hat die hübscheren Beine«, sagte er so männlich betont, wie es ihm seine vom Alkohol raue Kehle ermöglichte. »Pobacken, mein ich.«

»Sie ist eine gute Freundin. Sie studiert Anthropologie. Sie jobbt, um nach Brasilien zu gehen.«

»Nach Brasilien?«

»Ja, nach Brasilien. Um Anthropologie zu studieren. Manchmal verlangt sie drei Riesen, aber diese Woche nur zwei. Denk mal darüber nach, Mann, alle beide für fünf Riesen«, drängte der Pirat nochmals, als er sah, in welcher Verfassung sich Kauffman befand.

Kauffman dachte darüber nach, aber andere Gedanken rissen ihn fort, zu beinahe vergessenen Erinnerungen. Als Kauffman noch studierte, dürfte es das Wort Anthropologie noch nicht einmal gegeben haben, oder zumindest dürfte es in seinem Bekanntenkreis niemanden gegeben haben, der daran dachte, so etwas zu studieren. Einmal war er von der Schule mit einem Preis ausgezeichnet worden. Man hatte ihm ein Buch geschenkt. Er erinnerte sich noch an den Titel: ›Fünf Jahre mit den Indios Aipurúa von Mato Grosso‹. Geschrieben hatte es Pater Aizpurúa, ein Jesuit von seiner Schule, ein schon alter und etwas verrückter Mann mit einem Missionarsbart. Es war gut möglich, dass man damals nur als Missionar exotische Reisen unternehmen konnte, denn Anthropologe konnte man damals noch nicht werden, und Kinder wie Kauffman träumten davon, in der Mission tätig zu sein, um reisen zu können. Auf den Fotografien im Buch war Pater Aizpurúa umringt von seinen Aipurúas und deren Kanus, und die weiblichen Aipurúas stellten ihre kleinen, nackten Brüste neben einem Pater Aizpurúa zur Schau, der doppelt so groß war wie sie und damals einen dichten Bart trug, unter dem seine gelblich-grüne Haut durchschimmerte. Es war das erste wollüstige Gefühl, an das sich Kauffman erinnerte, und alle Seiten des Buches dienten nur dazu, diejenigen zu vertuschen, auf denen die weiblichen Aipurúas ihre kleinen Brüste neben dem Missionar zur Schau stellten. Ja, angesichts der weiblichen Aipurúas wollte auch Kauffman Missionar werden. Pater Aizpurúa führte immer noch mit Fieberblick seine Ordenskleider in der Schule spazieren und raufte sich den schütteren weißen Bart, verzehrt von der Erinnerung an seine evangelisierende

Zeit in jungen Jahren. Der Schüler Kauffman wollte in die Fußstapfen dieses Mannes treten und mit einer Fotokamera ausgestattet fünf Jahre mit dem Aipurúas des Mato Grosso verbringen, oder vielleicht den zu jener Zeit unbekannten Stamm der Indios Kaumaníes entdecken, die Kaumaníes des Mato Grosso, wo die lächelnden Frauen vor dem Missionar Kauffman ihre kleinen Brüste zur Schau stellten, so wie es einem jenes Buch versprach. Diese Vorhaben wurden später zunichte gemacht, nicht nur weil die Rolle des Missionars bei den weiblichen Aipurúas ein wenig an Ansehen verloren hatte, sondern weil dem Schüler Kauffman andere Schriften, Hochglanzzeitschriften in die Hände fielen, die auf den Latrinen gierig verschlungen wurden, mit kühneren, fotografisch wertvolleren Abbildungen, dazu noch in Farbe. Aber in Kauffmans Erinnerung war jenes Erwachen des Geschlechts haften geblieben. Und es mussten so viele Jahre vergehen, bis eine nymphenhafte Anthropologin auf Rollschuhen – die zwei Riesen verlangte, um mit Typen wie Kauffman eine Nacht zu verbringen (behauptete Chim) – seine Begierde wieder weckte, mit einer Vitalität, die Kauffman nur aus seiner Jugendzeit kannte. Er spürte, dass die Erektion stärker wurde. Nun war es kein Kitzeln mehr, auch keine Beschwerden in der Leistengegend, sondern der aufrichtige Wuchs seines männlichen Muskels. Irgendwie fühlte er sich verpflichtet, zu der Brasilien-Reise dieses Mädchens beizutragen. Stipendien waren knapp bemessen, um nicht zu sagen unzureichend. Es war nicht verwunderlich, dass das Mädchen in den Madrider Augustnächten auf eine Privatinitiative zurückgriff, um ihr Studium zu finanzieren. So sah es zumindest Kauffman und in demselben Augenblick, in dem er die Erektion fühlte, fühlte er sich auch als Mäzen. Er betrachtete mit neu erwachtem Interesse die junge Frau, die gerade am anderen Ende einen Tisch abräumte, während ihre Kollegin sich um Nachzügler kümmerte, die nicht aus dem Auto ausgestiegen waren.

»Sie heißt Lolita. Gefällt sie dir?«

Kauffman ließ sich den Namen auf der Zunge zergehen, ohne zu antworten.

»Soll ich sie rufen?«, sagte Chim.

Kauffman nickte mit dem süßen Geschmack eines Bonbons im Mund.

In einem langen Gleitflug schwebte die Nymphe auf die Theke zu. Es war das erste Mal, dass der Anwalt sie unter dem phosphoreszierenden Licht der Bar aus solcher Nähe sah. Sie konnte achtzehn oder auch fünfundzwanzig Jahre alt sein, Kauffman vermochte das nicht mehr zu schätzen, denn schon seit langem hatten sich seine sexuellen Bezugspunkte jenseits dieses Alters verloren, aber jedenfalls war er sich sicher, dass es sich nicht um Verführung Minderjähriger handelte, was sein Juristen-Gemüt beruhigte. Lolita hielt an, die Beine auf der Spitze der Rollschuhe gekreuzt, anmutig mit dem Tablett den Po bedeckend, das zitternde Paket ihrer kleinen Brüste unter dem Hemd mit dem aufgedruckten Papagei demonstrativ zur Schau stellend. Die Echos vergangener Erinnerungen kamen Kauffman wieder in den Sinn. Sicher trugen die Aipurúa-Indiofrauen heute ähnliche Hemden über ihren nackten kleinen Brüsten, denn die Zeiten, in denen es noch Missionare gab, hatten sich geändert. Aber Lolita erinnerte ihn an die Reklame von ›Cabriola, das Zirkusmädchen‹, einem beschämend erregenden Film, den er im Schulkino gesehen hatte. Zu Ehren von Cabriola hatte er in jenem Schuljahr des Öfteren schuldbewusst masturbiert, gerade dann, als die weiblichen Schützlinge des Pater Aizpurúa in seiner Begierde zu welken begannen. Lolita ließ die Gedanken an jene blumenförmigen Flecken wie von Stärke wieder aufleben.

»Der Typ hier will mit dir sprechen«, sagte Chim. »Wie heißt du, Kumpel?«

»Kauffman«, sagte Kauffman.

»Er heißt Kauffman«, sagte Chim. »Er ist Gast hier.«

Lolita legte das Tablett auf die Theke und lehnte sich dagegen. Kauffman gefielen ihre Gesten. Sie hatte die Verwegenheit einer

Anthropologin und die Unschuld einer Kindergärtnerin. Ihre Gesichtszüge waren weich und ihre Wangen rund. Sie lächelte, gab sich aber keine übertrieben große Mühe zu gefallen. Ihre Augen waren die einer harten Geschäftsfrau, die ihre Freizeit zu verkaufen wusste.

»Das macht für einmal fünfzehntausend Peseten, plus das Hotelzimmer. Zwanzigtausend, wenn wir zu dir nach Hause gehen.«

»Chim hat mir gesagt ...«

»Was hast du ihm gesagt, Chim?«

»Ich hab ihm gesagt, zwei Riesen ...«

»Zwei Riesen!«

Währenddessen überschlug Kauffman, was ein Flugticket nach Brasilien kosten könnte. Diese junge Frau müsste dafür ein gutes Dutzend Dienstleistungen erbringen. Dann waren da noch die Lebenshaltungskosten, Ausgaben für Bücher und weiteres Material zu berücksichtigen. Sein Kostenvoranschlag erregte ihn. Er könnte großzügig sein, denn seine Erektion war immer noch da. Er beschloss, ihr Stipendium mit zwanzigtausend Peseten zu finanzieren.

»Einverstanden. Wir gehen zu mir nach Hause.«

»Kommt Rita mit?«

Kauffman sah Chim verwirrt an. Chim zuckte mit den Schultern.

»Was studiert Rita?«, fragte Kauffman unentschlossen.

»Von was redet der Typ eigentlich?«, fragte Lolita Chim mit charmant gekräuselter Stirn.

»Ich glaube, er hat gefragt, was Rita studiert.«

»Was geht dich das an, was Rita studiert«, sagte Lolita zu Kauffman gewandt. »Habe ich dich gefragt, in welche Schule du gehst? Hör zu, Chim, wir haben dir schon mal gesagt, dass wir keine Perversen wollen.«

Chim zuckte ein zweites Mal mit den Schultern. Kauffman merkte, dass irgendetwas nicht stimmte an der Geschichte mit den studierenden Nymphen. Seine Erektion ließ in ihrem Hosenversteck leicht nach. Da fiel ihm die Ratte ein, die sich an die Erdnussschalen zu seinen Füßen herangemacht hatte. In diesem Augenblick erschien ihm Lolita eher als Hure denn als Anthropologin. Die Libido des Anwalts musste sich der neuen Wahrnehmung anpassen. Rita ihrerseits, was auch immer sie studierte, war gerade dabei, mit jenen beiden Gästen, die nicht einmal aus dem Wagen gestiegen waren, einen Preis zu vereinbaren, und wenn die Geschichte stimmte und diese Mädchen jobbten, um sich irgendeine Doktorarbeit zu finanzieren, so schien Rita sich mit zweien zugleich den Zuschuss erarbeiten und mit den beiden Typen im Auto mitfahren zu wollen.

»In Ordnung«, sagte der Anwalt schließlich. »Ich will dich ohne Rita. Bei mir zu Hause. Zwanzigtausend Peseten.«

»Geht klar«, sagte Chim.

»Einen Moment, Chim«, sagte Lolita.

Das Mädchen trat hinter die Theke und diskutierte mit Chim flüsternd über die Prozente. Lächelnd kehrte Lolita zu Kauffman zurück, als hätte sie die besten Konditionen für sich ausgehandelt. Chim näherte sich mit einem Block. Er behauptete, dem Anwalt dreiundzwanzig Gin Tonics serviert zu haben, was, minus den beiden, die auf das Haus gingen, einundzwanzig Gin Tonics machte, was allerdings nicht mit den sechs oder sieben übereinstimmte, die Kauffman zu trinken geglaubt hatte. Dennoch zog es der Anwalt vor, sich auf keine Diskussion einzulassen. Er fragte nach dem exorbitanten Preis und legte ein paar Scheine auf die Theke, die Chim blitzschnell einsteckte. Zweifellos wollte er Feierabend machen.

Währenddessen war Lolita verschwunden. Als sie hinter der Hütte wieder auftauchte, hatte sie ihre Rollschuhe ausgezogen. Mit ihrem offenen, jugendlichen Haar schien sie zu strahlen, als sei sie zu irgendeiner Art Sportwettbewerb bereit und die späte Nacht sei ihr natürliches Ziel. Auch hatte sie das T-Shirt »Chims Hütte« mit dem Ara ausgezogen und sich eine blaue Matrosenbluse angezogen, die den Bauchnabel und die Nieren freigab. Die Bluse sah so ähnlich aus wie eine, die sich Margarita, Kauffmans Frau, diesen Sommer gekauft hatte. Margaritas Bluse allerdings war etwas klassischer geschnitten. Sie gab weder den Bauchnabel noch die Nieren frei. Auf alle Fälle ließ diese Beobachtung, die seine Frau ins Spiel brachte, Kauffmans Mut ein wenig sinken. Die Erektion ließ wieder nach, doch dem Anwalt gelang es, die Situation wieder in den Griff zu bekommen, als er Lolitas verwegene Gesten sah, jene kleinen, brüsken Bewegungen, jene herausfordernde Unverfrorenheit in ihrem Blick. Erneut glaubte er, dass er mit einer kleinen Anthropologin ins Bett gehen würde und nicht mit einer jungen Nutte, und er spürte, dass seine brennende Begierde zurückkehrte. Aber der unvermutete Gedanke an seine Frau hatte ihn verärgert. Hatte es denn keinen Pakt gegeben? Warum tauchte sie jetzt auf und öffnete die Truhe der Schuldzuweisungen? Schuldhaftes Verhalten regelte man häufig mit Geld und der Anwalt warf noch einen Schein auf die Theke, um mehr Trinkgeld für die einundzwanzig Gin Tonics zu geben, die Chim ihm berechnet hatte, als sei Chim die Gottheit der Versöhnung dieses exotischen Tempels und als müsste er ein Opfer bringen, um das Gemurmel von Schuld bezüglich eines anderen Schicksals zum Schweigen zu bringen. Chim steckte den zusätzlichen Schein ein, ohne eine Miene zu verziehen. Die kleinen Sühnegötter verzogen keine Miene, aber er hielt sich für verpflichtet, Kauffman seinen Glückwunsch auszusprechen.

»Auf den Fick kannst du dich freuen, Mann. Ich versprech's dir.«

Lolita malte sich im Widerschein der Theke die Lippen nach. Die Neonblitze auf der Acrylfläche erhellten ihr Gesicht mit dem seltsamen, unwirklichen Make-up, das Kauffman schon bei den kindlichen Tänzerinnen auf Gemälden von Degas bewundert hatte. Lolita hatte die Rollschuhe im Umkleideraum von »Chims Hütte« gelassen und sich ein Paar Sandalen mit Absätzen angezogen. Sie wirkte wie ein Mädchen, das heimlich die Schuhe und das Schminktäschchen seiner Mutter ausprobierte. Dann drehte sich Lolita zum Anwalt, wobei sie sich ein winziges Täschchen aus Schildpatt über die Schulter hängte, das kaum größer war als eine kleine Tabakschachtel.

»Gehen wir.«

Die Terrasse war leer. Rita hatte sich winkend verabschiedet, bevor sie zu den beiden Typen in den Wagen gestiegen war, die es vorgezogen hatten, sie mit Rollschuhen unter Vertrag zu nehmen. Das Tablett hatte sie dagelassen; vermutlich hatten die Typen nichts Erotisches darin gesehen, sie auch noch mit Tablett unter Vertrag zu nehmen. Der Pirat schloss die Kasse und kam hinter der Theke hervor, um die Tische fertig abzuräumen. Er wirkte etwas traurig und erinnerte mit seinem hängendem Kopf und seinen beiden Ohrringen an einen Weihnachtsbaum nach dem Fest. Lolita und ihr Kunde, sie mit ihrer winzigen Tasche um die Schulter gehängt und Kauffman an der anderen Seite, gingen zu Fuß davon.

Auf der anderen Seite der Straße ließen zwei Angestellte der Stadtreinigung einen mächtigen Wasserstrahl auf die Fahrbahn prasseln. Aus dem Schlauch schoss ein Vorhang aus Wasser in die Höhe und ein breiter Sturzbach ergoss sich über das aufgeheizte Pflaster. Der frische Wassergeruch gelangte in Kauffmans Nase, der ihn wie ein Pferd aufsog. Überraschenderweise hatte er einen klaren Kopf, und obwohl seine Erektion alle möglichen Stadien durchlaufen hatte, beunruhigte ihn die unmittelbare Bestätigung seiner Begierde nicht mehr, nicht einmal jetzt, als er mit der linken Hand in der Hosentasche feststellen konnte, dass seine Männlichkeit eine angemessene Größe zwischen Erregung und Ruhezustand erreicht hatte. Wie viele Gin Tonics er auch getrunken haben mochte (und Kauffman glaubte, dass es eher sieben waren und nicht jene phantastischen einundzwanzig, die Chim auf seinen Block notiert hatte, plus zwei nicht erinnerbare auf Kosten des Hauses), die Aussichten für diese Nacht stellten sich ihm jetzt ganz neu dar. Er lief neben einer jungen Anthropologin her, mit der er Liebe zu machen hoffte, und das war mehr als nur ein Abenteuer, wie hoch der Preis auch sein mochte. Sogar wenn er die Idee der Anthropologie beiseite schob, war der Gedanke, dass er das Mädchen ficken würde, gnadenlos erregend. Er wiederholte für sich das magische Wort, was eine gewisse Euphorie bei ihm auslöste. Lolita lief schweigend mit gleichgültig klappernden Absätzen neben ihm her. Sie hatte nur gefragt, ob Kauffman weit weg wohne. Der Anwalt streifte ihre Schulter und zeigte mit dem Finger auf die dunkle, wuchtige Masse des Stadions. Selbstverständlich wollte er damit ausdrücken, dass man um dieses düstere Kolosseum herumgehen musste. Die junge Frau gab sich damit zufrieden, als hätte schon mehr als ein Kunde sie dafür engagiert, ihr Gewerbe auf dem Rasen des Spielfelds auszuüben. Alles war möglich, dachte Kauffman und stellte sich in Gedanken den sexuellen Ritus der Prostituierten vor dem riesigen Rund der Zuschauertribünen in dem lasterhaften und widerhallenden Ambiente des leeren Stadions vor. Man sprach viel über Körpersprache und wenig darüber, wie viel Phantasie die Szenerie eines Fußballfeldes erforderte.

Im Schatten der großen Gewölbe gingen sie um das Stadion herum. Lolitas Schuhgeklapper entlockte dem Beton ein zerbrechliches Echo. Wenige Minuten später erreichten sie den Wolkenkratzer mit den Büros und der großen, blauen Reklame von Danone auf dem Dach.

»Hier ist es«, sagte Kauffman.

»Wohnst du in den Büros von Danone?«, sagte sie.

»In dem Gebäude gibt es nicht nur Büros von Danone«, sagte Kauffman und blickte zu dem leuchtenden Neonschild hinauf. »Ich habe hier mein eigenes Büro und ein Apartment genau unter dem Buchstaben N. Dem ersten.«

»Dann ist sie wohl recht hell.«

»Ja, das stimmt.«

Vor dem Gebäude erstreckte sich eine Art Atrium, das jetzt in der Nacht verlassen dalag und von dem Hochhaus, ganz aus Glas und dunklem Metall bis zu der hoch oben schwebenden Leuchtreklame von Danone, beherrscht wurde. Die Eingangshalle wirkte wie ausgestorben. In Kauffmans Gewissen tauchte erneut das mikroskopische U-Boot seiner Schuld auf und schüttete Hormone aus. Er fürchtete, dass der nächtliche Sicherheitsdienst ihn in Begleitung einer jungen Anthropologin entdeckte. Glücklicherweise war niemand da. Nach kurzem Zögern fand Kauffman einen Lichtschalter und die Eingangshalle wirkte gleich ganz anders. Der Marmor breitete sich in alle Richtungen aus und Lolitas Absätze klapperten einsam und melancholisch. Schweigend warteten sie vor den Aufzügen. Kauffmans Begierde hatte den tiefsten Punkt erreicht. Seine linke Hand fand in der Hosentasche kaum mehr als eine schlaffe Bereitwilligkeit, sich zu neuen Erektionen überreden zu lassen, sich einlullen zu lassen von Zärtlichkeiten und verworrenen, erotischen Argumenten. Außerdem bat seine Blase darum, urinieren zu dürfen. Alles zu seiner Zeit. Lolita sah Kauffman nicht an. Sie wartete mit derselben Gleichgültigkeit, mit der sie den Spaziergang gemacht hatte; sie hatte ihre kleinen Füße eng nebeneinander gestellt und ihre Hände auf den Rücken mit der winzigen Schildpatt-Tasche genommen. Mit einer charmanten Geste neigte sie nun den Kopf zur Seite und beobachtete das Tropfen der Ziffern des Aufzugs bis zur Null. Als es klingelte und die Türen sich öffneten, lächelte sie, als gäbe es nichts Witzigeres auf der Welt. Möglicherweise war sie auch einmal engagiert worden, um in einem Aufzug zu ficken.

»Mach's dir bequem«, sagte Kauffman, als sie die Wohnung betraten. »Wir haben Zeit. Nun ja, ich denke doch, dass wir Zeit haben.«

Sie antwortete nicht. Sie ging an Kauffman vorbei, während Kauffman die Tür mit Schloss und Riegel versperrte und, einem seltsamen Impuls gehorchend, die Sicherheitskette vorlegte. Seinen Verstand durchfuhr die irrationale Furcht, dass seine Frau unvermutet auftauchen könnte. Das Schuldgefühl verlangte nach derartigen Vorsichtsmaßnahmen. Lolita drehte sich nicht um. Sie inspizierte Küche, Schlafzimmer und Wohnzimmer, als könnten alle drei Orte den Schauplatz für verschiedene Vorstellungen abgeben. Es war eine kleine Wohnung und es genügte, den Kopf in die drei Zimmer zu stecken, um sich eine Idee von der Aufteilung zu machen. Kauffman zog sich zum ersten Mal nach unendlich langen Stunden sein Jackett aus. Seine Erektion beunruhigte ihn. Oder genauer gesagt beunruhigte ihn das, was von seiner Erektion noch übrig war. Nämlich nichts. Er beschloss, erst einmal seine Blase zu erleichtern. Er stammelte irgendeine Ausrede und schloss sich im Badezimmer ein. Als er wieder zurückkam, stand sie vor dem Sofa.

»Wenn du willst, kann ich die Vorhänge zuziehen«, schlug Kauffman unbeholfen vor.

»Kann man uns sehen?«

»Nein, man kann uns nicht sehen. Wir sind im dreiundfünfzigsten Stock oder im zweiundvierzigsten, das werde ich dir morgen sagen können. Ich wusste es, aber heute Nacht kann ich mich nicht daran erinnern. Ich glaube, dass der Gin von Chim, also, ich glaube, dass die Wirkung des Gins erst ziemlich spät einsetzt ... Ich weiß nur, dass wir uns in der obersten Etage befinden und dass sich der nächste Nachbar in der Relaisstation des Fernsehsenders Navacerrada befindet.«

»Wie schade. Ich fände es toll, wenn man uns sehen könnte«, sagte sie.

»Natürlich«, bestätigte Kauffman.

»Ich habe noch nie mit jemandem unter einem Schild von Danone gefickt«, sagte sie.

»Dem N. Genau unter dem ersten N«, klärte Kauffman sie nochmals auf und zeigte auf den blauen Wasserfall, der sich über die Fensterfront zu ergießen schien.

»Dem N ...«, wiederholte sie und nahm den Buchstaben genießerisch zwischen die Lippen.

Kauffman fühlte sich stimuliert. Nie hatte er jemanden so das N aussprechen sehen, indem er zwei blitzblanke Zahnreihen zeigte und mit den Lippen eine verzaubernde Andeutung modellierte. Er malte sich aus, wie es sein würde, auf diese Weise das gesamte Alphabet über diversen Körperstellen herzusagen. Lolita wirkte etwas müde und noch kindlicher als vorher. Als sie hereingekommen war, hatte sie ihre Schuhe ausgezogen. Sie hingen immer noch am Schuhband von ihrem Finger und sie legte sie nun vor einen Stuhl auf den Boden. Dann hängte sie die Schildpatt-Tasche über dessen Rückenlehne. Sie ging auf die Fensterfront zu und für einen Augenblick schien sie im Nichts zu schweben, umgeben von einer blauen Aureole. Kauffman wünschte, dass sie ihre Rollschuhe mitgebracht hätte. Aber dem war leider nicht so. Sie reckte sich, indem sie die Arme nach hinten streckte, den Hals bog, die kleinen Brüste unter der Bluse hob und sich auf die Zehenspitzen ihrer kleinen Füße stellte, die gesprenkelt waren mit einer Reihe winziger, zinnoberroter Nägel – Herrscherin über die nächtliche Stadt, die sich eine beträchtliche und endlose Anzahl von Stockwerken weiter unten zu ihren Füßen ausdehnte. Es war eine Art viele Quadratkilometer großes, elektrisches Reich, unterteilt in leuchtende, gerade Linien bis hin zu der dunklen Leinwand des Gebirges. Madrids Avenidas überkreuzten sich in der Nacht und das Mädchen beherrschte all dies mit einem gleichgültigen Gähnen. Sie war ein schläfriges Kind, das noch gewisse Aufgaben erledigen musste, bevor es zu Bett gehen durfte.

»Lolita«, rief Kauffman sie bei ihrem Namen. »Willst du einen Drink, während ich mich umziehe?«

»Ich trinke nie während der Arbeit«, sagte sie.

Der sensible Kauffman geriet etwas aus der Fassung.

»Äh ... Einverstanden. Ich werde auch nichts trinken. Aber, klar, arbeiten muss ich nicht«, fügte er mit einem ungeschickten Lächeln hinzu.

»Du kannst mit mir machen, worauf dein Schwanz Bock hat«,

sagte sie plötzlich anthropologisierend und drehte sich mit dem Rücken zur Fensterfront.

»Haha«, lachte Kauffman.

»Wo machen wir's?«

»Wo du willst.«

»Wenn du willst, leg ich mich hier hin und du fickst mich und schaust dabei aus dem Fenster«, schlug sie vor, nachdem sie sich unter Berücksichtigung der technischen Details die Position überlegt hatte.

»Gut ... Ja ... Außer *du* willst, äh, lieber beim Ficken aus dem Fenster schauen«, sagte Kauffman mit der Hand am Kinn wie ein Geometer, der Figuren auf dem Boden analysiert.

»Wie du meinst.«

»Oder beide schauen aus dem Fenster.«

Sie antwortete nicht.

»Es wird besser sein, es der Inspiration des Augenblicks zu überlassen«, schlug Kauffman poetisch vor, »wer aus dem Fenster schaut und wer nicht.«

»Hör mal, Mann, wenn du willst, schau ich dir auch ins Arschloch, weil du mich dafür bezahlst, aber zieh endlich deine Klamotten aus oder verkleide dich, wie du willst.«

»Einen Moment«, sagte Kauffman.

Seltsamerweise hatte ihn Lolitas Vorschlag leicht erregt. Unschuld lag auf ihren Lippen, wenn sie obszöne Anspielungen machte oder das Wort »ficken« aussprach. Vielleicht war Unschuld nicht das passende Wort, aber Kauffmans erotische Wahrnehmungen gingen bereits ihre eigenen Wege. Ein Freund von ihm hatte einmal gesagt, dass man sich in seiner Wohnung vorkäme, als flöge man im gläsernen Cockpit eines B52-Kampfflugzeuges über Madrid. Wie sehr sich die Freunde manchmal irrten. Seit dem Augenblick, in dem das Mädchen sie betreten hatte, wandelte sich diese Wohnung in die Maschine eines anderen Höhenrausches. Ohne noch eine weitere Bemerkung zu machen, ging er ins Schlafzimmer. Er zog es vor, sich dort auszuziehen. Als er wieder ins Wohnzimmer zurückkam, lag Lolita nahezu nackt auf dem Teppich und hatte den Kopf auf den Arm gestützt. Sie trug einen roten Slip, der auf Konfettigröße zugeschnitten war. Kauffman kam in einem gestreiften Hausrock zurück, der ihm bis zu den Knien reichte und in der Taille von einer Art Vorhangkordel zusammengehalten wurde. Er hatte sich Badeschlappen angezogen und sah aus wie ein Boxer. Als sie ihn hereinkommen sah, zog sie ihr Höschen aus und warf es fröhlich nach hinten über ihren Kopf hinweg. Es war das Natürlichste auf der Welt, dachte Kauffman, der sich noch immer in unbestimmten Regionen seines Gehirns bewegte. Sein augenblickliches Problem war die nicht vorhandene Erektion. Er schlich kurz um das Sofa herum, bevor er sich ihr näherte. Ihr Schamhügel war rasiert. Ein leichter Flaum markierte gerade noch die diskreteste Stelle. Ihr ganzer Köper war braungebrannt, als würde sie während des Studiums unter UV-Strahlen liegen. Sie rekelte sich am Boden und Kauffman spürte, dass sein Herz langsam vor freudiger Erregung anschwoll. Und nicht nur sein Herz. Noch etwas in seiner männlichen Anatomie kam in Gang und erzeugte gewisse Hoffnungen. Da hob sie den Kopf.

»Wirst du dich ausziehen oder mich als Rentner verkleidet ficken?«

»Äh ... Ich glaube, so ist es gut.«

»Wie du willst«, sagte sie und drehte sich auf den Bauch.

Nie hatte Kauffman so einen Körper wirklich vor sich gehabt. Er kniete sich neben sie und begann ihren Hintern zu streicheln. Dann wagte er es, seine Hand zu ihrem verborgenen Geschlecht wandern zu lassen. Es hatte die Größe und Konsistenz einer Aprikose. Er fühlte, wie es unter seinen streichelnden Bewegungen allmählich auf die Größe eines kleinen Pfirsichs anzuschwellen begann, bis es schließlich seine hohle Hand ausfüllte. Gleichzeitig spürte er, dass seine Erektion große Fortschritte machte. Er schätzte, dass fünf Minuten vergangen waren, seit er sich im Schlafzimmer ausgezogen hatte, und es wurde ihm bewusst, dass bei dieser Art von Geschehnissen die Zeit eine wichtige Rolle spielte. Seine Erektion war nun irreversibel. Er löste die Vorhangkordel seines Hausrocks. Mit der einen Hand überprüfte er die Größe seines Glieds, während er mit der anderen noch den Flaum des Pfirsichs betastete. Es war eine geradezu archaische Erektion, wie eine aus früheren Zeiten, eine Erektion, wie sie Pater Aizpurúa, dieses richtige Mannsbild aus dem Norden, unter seiner Soutane hätte haben können. Lange schon hatte Kauffman keine solche Erektion mehr gehabt. Sie hob ihren Po und bog die Hüften und Kauffman drang in sie ein. Es war mehr als nur eine Fahrt, zu der er mit den langsamen und kraftvollen Stößen einer Dampfmaschine aufbrach. Er hatte sogar den Eindruck, dass sie Spaß daran hatte. Oder sie tat nur so. Auf alle Fälle machte sie es sehr gut. Sie ließ sich in der Stellung ficken, die in den Büchern »läufige Hündin« genannt wurde. O Gott, dachte Kauffman dankbar und hob die Augen zum Himmel, der den Männern solche Gelegenheiten bot, während er sich mit beiden Händen an jenen jugendlichen Hüften festhielt. Vor ihm lag die Fensterfront. Ganz Madrid funkelte vor seinen Augen. Als ob er im Cockpit eines Bombers über Madrid flöge. Freunde behalten schließlich doch immer Recht. Der nächste Nachbar befand sich in der Relaisstation des Fernsehsenders Navacerrada und Kauffman bedauerte, dass er das nicht sehen konnte. Je länger es dauerte, umso mehr steuerten Kauffmans phantastische Gedanken auf weitere Sinnestaumel zu. Vielleicht könnte man das Mädchen für weitere zehntausend Peseten zur Sodomie treiben. O Gott, wiederholte Kauffman mit schwarzen, geweiteten Pupillen und dem satanischen, bitteren Geschmack der Wollust auf dem Zahnfleisch. Sie warf den Kopf hin und her und Kauffman streckte seine eiserne Hand aus, um diesen grazilen Hals festzuhalten. Das Mädchen stöhnte. Seine Ejakulation kam ohne Vorankündigung und entlud ganze Liter einer unerschöpflichen Reserve in die köstliche, bebende Aprikose. Dann schluchzte Lolita noch zärtlicher und Kauffman keuchte unisono in langen, sich auflösenden Zuckungen. Zwei ewig lange Minuten später war alles vorbei. Unter starken, bläulichen Danone-Strahlungen flog der Bomber B52 weiter über die nächtlichen Avenidas von Madrid hinweg.

Seit zwanzig Jahren hatte Kauffman nicht mehr so gefickt. Das war die Grenze, die ihn vom Sex in seiner Jugend trennte. Er stand auf und band sich mit einer herrischen Geste die Kordel seines Hausrocks zu, so wie sich die Western-Cowboys ihre Gürtel umschnallten. Er verschmähte die Badeschlappen, setzte sich barfuß aufs Sofa und schlug seine behaarten Waden übereinander.

Lolita blieb noch ein paar Minuten liegen. Wie ein Boxer, der von der Matte aufsteht, begann sie sich schließlich mit ungeschickten und verwirrten Bewegungen aufzurappeln. Sie warf den Kopf nach hinten und schüttelte ihre verschwitzte Haarmähne. Dann rieb sie sich die Arme, als versuche sie ihre Bewegungen wieder zu koordinieren, und betrachtete Kauffman in einer Art retrospektiven Bewunderung, so wie man einen Rivalen ansieht, den man zuvor unterschätzt hatte. Ihre festen Brüste, zwischen denen ein dünner Schweißfaden sich seinen Weg bahnte, hoben und senkten sich; sie wirkten nun etwas voller als vor dem Akt.

»Du bist ein geiler Typ.«

Kauffman nahm das Kompliment dankend entgegen.

»Echt. Ich meine, du bist echt ein geiler Typ. Wir müssen uns ab und zu treffen.«

Kauffman hob schweigend eine Augenbraue und pflichtete ihr geschmeichelt bei.

»Gratis, meine ich. Um aus Geilheit zu ficken. Du fickst wie eine Lokomotive.«

»Hat's dir gefallen?«

»Puh ...«

»Ich freue mich, dass es dir gefallen hat«, gestand Kauffman.

Sie bückte sich, um ihr Höschen aufzuheben und ging zur

Toilette, wobei sie ihre Füße leicht hinter sich herzog. Nach einer Weile diskreter, weiblicher Abwesenheit kehrte sie zurück. Im Hintergrund rauschte die Klospülung. Der Slip zeichnete sich auf ihrem Bauch wie ein winziger Wimpel ab.

»Willst du einen Drink?«, fragte Kauffman.

»Einverstanden.«

Kauffman verschwand und kehrte mit Whisky, Eis und einer Mineralwasserflasche zurück. Das Wasser war für ihn. Er fühlte sich erstaunlich frisch und klar im Kopf. Sie begann sich in ihre Jeans hineinzuzwängen, während Kauffman ein Glas füllte und einige Eiswürfel hinzugab. Als die Hose schön eng saß, machte sie den letzten Knopf zu und hüpfte dabei leicht in die Höhe. Sie hatte kassiert, bevor sie aus »Chims Hütte« gegangen war, und vergewisserte sich nun, dass das Geld noch da war, indem sie an der Hüfte eine diskrete Tasche mit Reißverschluss abtastete. Behende zog sie sich fertig an und gewann nach und nach das Aussehen einer nächtlichen Nymphe wieder. In seinen Hausrock gewickelt, betrachtete Kauffman sie entzückt und nostalgisch. Er hatte einmal etwas über derartige Gefühle gelesen. Es war, wie mit einem Engel namens Lolita gefickt zu haben. Sie nahm das Whiskyglas entgegen, das Kauffman ihr hinhielt, und trank einen Schluck im Stehen.

»Ehrlich, Mann, ganz ehrlich. Du hast mich bunte Sterne sehen lassen.«

»Im Ernst?«

»Völlig im Ernst.«

Sie trank noch einen Schluck Whisky und sah dann auf die kleine Disney-Uhr an ihrem Handgelenk.

»Vier Uhr! Chim wartet sicher schon.«

»Er wartet auf dich?«, fragte der männliche und empfindliche Kauffman leicht gekränkt.

»Er wartet immer auf mich«, sagte sie. »Ich sag ihm zwar, dass er's nicht tun soll, aber er wartet immer auf mich.«

Kauffman hatte sich dunkel weitere Projekte überlegt, nichts

Konkretes, alles nur vage, aber er schloss nicht aus, sich eine Ruhepause zu gönnen und dann bis zum Morgengrauen mit den unzüchtig-sportlichen Aktivitäten fortzufahren, mit einer zweiten Pauseneinlage bis zum Mittag, und so weiter und so fort, in langen, orgastischen Zyklen. Die Erfahrung war zu überzeugend gewesen, um noch vernünftig nachdenken zu können, und die Phantasie, die seinen Hypothalamus immer noch erregte, oder was für ein Ort es auch immer sein mochte, an dem die Begierde ihren Sitz hatte, sendete unerklärliche Botschaften der Eifersucht auf Chim aus, die nicht gänzlich unangenehm waren. Er dachte darüber nach, zur Brieftasche zu greifen, aber etwas hielt ihn zurück. Zumal er die Brieftasche gar nicht bei sich trug, da er im Hausrock war. Sie stellte das Whiskyglas auf den Couchtisch und sah sich um, auf der Suche nach der kleinen Schildpatt-Tasche, die sie mitgebracht hatte. Sie lag in Kauffmans Reichweite und er hielt sie ihr hin.

»Gut, Mann, wie gesagt. Wenn du willst, komm bei der Hütte vorbei.«

Sie stellte sich auf die Zehenspitzen, um ihm ein Küsschen auf die Lippen zu geben, das Kauffman mit einem einfältigen Gesichtsausdruck entgegennahm, wie Pater Aizpurúa, als er sich auf seiner Mission im Stich gelassen sah. An der Tür drehte sie sich nochmals um, um ihm ein zweites Küsschen zuzuwerfen, und verließ schließlich die Wohnung, nachdem sie sämtliche Riegel zurückgeschoben hatte. Kauffman tauschte das Wasserglas, das er in der Hand hielt, gegen ihr Whiskyglas aus und ließ sich aufs Sofa fallen.

Er war allein, vor sich das weite, dunkle Panorama von Madrid. Er schaltete die Lampe aus und sofort überflutete der unheilvolle, blaue Lichtschein von Danone das Wohnzimmer. Seine Arme waren blau, seine männlichen, behaarten Waden waren blau, der Whisky, den er in der Hand hielt, war von einem nicht existierenden Bernsteinblau. In der Fensterfront spiegelte sich ein Kauffman, der draußen im Freien in einem schwebenden

Wohnzimmer zu sitzen schien. Dieser trank denselben Whisky, den Kauffman trank, und er schlug wie dieser genauso die Beine übereinander und war in den gleichen Hausrock gewickelt. Zweifellos hatte er den Abend mit dem Vögeln eines weiblichen Gespenstes genossen – während Kauffman drinnen fickte –, und war draußen so lange unsichtbar geblieben, bis Kauffman das Licht ausgeschaltet hatte. Poetische Persönlichkeitsspaltungen, die Kauffman einige Minuten beschäftigten. Der beste Freund des Mannes ist sein Spiegelbild, prostete sich der einsame Kauffman zu. Der Kauffman draußen erschrak, als Kauffman beim Klingeln des Telefons zusammenzuckte. Es war zwanzig nach vier und niemand im Universum konnte um diese Uhrzeit anrufen. Kauffman hob den Telefonhörer ab und der phantastische Kauffman, der draußen in der Nacht schwebte, ebenso. Leicht geblendet wartete der reale, bequem im Sofa sitzende und in blaue Danone-Farbe getauchte Kauffman darauf, seine eigene Stimme zu hören.

»Schatz ...«

Es war seine Frau. Gewaltige Entladungen von Schuld durchtränkten in wenigen Sekunden seinen Organismus. Ihm wurde beinahe schwindlig.

»Schatz ...«

Kauffman sammelte sich.

»Bist du es?«

Sie war es. Sie wollte ihm sagen, dass sie ihn diese Nacht vermisste. Sie flüsterte zwei, drei liebevolle Worte mit dem Geraschel zerknüllter Bettlaken im Hintergrund. Kauffman blieb hochmütig, in einem philosophischen Gleichgewicht zwischen männlichem Stolz und irgendeinem elementaren Rest von postkoitaler Melancholie. Es war halb fünf Uhr morgens und er wusste zwar nicht, was gerade am anderen Ende der Leitung geschah, wusste aber sehr wohl, was an dem Ende geschehen war, wo er sich befand. Sie fuhr fort, das Rascheln ihres Bettlakens durch den Hörer zu schicken, es konnten aber auch Telefonstörungen sein.

»Bist du allein?«

»Ich bin allein. Die Kinder schlafen. Ich liebe dich. Kein Strandaufseher und auch kein Kellner einer Disko kann es mit dir aufnehmen.«

»Nicht einmal ein Schwarzer?«

»Nicht einmal ein Schwarzer.«

»Hast du es auch mit Asiaten versucht?«

»Werd nicht sarkastisch, Kauffman. Ich liebe dich. Weißt du, was heute für ein Tag ist?«

»In Madrid ist die Sonne noch nicht aufgegangen«, bemerkte Kauffman wenig romantisch.

»Vor viertausenddreihundertneunzig Tagen haben wir geheiratet«, sagte sie.

»Gut«, sagte Kauffman. »Ich nehme an, dass diese Zahl gefeiert werden muss.«

»Ein Küsschen, Kauffman«, sagte sie mit der irritierenden Manie, ihm beim Nachnamen zu nennen. »Schade, dass ich nicht bei dir bin.«

»Ein Küsschen auch für dich«, entgegnete Kauffman.

Fast gleichzeitig legten beide auf. Es war ein kurzer Kontakt gewesen, der erste ohne Verbitterung oder Vorwürfe seit mehreren Monaten. Kauffman schob das Telefon weg und blickte auf. In der Fensterfront spiegelte sich ein schwebender Kauffman, der auf dem Sofa ruhte wie der König Sardanapal nach der Opferung von hundert Konkubinen. Das Wohnzimmer war in eine Atmosphäre von tiefem Blau getaucht. Kauffman stand auf, zupfte sich den Hausrock zurecht und zog den Vorhang zu. Dann legte er sich schlafen.

Der längste Tag

Am nächsten Tag stand Kauffman nicht besonders früh auf: Es wäre ihm auch gar nicht möglich gewesen, nachdem er sich erst nach fünf Uhr im Morgengrauen hingelegt hatte. Der Schlafraum hatte keine Fenster und Kauffman schlief bis zwei Uhr mittags wie in einer Dunkelkammer. Als er aufwachte, schmerzten ihn seine Genitalien. Er hatte einen grotesken Traum gehabt, an den er sich kaum erinnerte. Die Hand eines unsichtbaren Wesens hatte ihn an der Kehle gepackt, während die andere Hand desselben unsichtbaren Wesens ihn an den Hoden festhielt, und als er sich wehrte, verlor er Teile seiner Anatomie, welche die schwebenden Hände wie eine Trophäe in die Höhe hielten. Als Kauffman in der trockenen und sterilen Dunkelheit des Schlafzimmers die Augen öffnete, verspürte er Durst. Er stand auf und trank direkt aus dem Wasserhahn in der Toilette. Dann legte er sich wieder hin. Er stellte fest, dass sich seine Geschlechtsteile noch an der gewohnten Stelle befanden. Glücklicherweise war alles nur ein Traum gewesen, aber der Schmerz an den Genitalien war real und seine Hoden taten ihm weh, als wären sie wie ein Schwamm zu stark ausgedrückt worden. Da erinnerte er sich an die Aufeinanderfolge der Ereignisse der letzten Nacht, insbesondere an das, was als *das* sexuelle Erlebnis der letzten Jahre bezeichnet werden konnte. Ein Balsam aus Stolz besänftige die schmerzenden Geschlechtsteile. Sein Gedächtnis und sein Penis wurden von einer beginnenden Sehnsucht ergriffen. Solche Erinnerungen verfolgen einen Mann bis ins Grab, dachte Kauffman. Voller wehmütiger Gefühle verharrte er lange mit geschlossenen Augen und schmerzenden Hoden, in sich gekehrt, eine vorsichtige Bewertung der Lust vornehmend, die er in der Nacht zuvor vielleicht allzu ungestüm genossen hatte. Im Geiste sammelte er subtile Details von Berührungen und Wonneschauern und der Penetration für das, was vielleicht bis zum Beginn des Millenniums seine erotische Nahrung sein würde. Vor seinen geschlossenen Augen sah er, wie Lolita ihm ihren Hintern entgegenstreckte. Eine halbe Stunde später stand er auf. Die verglaste Wohnung war der prosaische Bereich, der er immer gewesen war. In den Hausrock seiner Heldentaten gehüllt, mit Augenringen so dick wie Reisetaschen, näherte Kauffman seine Nase der Küchenuhr. Die Espressomaschine sprudelte schnaubend den Frühstückskaffee heraus. Auf der Uhr war es kurz vor drei.

Fünf Minuten später saß er auf der Sofakante mit einer Tasse Kaffee in der Hand, die Knie zusammengedrückt und den Rücken in einer beinahe fötalen Frühstücks-Haltung gebeugt. Das Leben bestand im traurigen Konsum eines Kaffees in der traurigen Einsamkeit eines Mannes im Hausrock, weit entfernt von zärtlichen Berührungen oder Rückenmassagen von weiblicher Hand, und in diesen Gedanken war Kauffman voller Trauer versunken, als das Telefon klingelte. Die letzte Erinnerung an die Nacht wies ihn darauf hin, dass seine Frau am Apparat sein könnte. Andere, verworrenere Referenzen warnten ihn, dass es sich um ein externes Zeichen der drei oder vier bedrohlichen Zeichen handeln könnte, die sich über seinem Kopf zusammenbrauten. Sein Instinkt mahnte ihn in jedem Falle zur Umsicht. Er ließ das Telefon dreimal klingeln, bevor er abhob.

»Ist dort der Anwalt Kauffman?«, fragte eine beißende und überraschend gewandte Stimme. »Hier spricht Inspektor Cangrejo.«

Es war eine der möglichen Bedrohungen.

»Ja bitte?«

»Ich rufe Sie im Auftrag von Kommissar Potes an. Erinnern Sie sich?«

»Viele Grüße an Potes«, sagte Kauffman und prostete mit der Kaffeetasse einem unsichtbaren Potes im Zimmer zu.

»Auch der Kommissar lässt Sie grüßen«, entgegnete Cangrejo gewandt und beißend. »Ich rufe Sie an, um ihren Aufenthaltsort zu überprüfen. Der Kommissar hat Sie ins Herz geschlossen, seit wir uns an den Schauplätzen begegnet sind, wo Morde begangen werden.«

»Hat er mir etwas vorzuwerfen?«

»Nein, er hat Ihnen nichts vorzuwerfen. Er möchte nur wissen, ob sie noch leben.«

»Wie Sie sehen.«

»Wie ich sehe. Haben Sie verdächtige Bewegungen um Ihr Haus herum beobachtet?«

»Ich wohne im ungefähr vierzigsten Stock eines Hochhauses aus Glas. Die einzige Bewegung, die ich um mich herum registriere, ist ein Helikopter«, sagte Kauffman und warf einen Blick aus dem Fenster. »Warten Sie, ich glaube, da ist auch noch ein Mann, der am Nachbarhochhaus Fenster putzt.«

»Machen Sie keine Scherze, Kauffman.«

»Ich mache keine Scherze. Wenn mich jemand töten will, kann er das von einem Helikopter aus sehr wohl tun. Ich habe mächtige Feinde, Cangrejo.«

Cangrejo fing an zu lachen.

»Lachen Sie nicht, Cangrejo.«

»Nein, ich lache nicht. Mir ist ein Backenzahn abgebrochen. Ich verbinde Sie mit dem Kommissar; er will mit Ihnen reden.«

Inspektor Cangrejo stellte ihn zu seinem Chef durch. Kauffman wartete, während vom anderen Ende der Leitung geheimnisvolle, elektromagnetische Brumm-Geräusche kamen. Schließlich wurde die Leitung frei und es meldete sich die skeptische, aber seltsam vertraute Stimme von Kommissar Potes.

»Kauffman?«

»Guten Tag, Kommissar.«

»Guten Tag, Kauffman. Erst einmal möchte ich Ihnen dazu gratulieren, wie Sie sich letztens aus der Affäre gezogen haben. Das gelingt nur einem guten Anwalt.«

»Sagen Sie das im Ernst?«

»Ganz im Ernst. Der Richter wird Ihnen eine Vorladung schicken, damit sie bei dem Ermittlungsverfahren als Zeuge aussagen. Ich freue mich, Sie als Zeuge zu haben. Und jetzt geht es ja schon um zwei Fälle. Vergessen Sie nicht den Fall dieses armen Juweliers, Corrales oder Correa.«

»Correa.«

»Genau. Ich freue mich, dass sie im Fall Patas Blancas und im Fall Correa als Zeuge erscheinen. Ich nehme an, dass Anwälte wie Sie alles wissen, und wenn Sie nicht alles wissen, dann sind Sie an der Sache dran, aber ich möchte Ihnen etwas über Ihren Freund Patas Blancas erzählen, das Ihnen nützlich sein kann, und gleichzeitig kann es auch mir helfen.«

»Patas Blancas war nicht mein Freund. Ich habe ihn nie lebend gesehen.«

»Schämen Sie sich nicht Ihrer Freunde, Kauffman, ob lebendig oder tot.«

»Ich schwöre Ihnen, dass er nicht mein Freund war«, wiederholte Kauffman.

»Einverstanden. Drücken wir es anders aus. Es ist nicht auszuschließen, dass die Feinde von Patas Blancas auch Ihre Feinde sind. Gefällt Ihnen das besser?«

»Das mag Sinn machen.«

Der Kommissar fing an zu lachen, als sei Inspektor Cangrejo noch ein Backenzahn abgebrochen.

»Macht es, Kauffman, macht es. Ich warne Sie hiermit pflichtgemäß. Kann sein, dass Sie im nächsten Fall nicht mehr Zeuge sind, wenn Sie verstehen, was ich meine. Inspektor Cangrejo und meine Wenigkeit würden es sehr bedauern, nie wieder Ihre

Anwesenheit genießen zu können. Ohne Sie sind Morde nicht mehr dasselbe.«

»Danke, Kommissar. Ich werde überprüfen, ob ich mit meinen Lebensversicherungsbeiträgen auf dem Laufenden bin. Ich würde meine Familie ungern auf die Straße schicken.«

»Genau das meinte ich. Das war meine gute Tat für heute. Jetzt kommt der Teil, bei dem *Sie* mir helfen können. Wir haben einige Dinge über diesen Dimitri Wladiwostok herausgefunden oder wie der russische Matrose und Freund von Kiki Patas Blancas auch immer heißen mag, den man neulich überfahren hat. Ich habe die Unterlagen nicht vor mir und ich kann mir die sibirischen Nachnamen so schlecht merken. Es war nicht das erste Mal, dass dieser Dimitri Patas Blancas besuchte. Sie hatten sich vor einigen Jahren in Barcelona kennen gelernt und sich ineinander verliebt. Sie wissen schon. Diese Sache mit dem Sex, die weder Sie noch ich verstehen können.«

»Ich verstehe.«

»Sie verstehen?«

»Ich will sagen, dass ich weiß, was Sie meinen.«

»Schon besser, Kauffman. Ich gestehe Ihnen, dass ich mich so wohler fühle. Nun ja. Wladiwostok widmete sich mehr oder weniger dem Schmuggel von Edelsteinen, um seinen Lohn als Matrose aufzubessern. Nichts von Bedeutung. Bernstein, Perlen, ein Paar Rubine aus dem Ural. Aber anscheinend hatte er in letzter Zeit eine sehr viel bedeutendere Transaktion zwischen die Finger bekommen. Wissen Sie etwas darüber?«

»Ich kann ihnen über die Geschäfte dieses Wladiwostok nichts sagen.«

»Ich meine damit nicht, dass es sich um ein privates Geschäft von Wladiwostok handelte. Möglicherweise war Wladiwostok nur eine Art Kurier. Mal ganz ehrlich, Kauffman. Was zum Teufel haben Sie letzte Nacht dort gesucht?«

»Ich bin ganz ehrlich, Kommissar«, meinte Kauffman. »Das ist ein Berufsgeheimnis.«

»Haben Sie Schmuck gesucht, Kauffman?«

»Es tut mir Leid, Kommissar. Sie haben es doch selbst gesagt. Ich habe genug damit zu tun, meine Haut zu retten.«

»Zum Teufel mit Ihrer Haut, Kauffman!«, schrie der Kommissar und schlug mit der Faust auf den Tisch.

»Ich bin Anwalt für Wirtschaftsrecht. Das sind meine Angelegenheiten, Kommissar.«

»Ich werde dafür sorgen, dass der Richter Sie für den Rest Ihres Lebens verfolgen wird.«

»Ganz ruhig, Kommissar.«

»Ich werde dafür sorgen, dass er Sie für den Rest Ihrer Ferien verfolgen wird«, verbesserte sich der Kommissar etwas versöhnlicher und erschöpft angesichts der geringen und beschwerlichen Aussichten. Der Monat August schuf eine Komplizenschaft zwischen den beiden Männern. Beide waren an die unbestimmte Grenze von Skepsis und Wehmut gelangt, die der Sommer bei alleinstehenden Männern auslöste. Der Kommissar hätte Kauffmans Sauf- und Sexkumpan in »Chims Hütte« sein können. Jeder von ihnen hätte sich eine andere Landschaft ausmalen können, in der er seine Ferien außerhalb von Madrid verbringen würde, aber die Hitze, die Einsamkeit und die dunklen Geschäfte führten beide in einem Kreis zusammen, solange der Sommer dauerte, wenn sich diese Verbrechen nicht in die Länge zögen.

»Hören Sie, Potes«, sagte Kauffman in demselben versöhnlichen und müden Ton wie der Kommissar. »Falls meine Geschäfte eines Tages gut laufen und Sie dieses Rattenloch, in dem Sie stecken, verlassen sollten, würde ich Sie als Privatdetektiv einstellen. Im äußersten Fall, wenn meine Geschäfte schlecht laufen sollten, würden wir beide Arbeit in diesem Gebäude hier finden, ich als Pförtner und sie als Wachmann. Das verspreche ich Ihnen.«

»Was hat das mit Wladiwostok zu tun?«

»Wladiwostok? Das hätte Ihnen nur Patas Blancas beantworten können.«

»Passen Sie auf sich auf, Kauffman«, sagte da der Kommissar tatsächlich besorgt, ohne zu wissen, dass er damit andere Vorwarnungen und Ermahnungen wiederholte. »Ich weiß vermutlich mehr, als Sie wissen, und Sie haben da eine ganz heiße Sache in der Hand.«

»Ich werde Ihnen Bescheid geben, wenn man mir den Schädel einschlägt oder mich bäuchlings auf einem Tisch vergewaltigt.«

»Ich mache keine Scherze, Kauffman.«

»Ich mache auch keine Scherze. Das habe ich Inspektor Cangrejo bereits gesagt.«

»Man hat mir von einem Perlenschmuggel von vielen Millionen Peseten berichtet«, bohrte der Kommissar nach. »Wie ist das möglich?«

»Ich sage Ihnen nochmals, dass ich das nicht wissen kann.«

»Ich bin mir sicher, dass Sie es mir auch nicht sagen würden, wenn Sie es wüssten. Es wäre sehr traurig, zu Ihrer Leichenschau gehen zu müssen, Kauffman, ohne herausgefunden zu haben, um was es sich letztlich gehandelt hat.«

Kauffman kratzte sich unter dem Hausrock seine Brust. Der wahre Anwalt für Wirtschaftsrecht, der in seinem Inneren schlummerte, erwachte. Woher wusste der Kommissar, was ein paar historische Perlen wert waren? Millionen für »Nemesis« und die »Betrügerin«? Wie viele Millionen? Unschuldig wie ein Engel wusste Kauffman zwar nicht, dass jede einzelne Perle genug Energie besaß, um Tag und Nacht das Reklameschild von Danone während zehn- oder zwanzigtausend Jahren leuchten zu lassen, aber ihm war ein anderes Licht aufgegangen, und seine Gedanken schweiften ab. Sie bestanden im Wesentlichen darin, die durchtrainierte Muskulatur von Fernando Garras mit einem rostigen Küchenmesser zu traktieren und ihn auf dem Landgut am Brunnenrand mit einem Strick an den Füßen festzubinden, bis er gestand, wo sich »Nemesis« befand. Kauffman ergötzte sich einige Minuten an dieser Vorstellung, als hätte er durch die nächtliche Erotik neue, perversere Wege des

Ausdrucks gefunden. Denn es bestand kein Zweifel daran, dass Fernando Garras und der philippinische Schimpanse den unglücklichen Patas Blancas mit schlimmerer Schmach zu einem Geständnis gezwungen hatten, um das Versteck von »Nemesis« zu erfahren und dann die Perle mitzunehmen. Und beide, der philippinische Schimpanse und Fernando Garras, hatten die Perle zurückzugeben und dafür zu büßen. Zu jenem Zeitpunkt war Kauffman bereits verrückt genug zu glauben, dass es seine Bestimmung war, sich die beiden Perlen anzueignen. Aber nichts davon durfte aus seiner Gedankenwelt nach draußen dringen und erwähnt werden, ja nicht einmal angedeutet werden, und am wenigsten bei einem Telefongespräch mit dem Kommissar. Die Geschichte des Kolliers und der abhanden gekommenen Perlen gehörte ausschließlich zum Erbe der Eingeweihten, welchen Millionenbetrag die beiden Perlen auch immer erreichen konnten. Kommissar Potes verabschiedete sich und hinterließ Kauffman eine Telefonnummer, unter der er ihn erreichen konnte. In seiner Stimme lag weder Vorwurf noch Hoffnung. Der melancholische Pessimismus des Sommers hatte sich in sein Gemüt geschlichen. Kauffman fühlte sich von derselben Fatalität angesteckt. Der Anwalt legte den Telefonhörer auf und streckte sich auf dem Sofa aus, die große Tasse mit dem noch lauwarmen Kaffee in den Händen.

Er hatte Hunger. Seit dem vorigen Abend hatte er nichts mehr gegessen, und als dieses aus lauwarmem Kaffee bestehende Frühstück durch seine Gedärme floß, hörte es sich an, als würden leere Rohrleitungen durchspült. In der Wohnung gab es nichts mehr zu essen. Gewöhnlich bewahrte er in der Minibar im Wohnzimmer Päckchen mit Aperitifhappen auf, die er aber inzwischen verzehrt hatte. Er stellte die große Kaffeetasse auf das Telefontischchen und ging in die Küche. Irgendwo musste er doch Kuchen, Toastbrot, alte Kekse, Erdnüsse oder Trockenfrüchte finden, irgendetwas, irgendein Nahrungsmittel, das den Hunger eines einsamen Mannes besänftigen konnte. Er öffnete

Türen und Wandschränke und stieß schließlich auf eine Dose eingelegte Miesmuscheln und ein Packet mit Keksen aus der Herstellung der Barmherzigen Schwestern. Er erinnerte sich zwar, irgendwann einmal Konservendosen gekauft zu haben, jedoch nicht daran, ein Kloster der Barmherzigen Schwestern besucht zu haben. Vielleicht hatte man es ihm auf der Straße im Tausch gegen Almosen gegeben. Er las, was auf dem Päckchen stand: Kloster der Barmherzigen Schwestern von Borbullejos, Cuenca. Borbullejos hatte er nie betreten. Er wusste nicht einmal, dass es einen Ort diesen Namens überhaupt gab. Da fiel ihm ein, dass ein Pförtner des Gebäudes aus Cuenca stammte. Das Päckchen musste über diesen Mann in seine Hände geraten sein. Wie auch immer, dies war der richtige Moment, um sich über seinen Inhalt herzumachen. Er legte das Päckchen mit den Keksen und die Dose mit den Miesmuscheln auf ein Tablett und ging wieder ins Wohnzimmer.

Mit dem Tablett auf den Knien setzte er sich auf das Sofa und nahm sein Mittagessen zu sich. Bei den Keksen handelte sich um zuckerbestreutes Buttergebäck in Herzform, mit kleinen, nicht näher erkennbaren Verzierungen. Die eingelegten Miesmuscheln waren von guter Qualität. Das Gebäck war schon etwas alt und löste sich im Mund mit einer leicht sandigen Struktur auf. In Verbindung mit dem Geschmack der eingelegten Miesmuscheln erinnerte es Kauffman an manche Gerichte der indischen Küche. Oder der pakistanischen. Oder der afghanischen. Kauffman kannte den Unterschied nicht genau. Jedenfalls kaute er langsam und gab sich dem Vergessen anheim. Es war das gleiche sonderbare und warme Gefühl, das er auf Reisen verspürte. Außerdem, was kümmerte es Kauffman, ob man in Delhi oder in Rawalpindi Klostergebäck mit eingelegten Miesmuscheln aß oder nicht? Zum Schluss schüttete er sich die Kekskrümel auf die Handfläche und warf sie mit Schwung in den Mund. Die einsamen Reisenden von Rawalpindi machten es vermutlich ebenso. Traurig betrachtete er die Marinade und bedauerte, kein Stück

Brot zu haben. Dann stand er auf und ging zurück in die Küche, um das Tablett abzustellen. Es war bereits kurz vor vier Uhr nachmittags, als er beschloss, sich zu rasieren. Vor dem Spiegel streichelte er sich das Kinn mit dem mehr als Dreißig-Stunden-Bart und seifte sich peinlich genau ein, während ihm sein Magen marinierte und buttrige Botschaften schickte. Seine ganzen Gedanken konzentrierten sich auf das Gesicht, das er vor sich hatte, und auf die Pfade, die sich die Rasierklinge nach und nach auf seinen Wangen bahnte, mit sauberen, durch den blassblauen Schaum gezogenen Schnitten.

Das halbe Gesicht war schon vom Schaum befreit, als das Telefon wieder klingelte. Die Badezimmertür war geschlossen und auch die Tür, welche die Küche und die kleine Diele mit dem Wohnzimmer verband, so dass Kauffman das Läuten nicht hören konnte. Andere Vögel sangen in seinem Kopf, während er gewissenhaft die Nase hob, um nach Bartstoppeln unter den Knorpeln zu suchen. Möglicherweise war es Margarita, seine Frau, aber das wusste Kauffman nicht, während das Telefon fünfmal läutete. Er rasierte sich zu Ende und trocknete sich das Gesicht ab. Zu sich selbst konnte er schlecht sagen, dass er wie neugeboren aussah, aber der Mann, der ihm aus dem Spiegel entgegenblickte, entsprach dem von ihm gewünschten Erscheinungsbild und seinen Ansprüchen.

Einige Jahre zuvor, als alles noch vor ihm lag, was sein Leben nach Beendigung des Studiums ausmachen würde, hatte Kauffman seine Liebe einem Hund und seiner Freundin zugewandt. Der Hund hieß Roque in Anlehnung an den heiligen Rochus und seinen Hund. Der Hund war zu seinen Eltern geschickt worden, da das Tier schon alt war und seine Funktion als bester Freund des Menschen erfüllt hatte. Er hatte den heranwachsenden Kauffman begleitet, bis er Anwalt war, und immer noch trauerte der Anwalt jenem anderen, jugendlichen Kauffman nach, der Roque stundenlang beharrlich beizubringen versuchte, ihn auf sein Zeichen hin zu verteidigen, ohne jemals etwas anderes zu erreichen, als dass er um ihn herumsprang und vergnügt hechelte. Aber Roque war ein guter Hund gewesen. Unfähig, irgendjemanden zu verteidigen. Er war im Hause seiner Eltern gestorben, hochbetagt, über siebzehn Jahre alt, und hatte Kauffman in der Blüte seines Lebens und in dem Ehrgeiz der besten Jahre zurückgelassen. Und wenn man in Kauffmans Leben irgendeinen Einschnitt umgrenzen müsste, dann wären dies die Jahre mit Roque, in denen Hund und Herrchen in der Erinnerung eine untrennbare Einheit zu bilden schienen, die mit den weniger ernsten und unbefangeneren Jahren zusammenfiel, denn niemand war in diesem Alter ernst und hinterlistig.

Etwas anderes konnte über die Liebe zu seiner Freundin gesagt werden, die Kauffman nach dem Hund kennen gelernt hatte. Die Zuneigung, die Kauffman für Margarita empfand, reichte so weit in die Vergangenheit zurück, dass er nur Roque als Anhaltspunkt finden konnte. Es erwies sich als unmöglich, einer Frau zu erklären, inwieweit sich diese Gefühle unterschieden, und es erwies sich als noch schwieriger, dies der eigenen Freundin klarzumachen, denn niemand ist so heiter und unbefangen, selbst nicht in diesem glücklichen Alter, um seiner Freundin unbekümmert zu sagen: »Ich liebe dich mehr als meinen Hund«, und dabei versucht, ihr einen Kuss zu entlocken und vielleicht bis zur Wärme ihrer Brust unter dem Büstenhalter vorzudringen. Aber so war es gewesen und Kauffman liebte Margarita mehr als Roque, nicht nur aus Egoismus, nicht nur, weil der Hund bereits anfing sich zu bepinkeln, wenn er durch die Gänge des väterlichen Hauses schwankte und Wasser verlor, undicht wie ein altes Boot mit Schwierigkeiten im Pumpsystem, und gerade noch ein gerötetes Auge hob, wenn man »Fass, Roque« rief, worauf Kauffman spaßeshalber immer wieder bestand. Die jugendliche Margarita hatte in seinem Herzen einen ähnlichen Platz eingenommen, den Kauffman dem bereits greisen Roque gewährt hatte. Darin durfte man keine Gefühllosigkeit sehen, nicht die Unfähigkeit, zwischen Freundin und Hund einen Unterschied zu machen, sondern vielmehr den perfekten und reibungslosen Übergang von der Liebe zum Tier hin zu den ersten, feurigen Gefühlen sexuellen Begehrens. Alles war sehr kompliziert. Höchst kompliziert. Ob man mit Wehmut und Vorwürfen zurückblickte oder geradeaus sah und sich als einsamer Mensch im Spiegel entdeckte, es würde nichts bringen. Das Geheimnis, falls es ein Geheimnis gab, lag im bisher beschrittenen Weg. Die Umstände dieses Sommers machten aus Kauffman einen einsamen Abenteurer mit dem Wagemut eines Robinson Crusoe. Dazu passte bestens das wundervolle Abenteuer der vorigen Nacht, wie auch die Angelegenheit mit den Perlen dazu passte. In den aufeinander folgenden Wechselfällen der Zärtlichkeit hatte die Liebe zu seinen Töchtern die echte Zuneigung für seine Frau verdrängt und die Liebe zum Hund ersetzt, ohne Beeinträchtigung dessen, dass sowohl Margarita als auch Roque den jeweiligen Platz besetzten, den männlicher Egoismus nachlassenden Leidenschaften zuwies. Genau deswegen war es egal, ob Kauffman das Läuten des Telefons hörte oder nicht, und es war egal, ob Margarita die Anruferin war oder nicht. Sie hatten mehr zu besprechen, als bei diesem nicht zustande gekommenen Gespräch hätte geklärt werden können.

Kauffman beendete seine Rasur und erfrischte sich das Gesicht mit ein paar Handvoll klarem Wasser. Dann hob er den Kopf und entdeckte im Spiegel sein nacktes Gesicht. Er erkannte darin das Gesicht wieder, das er mit fünfundzwanzig Jahren gehabt hatte. Rasiert und unter dem zarten Lichtregen des Spiegels wirkte er jünger. Es waren trügerische Anzeichen dafür, dass das Leben einem vielleicht eine zweite Chance bot. Vielleicht sah ihn Margarita noch so, oder aber sie sah ihn ganz im Gegenteil kurz vor den ersten grauen Haaren. Die Liebe braucht dieselben Initiativen, illusorisch oder nicht, die manchmal ein Spiegel entfaltet, und genau dafür hatten sie sich entschieden. Irgendwann würde er ihr von seinem Abenteuer mit Lolita erzählen, und sie würde ihm in allen Einzelheiten von dem Strandwächter berichten, mit dem sie sich in diesen Ferien eingelassen hatte, so war der Pakt, solange sie ihm nicht mit einer erfundenen Geschichte kam, etwa mit der halben Mafia des Levante gevögelt zu haben, weil sie dachte, er habe die Geschichte mit dem Lolita-Fick erfunden. Wenn man das eigene Leben als ein Kunstwerk betrachtete, kümmerten diese Phantasien wenig, aber im Falle von Kauffman war das unglaublich Erstaunliche daran, dass es der Wahrheit entsprach.

Was sich in der vorigen Nacht ereignet hatte, war so sicher, dass ihm Lolitas Orgasmus, mehr als einhundertfünfzig Meter über Madrid, unmittelbar wieder in den Sinn kam. Erregende Vibrationen beschleunigten seine Atmung. Vor dem Rasieren hatte er geduscht und sich anschließend nackt vor den Spiegel gestellt. Sein Spiegelbild reichte nicht weiter als bis zum Bauchnabel, doch spürte er ein unerwartetes Zucken und eine vermehrte Durchblutung auf der Höhe des Unterbauchs. Etwas passierte. Er spürte, dass sein Pimmel mit einer Erektion drohte und härter zu werden begann, und er dachte daran mit genau diesem Wort, Pimmel, das er seit Schulzeiten nicht mehr benutzt und seither auch nicht mehr gehört hatte, und das ersetzt worden war durch derbere, klangvollere und übertriebenere Ausdrücke aus dem unverfrorenen Sprachschatz eines Erwachsenen. Kauffman verharrte gleichmütig, ohne einen anderen Muskel zu bewegen als den, der von selbst in Aktion getreten war, und beobachtete vorsichtig, was in seinem eigenen Organismus vorging. Er vermutete, dass es etwas mit dem Geräusch zu tun hatte, das seine Ohren erfüllte, fast ein Keuchen, das ihn an die Stimme, das Keuchen und das Stöhnen von Lolita erinnerte. Aufrecht und unbewegt blieb er stehen. Das Glied richtete sich weiter auf, bis es mit der kalten Keramik des Waschbeckens in Berührung kam, und von diesem Augenblick an, als wäre er an eine undurchdringliche, frigide Grenze gestoßen, zog sich der Muskel wieder zusammen, wurde langsam immer kleiner, bis er schlaff, aber noch ansehnlich herunterhing. Das ganze hatte nicht länger als zwei Minuten gedauert, aber Kauffmans Stolz war nun gestärkt, wenn er an die Abgründe der Impotenz dachte, die er andere Male zu streifen geglaubt hatte. Ohne weitere Befehle als die der blinden Erinnerung und ohne einen weiteren Instinkt als den des Fleisches war sein Glied erigiert. Bedauerlich, dass es mit dem Waschbecken zusammengestoßen war. Er hatte von Ejakulationen gehört, die nur durch das Verlangen und ohne irgendeine Art mechanischer Manipulation ausgelöst worden waren. Vielleicht hatte er sich ja einer dieser Situationen genähert, die in Schundromanen als Frucht von großen erotischen Gefühlen beschrieben wurden. Liebevoll befühlte er seine Genitalien, bevor er seine Hüften mit einem Handtuch umwickelte. Das Leben eines einsamen Mannes ist voller kleiner, leiser Entschädigungen, die angenehme Selbstbefriedigungsmechanismen in Gang setzten. In dem verchromten Schrank neben ihm suchte er nach einem Deodorant und parfümierte sich damit wollüstig die Achselhöhlen. Dann verließ er das Badezimmer. Er war gerade dabei, sich im Schlafzimmer anzukleiden, als das Telefon zum dritten Mal klingelte.

Kauffman stürzte mit flatternden Hemdsärmeln ins Wohnzimmer. Es gelang ihm, rechtzeitig beim dritten Läuten abzuheben. In diesem kurzen Zeitraum, in einem äußerst seltsamen Widerspruch seiner Gefühle, dachte er, dass es seine Frau war. Es überraschte ihn, eine vollkommen unbekannte weibliche Stimme am anderen Ende der Leitung zu vernehmen.

»Herr Kauffman?«

»Ja«, sagte Kauffman und versuchte mit einem Arm in den Ärmel seines Hemdes zu schlüpfen.

»Einen Moment. Ich verbinde Sie mit Marbella.«

Es war Millionetis' Sekretärin. Eine seiner Sekretärinnen. Kauffman glaubte, sie unter den zwei oder drei Sekretärinnen erkannt zu haben, die Millionetis häufig in Madrid umgaben. Mindestens eine von ihnen sympathisierte mit Kauffman. Für die anderen beiden war Kauffman nichts weiter als ein Anwalt, der nichts mit den großen Geschäften zu tun hatte oder jedenfalls nichts mit den Verabredungen im großen Terminkalender ihres Arbeitsgebers.

»Der Gran Duque möchte Sie sprechen«, sagte die Sekretärin. »Ich verbinde Sie mit ihm.«

»Danke.«

Kauffman rang mit seinem Hemd und schließlich gelang es ihm, den Arm durch den Ärmel zu stecken. Gleichzeitig jedoch ereignete sich ein ungewöhnliches Phänomen: Er bekam wieder eine Erektion. Die Stimme der Sekretärin, in drei oder vier leichten und süßen Schwingungen, hatte den Mechanismus erneut geweckt und der Muskel streckte sich langsam. Dieser plötzlich jugendliche Pimmel stieß fröhlich gegen seinen Slip wie eine Rose, die ihre Knospe öffnete. Kauffman spürte aufsteigende Panik. Viele Jahre schon konnte er sich nicht mehr an ähnliche Situationen erinnern. Vielleicht hatten die Strahlungen der mit Plutonium gefüllten Perle seine Schilddrüse beeinflusst, und seine Sexualhormone wurden nun beim geringsten Anlass ausgeschüttet, doch wenn dem so sein sollte, dann konnte es Kauffman nicht wissen. Dennoch war er nahe daran, es zu vermuten. Jeglicher weibliche Duft, sogar durch das Telefon, erregte ihn. Er überlegte, ob der blaue Schimmer, der sich durch die Fensterfront von der Danone-Reklame herab ergoss, seinen Organismus in irgendeiner Art beeinflusst haben könnte, als er mit Lolita in der Nacht zuvor gefickt hatte, so wie das manchmal von außerirdischen Strahlen behauptet wurde. Mit der einen Hand hielt er sein Glied im Zaum, während er mit der anderen den Telefonhörer umfasste. Sein Penis stockte kurz, dann schien er nachzugeben. Schließlich gab er vollkommen auf, als Millionetis' Stimme am anderen Ende des Telefons zu hören war. Kauffman seufzte mit noch heftig pochendem Herzen. Sein Schwanz war vernünftig in seinen Launen und Millionetis' Stimme ließ jegliche Erektion zu Eis erstarren.

»Kauffman? Wo stecken Sie zum Teufel?«

»Duque?«

»Ja, ich bin's«, sagte der Gran Duque. »Ich habe Sie im Büro angerufen. Ich habe versucht, Sie zu Hause zu erreichen. Ich wusste nicht, dass Sie weit oben in Ihrem Hochhaus ein Schlupfloch haben, haha, aber eine meiner Sekretärinnen fand schließlich diese Telefonnummer heraus.«

»Es ist mein Zufluchtsort als Single«, scherzte der Anwalt. Dann verbesserte er sich. »Ich habe sie mir von Berufs wegen zugelegt. Manchmal habe ich keine Zeit, nach Hause zurückzufahren.«

»Habe ich da einen Seufzer gehört?«, fragte der Duque mit dem feinen Gehör eines Fuchses.

»Das war ich.«

»Gut, Kauffman, seien Sie auf der Hut und seufzen Sie nicht«, sagte der Gran Duque. »Ich will, dass sie mich noch heute Abend in Marbella besuchen.«

Kauffman sah auf die Uhr. Es war kurz vor halb sechs.

»Noch heute Abend?«

»Genau das. Oder haben Sie vielleicht etwas anderes vor?«

»Nein, selbstverständlich nicht. Ich habe Urlaub und kümmere mich um offene Rechnungen.«

»Hervorragend. Ich glaube, dass wir gemeinsam auch noch eine offene Rechnung zu begleichen haben bezüglich dieser beiden Perlen, von denen Sie mir erzählt haben ... wie sagten Sie noch, heißen sie ... ›Pichschi‹ und die ›Büglerin‹ ...«

»›Nemesis‹ und die ›Betrügerin‹.«

»Genau. Ich wusste, dass es Zarzuela-Figuren waren. Nun gut, Kauffman, ich will mit Ihnen über diese Angelegenheit sprechen. Diskret, Sie verstehen. Um acht Uhr geht ein Flug nach Malaga. Mein Wagen wird Sie am Flughafen erwarten. Anschließend werde ich Sie in meinem Privatflugzeug nach Madrid zurückbringen lassen. Was halten Sie davon?«

Kauffman zögerte eine Weile. Seine Hand steckte noch in der

Unterhose, als wolle er die Antwort mit seinem Schwanz besprechen. Er war überzeugt davon, dass Millionetis nichts von den verschlungenen Wegen wusste, die die beiden Perlen nahmen. Jedenfalls konnte Millionetis nicht darauf gekommen sein, dass Kauffman bereits eine von ihnen besaß. Die Annäherung an Millionetis konnte keine Gefahren bergen. Was auch immer sein Schicksal und sein Glück sein mochten, er würde nichts verlieren, wenn er den Gran Duque besuchte; er würde alle Karten seines neuesten Doppelspiels ausspielen. Da überkam ihn plötzlich eine andere Sinnlichkeit. Er verspürte die Erotik der Macht auf eine Weise, die sein Schwanz auf seine Art interpretieren würde. Tatsache war, dass Kauffman sich dem Genuss hingab, indem er sich gleichgültig die Genitalien knetete, während er gegenüber dem Gran Duque schwieg.

»Bei allen Melonenverkäufern auf den Straßen von Andalusien, Kauffman, was meinen Sie?«

»Ich glaube, ich werde dieses Flugzeug um acht nehmen können«, sagte Kauffman schließlich.

»Großartig!«, rief der Duque. »Ich schwöre Ihnen bei dem Stück Land, das neben meinem liegt, dass Sie es nicht bereuen werden. Sie sind jung, Kauffman, und es erwartet Sie eine große Zukunft in meinen Diensten.«

»Danke, Duque.«

»In Ihr Wissen über historische Perlen zu investieren, bedeutet keineswegs, Perlen vor die Säue zu werfen! Haha.«

»Danke, Duque«, wiederholte Kauffman und zog seine Hand aus der Unterhose, wo die übertriebenen Lobeshymnen sein Glied zu irritieren schienen. Vielleicht hatten die Strahlungen von Danone auch seinen Sinn für Humor beeinflusst.

Der Gran Duque verabschiedete sich mit einem Ungeduldsausbruch und Kauffman legte den Telefonhörer auf. Seine Gedanken schweiften zu der tiefen Dunkelheit des Mikrowellenherdes, wo die »Betrügerin« in ihrem ewigen Schlaf lag.

Um acht Uhr abends saß Kauffman im Flugzeug nach Malaga,

das mit zwanzig Minuten Verspätung startete. Das Taxi, das ihn zum Flughafen brachte, fuhr an »Chims Hütte« vorbei, die noch geschlossen war. Bald würde die Bar aufmachen, dachte Kauffman verliebt. In Malaga erwartete ihn wie vorgesehen der Wagen des Gran Duque. Es war gegen zehn und die Nacht brach herein, als Kauffman in Marbella ankam, wo ihn der Gran Duque, eingetaucht in seinen tropischen Garten, am Fuße der beleuchteten Veranda empfing.

Falls Kauffman eines Tages genug Vermögen angehäuft haben würde, um sich ein Haus zu bauen, so wäre es sicher nicht so wie dieses – dennoch würden einige Elemente eben dieses Hauses nicht fehlen. Er bewunderte den Geschmack des Duque, des gepflegten Urwalds wegen, der die Veranda umgab, und er schätzte den Wert der Teakholzausstattung der Veranda, die sich über den Garten erhob und sich gleichzeitig den Düften nach Pfeffer und Zimt öffnete, die dem Urwald entströmten. An diesem Ort wirkte Marbella wie ein verstecktes Plätzchen in Afrika, ein kolonialer Traum aus Champagner und schwarzen Frauen, späten Abendgesellschaften von Glücksjägern und Verwaltern von Finanzimperien, die von dort aus die Kursschwankungen an der Börse bestimmen konnten wie ein Wetterumschwung die Ernte auf einem privaten Landgut. Kauffman näherte sich den Stufen, wo der Gran Duque ihn mit ausgestreckter Hand erwartete. Ein riesiger, samtener Schmetterling flatterte um die Lampe und die großen Propellerblätter eines weißen Ventilators drehten sich langsam und verbreiteten eine sanfte, diskrete Brise, als würde ein Sklave einen riesigen Palmfächer schwingen.

»Willkommen in Marbella«, sagte der Duque.

Kauffman wusste, dass die ersten Minuten mit dem Duque entscheidend waren, und dieses Mal empfing ihn der Duque mit dem großzügigen Wohlwollen von Raubtieren, wenn die Beute ihren Aktionsradius betrat. Er trug eine weiße Leinenhose und ein wunderschönes gelbes, mit tropischen Früchten bedrucktes Hemd, das wie eine Tunica über seinen Gürtel fiel. Er sah zufrieden aus wie ein Jäger nach einer besonders gelungenen Expedition, wenn die Nacht Aussichten auf ein Gespräch bot, das nur andere Jäger mit demselben Enthusiasmus wie ihr Gastgeber verstehen und akzeptieren konnten: Der Duque war sich nicht sicher, vielmehr glaubte er nicht, dass Kauffman dieser Kaste angehörte. Er hielt Kauffmans Hand kurz in der seinigen, als wolle er ihm den Puls messen. Kauffman stand auf der Veranda eine Stufe tiefer als der Duque, und dieser ein paar Sekunden länger als nötig aufrechterhaltene Höhenunterschied, der die Statur des Duque bis zu den hochmütigen Regionen seiner Stirn noch größer erscheinen ließ, verdeutlichte besser als der trügerisch freundliche Empfang die unüberwindbare und wahre Hierarchie dieser Situation.

»Eine wundervolle Nacht«, sagte Kauffman und drehte sich um, um einen Blick in die Dunkelheit des Gartens zu werfen.

»Eine wundervolle Nacht«, pflichtete ihm der Duque bei und ließ dabei seine Eckzähne knirschen. »Ich freue mich, dass Sie kommen konnten, Kauffman, und um Ihnen das zu beweisen, habe ich ein ganz besonderes Abendessen für Sie zubereiten lassen. Sie werden es nicht glauben«, sagte der Duque, der Kauffman die Essensreste von Terrins und Amusátegui anbieten wollte. »Was haben Sie zu Mittag gegessen?«

»Klostergebäck und eingelegte Miesmuscheln.«

»Hm ... Klostergebäck und eingelegte Miesmuscheln«, wiederholte der Duque leicht verwirrt und überlegte, ob es sich vielleicht um verbotene Waren handelte. »Nicht schlecht, nicht schlecht ... Es wird nicht leicht sein, dies zu übertreffen. Aber vorher möchte ich Ihnen jemanden vorstellen. Folgen Sie mir, Kauffman.«

Der Duque war in guter Stimmung. Er war so gut gelaunt wie ein Löwe, der einen guten Tag gehabt und eine Siesta gehalten hatte. Am Vormittag hatte er Golf gespielt, sein Gegner war jedoch nicht der Präsident von Sopicrem gewesen. Man hatte ihm erzählt, Sopicrem habe einen Hitzschlag erlitten. Als der Duque davon erfuhr, hatte er seine Freude darüber verborgen und ihm einen Karton gefrorene Trüffel geschickt. Er hatte gehört, dass gefrorene Trüffel bei Sonnenstich tödlich wirken. Jedenfalls hatte der Duque mit Prwz Golf gespielt und der argentinische Pole wusste sehr wohl, wer der Chef war, und außerdem hatte er noch nie zuvor Golf gespielt. Den ganzen Vormittag schlug er mit höflicher Gleichgültigkeit den Ball in alle Richtungen, während der Gran Duque begeistert rundherum zufriedenstellende Bahnen spielte. Die gute Laune aufgrund jenes verdienten Sieges gegen Prwz hielt noch an. Kauffman folgte dem Duque auf dem tönenden Dielenboden aus Teakholz durch die Galerie. Durch eine offene Tür erblickte er ein Wohnzimmer mit Trennwänden aus japanischem Papier. Auf einem Glastisch stand eine Vase mit einem üppigen Strauß Gladiolen. Falls Kauffman eines Tages Vermögen angehäuft hätte und ein Haus wie dieses bauen lassen würde, dachte Kauffman in der dritten Person als Ausdruck einer unerreichbaren Hypothese, sollte es in seinem Hause an Gladiolen niemals fehlen und auch niemals an einem Kellner in tadellos weißer Uniform, wie diesem Kellner, der still herbeieilte, um einen Aperitif am Tisch auf der anderen Seite der Veranda zu servieren.

»Ramses Prwzulski, mein Berater in dieser Angelegenheit«, stellte der Duque vor. »Herr Kauffman ist einer meiner Anwälte, ich würde sagen, nicht gerade der gerissenste, aber sehr wohl der jüngste.«

Prwz erhob sich, schlug die Hacken zusammen und begrüßte Kauffman mit einem Kopfnicken.

»Angenehm«, sagte Kauffman.

»Sie können mich Prwz nennen«, sagte der Pole ohne große Hoffnungen.

»Wir nennen ihn alle Prwz«, sagte der Duque mit einer seltsamen Aussprache, daran gewöhnt, auf diese Weise die von seinen Blähungen herrührenden Gase auszustoßen.

»Einverstanden, Prrr«, sagte Kauffman.

»Genau so«, schloss der Duque.

Der Pole setzte sich mit aristokratischer, finsterer Miene. Kauffman trat zurück, damit der Kellner das Tablett abstellen konnte, auf dem er das Glas eisgekühlten Weißweins brachte, das Przw bestellt hatte. Der Duque machte es sich seinerseits bequem und bot dem Anwalt mit einer einladenden Geste einen der Stühle an. Ein Ventilator mit großen weißen Propellerblättern, der identisch war mit dem auf der anderen Seite der Veranda, verbreitete dieselbe langsame Palmfächer-Brise.

»Was darf ich Ihnen als Aperitif anbieten, Kauffman? Einen *Tijuana Brass?* Einen *Marbella Guiri?* Mein Kellner hat den Schwarzen Gürtel beim Shaken und der *Marbella Guiri* ist unser heimtückischster Cocktail.«

»Ich glaube, ich nehme einen Gin Tonic«, sagte der klassische Kauffman.

»Ein kluger Mann«, bemerkte der Duque.

Der Pole pflichtete ihm bei. Ganz offensichtlich langweilte er sich. Er hatte sich dazu bereit erklärt, dem Manöver des Gran Duque als Zeuge beizuwohnen, aber er war sich nicht sicher, ob der Duque immer noch an dem Geschäft interessiert war. Marbella langweilte ihn. Spanien langweilte ihn. Andere Gegenden auf dem Planeten würden sich um ein Plutoniumgeschäft reißen, ohne dass man mit ahnungslosen Anwälten zu Abend essen müsste. Sein nachsichtigster Gedanke war der der Verachtung. Er genoss sein Glas Wein mit der Wehmut eines Heimatlosen, als beherberge seine umherreisende Persönlichkeit in ihrem Inneren den Juden Prwz-Pérez und den Argentinier Prwz-Perdito und den Polen Prwz-Prwzulski oder irgendeine andere mögliche Inkarnation all jener Abenteurerseelen, die, ach, in seiner Brust wohnten. Prwz' Augen waren hell und kalt, ähnelten in gewissem Maße dem grünlichen Schimmer des Weinglases, das er in der Hand hielt. Nur der Kellner, der früher in der Bar eines Ozeandampfers serviert hatte und die Einsamkeit der fahrenden

Glücksritter kannte, schien die Wehmut des heimatlosen Herrn Prwz zu bemerken.

»Ein Gin Tonic für Kauffman«, befahl der Duque.

Der Kellner senkte den Kopf und huschte ins Innere des Wohngebäudes. Kauffman saß dem Garten gegenüber. Zum dritten Mal seit seiner Ankunft dachte er, dass – falls sein Girokonto irgendwann einmal Ziffern erreichen würde, die hoch genug wären, um das Geld am exklusivsten Ort Marbellas in Quadratmeter umzuwandeln – sein Haus sich der gleichen tiefen, konspirativen Stille erfreuen würde, die mit großem Vermögen einherzugehen schien und auf die es scheinbar weder notwendig, geschweige denn ratsam war zu verzichten, als erforderten Geld und Macht – ab einem gewissen Niveau, das Kauffman bei seinen Geschäftsverbindungen nur erahnen konnte – jenes zweideutige Verhältnis zwischen Nacht und Raum, Stille und dem mechanischen Brummen des Ventilators, den Blumen in Vasen aus uralten chinesischen Dynastien und ihrem zweifellos subtil vergifteten Aroma. All das zielte darauf ab, eine geheimnisvolle und dem Anschein nach leidenschaftslose Atmosphäre zu schaffen, als könnten steinreiche Männer nur überleben, wenn sie diese Luft atmeten. Das Gesetz der Schwerkraft wirkte im Hause des Gran Duque besonders stark. Alle Bewegungen waren langsamer. Ein Gedeck zu entfernen kam einer Meditation gleich. Jegliches Gespräch konnte Energien freisetzen, die tödlich wären für den Unvorsichtigen, der seine Worte nicht sorgfältig abwog und seine Glaubwürdigkeit und sein Ansehen vergeudete.

Der Kellner kehrte mit dem Gin Tonic für Kauffman zurück und verteilte zugleich weitere Teller. Millionetis schob seinen sanft weg, als verschmähe er das Abendessen. Er bemühte sich zu lächeln und seine Kiefer knackten, als würde er Erdnüsse zermalmen.

»Sind Sie verheiratet, Kauffman?«

»Ja, ich bin verheiratet.«

»Selbstverständlich sind Sie verheiratet, ich hatte es vergessen. Unser Freund Prwz hingegen ist unverheiratet.«

Der Abenteurer senkte die Augen.

»Er ist ein freier Mann«, fuhr der Duque fort. »Ich schätze freie Männer sehr, aber seien Sie beruhigt, Kauffman, auch verheiratete Männer wie Sie schätze ich sehr. Wo ist Ihre Frau?«

»Im Urlaub«, entgegnete Kauffman argwöhnisch.

»Im Urlaub!«, wiederholte der Duque begeistert. »Hast du gehört, Prwz? Unser Freund ist auch frei. Seine Frau ist im Urlaub.«

Der Pole sah Kauffman gleichgültig an. In Wirklichkeit betrachtete er eine Fliege, die auf Kauffmans Schulter saß, und er konnte der Versuchung nicht widerstehen, sie mit der Hand zu verscheuchen, als erweise er ihm damit einen Dienst und als wolle er einen makellosen Kauffman vor sich haben, um ihn besser beobachten zu können. Er gähnte, wobei er sich kaum bemühte, es zu kaschieren, um den Duque darauf aufmerksam zu machen, wie unnütz doch seine Anwesenheit war, oder dass er ihn zumindest möglichst raushalten sollte. Doch der Duque schien dazu nicht bereit.

»Was hältst du davon, Prwz?«

»Ich glaube, man sollte mit Herrn Kauffman über das Geschäftliche reden«, meinte der Pole sehr höflich.

»Einen Moment, Prwz, einen Moment noch«, entgegnete der Duque.

Der Kellner kehrte mit dem Abendessen zurück. Er stellte auf dem Tisch zwei Tabletts ab, eines mit mariniertem Rebhuhn aus der Schonzeit und ein anderes mit aus dem Fluss Colorado stammenden Lachs, den der Duque als vom Aussterben bedroht anpries. Mit einem Blick stellte der Duque fest, dass genügend Reste des vorangegangenen Abendessens übrig geblieben waren, um den Anwalt damit zu beglücken, ohne noch weitere Gerichte in der Küche bestellen zu müssen. Der alte Löwe rieb sich die knauserigen Tatzen.

»Bedienen Sie sich, Kauffman.«

Der Anwalt entschuldigte sich, faltete die Serviette auseinander und umklammerte Messer und Gabel. Er hatte einen ordentlichen Appetit und bediente sich freudig. Der Pole betrachtete ihn nun aufmerksamer.

»Gut, Kauffman, sehr gut«, fuhr der Duque fort, während Kauffman sich den Teller füllte. »Sie sollten wissen, dass Prwz und ich daran interessiert sind, gewisse Dinge zu erfahren, die nur Sie uns erzählen können. Nicht wahr, Prwz?«

Der Pole nahm sich zwei winzige Portionen Rebhuhn und schob den Lachs beiseite. Der Duque verzichtete auf beides. Seit zwei oder drei Tagen waren Terrins und Amusátegui nicht mehr im Golfclub erschienen, und man erzählte sich, dass sie an Durchfall litten. Terrins' Chauffeur war in einer Apotheke gesehen worden, wo er adstringierende Mittel kaufte. Laut Amusáteguis befreundetem Arzt war dessen Stuhlgang von der Farbe und Konsistenz der Kognakmarke »Fundador«. Der Duque bedauerte es aufrichtig, denn weder Terrins noch Amusátegui waren im Golf seine Gegner. In Marbella war man stets sehr um seine Gesundheit besorgt, so unbedeutend der Anlass auch sein mochte, und Privatkliniken abzuklappern war ebenso wichtig, wie bei den besten Pokerpartien dabei zu sein. Der positive Bericht einer Blutanalyse war in Marbella ebenso essenziell wie ein glückliches Händchen am Spieltisch. Daher beobachtete der Duque Kauffman neugierig beim Essen. Der Duque war leicht abergläubisch und zu dem Schluss gekommen, dass Gesetzesverstöße ihren Preis hatten und die Millionärs-Mode, Bankette mit verbotenen Gerichten zu geben, nicht das Blut verjüngte, wie mancher Aberglaube verhieß, sondern als Strafe ernsthafte Vergiftungen nach sich zog.

»Der Duque erzählte mir, dass man Ihnen gewisse Schmuckstücke angeboten hat, die Sie Ihrerseits dem Gran Duque anbieten sollten«, begann Prwz mit einer gewissen zeremoniellen Förmlichkeit, von der Kauffman nicht wusste, ob er sie auf die

Affektiertheit des Polen zurückführen sollte oder auf dessen Anliegen, die Situation klarzustellen.

»Perlen«, sagte Kauffman.

»Perlen«, wiederholte Prwz.

»Erzählen Sie Przw die Geschichte von den historischen Perlen, die in meinem Perlenkollier fehlen«, schaltete sich der Duque ein. »Ich habe sie Prwz schon erzählt, aber niemand könnte sie besser erzählen als Sie.«

Der Anwalt tupfte sich die Lippen mit der Serviette ab.

»Ich bin sicher, dass der Duque sie Ihnen ganz genau dargelegt hat«, sagte Kauffman und wandte sich vorsichtig an Prwz.

»Ja, ja, ich habe sie ihm schon erzählt. Die beiden historischen Perlen, wie Sie sie zum Teufel auch immer nennen mögen. Es stimmt doch, dass ich Ihnen die Geschichte erzählt habe, Prwz?«

»Es stimmt.«

»In diesem Fall werde ich dem wenig hinzufügen können.«

»Na los, Kauffman«, sagte der Duque und verbog dabei eine Gabel zwischen seinen Händen. »Beim gesamten Besteck meines Hausnachbarn wette ich, dass Sie Interessantes zu berichten haben. Prwz will wissen, ob die Person, die Ihnen die beiden Perlen angeboten hat, sie immer noch anbietet oder zumindest, ob die Person den Handel noch einmal anbieten kann. Drücke ich mich deutlich genug aus?«

»Sie drücken sich perfekt aus, aber das ist unmöglich.«

»Aha«, sagte der Duque.

Der Pole hob ein kaltes und pragmatisches Auge.

»Was wissen Sie genau über die Perlen?«

Kauffman fasste die Geschichte von »Nemesis« und der »Betrügerin« ohne allzu lyrische Umschweifen zusammen. Er vergaß nicht, zu betonen, dass nach Ansicht des Duque dem Kollier gar keine Perle fehlte. Ihm jedenfalls sei die Anzahl der Perlen des Kolliers gleichgültig, beziehungsweise die Anzahl historischen Kolliers entnommener Perlen überhaupt, die in der weiten

Welt kursieren mochten. Die Sache habe ihn nicht interessiert. Seine Frau war im Urlaub, er war zum Arbeiten in Madrid geblieben, und, wie der Duque so treffend bemerkte, er war ein freier Mann.

»Er sagt die Wahrheit, Prwz, er sagt die Wahrheit. Ich selbst habe die Perlen des Kolliers gezählt und es fehlt keine einzige.«

»Sie könnten ausgetauscht worden sein«, bemerkte Kauffman, »aber das ist nicht meine Angelegenheit.«

»Er ist verrückt, Prwz. Er ist vollkommen verrückt.«

Prwz verdeckte seine Augen kurz mit der Handfläche und dachte nach.

»Sehen Sie, Kauffman«, begann der Pole schließlich, wobei er den Blick hob und die Hände faltete, als wolle er seine Ohnmacht bekennen. »Die Geschichte des Kolliers interessiert nicht. Es interessiert auch nicht, ob man Ihnen Geschichten von Jupiter und Venus erzählt hat. Das Einzige, was interessiert, ist, dass diese beiden Perlen dem Gran Duque zugedacht waren und man sie ihm über Sie zukommen lassen wollte.«

»Ich verstehe, was Sie mir sagen wollen, aber ich weiß von nichts.«

»Er sagt die Wahrheit, Prwz. Er ist einer meiner schlechtesten Anwälte.«

»Kommen Sie, Kauffman. Essen Sie das marinierte Rebhuhn auf und wiederholen sie mir noch mal alles.«

Der Diener näherte sich wie ein Schatten und sammelte alle Teller außer Kauffmans ein. Einen Augenblick überlegte Kauffman, ob man ihn vielleicht vergiften wollte. Dann schob er diesen Verdacht beiseite. Es machte keinen Sinn, einen Gast zu vergiften, wenn man wünschte, dass er redete. Er wiederholte zum dritten Mal die Geschichte der Perlen, so wie sie ihm der Juwelier Correa erzählt hatte, zu einer Zeit, die ihm bereits ewig weit weg erschien. Sorgfältig achtete er darauf, alles, was danach geschah, auszulassen. Aufgrund der kürzlichen Beweise seiner Mannhaftigkeit, die ihm sein Schwanz geliefert hatte, fühlte er sich wie ein Mann dazu verpflichtet, seine Geheimnisse zu bewahren und sich Prwz und der Macht nicht zu beugen.

»Er ist einer meiner schlechtesten Anwälte«, wiederholte der Gran Duque sarkastisch. »Als Einziges taugt er dazu, komplette Kanzleien gegnerischer Anwälte auszuschalten. Es ist nicht weiter verwunderlich, dass er sich nicht für die Angelegenheit mit den Perlen interessiert.«

Der Pole schien nicht überzeugt. Der Duque war beharrlich.

»Denken Sie einmal nach, Prwz. Wenn ein unbedeutender Anwalt etwas von dem Geschäft wüsste, würde er einen Nutzen daraus ziehen wollen. Stimmt's?«

»Es stimmt«, bemerkte Kauffman gleichgültig. »Wenn ich mehr über die Perlen wüsste, würde ich einen Nutzen daraus ziehen wollen. Denken Sie darüber nach, Ramses.«

Dann erschien es ihm doch korrekter, den Polen bei seinem Nachnamen zu nennen.

»Denken Sie darüber nach, Prrr.«

»Also gut«, sagte der Pole. »Sie würden ein ordentliches Bündel Geld für jede einzelne Perle erhalten. In jedem Falle sehr viel mehr, als sie in Ihren Händen wert sind. Oder mehr, als sie in den Händen dessen wert sind, der sie im Moment besitzt. Verstehen Sie?«

»Ich verstehe Sie nicht.«

»Und es kann sein, dass man Ihnen noch mehr Perlen anbieten wird.«

»Das ist nicht meine Angelegenheit. Dem Kollier fehlen nur zwei Perlen.«

»Zum Teufel mit dem Kollier!«, schrie der Pole außer sich. »Ich rede hier nicht von irgendwelchen verdammten exotischen Perlen.«

»Historischen«, korrigierte Kauffman.

»Es ist sinnlos, Prwz«, mischte sich der Duque erneut ein. »Er ist einer meiner schlechtesten Anwälte.«

Der Pole lehnte sich in seinem Stuhl zurück und seine grünen

Pupillen schimmerten im Schatten, als seien sie mit radioaktivem Staub besprenkelt. Der Anwalt erklärte das Abendessen für beendet und legte das Besteck über Kreuz auf den Teller. Kauffman glaubte, bei dem Verhör glänzend abgeschnitten zu haben. Der Duque schöpfte keinerlei Verdacht. Prrr ebenso wenig.

Der große Kopf eines Monsters erschien zwischen dem Geländer der Veranda. Es war der Hund des Duque. Das Tier richtete seine weinerlichen, sanftmütigen großen Augen auf sein Herrchen und reckte dabei seinen riesigen Hals, als wäre er zwischen den Holzlatten eingeklemmt. Dann verrenkte der Hund mit einem Winseln seine Kiefer, zog seinen Kopf aus der Falle, in die er ihn selbst gesteckt hatte, und verschwand im Dickicht. Kurz darauf tauchte er wieder auf dem langen Gang der Veranda auf, näherte sich auf seinen vier Pfoten eines Riesenhundes majestätisch dem Sessel seines Herrchens. Sein Kinn befand sich auf der Höhe des Tisches. Ruhig, ohne den beiden Gästen mehr Aufmerksamkeit zu schenken als den Möbeln oder den Gartenstühlen, schnupperte die Dogge an den Tellern und nahm gleichgültig den Rest des marinierten Rebhuhns an, den ihm der Duque hinhielt.

Auf der anderen Seite, dort, wo der Teakholzboden in ein noch unergründlicheres Dickicht führte, erschien das Lichtrechteck eines beleuchteten Raums. Das Geräusch, das von dort kam, verlieh dem Inneren des Hauses eine außerordentliche Bedeutung, als würde der einzige Kellner – jener, den Kauffman wie ein Schatten mit Tellern und Tabletts hatte dahinhuschen sehen – damit beschäftigt sein, die Reste eines Abendessens wegzuräumen, die der Hund für interessanter hielt als das, was vor seiner Nase noch auf dem Tisch stand. Der Hund zog also seine Lefzen von der Tischdecke zurück, ließ einen elastischen Speicheltropfen auf den Dielenboden fallen und umrundete den Tisch, ohne sich allerdings eine Streicheleinheit seines Herrn entgehen zu lassen, der ihm kurz den Nacken kraulte. Dann trottete er ruhig und gemäßigten Schrittes davon, wobei er seine

Hinterbeine mit fast femininer Eleganz schwang, bis er in dem rechteckigen Lichtschein verschwand, mit dem sicheren Instinkt, dass er ihn zur Küche führen würde und zu noch etwas anderem, von dem sich die Dogge ohne große Illusionen erhoffte, dass es nicht das vom Kellner hergerichtete Hundefutter war.

Am Tisch wurde eine ganze Weile geschwiegen. Zu hören waren nur die nächtlichen Geräusche des Blätterwerks, riesige, unsichtbare Insekten, nachtaktive Vögel, das weit entfernte Knattern von Motorrädern, das aus der zivilisierten Welt jenseits des urwaldartigen Gartens zu ihnen drang. All das gesellte sich zu der glaubwürdigen Illusion, dass das Haus von unberührter Natur umgeben war, und wenn schon nicht unberührt und gänzlich menschenleer, so doch zumindest umringt von etwas, das der Duque als die wilde Naturgewalt bezeichnete. Prwz hatte sich für einen Moment entschuldigt und war dem Hund gefolgt. Als er nach wenigen Minuten zurückkehrte, stand Kauffman seinerseits auf. Prwz zeigte ihm, wo es zur Toilette ging, eine der vielen Toiletten im Haus. Bei seiner Rückkehr, nachdem er in einem diskreten, mit Amphoren und Papierblumen verzierten Gemach uriniert hatte, herrschte am Tisch noch dasselbe Schweigen wie zuvor, als sei jegliche Art von Unterhaltung verpönt, da die Angelegenheit, die der Grund für Kauffmans Anwesenheit war, nicht geklärt worden war. Vielleicht ließ er sich aber auch durch dieses Schweigen täuschen und die Sache war eben doch erledigt, so wie sich erfahrungsgemäß so manches gerade dadurch erledigt, dass man nicht um jeden Preis nach einer Lösung sucht. Ein Gedanke durchfuhr Kauffman. Er dachte einen Augenblick lang, dass alle verrückt waren, Prrr und der Gran Duque und vielleicht der Kellner, der sie bedient hatte, und die Dogge, die wie ein Gespenst aufgetaucht war; dass sie alle verrückt waren, aber nicht auf menschliche Art, sondern auf eine weit seltsamere, unverständlichere, aber deswegen nicht unüblichere Art, so wie ein Hund verrückt war, ein Pferd oder irgendein anderes Tier. Und Kauffman überlegte, dass die Verrücktheiten, die in bestimmten, exklusiven und einflussreichen Kreisen auftauchten, für den Normalsterblichen gleichermaßen unbegreiflich waren wie die Symptome von Wahnsinn, an denen manche Tiere litten. Und so bildeten Prrr und der Gran Duque und der Kellner und die Dogge eine Gesellschaft, deren Geisteszustand Kauffman zutiefst unverständlich vorkam, als seien sie von ihm durch einen auf den Boden gezeichneten Kreidekreis getrennt. Oder besser gesagt, in Anbetracht des artigen Benehmens des Hundes, schienen alle außer dem Hund verrückt zu sein. Und in dieser Ausnahme, die aus dem Tier ein so verwandtes Wesen machte, dass Kauffman sich zurückhalten musste, um sich ihm nicht an den Hals zu werfen, in dieser Ausnahme also fand Kauffman die beste Bestätigung für die schwachen und seltsamen Symptome von Wahnsinn, die er um sich herum bemerkt hatte.

Das erste Mal in seiner Karriere, oder welchen beruflichen Stellenwert Kauffman der Sache auch immer geben mochte, kam es ihm in den Sinn, die Ereignisse mit einem neuen Blick zu betrachten, den er vielleicht unter anderen Umständen nicht gehabt hätte. Ein halbe Stunde später verabschiedete sich der Pole unter einem derart vagen Vorwand, dass Kauffman ihn nicht begriff, was wiederum Kauffmans gesunden Menschenverstand in Frage stellte.

»Ich würde mich freuen, Sie unter vergnüglicheren Umständen wiederzusehen«, sagte er ohne Überzeugung.

»Komm schon, Prwz«, sagte der Duque. »Du wirst doch nicht glauben, dass wir unhöflich waren.«

Prwz verabschiedete sich vom Duque. Kauffman stand auf, um dem Polen die Hand zu reichen.

»Vielleicht sehen wir uns einmal in Madrid.«

»Gott behüte dich davor, Prwz«, sagte der Duque zum x-ten Mal. »Er ist der schlechteste Anwalt, den ich habe.«

Prwz-Pérez-Perdito-Prwzulski ließ seine wässrigen Augen

freundlich blitzen und gab damit zu verstehen – wie dies häufig bei Höflichkeitsfloskeln geschieht, die genau das Gegenteil von dem ausdrücken, was man sich wünscht –, dass er hoffte, in aufeinander folgenden Reinkarnationen die sieben Meere zu befahren und die fünf Kontinente zu durchqueren, ohne dem Anwalt je wieder begegnen zu müssen.

Der Argentinier-Pole verlangte nach seinem Leinenjackett und warf es sich achtlos über die Schultern, bevor er zu dem weiß schimmernden Rondell ging, wo unter den Laternen ein Wagen auf ihn wartete. Es schien, als entfernte er sich auf der Suche nach den merkwürdigen Geschäften, die ihm Frieden und Reichtum bringen würden, gleich jenen Söldnern in früheren Zeiten, denen es letztlich gelang, ein Rittergut und einen Adelstitel zu bekommen. Ohne sich umzudrehen, schlenderte er mit wehenden Jackettärmeln die Veranda entlang bis zu dem anderen Laubengang, so, wie er über das Holzdeck eines Luxusdampfers oder über die Bohlen einer Brücke gegangen wäre, als handle es sich um seinen ganz natürlichen Abgang von einer Bühne, wo er die Rolle des Fliegenden Holländers gespielt hatte oder die des Schmugglers, des flüchtigen Revolutionärs oder des satanischen Ordensbruders. Jedenfalls eine schwierige Rolle. Doch in Ramses Pérez-Perdito-Prwzulski koexistierten zweifellos all jene Personen, und deshalb verlor bei seinem Abgang – wie beim Abgang von großen Schauspielern, die bestimmte Rollen in ihrem Repertoire hatten – die Szene ihren wertvollsten Darsteller. Der Wagen fuhr mit einem knirschendem Geräusch über den Kies und verschwand aus dem übernatürlich hell beleuchteten Rondell. Und tatsächlich hatte sein Aufbruch etwas Unantastbares und Schicksalhaftes an sich, was Kauffman jedoch entging, denn in seiner Einfältigkeit dachte er nur daran, wie geschickt er doch auf Prwz' Fragen geantwortet hatte und wie erleichtert er sich nun fühlte, etwa so wie ein Madrider Ladenbesitzer, der inmitten von Nachrichten über alarmierende Machenschaften an der New Yorker Börse sein Betriebsvermögen in Sicherheit wusste.

Kauffman blieb noch eine Viertelstunde in Gesellschaft des Duque sitzen. Der Hund tauchte wieder auf und suchte die Gesellschaft seines Herrchens. Er ließ sich mit aufgerichtetem Oberkörper und ausgestreckten Hinterläufen neben ihm nieder, in einer so klassischen Pose, dass er ein Porzellanhund hätte sein können, Sinnbild für Kraft und Treue. Als sich Kauffman erhob, stellte der Hund seine kupierten Ohren auf und achtete auf das Verhalten seines Herrchens. Der Gran Duque war allein. Er hatte zwar eine Frau, aber die ließ sich selten bei ihm in Marbella sehen. Er rührte sich nicht vom Platz und verabschiedete Kauffman beinahe gleichgültig mit einer müden Geste.

»Gut, Kauffman«, sagte er in einem unerwartet erschöpften Tonfall. »Ich schwöre Ihnen bei meinen orthopädischen Unterhosen, dass es das Beste ist, diese Angelegenheit zu vergessen.«

Der Anwalt stammelte eine unverständliche und feige Entschuldigung. Er war sich nicht sicher, was das für ein Geschäft war, das er besser vergessen sollte, aber wenigstens war er sich der Sache sicher, die er in Händen hielt. Der schlechteste Anwalt des Gran Duque zu sein, war vermutlich im besten Falle ein zweifelhaft liebenswürdiger Titel und im schlimmsten Falle die Bekanntgabe seiner Entlassung, ohne dass er beweisen konnte, doch nicht der schlechteste zu sein. Er zog es vor, hinsichtlich des letzten Punktes um keine genaueren Erläuterungen zu bitten. Er hatte Angst, der Duque könnte wütend werden und sein Hund mit ihm.

All das waren sonderbare Ängste, hervorgerufen durch die Anspannung der Nacht. Das Gesicht des Duque wirkte müde, als hätte ihn das Abendessen beschämt oder ihm die Grenzen der Ohnmacht gezeigt, die ihm durch das Alter auferlegt wurden. Es war schwierig zu wissen, an welchem Abgrund sich seine Gedanken und in welchen Regionen des Ehrgeizes sich seine Interessen bewegten, wohl wissend, dass es nichts zu erwerben gab, was er nicht schon hatte, dass keine der hässlichen, krummen, schäbigen oder großartigen Machenschaften, welche die Macht ermöglichte, im Laufe der Jahre von dem Mann ausgelassen worden waren, den seine engsten Freunde liebevoll Millionetis nannten, so wie sie ihn bald – mit dem gebührenden Respekt vor seinen vielseitigen Interessen und seinem Bankkonto – El Anciano, den »Alten«, nennen würden. Und am allerwenigsten wusste es der Anwalt, der zu jenem Zeitpunkt vor dem Bild des Gran Duque mit Hund – beide regungslos und erhaben wie auf alten Grabmonumenten aus Terrakotta –, immer noch Angst hatte, dass der Duque seinem unzulässigen Ehrgeiz auf die Schliche kommen könnte.

Der Duque rief nach einem Wagen und ließ am Flughafen Bescheid geben, dass sein Privatflugzeug bereit stehen solle. Im Rondell fuhr ein Wagen vor, den der Mechaniker des Duque chauffierte, da sein eigentlicher Fahrer Prwz mit dem anderen Wagen weggebracht hatte. Kauffman verabschiedete sich und der Duque wünschte ihm, offenbar in einem leicht verwirrten Anflug von Senilität, mit einer vagen Handbewegung eine Gute Nacht. Zweifellos dachte er daran, sich zurückzuziehen, sobald Kauffman weg war, und diese Schwäche und Angst der Alten, die die tiefe Nacht kommen fühlen, äußerten sich darin, dass er seinem Gast eine Gute Nacht wünschte, bevor sein eigener Bediensteter ihm mit einer lauwarmen Milch auf dem Tablett und einer Herztablette in der Hand eine Gute Nacht wünschen würde. Und dies stimmte den Duque traurig, als sähe er, nachdem er den Zenit seines Lebens und seiner Geschäfte weit überschritten hatte, tagtäglich nur noch die unendliche Folge von Golfpartien mit Sopicrem vor sich. Es waren noch keine zehn Minuten seit Kauffmans Abreise vergangen, als er zu Bett ging. Der Duque erhob sich von seinem knarzenden Korbstuhl und betrat steif und mechanisch die Tiefen des Hauses, begleitet von seinem eleganten Hund, der die Geschwindigkeit seiner Pfoten den Schritten seines alten und mächtigen Herrchens anpasste, bis hin zum Schlafzimmer, wo der Hund wartete, bis der Duque im Bett lag, um sich dann an dessen Fußende schlafen zu legen.

Das Flugzeug des Duque wartete an einem abgelegenen Hangar des Flughafens zwischen einer kleinen Flotte von Sportmaschinen, die wie Insekten auf dem im Laufe des Tages aufgeheizten Beton schliefen. Es war eine schlanke, starke Maschine, mit einer langen, verchromten Leiste am Rumpf und den Initialen einer Gesellschaft, die dem Gran Duque gehörte, was Kauffman jedoch erst wenige Sekunden später erkannte, als er die Aschenbecher und Insignien des Piloten, die mit denselben Initialen bedruckt waren, GD, gewahrte. Die Kabine war so komfortabel eingerichtet wie ein Maniküresalon. Kaum zehn Minuten später hoben sie ab. Kauffman machte es sich für eine kurze Traumsitzung bequem. Der Mond schien und das Flugzeug flog so tief, dass es ihm vorkam, als würde er mit großen und bequemen Schritten das gespenstische, schläfrige Relief der Halbinsel durchmessen.

Als er in Madrid ankam, konnte er der Versuchung nicht widerstehen, den Taxifahrer anzuweisen, er solle an »Chims Hütte« vorbeifahren, in der Hoffnung, dort Gesellschaft zu finden. Das Taxi hielt vor den Tischen an und Kauffman streckte den Kopf zum Fenster hinaus, konnte aber seine Lolita nicht entdecken. Chim war allein und bediente sowohl an der Theke als auch an den Tischen. Kauffman machte ihm ein Zeichen.

»Wo ist Lolita?«

Chim bemerkte ihn, und während er mit dem Tablett in der einen Hand irgendwelche Gäste bediente, machte er mit der anderen eine eindeutige Geste, indem er den Zeigefinger und den Daumen aneinander rieb, was gleichzeitig bedeutete, dass sein Täubchen ausgeflogen war. Der Anwalt verstand, dass Lolita einen Kunden gefunden hatte. Einige Sekunden verharrte Kauffman verwirrt, und in einem Reflex, den man in den Handbüchern der Psychologie hätte analysieren können, klopfte er sich die Taschen ab, als hätte er seine Hausschlüssel verloren.

Dann bat er den Taxifahrer loszufahren. Es war keine Eifersucht. Ein komplexeres Gefühl von Wehrlosigkeit und Betrug, in dem sowohl Liebe als auch Geld eine Rolle spielen konnten, ließ ihn unzusammenhängende Sätze murmeln. Er bezahlte den Taxifahrer und gab ihm ein astronomisches Trinkgeld. Dann, einmal in der Wohnung, legte er sich ins Bett und vergnügte sich mit seinem Schwanz, bis er einschlief.

Der Würgengel

Klack, klack. Aquino Tuán, der philippinische Dienstbote von Fernando Garras durchquerte mit seinen Holzsandalen, klack, klack, die leere Küche, verließ den Dienstbotentrakt, klack, klack, und begab sich über den Flur zur Waffenkammer des Hauses, von wo aus man den Rasen, den Tennisplatz und den Swimmingpool überblicken konnte. Von der Diele aus sah man die Berge, die Zufahrt zur Finca und das Hauptportal. Aquino Tuán trat an das erste Fenster und warf einen diskreten Blick hinaus in den Garten. Fernando Garras sonnte sich in einem Liegestuhl. Er hatte sich das Gesicht mit einer Illustrierten bedeckt und darüber einen Hut gelegt. Der Herr schlief. Während der Herr schläft, wacht der Diener, sagte ein spanisches Sprichwort von der Insel Mindanao. Aber das stimmte nicht ganz und auch nicht alle Hausangestellten waren unterwürfige Diener. Während der Herr schläft, faulenzt der Diener, sagte dagegen ein Eingeborenensprichwort von der Insel Mindanao. Der Nachmittag war schwül. Über dem blauen Streifen der Berge von Toledo häuften sich Gewitterwolken. Aquino Tuán wachte, aber daneben hatte er noch andere Riten auszuführen.

Diese Riten Aquino Tuáns hatten nichts zu tun mit der täglichen rituellen Masturbation, wenn er Toribia beim Wäscheaufhängen die Arme heben und die Achselhöhlen zeigen sah. Die Haushälterin war in Urlaub gefahren. Groß war die Betrübnis des Filipino. Seit einigen Tagen war er allein im Dienstbotentrakt des Hauses, und seine Seele fand keine Ruhe. Toribia wusste nichts von den Phantasien des Filipinos. Die robuste Frau aus der Mancha hatte sich bis zum fünfzehnten September verabschiedet, um den Urlaub auf Tomelloso zu verbringen, einer Insel südlich des blauen Streifens der Berge, in einem Meer gelegen, das der Filipino nicht kannte. Aber ohne Toribia war das Haus leer, eine Höhle ohne Liebe, eine Seemuschel ohne Rauschen. Aquino Tuán malte sich aus, wie süß die Abende mit Toribia auf der Insel Mindanao gewesen wären. Er hätte ihr dichtes Haar mit Orchideen aus dem Dschungel bekränzt. Er hätte über ihren üppigen Brüsten Korallenketten aufgereiht. Und in den mit Zimtduft erfüllten Nächten hätte er für sie sein männliches Glied von der Kaste der Krieger aus der Hose geholt. Und bis zur Insel Tomelloso hätte man Toribias Lustschreie hören können, wenn sie in den Armen ihres verliebten Kriegers lag, dort auf der fernen Insel Mindanao.

Fernando Garras hielt seine Siesta und wusste nichts vom Auge des Filipinos, das vom Fenster aus über seinen tiefen Schlaf wachte. Fernando Garras wusste nichts von den Phantasien seines Bediensteten. Schläfrig und dem starken Narkotikum der Sonne unterworfen, gewahrten seine halb geschlossenen Augen nur das obszöne kuppelartige Halbdunkel, das durch die Hochglanzillustrierte entstand, in der er gelesen hatte und die jetzt auf seiner Nase ruhte. Es war eine Ferien-Extraausgabe von ›*Muscle and Fitness*‹ mit prächtigen Fotos von muskulösen Oberkörpern am Strand und einem Special über Lederriemen. Fernando Garras langweilte dies alles. Es diente ihm nur dazu, sein Gesicht damit zu bedecken und seinen Verdauungsschlaf zu fördern. Seine Begeisterung für gewöhnliche Muskeln und für Ledergurte und Bänder hatte er schon lange abgelegt. Jeder, der mit ihm in seinem reifen und bürgerlichen Leben verkehrte, das heißt, jeder, der ihn in einen Geschäftsanzug gezwängt sah, korpulent, kompakt, das Jackett mit starken Schultern ausfüllend, die einem Sack Zement ähnelten, die Taille schmal und stark wie Treibriemen, und in Hosen, unter denen sich die Hinterbacken wie zwei Butangasflaschen abzeichneten, jeder, der ihn im Nadelstreifenanzug in höchst zweifelhaften Verwaltungsratssitzungen kennen gelernt hatte, hätte seine letzten Schwimmrekorde und seine Leidenschaft für komplizierte Trimmgeräte nicht vermutet, jedoch wohl geahnt. Nur wenigen leuchtete ein, dass man gleichzeitig Finanzier und Athlet sein konnte. Dass man Geschäftsmann und zugleich Kartenspieler sein konnte, das hingegen leuchtete schon eher ein. Fernando Garras brachte alles in Einklang, und so waren seine Trainingsgenossen häufig auch seine Freunde beim Kartenspiel. Dennoch fürchteten jene anderen Männer, jene, die mit ihm um ovale Tische versammelt über Aktienpakete debattierten, und ganz besonders Millionetis, dem er oft als Strohmann gedient hatte, dass Fernando Garras' Muskelmasse seine Finanzmasse übertraf. Selbst wenn er Ringsport oder Boxsport oder irgendeine andere Sportart mit Körperkontakt betrieben hätte, hätten sie seine Börsenmanöver ebenso gefürchtet wie eine körperliche Berührung mit ihm, wenn sie sich in den Sessel gesetzt hätten, der für ihn in irgendeiner Verwaltungsratssitzung reserviert war. Er lag in der Sonne und hatte sich in seltsamer Raffinesse mit Kokosöl und einer Feuchtigkeitscreme von Guerlain eingeschmiert. Sein ganzer bronzener Körper strahlte die Kraft aus, die er von der Sonne erhielt. Seine Haut hatte eine höhere Temperatur als die, die man gewöhnlich zum Braten von Thunfisch verwendete. Seine enge Badehose war von einem elektrisierenden Blau und aus einer Spezialfaser, die durch Radsportler in Mode gekommen war. Sie hatte einen doppelten Hosenschlitz, der wie die Falltür einer Bühne sein voluminöses Paket bedeckte. Und über alldem, über dem Hochglanzmagazin, das ihm ein angenehmes Halbdunkel bescherte, thronte ein graues Strohhütchen.

Jemand, der Fernando Garras nicht so gut kannte wie sein philippinischer Diener, hätte behauptet, er schlafe. Aber unter seinem Hut wachten seine zwei kräftigen, wohlgeformten, glänzenden, an spiralförmig gedrehtes Blätterteiggebäck oder Hefeschnecken erinnernden, in dunklen Labyrinthen ihr winziges Tröpfchen Schmalz erzeugenden Ohren. Der letzte der Sinne, der dem Siesta haltenden Menschen schwindet, ist das Gehör – genau wie bei einem Sterbenden. An Fernando Garras' Ohren gelangte also das unaufhörliche Klatschen des Wassers gegen die Abflussrinne am Rand des Swimmingpools, das von der Umwälzanlage verursacht wurde. Er hatte das ferne Klack, Klack von Aquinos Sandalen wie das Klopfen eines Spechts wahrgenommen. Ebenso glaubte er, das Telefon im Inneren des Hauses klingeln zu hören, doch war das nur das erste Symptom dafür, dass er gerade dabei war einzuschlafen, denn das Telefon stand neben ihm auf einem Korbtischchen zusammen mit den Cremeflaschen und der Sonnenbrille unter dem blauen Rund eines Sonnenschirms, und es blieb stumm wie eine Kröte aus Bakelit. Es dauerte noch ein paar Minuten, bis Fernando Garras das Bewusstsein verlor. Dann, als erwartete er eine telepathische Verbindung oder einen Anruf im Traum, schlief er ein.

Klack, klack, Aquino Tuán trat vom Fenster zurück. Eine Art primitive Intuition hatte ihm den genauen Zeitpunkt angezeigt, in dem sein Herr eingeschlafen war. Der philippinische Bedienstete ging zurück zum Dienstbotentrakt, klack, klack, verschwand im kühlen Halbdunkel des Flurs, durchquerte mit großer Betrübnis die leere Küche, klack, klack, und seine Gedanken flogen einen Augenblick lang zur unbekannten Insel Tomelloso, auf der seine Liebe ihren Sommerurlaub verbrachte. Er vermeinte noch Toribias Silhouette im grellen Licht des Innenhofs zu sehen, wie sie die Wäsche aufhängte, doch war es nur eine Sinnestäuschung auf der gekalkten Mauer, verursacht von einem wehenden Bettlaken, das Aquino, von großer Sehnsucht erfüllt, selbst zum Trocknen aufgehängt hatte. Er überquerte den Hof zwischen Töpfen mit Geranien hindurch, die er dieser Tage selbst goss und deren in der Sonne schier berstende Blüten so üppig waren, dass sie an Frauengesichter mit vollen Lippen erinnerten. Als er über die Innentreppen, die zu seinem Zimmer hinunterführten, verschwand, klang das Klappern seiner Sohlen dunkler und verhaltener. Klack, klack. Er blieb vor der Tür stehen, zog sich die Schuhe aus, kramte den Bund mit Schlüsseln aller Art, den er immer bei sich trug, aus seiner Hosentasche hervor und sperrte sich in sein Zimmer ein.

Mit den Sandalen in der Hand zog Aquino Tuán die Vorhänge vor die Fenster seines Zimmers – zwei Kellerfenster, die sich auf Höhe der Geranientöpfe im Hof befanden. Gewöhnlich konnte er von dort aus Toribia beobachten, ohne von ihr bemerkt zu werden (erneut große Betrübnis). Das durch die Vorhänge aus Serge gefilterte Licht tauchte den Raum in blaues Halbdunkel. Die Wände waren violett. In der Seele des Kriegers gab es jedoch nicht nur Liebeskummer. Andere, uralte Pflichten kamen ihm in den Sinn. Er stellte die Sandalen neben seine Pritsche auf den Boden und widmete sich anderen Dingen. Im Zimmer gab es zwei Altäre. Der erste war dem heiligen Aquino, einem spanischen Heiligen gewidmet, der zweite dem heiligen Cavite, einem philippinischen Heiligen, und vor jedem Altar brannte eine schwarze Kerze. Zwischen den beiden Altären lag die Keule aus *bataklán*-Holz, die in den letzten Tagen bei den kriegerischen Auseinandersetzungen seines Herrn so gute Dienste geleistet hatte. Aquino Tuán verneigte sich vor dem heiligen Aquino. Dann verneigte er sich vor dem Altar des heiligen Cavite. Er war sorgsam darauf bedacht, den Docht der schwarzen Kerzen zu kürzen, damit sie nicht die Papierblumen in Brand setzten. Aquino Tuán hatte eine echte Schwäche für Schokolade. Mit dem wunderhübschen Silberpapier der Schokoladetafeln, die Aquino Tuán in großen Mengen verzehrte, hatte der Filipino einige elegante Vasen gebastelt, in denen Papierblumen steckten. Aquino Tuán lächelte. Auch die Papierblumen hatte Aquino gebastelt. Obwohl er zur Kaste der Krieger gehörte, war Aquino Tuán so geschickt mit den Händen, als gehörte er zu der Kaste der Näherinnen, und auf der Insel hatten seine Mutter und seine Schwestern immer die Fingerfertigkeit gepriesen, mit der er die Papierblumen bastelte. Aber die Blumen liefen Gefahr, von den Flammen der schwarzen Kerzen erfasst zu werden. Danach könnte der Altar in Brand geraten, die Flammen könnten auf die Vorhänge übergreifen und schließlich in einer Kettenreaktion die ganze Finca anzünden. Deshalb kürzte Aquino Tuán den Docht der Kerzen so sorgfältig. Deshalb rückte er die Silbervasen mit den Papierblumen etwas von den Kerzen weg. Als er den Eindruck hatte, dass alles in Ordnung war, machte er eine zweite Verbeugung vor den Heiligen. Der heilige Aquino hatte ein Pferdegesicht und Schweinebacken, denn er war ein spanischer Heiliger. Der heilige Cavite hatte Kinnladen wie ein Krokodil. Er war ein philippinischer Heiliger und sein Lieblingsheiliger, aber das durfte der heilige Aquino nicht wissen. Vor dem einen wie dem anderen murmelte er einige Gebete, um die Leichtfüßigkeit des Pferdes, die Zähigkeit des Krokodils und die gute Gesundheit des Schweines zu erlangen. Dann zog er sich aus.

Er zog sich nicht gänzlich aus; denn ein Krieger entkleidete sich bei seinen Riten niemals ganz, zog sich nie »bis auf die Hoden« aus, wie die Spanier zu sagen pflegten. Er behielt ein turbanartig um die Hüften gewickeltes, zwischen den Beinen hindurchgeführtes Tuch an, welches das Gesäß unbedeckt ließ und, in die Po-Falte geschmiegt, hinten zusammengeknüpft war. Die Tätowierungen an seinen glatten Beinen zeigten die Götter Tuhr und Nuhr, die abwechselnd eine finstere oder wohlwollende Miene zogen, je nachdem, wie er die Hinterbacken bewegte. Im Zimmer gab es einen Spiegelschrank. Aquino Tuán reckte seinen Arsch zum Spiegel hin und amüsierte sich eine Weile damit, die wütenden oder heiteren Grimassen von Tuhr und Nuhr zu betrachten, je nachdem, wie er das Gesäß zusammenkniff oder entspannte. Tuhrs und Nuhrs Fäuste verschwanden im Windloch, wo sie ihre Keulen verwahrten. Viele Bräute in seinem Dorf hätten darüber gelacht. Viele hätten sich bei diesem Hochzeitstanz verliebt. Mit femininen Bewegungen und wackelndem Po spazierte Aquino Tuán durchs Zimmer und verfolgte aus den Augenwinkeln die weibische Gangart von Tuhr und Nuhr, die sich wie Paradiesvögel aufplusterten und die Weiber aus der Kaste der Näherinnen imitierten, etwas, was die Spanier als Schweinerei bezeichnen würden. Auch seinem Herrn gefiel die Gangart von Tuhr und Nuhr. Aquino lebte in schöner Harmonie mit den Tätowierungen, die seine Hinterbacken zierten, doch hatte sich der Filipino geschworen, dass er sich von seinem Herrn nie begrabschen lassen würde; denn ein Mann aus der Kaste der Krieger lässt sich nicht am Arsch anfassen, auch wenn er eine weibische Gangart hat und über geschickte Hände verfügt, als käme er aus der Kaste der Näherinnen. Und ein Mann aus der Kaste der Krieger duldet auch nicht, dass ihm ein anderer Krieger sein Glied in das Windloch steckte, das den Göttern vorbehalten war, etwas, was die Spanier Homosexualität nannten.

Aquino Tuán verneigte sich erneut vor seinen beiden Heiligen. Dann packte er den Schlagstock aus *batklán*-Holz. Die Krieger aus der Nachbargemeinde auf der Insel Mindanao behaupteten, dass das *taklán*-Holz härter sei, aber Aquino Tuán wusste wie alle seine Vorfahren, dass das *bataklán*-Holz jenes an Härte übertraf. Einen Augenblick lang – Aquino Tuán hatte einen amourösen Schwächeanfall – schweiften seine Gedanken vom Ritus ab, und er fragte sich, wie hart wohl das Holz auf der Insel Tomelloso sein mochte. Aber gleich wandte er seine Aufmerksamkeit wieder seinen Heiligen zu; denn Aquino Tuán war ein religiöser Mensch und seine verliebten Gedanken durften ihn nicht von seinen Riten ablenken. Deshalb setzte er mit der schweren Keule aus *bataklán*-Holz die Reinigungszeremonie fort.

Als Aquino Tuán nach Spanien gekommen war, um als Hausdiener zu arbeiten, war es seine Absicht gewesen, viel Geld zu verdienen, Geld, das die Spanier »Knete« nannten, um diese dann in Dollar umzutauschen und auf seine Insel zurückzukehren. Reich und mit einer Frau. Ein anderes System, das die Spanier dafür vorgesehen hatten, dass Aquino Tuán als reicher Mann auf seine Insel zurückkehren könnte, war die Lotterie. Aquino Tuán hatte zwei Scheine mit der gleichen Nummer ausgefüllt. Eines der Lose hatte er auf den Altar des heiligen Aquino gelegt. Das andere hatte er auf den Altar des heiligen Cavite gelegt, jeweils in gehöriger Entfernung zu den schwarzen Kerzen, auf dass sein Reichtum nicht in Brand geriete. Mit der Keule aus *bataklán*-Holz in der Hand machte Aquino Tuán eine neue Verbeugung vor den Altären und murmelte einige Gebete, ohne dabei die Lotterielose – es waren inzwischen ihrer fünf – aus den Augen zu verlieren. In vorausgegangenen Ziehungen hatten die Heiligen seine Bitten nicht erhört, obwohl er jedem der beiden fünf aus Toribias Hühnerstall entwendete Eier eines schwarzen Huhns geopfert hatte. Die Haushälterin hätte Verständnis für diesen Diebstahl gehabt, der Reichtum für beide bedeuten konnte. Aber vielleicht würde er auch diesmal keinen Glückstreffer in jener Lotterie erzielen, von der die Spanier behaupteten, dass sie sie erfunden hätten, damit die philippinischen Dienstboten reich würden. Die Spanier waren schlaue Leute und sie stellten es so an, dass die philippinischen Dienstboten nie gewannen. Und dann versprachen die spanischen Losverkäufer den philippinischen Dienstboten, sie gewinnen zu lassen, falls sie noch mehr Lose kauften. Also hatte Aquino Tuán keine weiteren Lose mehr gekauft. Aber er bewahrte seit Monaten seine alten Lotterielose aus verschiedenen Ziehungen auf, und wenn eines Tages auf diese Lose ein Gewinn entfallen sollte, würde er mit der *bataklán*-Keule die Auszahlung einfordern.

Aquino Tuán hatte begriffen, dass es noch eine Möglichkeit gab, um in Spanien reich zu werden. Und zwar, wenn man sich an den Kriegen seines Herrn beteiligte. Sein Herr hatte ihm gesagt, er würde ihn ungeheuer reich machen, wenn er ihm in seinem Krieg gegen die Perlenfischer beistünde, um diesen die Perlen zu entreißen. Das hatte Aquino Tuán verstanden und er war einverstanden. Er würde ungeheuer reich auf seine Insel zurückkehren, nachdem er am Krieg gegen die Madrider Perlenfischer teilgenommen hatte. In den Kriegen seiner Urahnen auf der Insel schlugen sich die Krieger mit den *taklán-* und *bataklán-*Keulen gegenseitig die Schädel ein. Später, in den Kriegen seiner jüngeren Vorfahren, schlichtete ein Missionar die Konflikte, indem er einen Prozentsatz einstrich, wenn sich die Krieger in zwei Banden mit ihren *taklán-* und *bataklán-*Keulen an die Kirche wandten. Danach hatten sich die Zeiten geändert und viele Krieger waren nach Spanien ausgewandert, um als Dienstboten zu arbeiten, und die Kriege in den Dörfern der Insel wurden jetzt mit Lastwagen geführt, die mit Lautsprechern Stoffe und andere Herrlichkeiten aus Taiwan und Singapur verkauften. Das nannte man dann Handelskrieg. Deshalb war Aquino Tuán stolz, als sein Herr ihn gebeten hatte, seinen Feinden, den Perlenfischern, mit der *bataklán-*Keule den Schädel einzuschlagen, um ihnen wie in den Kriegen seiner Vorfahren die Perlen zu entreißen. Aber nach den Kriegen, nachdem man den menschlichen Feinden den Schädel eingeschlagen hatte, musste man die Reinigungsriten vollziehen.

Zunächst hatte er dem ersten Feind den Schädel eingeschlagen. Das war der Perlenfischer-Juwelier gewesen. Aber sein Herr hatte diesem nicht die Perlen entreißen können, die er suchte, und er hatte auch nicht erlaubt, dass Aquino Tuán den Laden plünderte und Beute machte. Er hatte ihm jedoch versprochen, ihn immens reich zu machen, erinnerte sich Aquino Tuán wieder, der großen Wert darauf legte, dass Versprechen eingehalten wurden. Tage danach war der Krieg weitergegangen und Aquino Tuán hatte dem zweiten Feind den Schädel gespalten. Dieser Perlenfischer wurde von seinem Herrn Patas Blancas genannt, weil er zum Stamm der weißen Beine gehörte. Er war ein lasterhafter Feind und sein Herr behauptete auch, er wäre eine harte Nuss. In der Einsamkeit seines Zimmers, vertieft in die Vorbereitungen für die Reinigungszeremonie, schnalzte Aquino Tuán mit der Zunge, als er an die Kriegsereignisse in der

Wohnung von Patas Blancas zurückdachte; wie dieser bäuchlings auf dem Tisch lag, mit Händen und Füßen an die vier Tischbeine gefesselt, und wie der Patron sein Glied in Patas Blancas' Windloch steckte, nachdem er ihn zuvor dazu gebracht hatte zu singen. Es war kein schöner Krieg gewesen wie in den alten Zeiten. Unter »singen« verstanden Spanier nicht das, was die Filipinos darunter verstanden, sondern meinten damit »all das ausspucken, was man nicht singen will«. Der Filipino erinnerte sich nicht gern an die Ereignisse in Patas Blancas' Wohnung und er schnalzte erneut mit der Zunge. Kein Krieger durfte sein Glied in das Loch eines anderen Kriegers stecken und Patas Blancas hatte sich, obwohl er zum lasterhaften Stamm der weißen Beine gehörte, wie ein guter Krieger verteidigt. Danach hatte ihm der Filipino mit der Keule den Schädel zertrümmert und das war das beste Ende für ihn gewesen. Der Patron hatte Patas Blancas' Wohnung durchsucht und ihm die Perle entrissen, auf die er es abgesehen hatte. Aquino Tuán hatte nicht einmal Beute mitnehmen wollen.

Zwischen den beiden abgeschlachteten Feinden hatte Aquino Tuán das Auto desjenigen Feindes zertrümmert, der im Hochhaus von Danone wohnte. Ach, Danone, seufzte der Filipino und dachte dabei an einen Wolkenkratzer von Danone in Manila. Joghurtgeschmack füllte seinen Mund und er schloss kurz die Augen und rief die Erinnerung an die Natur- und Fruchtjoghurte wach – mit hohem Fruchtanteil! –, die der multinationale Konzern in seinem Land vertrieb. Sein Herr hatte ihn beauftragt, den Wagen des Feindes, der im Hochhaus von Danone wohnte, zu zertrümmern, und Aquino Tuán hatte gehorcht. Es war seine vergnüglichste Arbeit gewesen, so vergnüglich wie den Lieferwagen eines Nachbarn aus einem anderen Dorf zu zertrümmern. Aber all dies, alles, was in diesen Tagen passiert war, alles, was seine treue *bataklán*-Keule erledigt hatte, alles, was seine Augen mit angesehen hatten, bedurfte einer Reinigungszeremonie.

Die Reinwaschungszeremonien des Filipinos waren so kompliziert wie seine dunklen Hirngespinste. Im Prinzip bestanden sie darin, die Keule den Heiligen zu weihen und Verbeugungen und Kniebeugen zu machen wie in den Messen der Missionare. Gleichzeitig wurden statt Weihrauch Kräuter verbrannt und etwas rezitiert, was entfernt an das lateinische Credo erinnerte – eine linguistische Abschweifung in primitivere Riten. Niemand hätte behaupten können, dass der Filipino auf seine Weise eine Messe las, aber in allen seinen Gesten lag etwas Feierliches und Pontifikales. Aquino Tuán zelebrierte alle seine Kniebeugen so gut er es vermochte. Er verbeugte sich vor dem heiligen Cavite, seinem Liebling, und weihte ihm die Keule. Anschließend verbeugte er sich, höflicher, aber auch gleichgültiger, vor dem heiligen Aquino und weihte auch ihm die Keule. Dann segnete er mit dieser die beiden Altäre, wobei er wie die spanischen Missionare mit finsterer Miene die Augenbrauen zusammenzog, so wie es der Missionar in seinem Dorf getan hatte, wenn er die Monstranz hielt. Währenddessen betrachtete er sein halb nacktes Spiegelbild. Er konnte ein Gefühl der Zufriedenheit nicht unterdrücken, als er seine eleganten tätowierten Hinterbacken gewahrte, so wie ein Priester im Spiegel der Sakristei mit einem wohlgefälligen Lächeln die Stickereien auf seinem Messgewand bewundert hätte. Dann legte er die Keule zwischen den beiden Altären nieder und kniete sich zum Gebet nieder. Mit der Kuppe seines Daumens zählte er für sich mehrere Male die Kuppen der übrigen Finger ab und betete so den Rosenkranz. Die Reinigungszeremonien in seinem Dorf pflegten mit einer Orgie unter Männern im Inneren einer Hütte zu enden und in diesem Punkt unterschieden sie sich ganz wesentlich von der Messe und dem Rosenkranzgebet des Missionars, der seine Kapelle zum größten Teil mit weiblichem Fleisch anzufüllen pflegte. Aquino Tuáns Blick wurde traurig bei dem Gedanken, dass er seine Zeremonie nicht so beenden konnte, wie es in seinem Dorf Brauch war. Aber er hatte aus dem Weinkeller seines Herrn zwei Flaschen

Rioja entwendet und er bewahrte sie auf, um mit sich allein die Reinigungsorgie abzuschließen.

Aquino Tuán warf sich auf den Boden und holte eine der Riojaflaschen unter seiner Pritsche hervor. Er konnte zwar nicht lesen, aber er bewunderte mit kennerischer Miene das schöne Etikett, das mit Blumen und goldenen Münzen verziert war. Viña Ardanza 1982. Fernando Garras hätte einen Herzinfarkt bekommen, wenn er gemerkt hätte, dass der Filipino bei seinen Voodoo-Messen seine besten Weine trank, und er hätte ihm zur Strafe eine billigere Flasche in sein Windloch gesteckt. Aber Aquino Tuán kümmerte sich nicht darum. Das gehörte zu den Risiken eines Kriegers. Etwas traurig wegen seiner einsamen Orgie mit den Heiligen setzte er sich mit überkreuzten Beinen vor die Altäre der Heiligen auf den Boden, entkorkte geschickt die Flasche, setzte sie an und begann zu trinken.

Der Wein war für den Gaumen des Filipinos ein sonderbarer und köstlicher Likör. In großen Schlucken rann er schwer die Kehle hinunter und gurgelte wie eine warme und wohltuende Brühe im unersättlichen Weinkeller seines Magens. Dies war zweifellos der angenehmste Teil der langen Reinigungszeremonie. Die Hand an der Flasche und den Blick himmelwärts gerichtet, hielt Aquino Tuán plötzlich im Trinken inne, ohne die Flasche dabei abzusetzen. Er vermeinte Geräusche im Haus gehört zu haben. Es erklang ein sehr fernes Poltern, als rücke jemand in irgendeinem Zimmer Möbel. Er spitzte die Ohren und wieder war dieses Poltern zu hören, diesmal dröhnender, aber nicht näher. Irgendwo am Firmament, an der Grenze der Berge zu den Wolken, verrückten die Götter große Steinblöcke. Aquino Tuáns Tropeninstinkt sagte ihm, dass ein Gewitter nahte, vielleicht das letzte Sommergewitter, vielleicht der erste Herbststurm. Seine schmale, gebogene Nase witterte in der Luft Ozonmoleküle, so wie auf seiner Insel ein anders gearteter, euphorisierender Duft die Monsunzeit ankündigte. Er schenkte dem fernen Donnergrollen jedoch keine weitere Aufmerksamkeit. Mit geschlossenen Augen trank er weiter, denn nichts außer dem Todesstrahl durfte die Reinigungszeremonie stören.

Es herrschte drückende Hitze und sein nackter Rücken bedeckte sich nach und nach mit Schweißperlen. Der Schweiß rann ihm auch in Rinnsalen über die Innenseite der Oberschenkel und es schien, als würde die Tätowierung auf seinen Hinterbacken bläulich auf den Boden abfärben. Wie bei Kriegern primitiver Stämme, die in einen vorübergehenden Trance-Zustand fielen, wenn sie mit den Göttern in Kontakt traten, schwand Aquino Tuáns Bewusstsein in dem Maße, wie er die Flasche Rioja leerte. Aber nachdem er sich zwei-, dreimal kräftig geschüttelt hatte, gelang es ihm, seinen Geist aus der Weinschläfrigkeit zu erwecken, wobei er die toten Feinde aus seinem Gedächtnis verbannte, um sich ganz der Zeremonie zu widmen, die in jenem Raum stattfand. Als ihm die erste Flasche entglitt und mit dem gleichen Grollen wie der ferne Donner über den Boden kullerte, lächelte der Filipino, wusste er doch, dass unter seiner Pritsche noch eine weitere Flasche mit einem hübschen Etikett lag, das mit Blumen und goldenen Münzen verziert war. Er zeigte auch noch andere Anzeichen von Geistesgegenwart. Er war ein armer, einsamer Filipino, der sich im Souterrain betrank, weit weg von seinen Palmenhainen am Meeresufer. Die Spanier waren brutal, aber nicht töricht. Ihr Riojawein diente zur Reinwaschung von Aquino Tuáns Gewissen.

Währenddessen hielt Fernando Garras seine Siesta. Sein bronzefarbener Brustkorb hob und senkte sich im Rhythmus seiner Atmung wie ein mit pneumatischen Bewegungen ausgestatteter Panzerschrank. Der blaue Kreis des Sonnenschirms hatte sich um fünfzig Zentimeter verschoben und lag jetzt über dem Beistelltisch. Zu anderen Zeiten im Jahr, etwa, wenn der Herbst den Zweireiher erforderlich machte oder der Winter Mäntel aus Vicuñawolle über die Schultern der Finanziers legte, fühlte Fernando Garras seinen Körper eingesperrt. Nur dort, neben dem Swimmingpool, in der letzten Gluthitze des Augusts, die seinen Körper briet, um ihn am Ende in die gebrannte Tonfigur eines pompejischen Gladiators zu verwandeln, nur dort hatte Fernando Garras das halb hellenische, halb römische Gefühl, einige paradoxe Augenblicke von Unsterblichkeit zu erleben. Unter den Strahlen der Sonne über der Mancha nahm sein Körper die weinrote Färbung der Tahitianerinnen auf den Gemälden Gauguins an, auch wenn es niemandem in den Sinn gekommen wäre, Fernando Garras mit einer Tahitianerin zu vergleichen. Und wenn irgendwann einmal diese fleischliche Hülle Risse bekommen würde, etwas, das sehr wenigen Athleten in den Kopf wollte, würden sich von Fernando Garras' Körper zweifellos klassische Trümmer lösen, ein Arm, ein Bein, der Rumpf, Brocken seines übertriebenen Körperkults, der Nachwelt zum Vermächtnis. Er gehörte zu den Männern, über die scheinbar nie die Dämmerung hereinbrechen würde und die sich schon gar nicht vor einem Gewitter fürchteten. Der Strohhut war von seiner Nase gerutscht und die Hochglanzzeitschrift, in der er gelesen hatte, lag schon eine ganze Weile auf dem Boden. Kein Lüftchen wehte, als wohnten schlafende Götter darin, und erst kurz zuvor hatten sich die Bäume mit Geisteshauch bewegt. Fernando Garras öffnete ein Auge, als er die ersten vereinzelten Donnerschläge hörte. Auf der anderen Seite des Swimmingpools erhob sich Unwetter verkündendes Rauschen zwischen den Ästen der Pinien. Ein Blatt der auf den Boden geglittenen Zeitschrift schlug um.

Tatsächlich war Fernando Garras bereits seit mehr als zehn Minuten wach. Sein Schlaf war tief, aber nicht traumlos gewesen. In seinem Traum waren die Ereignisse der letzten Tage vorgekommen, voll glühender Gier und strotzender Zufriedenheit. Er hatte Bilder von Dinosauriern gesehen, kraftstrotzende und extravagante Form, seinen Ambitionen ein Gesicht zu verleihen. Garras war mit dem Donnern des Himmels aufgewacht, aber sehr bald hatte sein Ohr das leichte Klatschen des Wassers im Swimmingpool vernommen; er hatte den Dinosauriern zugeschrieben, was nicht nur ein Alptraum oder Gewissensbisse waren, sondern das Erzittern der Welt vor etwas, was Fernando Garras selbst zukam: der großartige und schreckliche Titel: *Tyrannosaurus Rex*.

Er schob die Krempe seines Strohhuts ein wenig hoch und blickte sich um. Wolken zogen von Süden heran und warfen kobaltfarbene Schatten auf die Berge. Von dort kamen gewöhnlich die Gewitter, die in jedem Tropfen einen halben Liter Wasser bargen und die Glut des Sommers auslöschten. Es waren hohe, biblische, runde Wolken mit der langsamen Entwicklung einer Atomexplosion. Wolken aus der Zeit der Dinosaurier, dachte Garras und bestaunte den grellen, perlmutternen Schein der Blitze und die verzögerte Botschaft des Donners. Jedenfalls würde es noch eine Weile dauern, bis sich das Gewitter entlüde.

Garras bedeckte sich wieder die Augen. Andere Gedanken beschäftigten ihn, unter ihnen das Gefühl der Zufriedenheit, endlich das bekommen zu haben, was er wollte. Es gab verschiedene Möglichkeiten, den Besitz von Perlen zu genießen, und eine davon, vielleicht die raffinierteste, war, es allein zu genießen. Die Perle strahlte eine solche Verführungskraft aus, dass man glauben konnte, sie sei nicht unter Wasser, sondern in der Hölle entstanden. Bäuchlings auf dem Tisch liegend hatte dieser Schwule schließlich gestanden, dass er sie in einem Schuh versteckt hatte. In einem Schuh! Fernando Garras' Brustkorb erzitterte unter einem imaginären Gelächter, als er sich an die Zeremonie aus Blut und Kot erinnerte, mit deren Hilfe es ihm gelungen war, sich die Perle anzueignen. Seltsame Gerüchte über diese Perlen waren ihm zu Ohren gekommen. Jetzt, da sich eine von ihnen in seinen Händen befand, würden die Gerüchte noch seltsamer werden, einem Mechanismus folgend, der ein Geheimnis noch mysteriöser erscheinen ließ, wenn das ursprüngliche Rätsel nicht gelöst war. Fernando Garras machte sich deswegen keine Sorgen. Wie alle Monarchen, die sich lediglich ihrem Barbier anvertrauten, vertraute sich Fernando Garras nur seinem Masseur an, doch der Filipino war nicht sein richtiger Masseur und Garras wartete nur darauf, dass sein Masseur vom Fitnessstudio aus dem Urlaub zurückkehrte, um ihn um Rat zu fragen. Und so war sein Gehirn damit beschäftigt, sowohl das Vergnügen zu genießen, sich im Besitz einer der Perlen zu wissen, als auch Möglichkeiten zu ersinnen, sich die zweite anzueignen. Er wusste, dass sie sich im Besitz des Anwalts befand. Er malte sich Gewaltszenen aus und fand sie köstlich. Unter seiner eng anliegenden, elektrisierend blauen Badehose pochte Fernando Garras' Geschlecht wie eine Zeitbombe. Derbe Umstände und die Aussicht auf eine Wiederholung stachelten seine Wollust an. Nichts brachte ihn dazu, in dem herannahenden Gewitter ein Unheil verkündendes Omen zu sehen, sei es, weil Garras alles ignorierte, was mit der Wissenschaft zu tun hatte, aus Wolkengebilden Vorzeichen herauszulesen, oder weil er in seinem Hochmut glaubte, dass er an der Kraft, die ein Gewitter entlud, teilhatte. Er fand sich eingetaucht in einen Balsam von Ehrgeiz, wie in Vaseline, als neben ihm das Telefon klingelte.

»Riiing, riiing!«

Er hatte ganz vergessen, dass das Telefon neben ihm lag. Sogleich streckte er seine Krallen aus und schnappte sich den Apparat, der wie eine Amsel sang. Das Handy wiederholte sein Trillern, riiing, riiing, halb erstickt in Garras' Händen, bis dieser eine kleine schwarze Antenne aus ihm herauszog. Der Vogel verstummte.

»Hallo?«

»Garras?«

Garras hörte seinen Namen und richtete sich im Liegestuhl halb auf. Er hatte den Anrufer an der Stimme erkannt.

»Kauffman?«, fragte er und umklammerte das winzige Telefon mit seiner Faust.

»Mistkerl! Verdammter Gorilla!«

»Schon gut, Kauffman, schon gut.«

»Mieser Zwerg! Mörder! Juwelendieb!«

»Ganz ruhig, Kauffman.«

»Ich werde keine Ruhe geben, bis ich dich dazu gebracht habe, die Perle auszuspucken, die du gestohlen hast!«

»Gestohlen? Spreche ich mit Kauffman, dem Anwalt, der die erste Perle hat?«, fragte Garras und begann am Swimmingpool entlangzuwandern.

»Mistkerl! Ich habe niemandem den Schädel eingeschlagen. Ich habe keine armen Schwulen vergewaltigt.«

»Kommen Sie schon, Kauffman ...«

Dem Anwalt fiel sein demoliertes Auto ein und eine Welle von Zorn überrollte ihn.

»Du hast mein Auto kaputtgemacht, das noch lief!«

»Die Botschaft hast du wohl verstanden«, bemerkte Garras sardonisch.

»Ich habe damit meine Kinder in die Schule gefahren!«, rief Kauffman in einem plötzlich väterlichen Aufschrei.

»Du kannst dir ein neues Auto kaufen, Kauffman, oder deine Töchter nehmen den Schulbus«, sagte Garras, angeödet von jenem Gefühlsausbruch. »Wo ist deine Frau? Ich lasse sie beobachten, Kauffman. Ein Schwarzer treibt's mit deiner Frau.«

»Ahggg ...!«

»Und weißt du, was die für einen haben? Die Schwarzen haben einen elefantenmäßigen«, fuhr Garras fort. »Verdammter Idiot!«

»Der Gran Duque wird dich in Stücke reißen! Von dir wird nicht einmal ein Schatten übrig bleiben!«

»Du bist übergeschnappt, Kauffman. Wenn der Duque erfährt, dass du eine der Perlen besitzt, kannst du deine Kanzlei auf den Friedhof verlegen. Warum beruhigst du dich nicht? Hast du angerufen, um mich zu beschimpfen?«

»Ja!«

»Na schön. Das hast du jetzt erledigt. Ich nehme an, dass wir jetzt wie Partner reden können. Oder sind wir keine Partner?

Du hast die eine Perle und ich habe die andere. Du hast die ›Betrügerin‹ und ich ›Nemesis‹. Haha! Find' ich gut, diese Namen. Huren heißen auch so.«

»Was willst du, Garras?«

»Mit dir reden. Natürlich kann ich nicht mit dir reden, solange du mich einen Dieb, Zwerg und Mörder nennst. Zwerg vor allem. Mit einer Ohrfeige könnte ich dir den Kiefer zertrümmern und mich auf deine Eier stellen, damit ich größer bin. Aber wenn du dich beruhigst, können wir zu einer Übereinkunft kommen.«

Korpulent und massiv hatte Garras die andere Seite des Swimmingpools erreicht und kehrte um. Einen Augenblick blieb er mit dem Telefon in der Hand stehen, so geduldig, als hätte er gerade einen guten Rat erteilt. Am anderen Ende der Leitung kam währenddessen Kauffman wieder zu Atem. Die Schimpftirade hatte ihn erschöpft. Die Anspielung auf die Penisgröße eines Schwarzen hatte ihn aus dem Gleichgewicht gebracht, mehr noch als die Informationen, über die Garras verfügte. Größer als seine Wut war jetzt seine Sprachlosigkeit, welche die Anspielung auf große Schwänze bei ihm ausgelöst hatte, als sei diese Frage der Schlüssel zu seinen maßlosesten ehelichen Hirngespinsten. Die Betrachtung über die Größe seines eigenen Penis hob er sich für ein andermal auf. Er hatte ihn immer für normal groß gehalten. Vielleicht nicht ganz so groß wie der eines Schwarzen. Vielleicht nicht wie der eines Elefanten. Aber es gab doch viele Frauen, dachte er bescheiden, die an einem Penis mehr die Geschicklichkeit als die Maße schätzten. Oder war dies nur ein wohlfeiler Trost, den sich der weiße Mann einredete? Außerdem: Wie konnte Garras wissen, dass seine Frau ein Abenteuer mit einem Schwarzen hatte? War er vielleicht besser informiert? Er nahm an, dass zwischen dem, war Garras wusste und dem, was Garras erzählte, mehr steckte als der Wunsch zu demütigen. Wie groß war Garras' Penis? Zwerge haben einen dicken und kleinen. Pummelige Schwänze. Aber sie stehen in dem Ruf, besonders geschickt zu sein. Garras war ein Athlet. Wahrscheinlich hatte er einen dicken, kleinen und muskulösen Penis, auf den er sich etwas einbildete. Es war jedoch bedenklich, sich vorzustellen, was Garras mit seinem kräftigen Penis anstellen konnte.

»Hat es dir die Sprache verschlagen, Kauffman?«

»Ich habe gerade nachgedacht«, antwortete Kauffman, der aus einem Wald von Schwänzen verschiedener Größe auftauchte.

»Ich schlage dir einen Pakt vor«, sagte Garras. »Ich will die Perle haben, die du besitzt, und du willst die haben, die ich besitze. Mein Vermögen ist beträchtlich«, fügte er hinzu und kratzte sich an der bronzenen Brust. »Nicht so beträchtlich wie das des Gran Duque natürlich, aber ich glaube, ich kann dir ein Angebot machen, das du nicht ablehnen kannst.«

»Woher weißt du, dass ein Schwarzer meine Frau fickt?«, unterbrach ihn Kauffman obsessiv.

»Sei nicht albern, Kauffman. Deine Frau ist allein in die Ferien gefahren und du hast in Madrid auch nichts anbrennen lassen. Das hat mir ein Vögelchen gezwitschert.«

»Verdammter . . .«

»Verdammter Gorilla, ich weiß schon. Ich kann dir den Schädel einschlagen und aus deinen Eiern ein Paar Golfbälle machen lassen. So kommen wir nicht weiter.«

»Was willst du?«

»Das habe ich dir schon gesagt, Kauffman. Dass du zum Abendessen zu mir kommst und wir uns über unsere Geschäfte unterhalten. Deinen Anruf hatte ich schon erwartet. Ich habe getrüffelten Truthahn und Eis mit Rumrosinen bestellt.«

»Um wie viel Uhr?«

»Wann du möchtest. Lass das Eis nicht schmelzen.«

»Ich werde um zehn in der Finca sein.«

»Kommst du allein?«

»Ich komme allein. In einem Leihwagen.«

»Brav, Kauffman. Ich mag Leute, die sich zu helfen wissen. Deine Kiste war auch nicht mehr die allerneueste.«

»Noch was, Gorilla: Was passiert, wenn ich dein Angebot ablehne und dir meinerseits einen Vorschlag unterbreite, um in den Besitz der zweiten Perle zu gelangen?«

»Was kannst du mir schon bieten, du armer Teufel?«

»Wer weiß«, erkühnte sich Kauffman zu erwidern, ohne auch nur die leiseste Ahnung zu haben, welcher Art sein Vorschlag sein könnte.

»Dass ich nicht lache! Du würdest mit deiner Kanzlei in die Besenkammer ziehen müssen. Ich nehme doch an, dass du dich nicht für etwas ruinieren willst, das eine Nummer zu groß für dich ist. Was du brauchst, ist ein neues Auto und ein schönes Leben mit deiner Frau. Vergiss nicht, dass Frauen Geld mehr schätzen als den Schwanz eines Schwarzen.«

»Ahhhggg . . .!«, rief Kauffman zum zweiten Mal.

»Na los, Kauffman, deine Zukunft beginnt jetzt«, fuhr Garras fort, während er mit dem Hörer am Ohr und zufrieden mit seiner Grausamkeit erneut am Swimmingpool entlangspazierte. »Du kannst ebenso gut für mich arbeiten, wie du es für den Gran Duque getan hast. Was für Geschäfte hat dir Millionetis vorgeschlagen? Ihn auf Auktionen zu vertreten? Versicherungspolicen zu führen? Ihm im Golfclub die Schläger hinterherzutragen? Bei mir kannst du mächtig werden. Fang damit an, indem du mir die Perle aushändigst.«

Kauffman schluckte.

»Ich erwarte dich zum Abendessen«, sagte Garras.

»Einverstanden.« Voller Hass und mit einem unerklärlichen Vertrauen in seinen guten Stern stimmte Kauffman zu.

Der Anwalt legte auf. Fernando Garras schaltete sein Handy aus und legte es neben den Liegestuhl, auf dem sein Bademantel lag. Er glaubte, dass der Augenblick nahte, in dem es Großes zu verhandeln gab. Jedenfalls konnte er nicht umhin, sich die Hände zu reiben, nachdem er sich den seidenen Bademantel zugebunden hatte, der mit seinen Initialen FG in Grün und Rot bestickt war. Zufrieden und stirnrunzelnd blickte er wie ein

Boxchampion um sich, der seinen Rivalen zu einem im Voraus geschickt manipulierten Wettkampf erwartete. Das Abendessen war eine Formalität. Irgendwas könnte dazu dienen, das Opfer abzulenken und in eine aussichtslose Lage zu bringen. Die Köchin hatte vor ihrem Urlaub einen Vorrat von getrüffeltem Truthahn dagelassen und Garras nahm an, dass auch noch etwas Eiskrem für das Dessert im Gefrierschrank war. Der Filipino würde bedienen. Wichtig war, sich wie bei den großen Ringveranstaltungen oder Finanzbetrügereien mit dem Geld – in diesem Fall mit der Perle – davonzumachen, und Garras war sich sicher, dass ihm dies gelingen würde. Unfair, gewalttätig und bestechend wie er war, konnte niemand seinen Vorschlägen widerstehen. Er schloss die Augen und hob die Faust hinauf zu den dunklen Kronen der Pinien, wo die Abenddämmerung die Gewitterwolken blutrot umsäumte. In seinen heraldischen Bademantel gewickelt und an einen kleinen Koloss erinnernd, schien Fernando Garras dem Himmel zu drohen, und oben antwortete ein schwarzweißer Vogel, vermutlich eine Elster, mit einem Krächzen. Sie schlug ein paarmal kurz mit den Flügeln und verschwand dann zwischen dem hohen Geäst der Bäume. Garras brach in Gelächter aus und presste die Zähne zusammen. Der Abend war drückend und auf dem seidenen Bademantel begannen sich die Linien von Rücken und Schulterblättern feucht abzuzeichnen. Fernando Garras' unsichtbarer Kampf hatte begonnen. Garras schwitzte. Dann drehte er sich zum Haus um, legte die Hände als Trichter an den Mund und schrie:

»Aquino!«

Die gestreiften Marquisen über der Terrasse wehten leise.

»Aquino! Du Schuft!«

Zehn Minuten waren vergangen. Aquino Tuán war aus seinem Keller heraufgekommen und hatte seinen Patron von der Terrasse aus beobachtet. Auf dem Kiesweg hatte sich ein Unheil verkündender Wirbel gebildet. Lange, düstere Schatten überfluteten den Garten. Das Firmament füllte sich mit Vorzeichen.

»Aquino! Scheißchinese! Wo steckst du?«

Klack, klack. Aquino Tuán ließ seine Sandalen auf den Bodenfliesen der Terrasse klappern und steckte den Kopf zwischen zwei Geranientöpfen hindurch.

»Komm verdammt noch mal her! Oder muss ich dir erst einen Ring durch die Nase ziehen, damit du gehorchst?«

Klack, klack, klack. Aquino Tuán beeilte sich, die Balustrade zu umrunden und die Treppen hinabzusteigen. Mit dem Ellbogen stieß er dabei an eine der Geranien, so dass der Blumentopf wackelte. Kl-lack, kl-lack, die Stufen schwankten. Die Treppen waren mühsam und der Filipino spürte die Flasche Rioja, die er intus hatte. Ah! Seine Augen sahen keine Visionen, aber die Freitreppe, die vor ihm nach unten führte, war prächtig und von einem abendlichen Glanz, wie er ihn noch nie zuvor bewundert hatte. Ah! Welche Wunderdinge würde er daheim auf seiner Insel erzählen können. Gleichzeitig fürchtete er zu stolpern und zu stürzen. Man sollte nicht sagen können, Aquino Tuán sei ein betrunkener Krieger, der den Wein der Spanier nicht vertrage! Fernando Garras brüllte immer noch. Endlich, mit erhobenem Kopf wie ein Kazike, die Entfernung, die ihn in gerader Linie von seinem Patron trennte, als Anhaltspunkt nehmend, kam der Filipino ohne weitere Zwischenfälle am Rasen an und gewann seine Haltung wieder. Das Gras dämpfte vornehm das Echo seiner Holzsandalen. Für einen Augenblick sah Aquino Tuán in weiter Entfernung die Silhouette von Fernando Garras vor sich, die langsam auf ihn zukam. Der Filipino blieb stehen. Wieder ein Wunder. Er hatte den Eindruck, dass sein Herr mit den Fäusten in den Taschen seines Bademantels dem heiligen Aquino ähnelte, dem mit den Schweinebacken. Dann ging er weiter, stolperte und verlor eine Sandale im Gras. Er bückte sich, um sie aufzuheben, und plötzlich, als er aufblickte, stand sein Patron vor ihm und rüttelte ihn an der Schulter.

»Bist du taub? Wo zum Teufel hast du gesteckt?«

Mit der Sandale in der Hand stand der Filipino auf. Garras bemerkte, dass er bis auf eine Art von verknotetem Lendenschurz, der seine Hüften, den Arsch und die Genitalien bedeckte, nackt war und im Schatten seinen mageren wurmartigen Körper und das üppige Filigran seiner vom Hintern bis zu den Knöcheln tätowierten Beine zur Schau stellte. Aquino Tuán schlüpfte wieder in die Sandale und nahm eine stramme Haltung an.

»Du stinkst nach Wein. Was hast du den ganzen Nachmittag gemacht?«

»Aquino zelebrierte Zeremonie.«

»Du bist ein besoffener Heuchler«, schalt Garras und gab ihm fast lustlos eine Ohrfeige auf die Wange. Der Filipino taumelte. Der heilige Aquino, der mit den Schweinebacken, zeigte sich feindselig. »Du musst heute Abend bereit stehen«, fuhr Garras fort. »Der Anwalt Kauffman kommt zum Abendessen.«

»Kau Man?«, fragte Aquino und hielt sich die Wange.

»Ganz genau.«

»Aquino wird mit Keule bereit stehen, wenn Kau Man kommt«, beeilte sich der Filipino zu sagen, um Garras zu besänftigen.

Garras fing an zu lachen, zufrieden mit der Treue seines Affen.

»Darum geht es doch gar nicht. Kümmere dich um das Abendessen und halte die Keule bereit. Also, zuerst das Abendessen, und dann vielleicht die Keule.«

Aquino Tuán stimmte mit einem Blick zu. Oh! Welch ein Abend voller Wunderdinge! Die Schweinebacken seines Patrons schienen jetzt Blut zu sabbern.

»Mach keine Fehler«, drohte Garras. »Beim geringsten Irrtum stecke ich dir die Keule in den Arsch.«

»Aquino weiß.«

»Na dann.«

Der Filipino wich zurück, ohne seinen Herrn aus den Augen zu lassen. Nach ein paar Schritten grüßte er und drehte sich um. Garras grinste wie ein Wildschwein und kratzte sich am Nacken. Der Filipino trottete langsam davon, wobei seine Sandalen, klack, klack, klapperten und zugleich der komplizierte Gesichtsausdruck der Götter auf seinen Oberschenkeln im Dämmerlicht wechselte. Garras seufzte zufrieden. Vielleicht, wenn alles gut ging, würde er heute Nacht den Erfolg feiern, indem er diesen Affen fickte. Seit Wochen schon warf er ein Auge auf dessen blau tätowierten Arsch. Ein und derselbe Gedanke verband seinen Ehrgeiz, an die Perlen zu kommen, mit dem dringlichen Bedürfnis nach Sex. Der Chinese war gewarnt. Mehr als einmal hatte er ihn im Massageraum in die tätowierten Hinterbacken gezwickt. Er würde sich ihm widerstandslos hingeben, wie bei einem rituellen Geschlechtsakt, dachte Garras. Man müsste ihm bloß ein paar Klapse auf den Arsch geben, um die Götter zu animieren. Haha. Unter dem Bademantel und unter der enganliegenden Radfahrer-Badehose startete Garras' kurzer und muskulöser Penis eine mächtige Erektion gleich einem entstehenden Atompilz unter engem Lycragewebe. Dann beruhigte sich der Penis wieder wie ein gefährliches Tier, das man kurz im Schlaf gestört hatte. Garras wickelte sich in seinen Bademantel und kehrte zu seinem Liegestuhl zurück. Die Nacht senkte sich mit einem Feuerwerk an Farben herab. Die Wasseroberfläche des Swimmingpools fing in großen, wechselnden Kreisen den glänzenden Schimmer des Unwetters ein, das sich noch immer nicht entlud. Als der Himmel kurz aufriss, wurde das Hausdach mit einem malvenfarbenen Aquarell überzogen, das von den fernen Bergen herkam. Farbige Blitze zuckten über das Firmament und ließen es wie ein Zebrafell aussehen. Reglos und nachdenklich wie ein in der Sauna sitzender Champion, meditierte Garras über die Bedeutungslosigkeit des Menschen angesichts der unaufhaltsam hereinbrechenden Abenddämmerung.

Auf dem Weg zurück in sein Kellerloch ging Aquino Tuán vorher noch durch die Küche. Er durchquerte, klack, klack, die Wohnräume, in die quadratische Lichtreflexe der untergehenden Sonne fielen, streifte dabei die langen Wedel der tropischen

Pflanzen und stieß gegen die Stühle. Oh! Wie viele Leiden schlummerten doch in der Verführung des Weines! Seine Wange brannte von der Ohrfeige und es brannte sein gedemütigtes Herz, aber als er in der Küche ankam, verwandelte sich dieses Gefühl in Melancholie und er zog seine Sandalen aus, als betrete er heiligen Boden. Die Abwesenheit Toribias prägte den leeren Raum. Oh! Wenn er doch wenigstens eine Schürze an seine Nase halten und ihren Geruch nach Schmorfleisch und Steckrüben einatmen könnte! Aber Toribia hatte, bevor sie in Urlaub gefahren war, die Schürze in die Waschmaschine gesteckt und in der Küche roch es nach Lauge und Putzmittel. Aquino Tuán wurde traurig. Wie weit weg waren doch die Düfte von Zimt und Pfefferschoten seiner Insel! Wie weit weg auch die geliebten Aromen von Schmorbraten und Steckrüben! Er stellte die Sandalen auf einem Schemel ab und lief barfuß über die kalten Bodenfliesen zum Kühlschrank. Dieser war bis zum Bersten gefüllt und erinnerte an die mit Proviant voll gepferchte Gepäckaufbewahrung eines Bahnhofs. Toribia hatte an ihren Herrn gedacht, aber der Filipino, der mit Tränen in den Augen vor dem Kühlschrank stand und dessen verliebtes Profil sich gegen das unbewegliche Polarlicht der Innenbeleuchtung abzeichnete, glaubte, dass Toribia ausschließlich an Aquino Tuán gedacht hatte. Für das Abendessen war also genug da. Doch Aquino Tuán kümmerte sich nicht um das Abendessen. Er griff nach einer Rohwurst und biss zufrieden hinein. Der Wein hatte ihm Appetit gemacht. Bevor er den Kühlschrank wieder zumachte, schnappte er sich noch ein paar Würste und steckte sie sich als Vorrat für sein Zimmer in den Lendenschurz um seine Hüften. Dann verließ er seufzend die Küche. Die Sandalen blieben vergessen auf dem Schemel zurück. Aquino Tuáns federnde Schritte ließen seine verliebte Krieger-Gestalt hochmütig erscheinen. Es hätte ihm gefallen, wenn man ihn so in seinem Dorf gesehen hätte. Wenn er eines Tages auf seine Insel zurückkehrte, würde er sich ein Haus wie dieses bauen lassen, für sich und für seine süße Köchin, und er würde einen spanischen Athleten als Diener kommen lassen, der sich den Arsch tätowieren lassen müsste und dem er beim geringsten Anlass unweigerlich eine Ohrfeige verpassen würde.

Als er wieder in seinem Zimmer war, fühlte er erneut die Ohrfeige auf seiner Wange brennen und biss wütend in eine Wurst. Schlimmer noch, mit der doppelten Vorsehung, die ihm der Rioja verschaffte, fühlte er, wie der Patron seinen Hintern angestarrt hatte. Ein Krieger lässt sich nicht ungestraft seine Hinterbacken anschauen. Vor den Altären der Heiligen glomm noch immer der Weihrauch. Die vier Kerzen warfen zarte blaue und rosa Schatten auf die Papierblumen. Aquino Tuán setzte sich auf den Boden. Er überkreuzte die Beine und starrte auf die Heiligen. Sankt Cavite, der Heilige mit den Krokodilkinnladen, verstand seine Demütigung. Der heilige Aquino hingegen, der spanische Heilige mit den Schweinebacken, schien gleichgültig gegenüber seinem Schmerz. Aquino Tuán stand auf und drehte das Bild des heiligen Aquino zur Wand. Dann setzte er sich wieder mit überkreuzten Beinen auf den Boden und blieb mit Sankt Cavite allein. Wenn er ein schwarzes Huhn zur Hand gehabt hätte, hätte er es zu Ehren des Heiligen geköpft. Stattdessen legte er die dritte Wurst vor den Altar. Seine Laune hatte sich geändert; ihm war nicht nach Beten zumute. Ganz im Gegenteil. Die Ohrfeige schmerzte ihn gleichermaßen wie sein Herz. Genau in diesem Augenblick schalteten sich draußen am Haus automatisch die Lichter ein und die Hoflaterne schickte bleiche Schatten durch das Kellerfenster, flüchtige Trugbilder von Gewalt, wie Schnappschüsse an die Wand projiziert. Aquino hatte die Keule vor Augen, die neben der Wurst vor dem Altar lag, und da wusste er plötzlich, dass dies das Hausmittel für Gerechtigkeit und Vergeltung war, gesegnet vom heiligen Cavite, dem Feind der Spanier, so wie andere Menschen, andere Berufe und andere Dienstboten über besondere Mittel verfügten, um sich zu rächen und sich ihr Brot zu verdienen.

Er warf sich auf den Boden, als wolle er in den Zement hineinkriechen, und tastete nach der zweiten Flasche Rioja, die er unter seiner Pritsche versteckt hatte. Geschickt entkorkte er sie und nahm einen langen und wilden Schluck wie die Krieger bei ihren nächtlichen Orgien, nicht nachlassend in dem Bestreben, sich weiter zu betrinken. Der schwere, süffige Wein, ein 1982er Reserva, lief ihm angenehm über die Lippen und schmeichelte seiner Kehle. Etwas davon verschüttete er über seine Brust. Ein dumpfer Rülpser blähte seine Backen mit Verdauungsgasen. Aquino Tuán beruhigte sich. Eine ganze Weile schon war die Welt der Sinne aus den Fugen geraten. Die erste Flasche Wein wirkte sich allmählich auf seine Vorstellungskraft aus und so fand er nun Gefallen an vagen und summarischen Hinrichtungsszenen, die seinen Patron zum Gegenstand hatten. Weißer Mann – schmutzige Seele. Aquino Tuán hob den Ellbogen an und nahm einen zweiten Schluck aus der zweiten Flasche. Der Rioja lief ihm in zwei purpurnen Sturzbächen aus den Mundwinkeln und färbte erneut seine Brust blutrot. Er hustete. In zwei Zügen hatte er die halbe Flasche geleert. Jetzt keuchte er und war nahe am Ersticken. Er legte eine kurze Pause ein. Dann wischte er sich den Mund mit dem Handrücken ab und trank weiter, die Augen starr zur Decke gerichtet, bis die Flasche leer war. Nachdem sie ihm sanft aus der Hand geglitten war, rollte die leere Flasche, dem unmerklichen Gefälle des Fußbodens folgend, in eine Zimmerecke, wo sie auf ihre Genossin vom gleichen Jahrgang traf, mit der sie ihre leeren Gedanken an eine lang zurückliegende Weinlese und ein ebenso langes Schicksal teilte.

Ah! Alte Gesänge seines Clans und seines Stammes kamen ihm in den Sinn: ›Von Luzón nach Mindanao.‹ ›Boga-Boga.‹ ›Verhau den Missionar.‹ Alles in der Sprache der Urahnen. Der Geist seiner Vorfahren und Familienangehörigen durchströmte seine Adern in einer Art Mehrfachbewusstsein der Persönlichkeit. Er glaubte einen seiner Großväter zu erkennen, einen Spieler und Säufer und Freund von Palmschnaps. Und er gewahrte auch die Geister seiner frommen Mutter und seiner Schwester, die beide, als er noch ein Kind war, seine Näherinnen-Hände so bewundert hatten. Sie wären entsetzt, wenn sie ihn so betrunken sähen, doch wussten sie nicht, was es hieß, nach Spanien zu gehen, um »Knete« zu machen. Andere Erinnerungen stärkten sein Gemüt. Eine seiner Großmütter war die Konkubine eines spanischen Auswanderers gewesen und hatte in das Repertoire der Sippe das ›Boga-Boga‹ eingebracht, wie auch ein paar Tropfen baskischen Blutes. In der würdevollen Trunkenheit Aquino Tuáns fehlte nicht der Stolz der Basken und auch nicht die Kraft, die Lage zu beherrschen.

In diesem Augenblick glaubte er ein lautes Platschen zu hören, wie das eines schweren Körpers, der sich ins Wasser warf. Etwas später schien ihm, dass jemand nach ihm schrie:

»Scheißchinese! Hörst du mich denn nicht? Ich ruf dich!«

In der Tat. Fernando Garras hatte im Swimmingpool ein nächtliches Bad genommen. Kau Man war noch nicht gekommen. Und der Scheißchinese war er.

Aquino Tuán erhob sich widerwillig. Sein Kopf stieß fast an die Decke seines Schlupfwinkels. Er trat an die Altäre seiner beiden Heiligen und drehte am rechten Altar das Bild des hl. Aquino wieder nach vorne. Sein Herr brüllte immer noch. Aquino Tuán zog eine missbilligende Grimasse. Dieses Geschrei ärgerte ihn. Schließlich stieg er aus dem Keller nach oben und überquerte unter dem Schein der mit Mücken übersäten Laterne den Hof. Geräuschlos gelangte er zum dunklen Teil der Terrasse und steckte den Kopf zwischen zwei Geranientöpfen hindurch. Die frische Nachtluft klärte seine Sinne. Große Lichtkreise beleuchteten den Rasen und warfen kobaltfarbene Schatten. Der Swimmingpool schien ein grünes Rechteck von smaragdfarbiger Durchsichtigkeit, leicht durchzogen von dunklen, schwankenden Linien unter einem unwirklichen Licht. Fernando Garras stand neben dem Pool und zeterte:

»Ein Handtuch!«

Aquino Tuán verstand, dass der Patron ein Handtuch benötigte.

»Ich werde dir ein Handtuch ins Maul stopfen, du Scheißchinese!«

Der Patron benötigte ein Handtuch, um es Aquino ins Maul zu stopfen.

Der Filipino machte eine Kehrtwendung und ging dahin zurück, woher er gekommen war. Seine nackten Füße glitten über die Bodenfliesen und schoben die bösen Geister beiseite, die seine Anwesenheit verraten konnten. Gleichgültig gegenüber der Mückenschar, die sich bei der Laterne eingefunden hatte, überquerte er erneut den Hof und stieg hinunter in den Keller. Viele Dinge waren ihm in diesen Tagen durch den Kopf gegangen. Dunkle Ahnungen hatten sich seines Gemüts bemächtigt, aber keine war so düster gewesen wie die Vorstellung, dass ihm sein Patron ein Handtuch in den Mund stopfen wollte, um, wer weiß, seine Schreie zu ersticken, wenn er versuchen würde, ihm die allergrößte Schmach anzutun, die kein würdiger und stolzer Krieger dulden konnte. Aquino Tuán spürte, wie er instinktiv seinen Po zusammenkniff. Die Leere im Haus und die schmerzliche Leere in seinem verliebten Herzen ließen ihn seine Furcht noch stärker spüren. Er betrat den Kellerraum, während draußen Fernando Garras weiter herumbrüllte. Die *bataklán*-Keule lag vor den Altären der Heiligen. Aquino Tuán packte sie mit der mechanischen, resignierten und rituellen Bewegung eines Henkers ohne Gewissensbisse. Vieles hatte Aquino Tuán ertragen, um in Spanien »Knete« zu machen. Viel Spott und Hohn hatten seine tätowierten Hinterbacken in der klebrigen Vorstellungskraft seines Patrons geweckt. Mit der Keule über der Schulter verließ er den Keller und zog die Tür hinter sich zu. Dann holte er ein großes Badetuch aus der Wäscherei. Als er an der Küche vorbeikam, schlüpfte er wieder in seine Sandalen, die er auf dem Schemel liegen gelassen hatte. Klack, klack, klack, Aquino kündigte sein Kommen an. Garras hörte das Klappern.

Aquino Tuán tauchte oben an der Freitreppe auf und Fernando Garras hob die Fäuste:

»Wo hast du gesteckt, du Scheißchinese?!«

Mit der Würde eines Stabträgers schritt der Filipino die Stufen hinunter. Der Weindunst ließ Blei durch seine Adern fließen. Bis auf einen Meter Entfernung näherte er sich seinem Herrn. In seinem Dorf tötete man Kälber mit einem einzigen Keulenschlag. Also musste er den nötigen Abstand berechnen, um seinen Herrn umzubringen. Danach würde er auf die Insel Tomelloso fliehen.

»Tuán bringt Badetuch«, murmelte er mit dunkler Stimme.

»Na endlich!«

Aquino Tuán reichte ihm das Handtuch. Alte Kriegslisten hatten ihn gelehrt, die Hände des Gegners beschäftigt zu halten. Er wechselte die Keule auf die andere Schulter über. Garras begann sich die Brust mit kräftigen Bewegungen trockenzureiben.

»Weißt du, Tuán, ich mag dich wirklich gern. Du bist mir sympathisch.«

»Aquino weiß.«

»Aber es ärgert mich, dass du in deinem Loch verschwindest, wenn ich dich brauche«, fuhr Garras fort und holte zu einer Ohrfeige aus, die den Filipino wanken ließ.

Mit Hilfe des Gegengewichts der Keule fand Aquino Tuán sein Gleichgewicht wieder. Er hatte nicht mit der Schnelligkeit seines Gegners gerechnet. Garras wandte ihm nun den Rücken zu und trocknete sich die Schultern ab. Dann drehte er sich wieder nach vorne. Mit seiner fleischigen, starken und feuchten Brust glich er einer Amphibie. Die am nächsten stehende Laterne warf einen metallischen Glanz über seinen Körper, so als wäre er von einem Goldschmied poliert worden. Wasser rann an seinen kurzen und behaarten Beinen hinunter und ließ vor seinen Füßen eine Pfütze entstehen. Die sanften Wellen im durchsichtigen Wasser des Swimmingpools schienen seine Bewegungen als zartes nächtliches Schauspiel zu begleiten. Es lag etwas

Idyllisches in der unvermuteten Nähe des Todes, die aus dem robusten Garras ein zerbrechliches, vergängliches Wesen gleich einer Blume machte. Wie er mit dem Badetuch umging, mit diesen Händen, die ein wahres Vorratslager von Ohrfeigen bildeten, wirkten seine Bewegungen geschickt, durchaus nicht misstrauisch. Warum sollte er auch misstrauisch sein? Er schien vom nächtlichen Verhängnis mit tuscheschwarzen Blütenblättern und silbernen Rinnsalen umschlungen, als verströme die Nacht sowohl Schmach als auch Reichtum und drücke ein Gefühl von Sympathie ihm gegenüber aus, der in diesem Augenblick so stark und arglos war wie die Opferkälber im Dorf des Filipino und gleichzeitig vom Flug einer Fledermaus gestreift und vom Gesang einer Nachtigall im Pinienwäldchen umschmeichelt wurde. Und jeder, sogar seine erbittertsten Widersacher, seine Partner und Feinde, sogar diejenigen, die seinen Druck an der Börse erlitten hatten, hätten Mitleid mit ihm empfunden, auch wenn sie mit seiner Leiche ein Bankett feiern und zum Nachtisch seinen Kopf wie eine reife Melone auf dem Tischtuch servieren würden. Garras hielt kurz inne und näherte seine Nase dem Diener.

»Du riechst immer noch nach Wein. Was machst du mit der Keule? Wartest du auf Kauffman?«

»Aquino wartet Kau Man«, log Aquino.

»Brav, Junge, sehr brav«, sagte Garras in Anerkennung der klugen Vorkehrungen des Filipinos. »Möglich, dass du sie gebrauchen wirst.«

Er wandte sich zur Seite und reckte den Kopf, um sich hinter den Ohren abzutrocknen, und da spürte Aquino, dass nun der richtige Moment gekommen war. Der Diener legte sich die Keule auf die andere Schulter. Er führte einen tänzerischen Schritt nach hinten aus, packte die Keule mit beiden Händen und fletschte in einer kriegerischen Grimasse die Zähne, bevor er sie, in der Luft einen Halbkreis beschreibend, niederschmettern ließ. All dies geschah mit einer solchen Anmut und einem solchen Sinn für Rhythmus, dass man glauben konnte, die beiden hätten es einstudiert, und nur das Pfeifen der Luft und der dumpfe Schlag gegen den Schädel machten deutlich, dass es sich hier um eine Abschiedsvorstellung handelte. Es war ein unbeschreibliches Pfeifgeräusch, wie von reißender Seide. Im Bruchteil einer Sekunde hatte Fernando Garras Gelegenheit, sich umzudrehen und sich die Hand an den geplatzten Schädel zu halten, aus dem der Saft einer Wassermelone austrat, im Gesicht den wilden Ausdruck eines gedemütigten Champions und auf den Lippen die einfältige Forderung nach einer Erklärung:

»Was hast du getan, Aquino? Was hast du da getan?«

Der Knüppel hatte das Scheitelbein getroffen, genau hinter dem linken Ohr, und der Schädelknochen brach wie eine leere Truhe auf. Das entsprechende Auge, das linke, trat aus seiner Höhle. In einer instinktiven Bewegung drückte der Athlet taumelnd das Handtuch gegen die Stirn, als bemühte er sich, seinen Kopf auf den Schultern zu halten. Ein säuerlicher Geschmack füllte seinen Mund wie in Augenblicken großer Bedrängnis. Sein Körper drehte sich lautlos. Aquino Tuán ließ den zweiten Schlag auf Höhe des Genicks niedersausen, wie man auf seiner Insel den Gnadenstoß zu verabreichen pflegte, und die Wirbelsäule brach mit dem Knackgeräusch eines trockenen Zweiges. Gutes Holz, das Holz der *bataklán*-Keule. Der Athlet knickte mit dem Becken nach hinten ein, das Gesicht zum Swimmingpool gewandt, und als seine Knie die Kräfte verließen, landete er bäuchlings im Wasser. Mit dem Knüppel in der Hand, in Kampfstellung oder Baseballhaltung, trat Aquino Tuán zur Seite, um nicht nass gespritzt zu werden. Dann betrachtete er die Szene in aller Ruhe. Die Lichtovale auf der Wasseroberfläche öffneten und schlossen sich in konzentrischen Kreisen. So plötzlich in Bewegung, gurgelte das Wasser in den Überlaufrinnen. Die Leiche trieb mit dem Rücken nach oben auf dem untergetauchten Licht, die Arme ausgebreitet, reglos wie ein Stück Treibholz und hielt noch das Handtuch umklammert wie den letzten Haltegriff des Lebens. Aus dem Schädel trat ein dünnes Astwerk von Blut und Hirnmasse aus, das sich in zarten Farben auflöste wie auf dem kaum angedeuteten und schon verblassten Aquarell eines japanischen Gartens.

Sehr gut. Es sah gut aus für Aquino. Er konnte sicher sein, die Ehre all seiner Vorfahren gerettet zu haben. Keine Ohrfeigen mehr. Keine Andeutungen mehr, ihm Gegenstände in den Arsch zu stecken. Mit der Keule über der Schulter trat er an den Rand des Beckens und betrachtete den treibenden Körper. Fernando Garras hatte sich im Tod in einen riesigen Käfer verwandelt. So sah es Aquino Tuán und diese Verwandlungen verwunderten ihn nicht. Dann blickte er kurz um sich und nahm die abgelegten Kleidungsstücke des Opfers an sich. Dort lag der seidene Bademantel mit den aufgestickten Initialen FG, den Aquino Tuán so sehr begehrt hatte und den er sich jetzt wie eine Trophäe um die Schultern warf, so wie die siegreichen Krieger sich der Persönlichkeit ihrer getöteten Gegner bemächtigen. Da fiel ihm ein, dass er zur Flucht mehr brauchen würde als nur einen Bademantel. Die Trunkenheit war verflogen und hatte einer praktischen Sicht der Dinge Platz gemacht. Klack, klack, klack, Aquino Tuán ging zurück in den Keller, um die Keksdose mit seinen Ersparnissen unter der Pritsche hervorzuholen. Dann irrte er, klack, klack, mit seinem Vermögen unter dem Arm durch das leere Haus. Er durchstreifte die Wohnräume und blieb eine Weile melancholisch in der Küche sitzen. Dann ging er durch die Schlafräume und gelangte schließlich in das Studio, das Fernando Garras als Büro diente. Klack, klack. Er blieb an der Tür stehen. Dort stand der Safe, versteckt in einem kleinen Mahagonimöbel mit Zitronenbaum-Intarsien, das beim ersten Keulenschlag aus den Fugen ging. Der eigentliche Safe, ein englisches Fabrikat mit Garantie, ging erstaunlicherweise beim zweiten Keulenschlag auf. Darin lagen wenigstens eineinhalb Kilo Geld, was die Spanier »Knete« nannten und was mehr als hunderttausend Dollar ausmachte, rechnete Aquino Tuán mit jener außerordentlichen Fähigkeit aus, die primitive Hirne für Berechnungen besitzen. Klack, klack, klack. Mit leuchtenden Augen verließ Aquino Tuán das Büro und füllte die Keksdose und die Taschen des Bademantels mit Geldscheinen. Schließlich kam ihm der Gedanke, dass er sich dieser verdammten Sandalen entledigen müsste, da sie seine Schritte verrieten und ihm auf seiner Flucht hinderlich sein würden. Also ging er hinunter in den Fitnessraum, um sich ein Paar Turnschuhe anzuziehen. Danach schlich er mit geheimnisvollen Tigerschritten durch den Garten, ging am Swimmingpool vorbei, ohne den Verblichenen eines Blickes zu würdigen, und verlor sich zwischen den Pinien. In der Dunkelheit erspähte er die Richtung, in der er die Insel Tomelloso vermutete, wo ihn glückliche Tage mit Toribia erwarten würden. Die Schöße des Bademantels flatterten im Wind, und Aquino Tuáns Umrisse zeichneten sich unter dem von Blitzen durchzuckten Himmel gegen den hellen Hintergrund der Berge ab. Das Gewitter, das sich schon den halben Abend angekündigt hatte, begann sich endlich zu entladen, doch die dicken Regentropfen, die Aquino Tuáns Stirn trafen, ließen ihn gleichgültig.

Es war schon nach elf Uhr nachts, als der Anwalt an der Finca ankam. Das Gewitter hatte ihn auf halbem Wege überrascht und er hatte sich entschlossen, bei einer Bar an der Landstraße Halt zu machen, um ein paar Gläschen zu trinken und sich mit Mut zu wappnen, so dass er sich nun wirklich mutig fühlte, als der Wagen in den nassen und knirschenden Kiesweg einbog, der über ein dicht mit Steineichen bestandenes Gelände zum Haus führte. Er war zu verschiedenen Anlässen schon dort gewesen. Der Erste, daran erinnerte er sich noch, war Garras' Geburtstag gewesen, wahrscheinlich sein fünfzigster, obgleich man zehn Jahre davon abziehen konnte und zähneknirschend zugeben musste, dass Garras jünger wirkte und sehr viel mehr Geld angehäuft hatte als das, was jemals durch seine Anwaltskanzlei geflossen war. Das Fest hatte in den Gärten stattgefunden und jemand hatte Garras einen Bären geschenkt. Kauffman war mit einer antiken Porzellanfigur erschienen, die, Garras' Reaktion nach zu schließen, offensichtlich nicht dessen Geschmack entsprach. Da war es schon sehr viel passender gewesen, ihm einen Bären zu schenken. Auf jeden Fall hatte Kauffman auf dem Fest einige einflussreiche Männer aus der Madrider Finanzwelt kennen gelernt und auch einige bekannte Ganoven, die reichlich unbekümmert wirkten, ja sogar beste Beziehungen zu den anderen unterhielten. Am Ende der Nacht hatte er es aufgrund von verschiedenen Gesprächen sogar geschafft, sich in die Position eines Anwalts für Wirtschaftsrecht zu erheben, den am Tag danach ganz zweifellos niemand mehr wiedererkennen würde. Aber der Anwalt war damals schon an solche Situationen gewöhnt und es hätte ihn überrascht, wenn irgendeiner dieser Finanziers oder gar irgendeiner der Ganoven ihm tatsächlich sein Vertrauen geschenkt hätte.

Das zweite Mal hatte er dann aufgrund einer geschäftlichen Zusammenkunft als Begleiter des Gran Duque die Finca betreten. Zu der Zeit war der Bär schon verschwunden. An seiner Stelle befand sich jetzt ein kleinstädtischer Unternehmer, der von einem französischen Anwalt begleitet wurde. Während der entscheidenden Phasen dieses Treffens hatte Kauffman mit einer Aktentasche auf den Knien in der Eingangshalle auf einem Diwan gesessen, wobei die Angelegenheiten, die dort besprochen wurden, im Wesentlichen nicht in seinen Zuständigkeitsbereich fielen und, so viel er mitbekam, auch nicht in den des französischen Anwalts, der sich, die eigene Mappe auf den Knien, zu ihm gesellte. Auch wusste Kauffman damals schon Bescheid, dass die echten geschäftlichen Verhandlungen nicht die Anwesenheit von Juristen erforderten. Im Gegenteil. Diese mussten während der Verhandlungen, die stets in kleinen Räumen, einem Büro, einer Waffenkammer oder sogar im Lift eines Hotels, stattfanden, außen vor bleiben und wurden mit ihren Aktentaschen erst wieder hinzugezogen, wenn die echten Streitfragen bereits geklärt waren, etwa, wenn der Lift im Parterre ankam oder der Page den Champagner hereinbrachte oder das Zimmermädchen die Aschenbecher auswechselte.

Als Kauffman nun in der Finca eintraf, fiel ihm der Bär wieder ein. Er nahm an, dass das Tier freigelassen oder einem Tierpark übergeben worden war, aber in der magischen Aufeinanderfolge seiner Gedanken, hervorgerufen durch die zwei oder drei Gläschen von unterwegs, stellte er sich vor, dass Garras und der Bär die sterbliche Hülle ein und derselben Person waren. Allerdings wusste er nicht, mit welchen von beiden er es jetzt zu tun bekommen würde. Er trug eine kleine Pistole bei sich, die er zwar noch nie benutzt hatte, für die er aber einen Waffenschein besaß, mit der er sich fast wie ein ganzer Mann vorkam. Kauffman hatte sich nie vorstellen können, unter welchen Umständen ein Anwalt eine Waffe bei sich tragen sollte, aber die gegenwärtige Situation schien ihm dazu Anlass genug, und auf jeden Fall verschaffte ihm dieses kalte und eckige, reglose Tierchen, das er an seiner Seite spürte, ein gewisses Gefühl von Sicherheit.

Er hielt das Auto vor dem Haus an, atmete die frische, ozonhaltige Luft ein, die das Gewitter zurückgelassen hatte, und strebte auf den Haupteingang zu. Niemand war herausgekommen, um ihn zu empfangen. Das Haus schien verlassen. Die Erfahrung hatte ihn gelehrt, dass scheinbar leer stehende Häuser Überraschungen bargen. Von der Fassade hing eine lange weinrote Kletterpflanze herab, die von einer Laterne beleuchtet wurde. Durch ihre Blätter sickerte in sauberen Tropfen wie durch eine dichte Haarpracht das vom Gewitter zurückgebliebene Regenwasser. Kauffman trat ein paar Schritte zurück und blickte zum oberen Stockwerk hinauf. Dann ging er um das Gebäude herum bis zur Terrasse oberhalb des Rasens. Von dort aus konnte er den beleuchteten Swimmingpool sehen, in dem Garras' Leiche wie ein Baumstamm trieb. Er stieg die Stufen der

Freitreppe hinunter und trat näher, um nachzusehen, ob der Baumstamm tatsächlich eine Leiche war. Es war nicht nötig, sich zu vergewissern, dass es sich um Garras' Leiche handelte. Es genügte, dieses Bild eines treibenden Pottwals zu betrachten (oder eines toten Käfers, jawohl, die gleiche Idee, die dem Filipino gekommen war, schien auch Kauffman durch den Kopf zu gehen). Fernando Garras schien den Swimmingpool bäuchlings im Wasser mit einer letzten, fruchtlosen und ehrgeizigen Geste zu umarmen. Sein Becken schwamm unter Wasser, seine runden Hinterbacken in der phosphoreszierenden Badehose und seine breiten Schultern ragten dagegen aus der Wasseroberfläche. Kauffman fasste sich ans Kinn und spürte das tote Gewicht der Pistole in seiner Hosentasche. Die Wasseroberfläche bewegte sich leicht aufgrund der brummenden Umwälzanlage. Sie warf das eingefangene Licht der Laterne in fantastischen Wellenbewegungen zurück auf die Kronen der nahe stehenden Bäume, so dass Fernando Garras' Leiche auch in der Luft zu schweben schien. Der tote, von feinen Blutschlieren begleitete Körper war in eine Ecke abgedriftet. Ein seltsamer Gegenstand, der wie ein Handtuch aussah, schwebte frei zwischen zwei Wasserflächen, in sich selbst zusammengerollt wie eine Blume. Kauffman machte kehrt und suchte Schutz in der Dunkelheit der rückwärtigen Fassade. Vermutlich beobachtete ihn der philippinische Hausdiener. Immerhin beruhigte ihn das Gewicht des kaltblütigen Tierchens, das er in seiner Tasche bei sich trug.

Hinter einem kleinen Fenster auf Kellerhöhe brannte Licht. Als er sich hinunterbückte, entdeckte Kauffman zwei Altäre mit den Bildern eines Schweins und eines Krokodils. Davor brannten einige Kerzen. Er verstand den Sinn dieser diabolischen Zeremonie nicht, die dort stattgefunden haben musste, jedoch wurden ihm ihre menschlichen Ausmaße klar, als er zwei leere Riojaflaschen entdeckte, die über den Boden gekullert waren. Kauffman richtete sich auf, als er eine Gestalt hinter sich bemerkte. Falscher Alarm. Es handelte sich lediglich um seinen eigenen Schatten, der sich gleichzeitig mit ihm, um eine Vielfaches größer, an der Hofmauer erhob.

Schließlich beschloss er, in das Haus hineinzugehen. Überall brannte noch Licht und in diesem beleuchteten Labyrinth, wo ein Raum auf den anderen folgte und ein Innenhof seinen Schatten auf den nächsten warf, begriff Kauffman, dass das Haus leer stand und dass sein einziger Bewohner im Swimmingpool ruhte. Er fand das Büro und entdeckte, dass der Safe zertrümmert und ausgeraubt worden war. Trotzdem zweifelte er keinen Augenblick daran, dass das, weswegen er gekommen war, sich noch darin befand. Er tauchte seinen Arm mit der gleichen Sicherheit in den Geldschrank, mit der er ihn in seinen eigenen Safe hinter der Mikrowelle gesteckt hätte, im Wissen, dass darin die »Betrügerin« versteckt lag, und nun im gleichen Wissen – unerklärlicherweise auf das Schicksal vertrauend –, dass in diesem Safe »Nemesis« zu finden war. Und tatsächlich: Die Perle befand sich in einer Schatulle, die in einem Flanellsäckchen steckte von der Art, wie es Kinder für ihre Murmeln benutzen, und in dem Augenblick, als er sie ergriff, spürte er ihre rätselhafte Wärme auf seiner Handfläche. Kauffman steckte das Etui in seine Tasche und trat ans Fenster. Von dort oben sah man den Swimmingpool aus einer anderen Perspektive. Ein winzig kleiner Garras trieb da in einer Art lumineszierendem Plasma, wie in Gelatine gepackt, als Muster eines Virus in einem Laborpräparat. Jenseits der dunklen Pinien erhellten die funkelnden Lichter der Autobahn die Wolken am nächtlichen Himmel über der sich schwach abzeichnenden Berglandschaft. Wenig später lenkte Kauffman seinen Leihwagen in Richtung Madrid. In der Finca hatte er die Türen offen stehen und die Lichter brennen lassen.

Die Rückkehr der Kauffmans

Zwei Perlen. Kauffman war es lieber, dass seine Frau nicht erfuhr, wie diese Perlen in seine Hände gelangt waren und vor allem, welche Bedeutung sie hatten, und beschloss daher, nichts zu sagen. Aber wenigstens hatte er ihren Hochzeitstag nicht vergessen, wobei er davon ausging, dass *sie* annahm, er habe ihn vergessen. Und allein die Tatsache, dass er sich unerwarteterweise doch daran erinnerte, erhob ihn in die Kategorie der impulsiven, aber zärtlichen Ehemänner – Gatten, die für immer das Herz einer Frau erobert haben.

Kauffmans Ehefrau kehrte in der letzten Augustwoche mit den Kindern nach Madrid zurück. Um sieben Uhr morgens hatte sie damit begonnen, sämtliche Schlüssel des Ferienhauses zu überprüfen. Die Koffer hatte sie schon am Vortag gepackt. Dann, während sich das Meer im Glanz des unaufhaltsam heraufziehenden Morgens entzündete, hatte Frau Kauffman vor dem Wecken der Kinder auf der Terrasse einen Milchkaffee getrunken. In diesen Minuten des Alleinseins, vor sich das stahlblaue und schiefergraue Meer, empfand sie bei dem Gedanken an ihre Rückkehr nach Madrid eine Mischung aus Freude und Rache. Die Ferien waren extrem langweilig gewesen und ihre eher unbeholfen als leidenschaftlich ausgefallenen, vorsätzlichen Abenteuer hatten sich auf zwei orgastische Nächte mit einem Mann beschränkt, den sie an einer Strandbar kennen gelernt hatte. Die Erinnerung an Roberto Javier, einen jungen Muskelprotz mit dicken Lippen und geschickten Händen, ließ sie in einem geradezu strafbaren Rhythmus schneller atmen. Nichts davon durfte bei ihrer Rückkehr herauskommen. Auch wenn sie Wirklichkeit geworden waren, so mussten die Phantasien einer Frau doch immer noch ihre eigenen bleiben. Aus den zwei heimlichen, schweißtreibenden Liebesnächten hätten auch ohne weiteres fünf oder sechs werden können, aber das Gefühl, über die Stränge zu schlagen, und das Vergnügen daran, wären in dem Maße verringert worden, wie sich der Sex vervielfacht hätte. Margarita war eine ordentliche Frau und in den besagten beiden Nächten hatte sie Roberto Javier fünf Ficks zu verdanken, die sich alle voneinander unterschieden hatten (außer vielleicht dem zweiten und dem fünften, lächelte sie bei dem leicht feuchten Gedanken an die erotische Begebenheit, wenn auch etwas beschämt aufgrund gewisser, besonderer Raffinessen). Das genügte, um den heimlichen, unendlich zärtlichen und aufregenden Kern der unverbindlichen Liebe im Gedächtnis zu bewahren und sich an zwei Nächte zu erinnern, in denen sie das wilde, tierische Gefühl eines besprungenen Weibchens genossen hatte. Sie beendete ihr Frühstück auf der Terrasse, als die aufblitzende gewellte Meeresoberfläche eine schillernde weinrote Färbung annahm. Das Licht des Sommers ging auf die zweite Tagundnachtgleiche zu. Unter seinem mineralischen Glanz zerbarsten die Geranien zu karminroten Blüten. Sie ging ins Haus hinein, um die Mädchen zu wecken. Das kühle Halbdunkel, die geschlossenen Koffer, im Rücken das Meer – all das weckte in ihr die Sehnsucht nach weiteren Reisen und einem anderen Leben, vielleicht mit einem so aufregenden jungen Mann wie Roberto Javier, vielleicht auch allein. Aber alles verflog, als sie das Zimmer der Mädchen betrat und die Jalousien hochzog. Sex und Reisen wurden augenblicklich in den hintersten Winkel ihres Gehirns verwiesen, als die Kleine sich die schlaftrunkenen Augen rieb und »Mama« murmelte.

»Komm, mein Engel«, flüsterte Margarita mit resignierter,

mütterlicher Stimme, die den zwei unvergesslichen Nächten des Lasters entsagte, »aufstehen!«

Margarita, die ältere Tochter, schlug die Augen auf und gähnte. Beide trugen unschuldige blaue Schlafanzüge mit Elefantenaufdruck. Ihre Spielsachen hatten beide schon am Vortag in zwei ausladende Taschen in Dromedarform mit einem Tragegriff zwischen den Höckern gepackt. Sie ahnten nicht, o Gott, dass ihre Mutter eine unzüchtige Frau war, die zwei orgiastische Nächte hinter sich hatte, dachte Margarita angesichts der unschuldigen Augen ihrer Kinder. Und sie würden es auch nie erfahren, selbst wenn sie ihr eines Tages Enkel schenken würden und ihrerseits vor ihren Kindern jene primitive und drängende Notwendigkeit verleugnen müssten, die jede Frau wenigstens einmal in ihrem Leben verspürte und die von der Sprache mit dem rüden Ausdruck »sich ficken lassen« bedacht wurde. In bestimmten Hochkulturen pflegten durchaus ehrbare Frauen sich in Tempel zu begeben, um sich von einem Unbekannten »ficken zu lassen« und ihren Orgasmus der Aphrodite zu weihen. Die Tempel waren niedergerissen worden und der modernen Frau blieb als einzige ihr zugestandene Freiheit nur die Ferien oder mal ein Wochenende. Sex war barbarisch und der rituelle Aspekt war verschwunden. Aber die seltsame, animalische und sublime Befriedigung bestand weiterhin in den tiefsten Schichten des Sexus und die anonyme Erfahrung, »sich ficken zu lassen«, ließ Sehnsüchte nach der Jugend und neuen Experimenten aufkommen – etwas, das in Margaritas Gemüt von ihrem Gewissen erstickt wurde, vor allem bei Tageslicht, vor allem, wenn sie sich im Zimmer der Kinder befand. Aber eine Mutter, die noch jung war und schlank und über ungeahnte Verführungskünste verfügte, eine Mutter, die zwar als Jungfrau in den Stand der Ehe getreten war, von Kauffman aber ausführlich aufgeklärt und mehr als tausendzweihundertmal sexuell exquisit beglückt worden war, konnte nicht anders, als ihre Lüsternheit in jenen zwei Abenteuernächten auszuleben. Sie weinte fast bei dem Gedanken an versäumte Gelegenheiten, an nicht ausprobierte wollüstige Handlungen und an all das, was die Phantasie sich an nicht praktizierten Sexvarianten auszumalen vermochte. Immerhin konnte sie als Trost jene fünf raffinierten Ficks diesen Sommers verzeichnen, die zu genießen ihr vergönnt gewesen waren.

Etwas benommen von der beharrlichen Wiederkehr ihrer Einbildungskraft, sagte sie noch einmal: »Los, Kinder, aufstehen!«

Die Jüngere sprang aus dem Bett und lief mit kurzen, kleinen Schritten ins Badezimmer. Sie verrichtete ihre Notdurft bei geöffneter Tür, saß friedlich auf der Kloschüssel zwischen Wandfliesen, die mit bunten Mickymaus-Abziehbildern beklebt waren. Auf den Knien hielt sie ein Märchenbuch, ihre Unterhose war bis zu den Knöcheln heruntergerutscht und ihre Füße baumelten über dem Boden. Die Ältere drehte sich inzwischen auf den Bauch, drückte sich wieder in die Kissen und stellte sich schlafend. Mama Kauffman verließ das Zimmer und ging in die Küche, um das Frühstück zu machen. Eine halbe Stunde später kam der Gärtner vom benachbarten Ferienhaus, um die Koffer ins Auto zu laden. Als alles verstaut war, kam jemand, um die Schlüssel abzuholen und nachzusehen, ob auch kein Wasserhahn aufgedreht und kein Licht eingeschaltet geblieben war. Zwei Gäste hatten das Ferienhaus für den Monat September gemietet. Das Esszimmer und die weiteren Räume nahmen wieder ihre anonyme Verfügbarkeit an. Die Terrasse gehörte wieder allein den Geranien. Unterdessen fuhr Mama Kauffman mit den Kindern in dem voll gepackten Familienauto von der Küste des Levante auf den breiten Horizont der Autobahn nach Madrid zu.

Anwalt Kauffman hatte sein Apartment im Danone-Hochhaus einige Tage zuvor verlassen, um ins eheliche Domizil zurückzukehren. Während er sich noch in der Kanzlei aufhielt, kam ein Taxi, um den Koffer mit seinen Sachen abzuholen. Kauffman überkam ein seltsames Gefühl von Melancholie, das er von seiner Militärdienstzeit her kannte. Es war das Gefühl der entschwundenen Jugend und der niederdrückenden Trägheit angesichts des nahenden Herbstes. Danach fuhr er noch einmal in die Wohnung hinauf, um das Kostbarste zu holen, was er besaß. Aus dem hinter dem Mikrowellenherd versteckten Safe holte er die zwei – zwei! – Perlen in ihrem samtenen Schächtelchen hervor. Einen Augenblick lang ließ er die winzigen Kugeln in seinen Händen kreisen. Dann legte er sie wieder in die Schatulle zurück und steckte diese in seine Tasche. Er rief ein zweites Taxi und wies es an, dem ersten zu folgen. Es gab zwar keinen besonderen Grund, auf diese Weise zu verfahren, aber der Anwalt meinte, dass der Besitz der Perlen und der Umstand seiner Rückkehr ins traute Heim einen gewissen feierlichen Rahmen erforderten.

Vorher hatte er noch einiges zu erledigen gehabt. Ein Abschleppwagen war gekommen, um das Auto fortzuschaffen, das der Filipino auf Garras' Geheiß hin Wochen oder auch eine Ewigkeit zuvor mit einer Keule demoliert hatte. Der Vorfall reihte sich in die unwahrscheinliche Aufeinanderfolge von Umständen der letzten Zeit. Das Fahrzeug war vergessen in der Tiefgarage zurückgeblieben. Kauffman erklärte den Männern vom Abschleppdienst, dass er die Rampe hinunter bis zu seinem Stellplatz ins Schleudern gekommen sei und dabei Karosserie, Wagendach und Motorhaube beschädigt wurden. Danach hätte Kauffman selbst mit den Fingernägeln die Sitze aufgerissen, um aus dem Blechhaufen herauszuklettern. Die Männer lächelten skeptisch. Das war tatsächlich ein noch nie dagewesener Unfall. Einer von ihnen meinte, Kauffman habe wohl ein paar Gläschen zu viel getrunken. Kauffman gab zu, ein paar Gläschen zu viel intus gehabt zu haben, als er die Rampe hinuntergepoltert war. Wer hätte ihm schon geglaubt, dass ein keulenschwingender Affe auf Befehl einer Art Gladiatorenhauptmanns (dessen Schädel noch das gleiche Schicksal blühen sollte) diese Verwüstung angerichtet hatte. Niemand würde jemals für bare Münze nehmen, was sich in Kauffmans Leben der letzten Wochen ereignet hatte. Die Männer klopften ihm auf die Schulter und schleppten ab, was von dem Fahrzeug übrig geblieben war. Oft genug sahen sie in ihrem Beruf, was Alkohol anrichten konnte. Sie empfahlen Kauffman, professionelle Hilfe aufzusuchen. Kauffman versprach, ihren Rat zu befolgen und dem Suff abzuschwören. Dann gab er ihnen Trinkgeld und wollte auch nichts für das Altmetall und die noch verwertbaren Motorteile haben.

Am Abend ging er allerdings wieder auf ein Gläschen in »Chims Hütte«. Unter den Reihen der Straßenlaternen, die die noch leeren und vom Staub des Sommers unwirtlichen und trockenen Alleen beleuchteten, wuchs seine Sehnsucht. Die Laternen mit ihrem unmerklichen, zögernden oder erwartungsvollen Vibrieren schienen vorauszuahnen, dass bald die Rückkehrlawine losbrechen würde und sich alle Leute im süßen Fegefeuer des Madrider Herbstes wiederbegegnen würden. Der Anwalt warf einen Blick auf die Tische und begab sich dann direkt an die Theke. Chim trug an diesem Tag dunkle Brillengläser, hinter denen seine Augen wie mit feurigen Lettern eingraviert leuchteten. In den schokoladebraunen Gläsern spiegelte sich mit winziger, doppelter Schrift die fein kalligraphierte Neonreklame von »Chims Hütte«. Chim begrüßte ihn erfreut. Er mixte ihm einen Gin Tonic, ohne dass der Anwalt es eigens bestellen musste. Kauffman erklomm einen der Barhocker. Den Ellbogen auf den Tresen gestützt, nahm er das Glas entgegen und senkte seine Stirn über die dicke, durchsichtige Acrylplatte. Sanfte musikalische Wellen umhüllten sein Gemüt und sein Körper entspannte sich beim Kommen und Gehen von Rumba oder Bossa Nova oder elektronischen Sambaklängen oder welche Musik auch immer Chim in seine Hi-Fi-Anlage mit der mehrfarbigen Diodenskala eingelegt hatte. Inmitten all dessen, was er in den letzten Wochen erlebt hatte, bedeutete »Chims Hütte« für ihn der Hort aller angenehmen Sinneseindrücke, wo man Verbrechen vergessen und Erniedrigungen verdrängen konnte, wo das, was ein Hindernisrennen gewesen war, sich in Geschichte verwandelte, die kaum wirklicher war als diese Hintergrundmusik. Als junger Mann hatte der Anwalt Pelota gespielt, und er wusste, dass auf jeden geschlagenen Ball der Gegenschlag folgen würde, und so erwartete er müde noch den Gegenangriff einer unsichtbaren Partei oder einen neuen Aufschlag, als es bei Einbruch der Nacht so schien, als sei die Partie schon zu Ende.

»Guten Abend, Kumpel«, sagte Chim. »Ich hatte nicht mehr mit dir gerechnet. Ich hatte nicht damit gerechnet, dich hier an der Theke zu sehen.«

»Tja«, antwortete der Anwalt lakonisch.

Kauffman suchte Lolita mit seinen Blicken. Er war nicht nur wegen ihr gekommen und falls doch, – falls er ausschließlich wegen ihr gekommen sein sollte –, dann versuchte er sich zumindest einzureden, dass er nur wegen des Gefühls nächtlicher Freiheit gekommen war, das ihm »Chims Hütte« verschaffte; denn er wollte es sich nicht eingestehen, dass er noch ganz im Banne des fantastischen Ficks stand, den er mit Lolita genossen hatte. Seine Libido regte sich nicht. Im Moment schlief seine Männlichkeit. Aber sie würde nicht zögern, auf ihre Rechte zu pochen, sobald ihn in seiner Umgebung auch nur eine Kleinigkeit erregte. Kauffman wusste es. Er hatte in diesem Sommer entdeckt, zu welcher Forderung sein Schwanz fähig war. Seine Blicke glitten über die Tische und prüften die wenigen Gäste auf mögliche Rivalen hin. Sie blieben an einer reifen Frau hängen, die sich allein mit einem Cocktail in der Hand langweilte. Ihre dunklen Augen lockten verheißungsvoll. Sein Schwanz rührte sich nicht. Etwas abseits von den Tischen küsste sich ein jugendliches Pärchen, fast noch Kinder, zwischen den Schatten der Grünanlagen. Sein Schwanz wurde nun munter, wollte an den Zärtlichkeiten teilhaben. Der Anwalt blickte sich weiter um. Plötzlich entdeckte er, was er suchte: Lolita lehnte an einem Baum und unterhielt sich mit ihrer Freundin. Diesmal trug sie keine Rollschuhe. Sie hatte jenes engelhafte Beiwerk weggelassen.

Zwei Kunden redeten auf die beiden Nymphen ein, die ihnen jedoch keine Beachtung zu schenken schienen. Starke Gefühle der Begierde und Besitzergreifung erfüllten Kauffmans Brust. Mit einer abrupten und männlichen Bewegung führte er sich das Glas an die Lippen.

»Was für ein Sommer, Mann«, bemerkte Chim und machte eine Geste zu den Mädchen hin. »Es blieb ihnen keine Zeit zum Lernen.«

»Wem?«

»Den Mädchen. Das müssen sie jetzt alles im September nachholen.«

Chim beugte sich über die Theke und brachte seine mit Neon beschriftete Brille näher an Kauffman heran. Hinter den abgedunkelten Gläsern konnte man seine listigen Augen erkennen. Er senkte die Stimme und bemerkte in vertraulichem Ton:

»Sind sie nicht süß? Bei denen ist jetzt Schlussverkauf. Bald beginnen die Vorlesungen und sie brauchen Geld. Sie machen es heute sicher für zehntausend Peseten.«

»Glaubst du?«, fragte Kauffman zerstreut.

Sein Kopf war leer angesichts des Objekts seiner Begierde. Ein stärkerer Sinn als das Sehen oder der Geruchssinn hatte sich seiner Wahrnehmungsfähigkeit bemächtigt. Sein Glied fing an zu pochen und hob sich zu seinen Lenden wie eine obszöne Entenmuschel im Sturm, wie eine entflammte Seepocke als Zeichen des Meeres im heimlichen Tumult der Unterhose. Sein Schwanz schnaubte. Der Anwalt achtete kaum auf Chims Vorschlag. Die Erwähnung des Preises hatte er nur vage mitbekommen.

»Na los«, ermunterte ihn Chim. »Und wenn es für acht Scheine wäre. Zwei für einen Preis. Das ist geschenkt. Du weißt doch, wie Lola fickt.«

»Ja, ja, ich weiß schon, wie sie fickt.«

»Sie haben Ausgaben. Die Doktorarbeit und so. Man muss ihnen unter die Arme greifen, für die Bücher.«

»Für Bücher?«

»Oder sonst was. Was braucht man für so eine Arbeit? Fotokopien, Bücher und was noch alles. Noch einen Drink?«

»Ja, noch einen.«

Chim goss direkt einen Schuss Gin in das Glas.

»Soll ich die beiden herrufen?«

»Ruf Lolita her«, stotterte Kauffman, ohne den Blick von seinem Engel zu wenden.

Sie trug Turnschuhe, einen plissierten Tennisrock und ein Tennisshirt. Anstelle des Serviertabletts hatte sie jetzt einen Tennisschläger unter den Arm geklemmt. So bot sie sich ihm dar im nächtlichen Park eines Courts, unter dem irrealen Streulicht über dem Spielfeld. Kauffman merkte nicht, dass er sie im Geiste schon an- und auskleidete wie eine Puppe. Chim winkte mit dem Arm und Lolita ließ ihre Freundin stehen und kam auf die beiden zu. Kauffman sah sie sich in fröhlich geblümter Rotkäppchenbluse nähern, mit Zöpfen, in Holzschuhen und statt des Serviertabletts trug sie nun ein Körbchen. Und wieder wurde seine Erektion von seiner Phantasie beflügelt: Er sah sich mit Lolita auf einem Waldspaziergang, wie sie sich bückte, um Pilze zu sammeln, und dabei ihre makellosen Unterröcke blitzen ließ. Als Lolita an die Theke trat, erkannte sie Kauffman.

»Na so was! Der Typ vom Danone-Hochhaus!«

»Wie du siehst ...«, krächzte Kauffman, unfähig, einen richtigen Ton herauszubringen.

Lolita erklärte Chim, dass Kauffman ungefähr im zweihundertsten Stockwerk des Danone-Hochhauses wohne. »Als ob ich mit dem Regierungspräsidenten im Flugzeug gefickt hätte«, fügte sie geheimnistuerisch hinzu. Kauffman lächelte. Noch hielt der Zauber seiner Visionen an. Das Mädchen setzte sich auf einen Barhocker und stützte sich auf die Theke. Sie trug Turnschuhe. Das war aber auch das einzige Kleidungsstück, das mit Kauffmans Visionen übereinstimmte. Im Übrigen trug sie nun eine blaue Bluse mit einem Knoten-und-Anker-Emblem über der linken Brust und einen sehr kurzen Rock im Marinelook, unter dem das Dreieck des heißen Baumwollslips zu erahnen war. In seiner Phantasie begann Kauffman sofort, sie als Schiffsmaskottchen zu sehen: Rotkäppchen an Bord einer Yacht, Sonne und Salz auf dem Quarterdeck, schlüpfriges Augenzwinkern zum Steuermann hin, einem kräftigen Seemann mit tätowierten Unterarmen und Kauffmans Gesichtszügen. Allein die Tatsache, dass Lolita sich neben ihn an die Theke setzte, löste in Kauffman Verlangen aus. Sein Schwanz wurde ganz wild und drängte ihm anstößige Bilder auf. Wie war Lolita am Tag ihrer Erstkommunion gekleidet gewesen? Chim räumte ein paar leere Gläser beiseite und stellte ihr einen Tomatensaft hin, den er Kauffman auf die Rechnung setzen würde. Dann wandte er sich wieder zu Kauffman:

»Sie hat drei Nächte keinen mehr gehabt«, raunte er.

»Was hast du gesagt?«, fragte sie.

»Ich erzähl dem Kumpel gerade, dass ein Preisnachlass drin ist. Für zehn Riesen geht ihr alle beide mit ihm mit.«

»Spinnst du? Glaubst du, dass wir im Sonderangebot sind?«

»Na komm, Lola ...«

Lola tauchte ihre Lippen in den Tomatensaft und zog sie blutrot wieder heraus. Sein Schwanz, der Satan, entflammte. Kauffmans Finger umklammerten das Glas mit Gin.

»Ich hab dem Typen gesagt, dass du die Professoren bezahlen musst und Bücher brauchst.«

»Ja, genau! Bücher. Weißt du, was Bücher kosten?«

»Eben«, meinte Chim.

Kauffman blieb stumm. Er hatte sich Lolita als Erstkommunikantin mit blutverschmierten Lippen vorgestellt und diese Vision war so stark, dass sie die anderen vom Rotkäppchen, von der Tennisspielerin und auch vom Schiffsmaskottchen mit dem Baumwollslip verdrängte. Seine Phantasie tauchte noch tiefer, in noch trübere und gefährlichere Gefilde, in Zonen, die er selbst noch nicht kannte. Er sah sie zwischen Tüllschleiern mit einem goldenen Kreuzchen und einem zerrissenen Perlmuttrosenkranz und auf ihren Oberschenkeln lagen blutrote Pfingstrosen, die ihre weißen Strumpfhosen bedeckten, an den Spitzen ihrer Lackschuhe klebten Exkremente und all dies in einer Zeremonie luziferischen Raffinements, als ob die Wollust eines reifen Mannes und einer Nymphe an einen unermesslichen Abgrund von Sex und Gewalt gelangten. Für einen Augenblick bekam er eine Gänsehaut, sehr zur Freude seines Schwanzes. Unterdessen ging die Unterhaltung weiter. Kauffman bremste unbewusst seinen Absturz, indem er jenen blutverschmierten Mädchenmund verdrängte. Lolita stellte das Glas mit dem Tomatensaft weg und griff nach einer Papierserviette. Gleich darauf waren ihre Lippen wieder die pralle Blüte, die er begehrte. Chim feilschte weiterhin für Kauffman um ihren Preis. Erleichtert lächelte Kauffman. So viele Dinge hatte er in den letzten Wochen erlebt. Nur ihnen war es zuzuschreiben, dass er in Versuchung kam, in der Bilanz der fleischlichen Genüsse Grausamkeit zu registrieren, etwas, was ihm vorher noch nie passiert war, aus Einfalt oder aufgrund seiner harmlosen Einstellung gegenüber rätselhafter Sinneslust oder aus Rechtschaffenheit.

»Du hast keinen einzigen Fick gehabt in dieser Woche«, sagte Chim. »Warum gibst du keinen Rabatt?«

»Was geht dich denn das an?«, gab Lola zurück. »Frag ich dich etwa, ob du diese Woche schon gevögelt hast?«

»Das ist nicht dasselbe. Es ist nicht mein Metier.«

»Ich mach's nur für zehn Riesen. Das ist mein Tarif.«

»Rita sagt, dass sie zu zweit für zehn Riesen mitgeht«, entgegnete Chim und machte eine Geste zu Lolitas Freundin hin, die immer noch mit zwei Freiern redete.

»Rita geht mit den beiden Typen, weil jeder von denen fünf Riesen hinblättert. Das ist ihr Preisnachlass.«

»Siehst du!«

»Soll doch dein Freund auch noch fünf Scheine hinblättern und mit Rita mitgehen. Ihr macht es nichts aus, es mit mehreren zu treiben. Zu Hause waren sie fünf Geschwister in einer Bude.«

Chim feilschte weiter:

»Komm schon, ich schließe die Bar in vierzehn Tagen. Du könntest einen Rabatt zum Saisonschluss gewähren.«

»Ich sag's noch mal, ich mach's nur mit einem und für zehn Riesen«, beharrte Lola hartnäckig.

Chim wandte sich zu Kauffman, wobei er die Augenbrauen über den dunklen Brillengläsern hochzog.

»Du hast es gehört, Kamerad, Festpreis.«

»Einverstanden«, unterbrach ihn Kauffman, wie aus einer Trance erwachend.

»Super, Mann!«, rief Chim und klopfte ihm über die Theke hinweg auf die Schulter.

Lolita nahm einen zweiten Schluck Tomatensaft und fuhr sich mit der Zunge über die Lippen, so dass keine Spur von Hämoglobin zurückblieb.

»Einverstanden?«

»Einverstanden. Ich hab's doch gesagt: einverstanden«, wiederholte Kauffman plötzlich ungeduldig.

»Ich bekomme fünf Riesen für die Getränke«, sagte Chim. »Lolas Saft mit einbegriffen.«

Kauffman zog seine Brieftasche hervor und legte einen Schein auf die Acrylfläche. Der Preis erschien ihm exorbitant, aber er zuckte nicht mit der Wimper. Chim nahm die fünftausend Peseten und legte sie in die Kasse. Er war geschäftstüchtig. Lola stieg vom Barhocker und verschwand in der Toilette hinter der »Hütte«. Chim machte die Kasse zu und kehrte mit einem frohen und geschäftsmäßigen Lächeln zurück zu Kauffman.

»Wenn du hartnäckig bleibst, macht sie's dir billiger«, raunte er, dankbar für die fünftausend Peseten, die Kauffman ohne Murren gezahlt hatte. »Für zehn Riesen macht sie's dir, wie du willst«, fügte er noch vertraulich hinzu.

»Ich werd's mir merken«, meinte Kauffman lakonisch.

Lola ließ ein paar Minuten auf sich warten. Als sie wieder herauskam, hatte sie ihre Turnschuhe gegen ein Paar Pumps gewechselt. Die bequemen Turnschuhe trug sie nur während der Arbeit. Die hochhackigen Pumps sollten wohl gesteigerte Verführung signalisieren. Kauffman wäre es jedoch lieber gewesen, sie hätte die Turnschuhe anbehalten. So hätte er zu seiner ersten Version, der der unreifen Tennisspielerin, zurückkehren können, falls sein Schwanz schlappmachte. Er vertraute ganz auf seine Phantasie, in welche Kleider er Lola stecken würde, wie in einem Spiel mit Puppen. Außerdem hatte Lola jetzt ihr Haar zu einem Pferdeschwanz gebunden. Sie trug eine winzige Tasche, die er neulich schon bei ihr zu sehen geglaubt hatte. Ihre Wimpern waren jetzt schwärzer, fast pompös, mit einem dicken Kajalstrich darunter. Kauffman mochte starkes Make-up nicht. Lolita stellte sich neben ihn und für einen Augenblick dachte der Anwalt, dass sie ihm ihren Arm reichen würde. Aber dem war nicht so. Sie beugte sich über die Theke und gab Chim einen flüchtigen Kuss auf den Mund. Dann drehte sie sich wieder zu Kauffman hin.

»Gehen wir«, sagte sie mit rauer Stimme, als hätte Rotkäppchen sich plötzlich in den Gestiefelten Kater verwandelt.

»Viel Spaß«, wünschte Chim und rückte sich die dunkle Brille zurecht.

Lolita ging voraus und hielt ein Taxi an. Das Bürohochhaus hinter dem Stadion lag keine zwei Häuserblocks entfernt, doch sie hatte keine Lust, zu Fuß zu gehen. Der Taxifahrer entpuppte sich als ein alter Bekannter aus vergangenen Nächten. Angestrahlt von der Beleuchtung des Armaturenbretts schien sein Gesicht wie mit einer purpurroten Maske überzogen. Die Pupillen seiner Äuglein blitzten im Innenspiegel auf. Seine Augenbrauen formten zwei spitz aufgerichtete winzige Hörner.

»Grüß dich, Lolita!«

»Hallo, Mefis!«

Lolita machte es sich auf dem Sitz bequem. Die mephistophelischen Äuglein suchten Kauffmans Blick. Der Anwalt vermied es, dem Taxifahrer in die Augen zu sehen, und gab ihm die

Adresse an. Mephisto fuhr mit einem Lächeln los und schwieg während der Fahrt. Lolita zog sich im Halbrund ihres Taschenspiegels die Lippen nach. Das Taxi umrundete die dunkle Masse des Fußballstadions und bog dann feierlich in die Allee zwischen den verlassenen Wolkenkratzern ein, totenbleiche Friedhöfe im Monat August, die schweigend und gigantisch im Mondschein nur wenig realer wirkten als Blaubarts Schloss. Als sie bei Kauffmans Gebäude ankamen, zahlte der Anwalt, ohne auf das Wechselgeld zu warten, und das Taxi fuhr fort.

Zu dieser nächtlichen Stunde hatte Kauffman vollkommen vergessen, dass in zwei Tagen seine Frau aus dem Urlaub zurückkehren würde. Durch diesen Umstand wollte er sich jedoch nicht sein Abendvergnügen vermiesen lassen, ebenso wenig wie von der Erkenntnis, dass er sich, um Liebe zu machen, in miserabler Form befand, als hätten seine Phantasievorstellungen die verdienstvollen Anstrengungen seines Schwanzes erschöpft. Er würde seiner Frau erzählen, dass er ein Abenteuer gehabt hatte, oder zwei, oder zweitausend, aber er würde ihr nicht erzählen, wie groß seine Beklemmung und das Verhältnis zwischen Furcht und Begierde gewesen war. Und wenn er es nicht seiner Frau erzählte, wem sollte er es dann erzählen? Letzten Endes schien alles darauf hinzudeuten, dass er Herr der Lage sein würde. Lolitas Parfüm war schwer, intensiv, wahrscheinlich Patchouli oder Moschus oder irgendeine aus einer Drüse gewonnene Essenz, die Kauffman verrückt machte, wie jene Düfte, die weibliches Wild ausdünstet und die sich im selben Moment und am selben Ort verdichten, wo die Begattung stattfinden wird. Sie betrat zuerst den Aufzug, nichts ahnend von Kauffmans zoologischen Überlegungen. Die Lämpchen der Stockwerkanzeige leuchteten nacheinander auf bis zum letztmöglichen Halt in diesem fünfzig- oder hundertstöckigen Hochhaus, und als sie die oberste Ebene erreicht hatten, was im Tod dem Paradies entsprochen hätte, stieg sie als Erste aus, als hätte sie jede Nacht seit ihrem ersten Treffen dort verkehrt. Kauffman trat vor, um die Wohnungstür aufzusperren. Die Reklame von Danone verströmte ihren ewigen blauen Glanz. Kauffman schaltete das Licht an. Am Ende der kurzen Diele tauchte durch die Fensterfront die nächtliche Landschaft Madrids auf.

»Wahnsinn! Mensch, wenn ich mal Geld habe, werde ich mir auch so eine Wohnung kaufen!«, rief Lolita, schleuderte ihr Täschchen auf einen Sessel und lief zum Fenster.

»Wirklich?«

»Wirklich! Mensch! Die Kerle würden sogar einen Zuschlag zahlen, um bei so einer Aussicht zu ficken. Man sieht direkt auf den Fußballplatz. Sie würden zahlen, um sich beim Ficken das Spiel anzusehen.«

Kauffman entledigte sich seines Jacketts und ging kurz in die Küche.

»Möchtest du einen Drink?«

»Nein, danke, Süßer. Ich trinke nicht, wenn ich arbeite.«

»Einen Tomatensaft?«

»Ne, Mann!«

Kauffman kam mit einem Glas Wasser aus der Küche zurück. Seine Kehle war trocken vor Unbehagen. Er stellte das Glas neben der Lampe ab und begab sich auf die ungefährlichste Seite seines Terrains. Lolita nahm den kleinen Wohnraum in Augenschein.

»Wie möchtest du's machen? Wie das letzte Mal?«

Kauffman stammelte eine Entschuldigung und bat um Bedenkzeit. Lolita setzte sich auf die Sofakante und begann sich die Schuhe auszuziehen. Während er ihr dabei zusah, spürte er eine starke Erregung. Ach, wie sehr hätte es der perverse Kauffman genossen, die Nymphe gefangen zu halten! Nie wäre ihm dieser Gedanke gekommen, hätte er nicht die eingeglaste Nymphe gesehen, gefangen zwischen dem schwindelerregenden nächtlichen Glanz Madrids und jener Glasscheibe, die sie von dem Vakuum trennte, wie sie die Beine übereinander schlug und wieder auseinander nahm, auf der Sofakante saß wie ein Schmetterling, eine *Vanessa paradisi*, mit einer Stecknadel unsichtbar aufgespießt in der mit Samt ausgeschlagenen Vitrine des Entomologen. Kauffmans Herz schlug in seinem Brustkorb mit dem unerbittlichen Ehrgeiz des Sammlers. Jene weder grausame noch obszöne Phantasievorstellung, nur leicht lüstern in der bedächtigen Wahrnehmung der Bewegungen der Nymphe, weckte in ihm Erinnerungen an einsame Sonntagnachmittage, an denen der Schuljunge eine Sammlung von Schmetterlingen ordnete, die mit der Zeit zu Staub zerfielen. Lolita schleuderte ihre Schuhe zur Seite. Mit einer müden Geste nach mehreren Stunden Dienst in der Bar strich sie sich mit der Hand die Beine entlang. Diese zarte Streichelbewegung ließ Kauffman an einen die schimmernden Flügel entfaltenden Schmetterling denken, und es wurde ihm ganz weich ums Herz. Eine Minute lang schwieg die Nymphe, nur mit sich selbst beschäftigt, den Blick verloren durch die Glasscheibe nach draußen gerichtet, Kauffmans Anwesenheit ebenso ignorierend wie die der unsichtbaren Himmelskörper, die mit dem unhörbaren Knistern von Seide am nächtlichen Himmel kreisten. Sie hätte auf der Stelle einschlafen können, ausgestreckt auf dem Sofa. Sie war so müde, als hätte sie an einem äthergetränkten Wattebausch geschnuppert, wenn sie sich nicht gerade im Dienst befunden hätte, mitten in jener prosaischen Dienstleistung, von der alle Himmelskörper am Firmament sie nicht befreien würden. Schließlich seufzte sie, rieb den einen unbeschuhten Fuß am anderen und drehte sich zu Kauffman hin.

»Hast du die Knete?«

Kauffman klopfte sich nervös die Hosentaschen ab.

»Oh, ja, natürlich. Die Knete ...«

Er blickte um sich, als ob er irgendwo seine Brieftasche liegen gelassen hätte. Dann ging er zur Garderobe und zog das Geld aus seiner Jacketttasche. Lolita nahm die Scheine und steckte sie sorgsam zusammengefaltet in ihr Täschchen, wie ein Schulmädchen, das seine Ersparnisse in Sicherheit bringt. Daraufhin setzte sie sich auf dem Sofa zurecht, den Arm über die Rückenlehne gelegt, und fragte, halb zu Kauffman umgewandt:

»Willst du, dass wir es auf dem Sofa machen?«

»Äh . . . ja. Auf dem Sofa.«

»Also dann komm her, sonst ist die Nacht bald vorbei.« Kauffman gehorchte und begann seine Hose auszuziehen. Er knipste die Lampe aus und die blaue Lichtkaskade von Danone überflutete den kleinen Wohnraum. Kauffman trug eine gepunktete Unterhose, für die er sich schämte. Seine Frau hatte sie ihm geschenkt. Sein Schwanz zeigte sich in Hochform. Kauffman drehte Lolita den Rücken zu, etwas verschämt auch deshalb, weil sich sein Schwanz so strotzend unter dem Slip abzeichnete, und hängte seine Hose sorgfältig zusammengelegt über die Stuhllehne. Als er sich wieder umdrehte, sah er sein Traumbild in der Tiefe der Glasscheiben gespiegelt, wie es frei in der Nacht in dem leeren Raum über dem beleuchteten Stadtplan von Madrid schwebte, mit einer unübersehbaren Erektion unter der blassen Unterhose mit den Punkten. Lolita pfiff vor sich hin. Sie war aufgestanden und gerade dabei, ihren Slip mit einem kurzen Hüftwackeln abzustreifen. Etwas Irreparables konnte geschehen, wenn sie sich noch weiter ausziehen würde, und unter irreparabel verstand Kauffman, dass sie sich ihrer Kleider entledigen würde, während er doch wünschte, dass sie dieses Outfit eines Schulmädchens oder einer jugendlichen Tennisspielerin oder des Maskottchens eines Vergnügungsdampfers anbehielte.

»Zieh dich nicht aus.«

»Was meinst du?«

»Bleib so, in Tennisrock und blauer Bluse«, flehte Kauffman mit zaghafter Stimme.

»Du willst mich so nehmen?«

»Ja, so. Mit Rock und Bluse«, bat er schüchtern.

»Ist gut. Ist ja gut«, entgegnete Lolita, verständnisvoller, als Kauffman vermutet hätte. »Ich hätte mit Turnschuhen kommen sollen.«

Kauffman lächelte dankbar. Lolita ließ sich aufs Sofa fallen. Sie trug weiße Socken und er wollte nicht, dass sie sie auszog. Der Raum war filmreif in bläuliches Halbdunkel getaucht. Das zyanotische Gespenst, als das sich Kauffman in der Fensterfront gespiegelt sah, bewegte sich langsam und mit unentschlossenen Bewegungen gleichzeitig wie Kauffman auf das Sofa zu. Alles schien darauf hinzudeuten, dass jetzt die entscheidende Sequenz einer Schlüsselszene gedreht würde. Lolita hob die Arme, warf den Kopf zurück über die Armlehne des Sofas und zeigte sich in ihrer jugendlichsten Erscheinung, ihrer zärtlichsten Pose, mit dünnen Armen, langen Beinen und kleinen Brüsten unter der blauen, im glühenden Danonelicht phosphoreszierenden Bluse. Die Dialoge waren irgendwo aufgeschrieben worden, wahrscheinlich in Englisch, wahrscheinlich ausgesprochen mit jener Magie, die in den Untertiteln nie herauskam, Dialoge zwischen Phantasiegestalten, unwirkliche Gespräche, die, kaum ausgesprochen, sich in Literatur verwandeln.

»I was a daisy-fresh girl, and look what you've done to me.«

Kauffman trat einen Schritt vor und kratzte sich mit männlicher Geste an der Brust.

»Come on, Lo. Are you joking?«

»Oh you, dirty, dirty old man.«

Das Summen der Klimaanlage imitierte das Geräusch der sich unaufhaltsam drehenden Filmspulen. Kauffman trat ans Sofa. Ein Film-Fick. Die Sequenz lief weiter, mit einem Kauffman, der seinen Schwanz aus seiner gepunkteten Klausur herausholte. Der begeisterte Schwanz sah endlich das Licht und stieg zum Star auf, um nachdrücklich Einlass in die feuchte und dunkle Höhle zu fordern, wo er seine Kraft entladen und Ruhe finden würde. Kauffman kniete sich auf das Sofa und Lolita streckte einen matten Arm aus. Die Filmleinwand war eine glänzende Fläche in Schwarz, Weiß und Blau, wo nur Kauffman im Geiste auch der Zuschauer Kauffman sein konnte, zärtlich und männlich, empfindsam und heiter, Zuschauer bei einer Sex-Szene voller Emotionen und Drohungen, für die er Eintritt bezahlt hatte, oder dafür, Hauptdarsteller sein zu dürfen.

»If I were you, my dear«, sprach der Held, *»I would not talk to strangers.«*

Lolitas Mund erschien auf einer Fläche von zwölf Quadratmetern. Kauffman war über ihr und verdeckte mit seinem Körper den ihren. Darunter kamen ihre schlanken Arme und langen Beine zum Vorschein, die sie nach Mannequin-Art bewegte. Lolita willigte ein, dem Protagonisten einige Küsse zu gewähren, die er einforderte. Es waren etwas verspielte Küsse zwischen Zunge und Zähnen, die eine sapphische Schule vermuten ließen. Dann bot sie ihm ihren Hals dar und er tauchte seine Lippen ein wie in eine Quelle. Kauffmans Augen verfolgten den Fortgang der Handlung, bei der er selbst mitwirkte. O Gott, wenn das Paradies wirklich existierte, wenn ein Ort existierte, wo dem Manne Lust und Wonne zuteil wurden, dann war jener Garten Eden ein Sofa, wo man sich der Fleischeslust hingeben konnte, an der es nie fehlen sollte, die vielmehr die menschlichste Belohnung darstellen sollte, so dass die Seelen der Gerechten der fatalen Langeweile der Ewigkeit nicht unterliegen würden. Mit großem Geschick und einem feinen Gespür für Rhythmus bewegte Lolita ihr Becken unter Kauffmans hitzigem Gewicht. Eines ihrer Beine lag auf der Rückenlehne des Sofas, das andere klopfte unter epileptischen Zuckungen mit dem Fuß auf den Teppich. Ihre Augen waren verdreht und ließen ein milchiges Weiß sehen. Sein Schwanz vibrierte. Alles, was Kauffman sich gewünscht hatte, in sein Gedächtnis einzugraben, passierte dort, in jenem Augenblick. Aber die Ströme der Empfindungen zu bündeln, erwies sich als ebenso unmöglich, wie das brennende Verlangen seines Schwanzes zu kontrollieren und hinauszuzögern. Er spürte auf seinem Rücken einen Schauer, Gefahr verkündend wie die Hand eines Chirurgen. Ein wohliges Zittern lief durch sein Rückenmark, wie er es bei ähnlichen Filmszenen nie erlebt hatte. Endlich verströmte sein Schwanz seinen ganzen Reichtum. Es gab ein raues Geräusch auf der Tonspur, eine Art unerwartetes Eselsgeschrei, gefolgt von einer absteigenden Tonleiter von Seufzern. Die unendliche Melancholie, die auf den Koitus folgte, erfüllte den Drehort. Kauffmans Körper rührte sich nicht mehr. Dann begann er tief zu atmen, in einem Zustand trüber, süßer und meditativer Zufriedenheit.

»My chère Lolita«, brachte schließlich der Protagonist heraus.

»You chump old nasty man«, stotterte Lolita.

Dann schlief der Protagonist ein. Einige Minuten blieben sie reglos liegen, die Körper ineinander verschlungen, wie nach einer Doppelmord-Szene. Schließlich begann Lolita ihre verstreuten Glieder einzusammeln. Es gelang ihr, sich unter Kauffmans Körper hervorzuarbeiten und mit aufgelöster Mähne emporzutauchen. Kauffman kippte auf die Seite.

»Mannomann«, stöhnte Lolita, die enttäuschenderweise wieder ihre wahre Identität annahm, »ich glaube, ich habe mit einem Sack Zement gefickt!«

Kauffman schlug die Augen auf und sandte einen ungläubigen Blick auf all den Lichterglanz, der sich um sie herum ergoss. Sein Schwanz hatte sich in eine egoistische Schläfrigkeit zurückgezogen. Kauffman verstaute den schlaffen Burschen wieder in der gepunkteten Unterhose und setzte sich auf die Sofakante. Die Nymphe stand auf. Sie hob ihren Slip vom Boden auf und knipste die Tischlampe an. Die Vorstellung war beendet. Die Nymphe erinnerte sich, wo es zur Toilette ging und verschwand in Strümpfen und auf Zehenspitzen in jene Richtung, den Slip in der Hand, die Mähne ordnend, die marineblaue Bluse und das Röckchen zurechtzupfend. Als sie zurückkam, konnte Kauffman wieder klar denken. Es war schon erstaunlich, dachte Kauffman, wie ungezwungen sich dieses Mädchen bewegte, sobald Lolita, wie sie sich ausdrückte, mit dem Fick fertig war. Alles hatte seine Richtigkeit. Kauffman hatte seinen Film-Fick gehabt und der Filmtitel würde lauten *›La petite dormeuse‹* oder *›The* *ridiculous lover*‹, er war sich noch unschlüssig, aber auf jeden Fall hatte ihm die Rolle gefallen. Der Anwalt fuhr sich mit der Hand durchs Haar, um seine Wirbel in Ordnung zu bringen. Anschließend schlüpfte er in Hemd und Hose. Jetzt brauchte er einen Schluck. Er streckte den Arm aus und holte sich das Glas Wasser heran, das er auf dem Tischchen abgestellt hatte. Winzig kleine Blasen hatten die Wände des Gefäßes in dem Maße ausgekleidet, wie die Zeit vergangen war. Diese Art von Getränk brauchte er nicht. Ein Getränk von anderem Kaliber war jetzt angezeigt. Er stand auf, schenkte sich an der Hausbar einen Whisky ein und ging wieder zurück zum Sofa. Er war sich sicher, dass Lolita einen Drink ablehnen würde.

»Einen Drink, Lolita?«

»Nein, Mann, du weißt doch. Chim erwartet mich.«

»Na komm schon, Lolita, der Sommer geht zu Ende.«

»Das weiß ich auch. Du fickst ziemlich gut, echt. Du fickst wie im Film, aber trotzdem muss ich jetzt gehen.«

Sie holte den halbrunden Spiegel aus ihrem Täschchen und zog sich die Lippen nach.

»Werde ich dich diese Woche noch mal sehen?«, fragte Kauffman ohne große Hoffnung, denn er fühlte, dass für ihn jetzt Schluss war mit Verabredungen dieser Art.

Lolita schlug ein Bein über das andere, zog einen Schuh an, nahm es wieder herunter und machte es mit dem zweiten Schuh genauso. Die Bewegungen ihrer Gliedmaßen ließen an einen Schmetterling denken. Ihre Schulterblätter stachen aus dem Rücken heraus und erinnerten entfernt an Flügel.

»Diese Woche fahre ich für zehn Tage nach Marbella zu einem Ophtalmologenkongress.«

»Was?«

»Ich begleite einen Augenarzt, der eine Sekretärin braucht, eine Tussi.«

»Und dein Studium? Und die Doktorarbeit?«

»Darum kümmert sich dann Chim.«

»Chim?«

»Willst du mich jetzt gefälligst in Frieden lassen! Wenn du 'ne Tussi brauchst, kannst du dich an Rita wenden. Ich werd' ihr sagen, dass du gut fickst und so. Vielleicht lädt sie noch ein paar Kerle zusätzlich ein. Du wirst bestimmt Spaß haben.«

»Lolita ...«, stammelte Kauffman, das Whisky-Glas in der Hand, vollkommen niedergeschmettert.

My dear little Lo.

In die Stöckelschuhe gezwängt warf sie sich das Täschchen über die Schulter.

»Ciao«, verabschiedete sie sich anmutig. An der Tür drehte sie sich nochmals zu ihm um, spitzte die Lippen zu einem Hühneranus und ließ einen Kuss zu ihm fliegen wie einen unsichtbaren Vogel, der auf ihren Fingerspitzen saß.

Sie zog die Tür hinter sich zu und Kauffman blieb mit seinem Whisky allein zurück. Er trank das Glas leer und war versucht, sich noch einen Schluck einzuschenken. Es war zwei Uhr morgens. Alles, was er seiner Uhr nach in Gesellschaft jenes schamlosen, anbetungswürdigen, zynischen Mädchens an Lebenszeit verbracht hatte, ging nicht über eine Stunde hinaus, in Gesellschaft auch seiner eigenen Phantasie, die Ort und Zeit in etwas nicht Greifbares, Wunderbares verwandelte, etwas, was zu spät war für sein Alter oder die Jahreszeit, zu sehr Schein für die Sehnsüchte, die Kauffman verspürte. Eine Stunde. Das war die Zeit, die Lolita gewährte, gerade als trüge sie eine Uhr in der Vagina und einen Taschenrechner im Herzen.

Kauffman leerte das Glas mitsamt den bitteren Rückständen der Whisky-Eiswasser-Mischung. Seine Leidenschaft stimmte mit seinem Groll überein. Er tastete seine Taschen ab und fand seine Hausschlüssel, das heißt, die Schlüssel zu seinem Zuhause, dem süßen Pleonasmus »heimischer Herd«, wo die Bettlaken nach Langeweile und Lavendel rochen. Er konnte zwar über Nacht noch in dem Apartment bleiben, beschloss aber doch, nach Hause zu fahren. Sein Schwanz würde Verständnis dafür haben. Für die fantastische Filmkulisse unter der Neonflut von Danone hatte er keine Verwendung mehr. Orgien mit Rita passten nicht in sein Konzept. Er brachte das leere Glas in die Küche und zog die Vorhänge vor die Fensterfront. Die Vorstellung war zu Ende. Der Ausblick über das nächtliche Madrid verschwand. Die Inneneinrichtung der Wohnung nahm jetzt die kalte und feindliche Intimität eines schwach besuchten Stundenhotels an.

Zehn Minuten später war der Anwalt Kauffman eine winzige Gestalt, die am Fuß des Gebäudes nach einem Taxi rief. Der Platz davor lag verlassen da und ein seltsamer Wind wirbelte Papierfetzen durch die hohen Laubengänge aus Glas und Beton. Er musste bis zur nächsten Kreuzung gehen. Der Taxifahrer – mit Augenbrauen wie steife Hornspitzen, dürrem Hals, unruhigen, im Rückspiegel rot erscheinenden Pupillen – fragte nach dem Ziel. Kauffman lehnte sich gegen das Seitenfenster. Er sah Straßen und Alleen, drohend oder warnend blinkende Ampeln an sich vorbeiziehen, großzügige, laute Rondelle mit munteren aus monumentalen Brunnen strömenden Kaskaden, Plätze so groß wie Palastgärten, Straßenschluchten wie Schützengräben, Gässchen wie Kreuzgänge einer Kathedrale, das ganze nächtliche und menschenleere Madrid, das das seltsame Taxi mit gleichbleibender Geschwindigkeit durchquerte und dabei Bilder raffte, Dekorationen wegzauberte und mit seinem unbeirrbar tickenden Taxameter Zeit und Geld zählte, bis es an dem ruhigen, bürgerlichen, akazienbestandenen Platz ankam, wo er wohnte, ihn wie in einem Traum unter dem nächtlichen Himmel und den Akazien gegenüber seiner Haustür absetzte und nach einer heiteren, von Motorgebrumm orchestrierten Verabschiedung davonfuhr.

Kauffman überquerte den Gehsteig. Nachdem er die Haustür aufgesperrt hatte, hob er die Augen zum Himmel. Er fühlte sich wie ein Dichter, der das aufgeschlagene dunkle Buch der Nacht über seinem Kopf betrachtete. Das Haus, in dem sie wohnten, war das Haus seiner Schwiegereltern gewesen. Trotzdem hatte er einen fast kindlichen, familiären Bezug dazu, als wäre es seit vielen Jahren sein Zuhause. Bevor sie in Urlaub gefahren war, hatte Margarita die Möbel in der Diele mit weißen Schutzhüllen zugedeckt. Der Anwalt tastete sich im Dunkeln zwischen diesen mit Laken verhüllten Möbeln hindurch, um zum Wohnzimmer zu gelangen. Die Tiefen der Wohnung hallten vor Einsamkeit und Nüchternheit wie ein leeres Schloss wider. Es fehlte das, was man den süßen Schlaf der Kinder nennen könnte, und es fehlte auch die Zärtlichkeit oder das, was man die eheliche Umarmung einer Frau nennen könnte. Es war drei oder vier Uhr morgens. Kauffman warf Jackett und Krawatte über einen Stuhl und rief beim Chinesen an, der sein Restaurant nur am ersten Tag des neuen Mondjahres schloss und den Rest des Jahres die Wünsche des Abendländers befriedigte, welche Vorlieben auch immer dieser haben mochte. Er bestellte ein Abendessen oder nächtliches Frühstück oder wie auch immer die Chinesen eine Mahlzeit um diese Uhrzeit nennen wollten. Währenddessen duschte er und holte sich dann eine Dose Bier aus dem Kühlschrank. In der Küche war es kühl. Im Lichtschein, der durch den Innenhof hereinfiel, glänzten die Armaturen und schickten Kauffman ein einsames Zwinkern zu. Er ging ins Wohnzimmer zurück. Nach zwanzig Minuten wurden die bestellten Frühlingsrollen und Chop Suey mit Kalbfleisch und dem chinesischen »Reis der drei Wonnen« gebracht. Der Anwalt ließ sich mit dem Tablett auf den Knien nieder und genoss sein Abendessen. Obwohl es das Haus seiner Schwiegereltern war und das Essen chinesisch, fühlte er sich erneut ergriffen von jenem unwiderstehlichen Gefühl von Vertrautheit.

Er erwartete Margarita erst zwei Tage später, aber sie kam bereits am nächsten Tag zurück. Das Haus füllte sich mit Plunder und Spielsachen und sandigen Sandalen. Es blieb keine Zeit, Ordnung zu schaffen. Die Kinder sollten anschließend bis zum Beginn des neuen Schuljahres zwei Wochen zu den Großeltern in die Berge fahren. Es blieb jedoch sehr wohl Zeit, sie mit allen Beweisen väterlicher Gefühle zu empfangen, deren Kauffman fähig war, ohne dass sich die Mädchen besonders darum geschert hätten. Entzückende Geschöpfe. Sie ließen eine Lawine von Bällen und Strandspielsachen zurück und stellten gleichzeitig dieselbe Menge Bälle und Spielzeug für die Berge zusammen. Die Reisetaschen leerten und füllten sich. Vater zu sein inmitten dieses Treibens, hieß, wie ein stummer Clown zu lächeln und sich trotz der Gleichgültigkeit der geliebten kleinen Ungeheuer innerlich so bewegt zu fühlen, dass jegliches Vernunftelement zugunsten von Sklaverei und Gefühlsäußerungen verbannt wurde, damit seine Kinder auch mit ihm, dem von so viel Spielzeug überfluteten, spielten. An jenem Nachmittag führte er sie zu einem Imbiss aus und am Tag darauf, kurz bevor die Großeltern kamen, um sie abzuholen, gingen sie ein Eis essen, während ihre Mutter die Reisetaschen fertig packte.

»Wie war's denn in den Ferien? Wie war der Strand? Habt ihr euren Papa vermisst?«

»Nein«, sagte Margarita.

»Doch«, sagte Andrea, die Kleine.

»Weiß nicht«, korrigierte sich Margarita, während sie mit ihrer rosa Zungenspitze die grüne Pistazieneiskugel in Angriff nahm.

Entzückende Geschöpfe. Vorpubertäre Gesten. Unsichere Stimmchen. Kauffman betrachtete ihre zarten, noch ungeformten Hände, Kinderfinger und Kinderhände, die einmal zu Frauenhänden werden würden. Das kecke Kinn hatten sie von der Mutter, ebenso – in kindlicher Form – die geheimnisvollen, lächelnden, lachsroten Lippen, in denen Kauffman Küsse und Lächeln ohne Scham wiedererkannte. Nur die Stirn und der Blick waren von ihm. Zwei Augenpaare guckten über die jeweilige Eisportion und beobachteten ihren Vater. Die Mädchen hatten jetzt einen dunkleren Teint und waren dünner als zu Beginn des Sommers mit ihren langen und biegsamen Ärmchen, die fast keine Muskeln hatten, und ihren mageren Beinchen, die vom Stuhl baumelten und kaum bis zum Boden reichten. Wie er sie so beobachtete, fühlte sich Kauffman unfähig, anders als in Diminutiven zu denken. Soweit ihre kindliche Erinnerung zurückreichte, hatten Papa und Mama zum ersten Mal die Ferien nicht gemeinsam verbracht. Niemand kann in die Geheimnisse der Kindheit eindringen, schon gar nicht während der Schulferien. Diese noch unfertigen Gehirne gehörten zu einer so seltsamen Welt wie der der Außerirdischen, für die sie wie alle Kinder schwärmten. Kauffman unterhielt sich mit ihnen und bekam rätselhafte Antworten. Papa fragte nach. Sie aßen ihr Eis auf und kehrten nach Hause zurück, eine an jeder Seite von Kauffman, Hand in Hand mit ihrem Papa, in jenem halben, unbestimmten Schweigen zärtlicher Vertrautheit und doch voneinander getrennt durch die unüberschreitbare Grenze, welche die Erwachsenen von den Rätseln der Kindheit scheidet.

Die Großeltern kamen noch am Nachmittag, um sie zu sich in die Berge zu holen. Kauffmans Schwiegervater hatte eine hohe Meinung von Kauffman. Er war ein alter, liebenswürdiger, auf seinen Schnurrbart stolzer General a. D., der keine Ahnung hatte, dass sich seine Tochter am Strand mit Schwarzen einließ und sein Schwiegersohn sich mit minderjährigen Prostituierten in einer Bar in Madrid verabredete. Er begrüßte Kauffman mit ein paar herzlichen Klapsen auf den Hals. Seine Frau, Kauffmans Schwiegermutter, stellte sich, ihre rheumatischen Beschwerden unterdrückend, auf die Zehenspitzen, um ihm einen Kuss zu geben. Danach machten sie einen Rundgang durch die Räume, die ihr Zuhause gewesen waren, bevor Kauffman ihre Tochter heiratete und sie beschlossen, in die Berge zu ziehen und auch viel Zeit in Marbella in einem Gästehaus für Militärangehörige zu verbringen. Sie fanden, ihre Tochter habe abgenommen und Kauffman arbeite zu viel, jawohl. Warum hatte er nicht auch Urlaub gemacht? Beide umarmten ihre Enkelinnen mit jener zeitlosen Komplizenschaft, die über die Generationen hinweg nur zwischen Enkeln und Großeltern entsteht. Und nach einer halben Stunde, nachdem sie die Beteuerungen, sie sollten doch noch zum Abendessen bleiben, beschwichtigt hatten, fuhren sie mit den Kindern los. Zurück blieb ihre gütige, etwas zusammenhanglose, unerklärlicherweise beschädigte und irreale Präsenz, wie die Möbel in der Diele, die immer noch ihre weißen Schutzhüllen trugen. Die Kinder waren in den alten Morris eingestiegen, Modell Oxford, mit gewölbtem Dach und riesigem Kofferraum, und man hatte vereinbart, dass sie jeden Abend vor dem Zubettgehen anrufen würden.

Den ersten Nachmittag, den Kauffman und seine Frau zu Hause allein miteinander verbrachten, machten sie Liebe, das heißt, sie fickten, wenngleich Kauffman dieses gesunde und direkte Wort in Bezug auf seine Ehefrau nicht über die Lippen brachte. Aber wer weiß, ob Margarita sich nicht sogar gewünscht hätte, es zu hören, primitives Begehren suchend, das ihr sowohl in den Bordellen wie auch im Ehebett das Wasser im Munde zusammenlaufen ließe. Weder der unbefangene Besuch der Schwiegereltern noch das Wiedersehen Kauffmans mit seinen kleinen Töchtern hatten seinen dunklen Groll aufgelöst, der weder Worte des Vorwurfs noch des gegenseitigen Vergleichs fand. Sie legten sich zu einer Siesta nieder. Sie mit einem Buch, er mit den ›Gesetzlichen Bestimmungen für Bankschließfächer‹, ebenfalls einem Buch. Er hatte die beiden Perlen zu einem Goldschmied gebracht, der sie zu Ohrschmuck verarbeitet hatte, und anschließend hatte er sie in einem Bankschließfach deponiert. Herr und Frau Kauffman lasen jedoch nicht allzu lang. Sie verlor das Interesse an dem Roman in ihren Händen und Kauffman, im Wissen, dass sich der Ohrschmuck in sicherem Gewahrsam befand, konnte sich auch nicht für die Lektüre der gesetzlichen Bestimmungen für Bankschließfächer begeistern. Ihre Körper suchten sich. Kauffman spürte eine gewisse heimische Euphorie in seinem Schwanz. Unerwartet, so wie einer eine Familientruhe voller Unterröcke und alter Kleidungsstücke öffnet, drang Kauffman in Margaritas Intimbereich ein. Ah, wie angenehm warm war die Begierde auf bekanntem Terrain! Sogar die Marke der Unterwäsche und der Duft des Deodorants war als bekannt vorauszusetzen. Sein Schwanz jedoch pochte rücksichtslos auf sein Recht. Aber Kauffman hatte noch nicht begonnen, seiner ehelichen Pflicht nachzukommen, als sie von einer derart wollüstigen Zuckung erfasst wurde, wie er sie bei ihr noch nie erlebt hatte. Plötzlich war Margaritas Körper nicht mehr Margaritas Körper. Lüsternheit wohnte ihm inne. Kauffmans Schwanz verstärkte seine Anstrengungen auf erstaunliche Weise. Welche Geister hatten sich zusammen mit ihnen in dieses Bett gelegt? Margarita fegte ihr Buch herunter, als sie einen Arm ausstreckte. Kauffman drehte sich um und die ›Gesetzlichen Bestimmungen‹ rutschten vom Laken und fielen mit dem dumpfen Aufprall eines Ziegelsteins auf den Fußboden. Kurz darauf waren die beiden heftig am Ficken. Das war das einfache und harte Wort dafür, in dem Begierde und Raserei steckte. Sie machten nicht Liebe. Zum ersten Mal seit vielen Jahren vögelten sie wirklich miteinander. Sie fickten richtig und der Unterschied konnte nach Kauffmans jüngsten Erfahrungen nur mit diesem Wort ausgedrückt werden. Sein Schwanz wurde immer gewitzter und härter, je länger Kauffman sich verausgabte. Sie hatte die Augen aufgerissen. Wie ein Blitz erschien vor seinem geistigen Auge das Bild eines herkulischen Schwarzen und für einen Augenblick kam ihm der Verdacht, dass Margarita gerade die Gestalt eines Schwarzen über sich sah, oder eines Elefanten, keinesfalls aber die eines Anwalts – auf jeden Fall die Gestalt eines starken und keuchenden Wesens, mit dem sich Kauffman in diesem erhabenen Augenblick identifizierte bis hin zu dem Punkt, dass sein Schwanz die glühende Kraft und den Umfang des Armes eines erwachsenen, zornigen Mannes anzunehmen schien, während sie, als hätte sie noch nie zuvor diesen Zustand erlebt, den Kopf zurückwarf und nach mehr verlangte. Mehr? Etwas fassungslos entlud Kauffman seine Kraft. Aus seinem alten Archiv zog er das Bild einer

Lokomotive. Dann kippte er reglos auf die Seite. Er wusste gar nicht mehr recht, was geschehen war, bis er spürte, dass sie ihn zart ins Ohrläppchen biss. Auch das war seit den Tagen des ersten Eheglücks nicht mehr vorgekommen. Wonne und Dankbarkeit ergriff beide, die darüber verwundert waren, wie einfach es doch war zu lieben. Kauffman rückte ein wenig von ihr weg, und beide verharrten ein paar Minuten in Schweigen. Dann stützte sich Kauffman auf dem Kissen auf:

»Genau so?« Seine Stimme klang bitter.

»Was willst du damit sagen: ›genau so‹?«

»War es den ganzen Sommer so?«, fragte Kauffman wieder und tat uninteressiert. Er tappte mit der Hand nach den ›Gesetzlichen Bestimmungen‹ auf dem Boden, erwischte aber nur einen Pantoffel.

»Komm schon, Kauffman«, sagte sie plötzlich distanziert, »fragst du das im Ernst?«

»Ganz im Ernst.«

Margarita seufzte tief. Kauffman fühlte sich unbehaglich.

»Stimmt es, dass du ein Abenteuer mit einem Schwarzen gehabt hast?«

»Warum sollte es ein Schwarzer gewesen sein?«

»War es kein Schwarzer?«

»Nein, war es nicht.«

Kauffman fasste sich ans Kinn. Ein Teil der Gespenster, die seine Fantasie bevölkerten, verschwand. Dafür tauchten andere männliche Gespenster auf, diesmal von weißer Hautfarbe. Er fühlte einen bitteren und angenehmen Stich in Höhe seines Solarplexus. Auch der Schmerz war eine Art Aphrodisiakum.

»Entschuldige, wenn ich weiterfrage«, sagte Kauffman. »War es ein Weißer?«

»Es war ein Student aus Malaga. Er hieß Roberto Javier.«

»Die Kinder meinten, er hieß Francisco Carlos.«

Sie drehte sich zu ihm hin. Pantheraugen funkelten ihn an:

»Du hast die Kinder gefragt?«

»Nein, ich habe sie nicht gefragt«, log Kauffman. »Sie haben es mir erzählt. Sie haben mir erzählt, sie hätten einen Cousin von Mama gesehen, konnten sich aber nicht mehr erinnern, ob er schwarz oder weiß war.«

»Glaubst du etwa, dass ich vor den Kindern ein Abenteuer hatte?«

»Aber nein, Margarita, nein . . .«

Margaritas Augen blitzten. Kauffman gefiel sie so: aufgebracht, mit flammenden Augen, unfähig, ein Wort herauszubringen, die Fäuste wütend geballt. Kann sein, dass es zwei an der Zahl waren. Francisco Carlos und Roberto Javier. Möglicherweise auch vier. Francisco, Javier, Roberto und Carlos. Kann sein, dass es am Ende nur einer war. Bingo. Sein Geist erhellte sich plötzlich mit einem grandiosen Verdacht, einem, den er sich nicht einmal in Augenblicken größter Erregung hätte einfallen lassen.

»Es wird doch nicht Roberto Carlos gewesen sein«, stammelte er, jetzt völlig paranoid.

»Der Fußballer?«

»Der Fußballer.«

»Also gut. Er hieß Roberto Carlos und war Fußballer.« Margarita platzte. »Willst du noch mehr wissen, hm? Willst du noch was hinzufügen?«

»Versteh mich doch nicht falsch. Ich meinte ja nur . . .«

»Glaubst du vielleicht, mir gefällt es, dass die Kinder ihren Vater für verrückt halten? Es war schließlich nicht meine Idee, allein in die Ferien zu fahren. Ich verfolge die Fußball-Liga nicht. Ich will mich nur hier in dieses Bett legen, in mein Bett!«, schluchzte sie am Rande der Hysterie. Sie trommelte mit den Fäusten auf die Matratze und erstickte die Sehnsucht nach dem Studenten aus Malaga in harmlosen Tränen.

»Du hast unsere Ehe gerettet«, warf Kauffman noch ganz unter dem Einfluss des gemeinsamen Orgasmus ein.

»Dass ich nicht lache!«, sagte sie und wischte eine Träne fort.

»Die Liebe in Europa. Das moderne Spanien. So etwas machen die Frauen bei den Eskimos. Die schlafen mit dem erstbesten Fremden!«

»Woher weißt du das?«

»Ich habe es im ›*National Geographic*‹ gelesen.«

»Ich bin kein Eskimo. Und du nicht die Frau eines Eskimos.«

»Ach nein? Und was hast du inzwischen getrieben? Hast du auch versucht, unsere Ehe zu retten?«

»Nicht, wie du denkst.«

»Es war auch nicht meine Idee, dass der Vater meiner Töchter in Madrid bleibt, um sich auf ein Abenteuer einzulassen.«

»Ich konnte nicht . . .«

»Sag bloß nicht, dass du es auch mit einem Fußballer treiben wolltest«, bemerkte sie sarkastisch, während sie das Laken zur Seite schleuderte und aus dem Bett stieg, um sich einen Morgenmantel zu holen.

»Margarita, ich will keine Fußballer.«

»Das hätte mir nichts ausgemacht, weißt du?«

»Nimm das zurück!«, verlangte Kauffman.

»Was für eine Art von Ehemann ist das, der seine Frau zum Ficken in Urlaub schickt?«

»Ich verbiete dir, so zu reden!«

»Ficken, jawohl! Kapiert?«

»Margarita!«

»Lass mich in Ruhe!«

Kauffman richtete sich auf, während sie sich im Badezimmer einschloss. Er hörte die Dusche rauschen.

»Ich bin dir treu gewesen, Margarita«, rief Kauffman guten und ruhigen Gewissens, etwas alarmiert, sie könnte seine sexuellen Vorlieben in Frage stellen.

Sie hatte ihn nicht hören können. Sicher nicht.

»Ich hatte kein Abenteuer. Ich erzähl dir, was diesen Sommer los war«, rief Kauffman wieder in einem seltsamen euphorischen Zustand. Für alle Ewigkeit würde er das Geheimnis um

Lolita verschweigen. »Ich wurde Zeuge von drei Morden, die Polizei hat mich vernommen, mir wurde das Auto demoliert, und ich habe für dich ein wundervolles Geschenk zum Hochzeitstag besorgt.«

Die Dusche rauschte immer noch.

»Hörst du mich?«

In der Dusche plätscherte es und Kauffman lächelte. Nichts von dem, was er erzählen würde, konnte sie hören, aber er hatte das Bedürfnis, davon zu berichten, so dass er eine ganze Weile monologisierend darlegte, was er zu sagen hatte, aber nicht sagen konnte, wie vor einem Auditorium von Phantasiegestalten rezitierend, vor seinen Rivalen, die zwar vielleicht imstande waren, seine Frau zu vögeln, aber unmöglich die Abenteuer erleben konnten, die er erlebt hatte; und er fuhr in seiner verbalen Besessenheit fort, bis er hörte, wie in der Dusche der Hahn zugedreht wurde. Da gehorchte er dem gleichen einfachen Mechanismus, der den Wasserstrom zum Schweigen brachte: Er verstummte. Von Dampfwolken umgeben trat Margarita im Bademantel aus dem Bad. Das Haar hatte sie mit einem Handtuch umwickelt. Sie nahm ihre Kleidungsstücke und begann sich im Ankleidezimmer anzuziehen.

»Man setzte einen Killer, einen Asiaten, auf mich an«, fuhr Kauffman fort. »Und Millionetis hat mich entlassen.«

Er war sich sicher, dass sie ihn auch jetzt nicht hörte. Sie öffnete und schloss Schubladen, um Kleidungsstücke herauszunehmen.

»Er sagt, ich sei der schlechteste Anwalt, den er je hatte«, rief Kauffman in einer Art masochistischen Taumels, in der Verzückung eines Geißelbruders, in einer Anwandlung von Selbsterniedrigung.

Margarita trat aus der Tür, während sie noch die Häkchen an ihrem Büstenhalter schloss. Kauffman hielt in seiner Verzückung inne. Er zog eine Braue hoch und bewunderte ihren Körper. Er spürte ein Verlangen, das jeder beliebige Unbekannte ebenso verspürt hätte, und das gefiel ihm. Seine Daseinsberechtigung und sein Besitzrecht waren gesichert.

»Hast du mir zugehört?«

»Ich habe viel Quatsch gehört«, sagte sie und zog den Reißverschluss an ihrem Rock hoch.

Vielleicht hatte sie doch etwas gehört.

»Einverstanden«, meinte Kauffmann. »Dann wirst du meiner Meinung sein, dass dein Ehemann nicht verrückt ist«, fügte er geheimnisvoll hinzu. »Du wirst meine Meinung teilen, dass alles nach Plan läuft.«

Sie ging noch einmal ins Ankleidezimmer zurück und erschien gleich darauf wieder im Türrahmen, diesmal damit beschäftigt, ihre Bluse zuzuknöpfen.

»Ach ja? Nach Plan?«

»Es stand geschrieben, dass wir uns wieder lieben würden«, befand Kauffman rethorisch.

»Ich bitte dich, Kauffman ...«

»Heute Abend will ich dich zum Essen ausführen.«

Kauffmans Gemüt hatte sich beruhigt. Die Kinder riefen am Abend aus den Bergen an. Sie erzählten von einem neuen Hund im Haus und von Ameisen im Garten. Kaum waren sie bei den Großeltern angekommen, hatten sie sofort wieder ihr eigenes Bezugssystem aufgestellt. Dann sprach der Großvater. Er würde mit den Kindern bei Anbruch der Dunkelheit hinausgehen, um ihnen Sternbilder zu zeigen und die Namen der Sterne zu erklären. Dann sprach die Großmutter. Sie meinte, die Kinder hätten nicht genügend Unterwäsche dabei. Kauffman und Margarita antworteten von zwei verschiedenen Telefonapparaten aus und gingen auf alle Fragen ein. Über allem schwebte eine unbestimmte Musik, die von Kobolden oder auch aus Großvaters Radio stammen konnte. Die Stimmen von drei Generationen überkreuzten sich im Telefonsystem wie in einer spiritistischen Sitzung, wo häusliche und astronomische Fragen mit mysteriöser Natürlichkeit geklärt wurden. Nach einer Weile verabschiedete sich die gesamte Familie voneinander und das Echo jener mehrfachen virtuellen Präsenz begann zu verfliegen. Zurück blieb eine Spur von Melancholie. Um Kauffman und Margarita herum nahmen Möbel und Gegenstände feste Gestalt an. Über den Bergen leuchtete Venus und Antares zeigte sich im Sternbild Skorpion, als das Ehepaar in Madrid zum Abendessen ausging.

Sie entschieden sich für ein Restaurant in ihrem Stadtviertel. Nur wenige Tische waren belegt. Der Besitzer hatte erst zwei Tage zuvor wieder aufgemacht und es würde noch dauern, bis alle sonstigen Gäste aus den Ferien zurück waren. Nach dem Essen setzten sie sich noch zu einem Drink nach draußen. Die Nacht war mild und klar, als wären die Giftstoffe der Stadt bereits in den Augustnächten ausgeschwitzt worden. Die Musik der Bar wiederholte den Refrain des Sommerhits.

»Ah, ah, ah! Ah, ah, ah!«

Kauffman erkannte ihn sofort wieder. Er hatte ihn in »Chims Hütte« gehört. Es war auch nicht schwierig, ihn wiederzuerkennen. Auch Margarita entsann sich sofort. Sie hatte ihn an der Strandbar gehört. Es war ein zu Herzen gehender Ohrwurm. Eine ganze Weile schwärmte die Erinnerung der beiden in verschiedene Richtungen aus. Jeder war jedoch darauf bedacht, seine Gedanken vor dem anderen zu verbergen. Im Gegenteil, wie Verliebte hielten sie sich sogar an den Händen und überboten sich in liebevollen Gesten. Jener Refrain weckte in Kauffman das Verlangen nach Lolita und in Margarita sehnsüchtige Gedanken an ihren geschickten Studenten aus Malaga. Wer konnte einen so jungen und gleichzeitig nostalgischen Hit komponiert haben? Wem konnten die Silben eingefallen sein, die imstande waren, jene Empfindungen auszulösen?

»Ah, ah, ah! Ah, ah, ah!«

Oder war es vielleicht so, dass die Liebe, jener Phönix der Nacht, seine Asche in diesen Vers gelegt hatte? Ah!, dachte Kauffman lyrisch gestimmt und kurz berauscht von der Musik und nahm sich vor, Lolita in diesem Herbst aufzusuchen. Margarita ihrerseits hoffte heimlich, dass es in Madrid reichlich Studenten aus Malaga geben würde. Dann verlangte Kauffman die Rechnung und sie tranken aus. Eingehakt gingen sie zu Fuß nach Hause, als hätten sie eine Art Waffenstillstand geschlossen, vereint im Geheimnis der jeweiligen Heuchelei.

In derselben Nacht schliefen sie wieder miteinander, und Kauffman zeigte sich besonders feurig. Margaritas Körper hatte die dekadente Süße von reifen Wasser- und Honigmelonen. Er murmelte ihr infantile Zärtlichkeiten ins Ohr und auch aufregend ordinäre Sprüche, die sie geschmeichelt akzeptierte beziehungsweise mit einem Ungestüm wie nie zuvor forderte. Die Nachttischlampe brannte und Kauffman bewunderte ihr Gesicht auf dem Kissen. Sie hatte sich vor den Ferien die Haare geschnitten und jetzt ergoss sich die jugendlich wirkende mahagonifarbene Mähne über das Kissen. Etwas an ihr hatte ihn in einen anderen Gemütszustand versetzt. Seine ganze Einbildungskraft konzentrierte sich auf den Unbekannten, der sie diesen Sommer besessen hatte. Er kam nicht dagegen an, und das verstärkte seine Leidenschaft. Margarita musste das bemerken. Sie gab sich lasziv und benutzte Kniffe, die ihr der Student aus Malaga beigebracht hatte und die sie vorher nie gewagt hätte anzuwenden. Sie hatte gelernt, obszön zu sein. In dem Geflüster der beiden destillierte sich ein Brodeln von zugestandenen Verfehlungen, von Beleidigungen und Zärtlichkeiten heraus, das in die abschließende Befriedigung mündete. Erschöpft blieb er auf dem Bauch liegen. Sie wälzte sich auf die Seite wie eine Katze nach der Begattung und löschte das Licht. Und wieder liefen die Gedanken der beiden in verschiedene Richtungen, doch diesmal kreuzten sich ihre Wege. Kauffman bekam seinen anonymen Rivalen nicht aus dem Kopf und dichtete ihm beunruhigt verschiedene Penisformen und -größen an, ganz im atavistischen Männlichkeitswahn gefangen, während sie sich, kurz bevor sie zufrieden einschlief, fragte, wer ihm wohl gezeigt hatte, so zu ficken.

»Was hast du mir gestern Nachmittag erzählt, während ich mich anzog?«, fragte sie am nächsten Morgen beim Frühstück.

»Dummes Zeug«, entgegnete Kauffman.

Am selben Tag oder am Tag darauf ging Kauffman zur Bank, um den Ohrschmuck mit den Perlen aus dem Schließfach zu holen. Als er allein in der Stahlkammer stand, bewunderte er einmal mehr diese Juwelen. Der Goldschmied hatte die Perlen weisungsgemäß auf einem muschelförmig zugeschnittenen, getriebenen, dünnen Goldplättchen befestigt, das nicht größer als eine Münze war und mit seinen leicht eingedrückten Rändern entfernt an eine Ohrmuschel erinnerte. Die beiden Perlen schienen in winzigen, leicht grünlich leuchtenden, goldenen Höhlen zu ruhen. Sie unterschieden sich kaum voneinander. »Nemesis« nahm den Goldreflex mit einem sanften und beständigen Funkeln auf, einem schlummernden weißglühenden Strahlen. Die »Betrügerin« hingegen schien bewegt von einer minimalen inneren Vibration. Auf irgendeine Weise wirkte sie luxuriös und diskret. Niemand konnte vermuten, dass dieser Ohrschmuck ein Vermögen wert war. Kauffman klappte die kleine Samtschatulle zu und steckte sie in die Tasche. Nachdem er sein Schließfach wieder verschlossen hatte, ließ er sich das Gitter zur Stahlkammer wieder aufschließen. Die Schlüssel wurden gewechselt und Kauffman unterschrieb den Ausgangsvermerk. Die Vorsichtsmaßnahmen stimmten ihn gut gelaunt. Sie hatten etwas Maßloses und Verheißungsvolles. Beton und Stahl dieses Gewölbes bewachten wer weiß welche Werte und Geheimnisse, eingesperrt in Chrombehälter, die nebeneinander in die Mauern eingelassen waren wie anonyme Hohlräume für Reichtum und Niedertracht, wo es genügte, den Arm hineinzustecken, um die gewünschte Portion herauszuholen. Wie bei Stahlkammern üblich, grenzte die Trennmauer an die Abwasserschächte, und das war mehr als nur ein Symbol. Und dann befanden sich auch noch Kauffmans Ohrringe dort, gerade so, als handle es sich bei ihnen um eine höchst gefährliche Ware. Und so war es auch in der Tat, nur wusste Kauffman nichts davon. Er ahnte nicht, dass in diesen beiden winzigen Perlmuttkugeln zwei Plutoniumtränen schlummerten und diese Unwissenheit trug dazu bei, dass sein Glück nicht getrübt wurde. Mit dem Etui in der Tasche unterzeichnete er den zweiten Besuchereintrag und stieg dann hinauf ins Erdgeschoss. Während er erhobenen Hauptes die Eingangshalle durchquerte, rechnete er nach. Die Miete für das Schließfach und die Arbeit des Juweliers hatten ihn ein kleines Vermögen gekostet. Aber er fühlte sich als moderat mächtiger Mann, vielleicht nicht ganz so blauäugig, wie einige seiner Konkurrenten vermuteten, und auch nicht so gerissen, wie seine Verbindungen glauben machen konnten, in jedem Fall jedoch ein glücklicher Mann oder einer, der im Begriff war, es zu werden, nachdem er in der kurzen Zeitspanne eines Sommers die Territorien des Sexus, des Verbrechens und der Dummheit durchlaufen hatte.

An diesem Abend lud der Anwalt seine Frau wieder zum Essen ein. Als sie gerade die Wohnung verlassen wollten, kam im letzten Augenblick der Anruf der Kinder vom Haus der Großeltern. Die Jüngere hatte Durchfall, weil sie unreife Pflaumen gegessen hatte. Die Ältere hatte sich beim Sturz in einen Rosenstrauch die Haut aufgeschürft. Anbetungswürdige Geschöpfe. Nicht einmal das Vergessen wäre in der Lage, der ungewöhnlichen Serie von Abenteuern ein Ende zu setzen, welche die aufeinander folgenden Schichten ihrer kindlichen Seelen formten, und so wie ein Baumstamm mit aufeinander folgenden Jahresringen wächst, so würden diese Ereignisse mehr in ihnen zurücklassen als die Erinnerung an einen Sommer, an zerkratzte Beine oder an Durchfall, und sie würden ihre künftige Persönlichkeit mit einer eigenen Duftnote versehen. So philosophierte Kauffman mit dem Telefonhörer in der Hand vor sich hin, während sich die Mädchen am anderen Ende der Leitung gegenseitig das Telefon aus der Hand rissen. Ihre Mutter redete auf sie ein, sie sollten doch vernünftig sein, und verordnete in dem einen Fall weißen Reis und in dem anderen Jodtinktur – Heilmittel, welche die Großmutter bereits angewendet hatte. Sie waren durch die Pinienwäldchen gewandert, der Großvater hatte ihnen das Nest einer Elster gezeigt und zwei oder drei Farnarten. Kauffman begrüßte dann den Großvater, der sich über ein drittes Telefon vernehmen ließ. Es erschien ihm merkwürdig, dass ein General der Artillerie Kenntnisse in Vogel- und Pflanzenkunde hatte, gerade so, als könnte ein Graf oder ein Herzog, um nur ein Beispiel zu nennen, auch noch ein Diplom in Mathematik und Naturwissenschaften vorweisen. Margarita war ausgehfertig, und während sie am Telefon sprach, konnte Kauffman sie durch die halb offene Wohnzimmertür beobachten. Sie hatte ein grünes Sommerkleid an und darüber ein Jäckchen gleicher Farbe. Kauffman dachte, sie habe es sich erst in diesem Sommer gekauft. Die Situation war gänzlich harmlos. Dennoch betrachtete er sie wie eine indiskrete Interieur-Aufnahme: Margaritas jugendliche Erscheinung auf dem weißen Sofa, ihre ungezwungene Haltung, barfuß, die Pumps neben sich auf dem Boden, den Hörer in der Hand, die Beine übereinander geschlagen. Über das Telefon in der Küche konnte er ihre Stimme hören und gleichzeitig die Stimmen seiner Töchter und seiner Schwiegereltern, und wie er sie so auf dem Sofa sitzen sah, fühlte er, dass er sie mehr denn je begehrte. Am Ende stritten die Mädchen miteinander und sie verabschiedeten sich. Margarita sprach ein paar Minuten mit ihren Eltern und Kauffman grüßte achtungsvoll seinen Schwiegervater, den General. Aus irgendeinem rätselhaften Grund schien es ihm, als habe er konfusen Reinkarnationen beigewohnt, bei denen die aufgeregten Stimmen seiner Töchter, gefiltert durch die ruhigen und zeitlosen Stimmen der Großeltern, die Bedeutung einer Art Unsterblichkeit für Kauffmans Seele erlangten, war er doch der Vermittler dieser Komplizenschaft zwischen den Generationen. Er hängte ein und ging hinüber ins Wohnzimmer, um Margarita abzuholen, die in diesem Augenblick das Gespräch beendete.

»Bist du fertig?«

Sie richtete sich das Haar vor dem Konsolenspiegel und nahm dann ihre Handtasche.

»Na, was sagst du?«

Er legte seine Hand mit neu eingeweihter Zärtlichkeit auf ihren Hintern und schob sie sanft vor sich her.

»Gehen wir.«

Kauffman hatte einen Tisch in einem eleganteren Restaurant als dem des Abends zuvor reserviert, mit viel Plüsch und wenig Licht. Sie waren die ersten Gäste. Der Besitzer erklärte, das Lokal habe erst vor zwei Tagen wieder aufgemacht. Ganz Madrid habe erst vor wenigen Tagen wieder geöffnet, jetzt nach den Ferien, und in den Restaurants liefe noch nichts seinen gewohnten Gang. In Wirklichkeit blieben sie den ganzen Abend die einzigen Gäste. Das winzige Tischlämpchen brannte einzig und allein für sie. Die anderen Lämpchen ringsum beleuchteten nur leere Tische. Kauffman kam diese intime Atmosphäre gerade recht und bald vergaß er, dass sie allein waren, um genau dieses Alleinsein zu genießen, als säßen sie in einem privaten Speisezimmer, wo das gesamte Bedienungspersonal exklusiv für sie ein stummes Ballett oder eine andere Vorstellung geben würde. Wie konnte Margarita nur denken, dass sie einen lasterhaften Menschen oder einen Eskimo geheiratet hatte? Zu welch ausgefallenen Meinungen Frauen doch gelangen konnten! Die Wände waren mit rotem Stoff tapeziert. Das Licht warf geheimnisvolle theatralische Schatten auf Margaritas Gesicht. Wie eine Schatulle erschien ihm das Restaurant, denn Kauffman wagte es nicht, an einen mit Atlas ausgeschlagenen Sarg zu denken, irgendwie aber waren seine Gedanken heiter und Margarita schien mit gutem Appetit zu speisen, als hätte sie den ganzen Sommer über an den Strandbars nur Schweinefraß bekommen. Sie hatte nicht gerne eingewilligt, an diesem Abend auszugehen, fürchtete sie doch, Kauffman würde etwas von ihr wollen oder irgendeine Fantasterei mit fiebrigen Blicken fortspinnen. Sie sprach wenig, lächelte die Kellner an, wenn diese die Teller abräumten, und verhielt sich Kauffman gegenüber gleichgültig, absichtlich fremd. Mit einem Bissen im Mund, die Gabel über den Teller haltend, ließ sie ihre Blicke über die Schatten an der Zimmerdecke gleiten und antwortete auf jede zärtliche Bemerkung Kauffmans mit einem schwachen »Ach ja?«. Der Rotwein warf einen violetten Schimmer in ihre Augen, wenn sie ihr Glas an die Lippen führte. Diese Details entflammten Kauffman, als würde er ein Schmuckstück betrachten. Er hatte sich überlegt, sie dieses Mal nach dem Essen nicht in ein anderes Lokal auf einen Cocktail einzuladen, gehorchte damit einer inneren Befürchtung, die ihn warnte, der Refrain des Sommers könnte von irgendeiner Seite ertönen, jenes schmachtende »Ah, ah, ah«, das seine Gefühle durcheinander brachte. Glücklicherweise waren die Klänge dort im Restaurant konkret: zartes Gläsergeklirr und silberhelles Gabelgeklapper. Als Nachtisch bestellte sie Pistazien- und Vanilleeis, Kauffman hingegen nichts. Jetzt schien ihm der passende Moment gekommen, sein Geschenk zu übergeben, und er griff in die Tasche seines Jacketts, um die Schatulle mit den Ohrringen zu ertasten.

»Das hier ist mein Geschenk zu unserem Hochzeitstag«, sagte er und legte die Schatulle auf den Tisch.

»Ist denn heute unser Jahrestag?«, fragte sie und tat zerstreut.

»Nein. Aber es ist mein Geschenk zum Jahrestag.«

Margarita ließ das Pistazien- und Vanilleeis stehen und zögerte kurz, ehe sie nach dem Etui griff. Als sie es öffnete, konnte sie einen Ausruf der Bewunderung nicht unterdrücken:

»Oh … Sie sind einfach traumhaft!«

»Gefallen sie dir?«

Sie vergaß ihre Bedenken und jubelte: »O Kauffman! Du bist ein Schatz!« Dann fiel ihr wieder ein, dass sie beschlossen hatte, sich reserviert zu verhalten.

»Die müssen dich ein Vermögen gekostet haben.«

Kauffman schwieg. Er beugte sich über den Tisch und blickte dabei misstrauisch um sich.

»Es sind antike Perlen.«

»O Schatz!«, hauchte sie und drückte zwei Finger an ihre Lippen, um ein elegantes Aufstoßen des Vanilleeises zurückzuhalten und gleichzeitig Bewunderung zu signalisieren. In der anderen Hand hielt sie das geöffnete, strahlende Etui, während Kauffman lächelte und verzückt seine Augen auf sie richtete.

»Gefallen sie dir wirklich?«

»Das sind die schönsten Ohrringe, die ich in meinem Leben je gesehen habe«, versicherte sie, ohne sich zu trauen, sie zu berühren.

Wieder schickte Kauffman einen Blick über die leeren Tische, als hätten sich dort Geister niedergelassen.

»Es hat mich etliche Mühe gekostet, sie zu bekommen«, wisperte er.

»Darf ich sie anprobieren?«

»Aber natürlich!«

In der Schale schmolz das Pistazien- und Vanilleeis zu einer Brühe in pharmazeutischen Farben. Margarita nahm ihre Ohrringe ab und legte mit größter Vorsicht die neuen an, wobei sie leicht ihre Mähne schüttelte. Dann neigte sie den Kopf zur Seite und lächelte Kauffman an, neugierig auf die Wirkung. Sie ahnte nicht, dass an ihren Ohren zwei Miniatur-Atomkraftwerke hingen. Ihre neckische, weibliche und anmutige Geste hatte die Unschuld von Tieren, die unwissentlich dem Tod gegenüberstehen. Auch Kauffman konnte das nicht ahnen und für einen imaginären unvoreingenommenen Betrachter oder eines der ringsum an den Tischen sitzenden Gespenster war das einfältige Grinsen des Anwalts nur verständlich aufgrund der soeben wiedergewonnenen Zuneigung seiner Frau – und das war Entschuldigung genug, auch wenn die Konsequenzen in Kauf genommen werden mussten. Mit Expertenauge bewunderte er die Ohrringe von der gegenüberliegenden Seite des Tisches aus. Er betrachtete abwechselnd die winzigen Goldschalen, in denen die Perlen glänzten. Noch konnte er am linken Ohrläppchen

»Nemesis«, das Schicksal, von dem rechten unterscheiden, wo die »Betrügerin« erstrahlte, deren Name nicht näher erklärt zu werden brauchte.

»Gefalle ich dir?«

»Du siehst wunderschön aus. Eigentlich wollte ich dir gestern erzählen, was es mich für Mühe gekostet hat, diese Ohrringe zu beschaffen. Alles begann zu Anfang der Ferien ...«

»Oh, das ist nicht der geeignete Moment«, murrte sie etwas verstimmt, weil sie dachte, Kauffman beichte nun etwas, wofür sie ihm verzeihen sollte.

»Einverstanden«, sagte Kauffman, »jetzt ist nicht der geeignete Moment.«

Die Pistazien- und Vanilleschale war nun zu einem dicken, irisierenden See mit bizarren Schlieren in Grün und Elfenbein geworden. Die kleine Tischlampe tauchte die beiden in einen Kreis von Intimität. Sie schoben die Eiskremschale und die Schatulle zur Seite und vereinigten ihre Hände über der Tischdecke.

»Ich glaube, es wird Zeit, dass du die Rechnung kommen lässt«, sagte sie, die sich nicht dafür begeisterte, eine für ihren Geschmack allzu romantische Situation in die Länge zu ziehen.

Kauffman verlangte die Rechnung und zog seine Brieftasche hervor. Die Ober, die bis dahin reglos wie Grabesengel herumgestanden hatten, setzten sich in Bewegung. Der Erste räumte auf einem Tablett die Reste des Gedecks ab, so wie jemand Trauerkarten mitnimmt. Der Zweite überreichte in einem Umschlag feierlich die Rechnung. Der Portier, prächtig gekleidet und mit einer seltsamen, traurigen Feder am Hut, wartete mit der Hand an der Tür – alles flüchtige Eindrücke, die in dem Moment, in dem sie auftauchten, auch gleich wieder verschwanden. Einige Minuten später standen die Eheleute auf der Straße und gingen eingehakt nach Hause.

»Glaub' bloß nicht, dass du mich heute Nacht loswirst«, sagte Kauffman und drückte zärtlich ihre Hand.

»Das glaube ich auch nicht.«

»Ich werde dich noch mit diesen Ohrringen auf dem Sofa ficken«, fügte er etwas angeberisch hinzu, als wolle er daran gehen, ein neues Kapitel des ›Gesunden Geschlechtslebens‹ aufzuschlagen.

»Das, was man ›Liebe machen‹ nennt?«, fragte sie lächelnd zurück.

»Nenn' es, wie du willst.«

Am Taxi-Stand küssten sie sich unter einem Baum.

»Taxi, der Herr?«, fragte ein Fahrer und streckte seine spitze, rote Nase aus dem Fenster, über der ein Augenbrauenpaar sichtbar wurde, dessen Spitzen an aufragende kleine Hörner erinnerten.

Sie überhörten ihn und gingen an ihm vorbei. Der Taxifahrer sah sie davonspazieren wie zwei Verliebte – einer die Taille des anderen umfassend, die Köpfe aneinander geschmiegt –, welche in die Lichtkreise der Straßenlaternen eintauchten und dann wieder in den Schatten der Akazien heraustraten. Eine Verkehrsampel blinkte mit ihrem Bernsteinauge. Die Septembernacht passte dazu, dass Margarita, wie gesagt völlig ahnungslos, den Tod an ihren Ohrläppchen trug und wie ein unsichtbares Gift Radioaktivität verströmte.

Die Perlen glänzten im Halbdunkel. Sie fühlte Wärme in den Ohrläppchen, als wären die Ohrringe zärtliche kleine Wesen, die einen leichten Druck ausübten.

»Weißt du was? Das sind nun meine Lieblingsohrringe.«

»Das freut mich«, sagte Kauffman.

Sie stellte sich auf die Zehenspitzen, um ihm einen Kuss zu geben.

»Lass uns schnell nach Hause gehen. Ich will dich auf dem Sofa nehmen.«

Arm in Arm überquerten sie die Allee. Sie schüttelte ihre Mähne. Das Rauschen des Blutes war unhörbar, gleich dem Pusten eines Engels an ihr Ohr. In dieser Nacht nahmen die Perlen wie ein genetischer Fluch Besitz von der Familie Kauffman. Es würde vermutlich nur eine Frage von Monaten, vielleicht einem Jahr sein, dass Margarita ein Unwohlsein verspüren würde, das man nach vielen Untersuchungen als Leukämie diagnostizierte. Der unbekannte Zeitpunkt würde nur davon abhängen, wie oft sie die Ohrringe tragen würde, so wie bei einem jener tödlichen Spiele, die nur durch eine unbewusste plötzliche Laune des Spielers hinausgezögert werden konnten.

An der Wohnungstür angekommen, holte Kauffman den Schlüssel heraus und sperrte auf. Dann schaltete er das Licht in der Diele an, zog sein Jackett aus und warf es über einen Stuhl. Ohne auch nur eine Minute zu warten und ohne dass sie die Perlen abgenommen hätte, begann er mit gierigen Fingern das Kleid seiner Frau aufzuknöpfen.

Das Ende des Festes

»Purusulski?«, fragte der Angestellte am Check-in und blickte abwechselnd auf den blauen Bildschirm seines Monitors und auf das Flugticket, das ihm Prwzulski über den Tisch reichte.

»Prwzulski«, korrigierte Prwzulski ihn ohne ein Zeichen von Ungeduld und legte sein Gepäck auf das Transportband, »Pérez-Prwzulski.«

Es trat ein Moment des Schweigens ein.

»Prwzulski«, wiederholte dann, diesmal richtig ausgesprochen, der Angestellte, ein aufgeweckter junger Mann, dessen Finger rasch und ohne im Geringsten zu stocken über die Tasten glitten. Der Nachname war jetzt berichtigt worden, als handele es sich um eine neue entomologische Art. Der junge Mann blickte ihn lächelnd an: »Nur ein Gepäckstück, Herr Prwzulski?«

»Nur ein Koffer.«

»Ein Koffer«, wiederholte der Angestellte und wandte sich wieder dem Bildschirm zu. »Nichtraucher?«

»Nichtraucher.«

»Ihre Maschine startet um 19.30 Uhr, Herr Prwzulski«, erklärte der junge Mann ohne zu stottern, »von Gate 26. Sie können zuvor noch eine Erfrischung an unserer Snackbar nehmen. Die Stewardess wird den Flug rechtzeitig aufrufen.«

»Danke.«

Prwzulski hängte sich sein Handgepäck um und nahm den Abfertigungsschein entgegen. Einen Augenblick lang betrachtete er das sympathische Gesicht des Angestellten, während der Koffer seine Reise auf dem Transportband antrat.

»Es ist das erste Mal, seit ich in Spanien bin, dass jemand meinen Familiennamen korrekt ausspricht. Ich bin angenehm überrascht«, bekannte er.

»Danke, Herr Prwzulski«, erwiderte der junge Mann mit einer noch ausgefeilteren Aussprache, die irgendwo zwischen Purusulski und Pruski lag und so gut angekommen war. »Gute Reise!«

Prwzulski verabschiedete sich mit einem Kopfnicken und machte kehrt. Die große Eingangshalle des Flughafengebäudes war fast leer. Von weiter hinten, zwischen großen verchromten Säulen, drang Lärm herüber und es war eine kleine Menschenansammlung zu erkennen, wie bei einer friedlichen Meuterei. Ansonsten war es nicht der Tag der großen Menschenmassen. Einige schweigsame Angestellte schoben einen langen Zug von Gepäckkarren. Zwei Priester in Soutane kamen aus dem Waschraum. Flughäfen sind Musterkataloge der Menschheit, dachte Prwz, und auf irgendeine Weise ist auch immer der Klerus vertreten. Als er an den Leuchttafeln vorbeikam, vergewisserte er sich der Abflugzeit. Tatsächlich, der Abflug nach Tel Aviv war für 19.30 Uhr angekündigt. Warum Tel Aviv? Als er seinen Zielort in leuchtenden Buchstaben geschrieben sah, wurde Pérez-Prwzulski plötzlich melancholisch. Der polnisch-argentinische Jude spürte zu seinem Kummer den uralten Ruf seiner Rasse, wie er sich bei echten Exilierten stets offenbarte, während seine doppelte Persönlichkeit, die argentinische und die aristokratische, angesichts dieses Gefühls, das seit tausend Jahren immer wieder zum Vorschein kam, auf den zweiten Platz verwiesen wurde. Von den drei Reisepässen, über die Pérez-Prwzulski verfügte, hatte Millionetis' Atomberater für diese Reise den israelischen ausgewählt. Von Tel Aviv aus gedachte er nach Haifa zu reisen, wo die von Odessa kommenden Schiffe anlegten und ein Verwandter vom semitischen Zweig seiner polnischen Großeltern lebte. Er war etwas schläfrig und sein Gang war müde. Diese riesige Eingangshalle nahm seine ganze umherirrende Nostalgie auf und besänftige seine sensible und erfahrene Abenteurerseele. Er sah erneut auf die Uhr. Sechs Uhr nachmittags, am sechsten September, dem neunten Monat des Jahres, was eine merkwürdige Zahl ergab: 669. Praktisch die Zahl der Bestie. Ein Vorzeichen, das diejenigen seiner Vorfahren, die die Kabbala studiert hatten, nicht gezögert hätten zu deuten. In Prwzulskis tiefstem Inneren regte sich eine kurze Unruhe. Er schlug jedoch die Warnung mit pommerscher Gleichgültigkeit in den Wind und setzte seinen Weg durch die Eingangshalle des Flughafens mit der angeborenen Trägheit der Bewohner von Buenos Aires fort. Ein paar Minuten später, nachdem er sich eine Zeitung gekauft hatte, begab er sich, die Jacketttasche nach dem soliden Dokument des Staates Israel abtastend, zur Passkontrolle.

Er dachte nicht an Geschäfte. Geschäfte hätten ihn nach Mexiko-City geführt oder nach Brisbane in Australien oder nach Stockholm/Texas oder an sonst einen Ort, wo ein Mensch ohne Wurzeln sich mit verwurzelten Geschäftsleuten treffen konnte, in deren Besitz ein paar Millionen Dollar darauf warten, investiert zu werden. Er dachte nicht wirklich daran. Er dachte an seine begangenen Irrtümer. Ein umherirrendes Dasein setzt sich aus Irrtümern zusammen, und dies war nicht nur ein Wortspiel, fuhr er mit einer gewissen intellektuellen Genugtuung gedanklich fort, während er seine Schritte langsam und unauffällig zur Passkontrolle lenkte. Aber die philosophischen Anwandlungen konnte man beiseite schieben, um den Blick auf die praktischen Irrtümer zu richten, die nicht nur die Aussichten, ein Vermögen anzuhäufen, zunichte machten, sondern auch das eigentliche Spiel des Risikos und der Gefahr zerstörten – Elemente, die in Prwzulskis Leben eine existenzielle Bedeutung erlangt hatten. Es war ein Fehler gewesen, das Plutonium-Muster versteckt im Inneren von zwei falschen Perlen in Umlauf zu bringen; denn Perlen weckten bei Menschen mehr als alle anderen Juwelen eine irrationale Habgier, und das war nicht gut fürs Geschäft; Gier muss überlegt sein, durchdacht, wissenschaftlich, zwar bauchgesteuert, aber dennoch vom Verstand gelenkt. Andere, weniger gravierende Fehler kamen hinzu und Prwzulski fragte sich zwanzig Meter vor der administrativen Schranke, die seinen Aufenthalt in Spanien beenden sollte, ob es nicht ein Fehler gewesen war, für den Transit und die Finanzierung radioaktiven Schmuggelguts ein Land auszuwählen, dessen Bevölkerung in dem Ruf stand, irrational und leidenschaftlich zu sein. Bei einem früheren Geschäft oder vielleicht bei einem anderen Abenteuer oder auf dem Weg zu anderen Zufluchtsorten war er über den gleichen Flughafen gekommen. Gleichwie er über drei Reisepässe verfügte, hatte er das Gefühl, das Privileg zu genießen, ebenso viele Leben gelebt zu haben. In diesem Augenblick ergriff ihn die teils misstrauische, teils mutige Sehnsucht nach seiner Jugend als argentinischer Revolutionär, was noch nicht so lange zurücklag und auch nicht so weit in der Vergessenheit begraben war, als dass es nicht eine beachtliche Ausschüttung von Adrenalin bewirkt hätte, jedes Mal, wenn er sich einer Polizeikontrolle näherte. Prwzulski händigte seinen Pass aus. Der Beamte prüfte das Dokument, hob zerstreut die Augen, um die Übereinstimmung des Gesichts des Reisenden mit der Fotografie zu kontrollieren, und drückte den Ausreisestempel in den Pass. Prwzulski lächelte und nahm den Ausweis wieder an sich. Die Erfahrung hatte ihn gelehrt zu lächeln. Dann passierte er anstandslos den Metalldetektor. Er war ohne Wohnsitz und trug deshalb keine Schlüssel bei sich. Seine Reisetasche verschwand im Scanner und tauchte unschuldig und geröntgt auf der anderen Seite wieder auf. Alles verlief normal, geordnet und glatt, ausgenommen die unzusammenhängende Version, die sich einer von seinem eigenen Leben erstellte. Prwzulski machte erneut eine freundliche Geste hin zu den beiden Grenzschutzpolizisten, einem jungen Mann, der trotz der Waffe an seiner Hüfte ein

Stipendiat hätte sein können, und einer anmutigen jungen Frau mit einer Stupsnase, die in ihrer grünen Uniform so vergnügt und kokett wirkte, als würde sie in der Patronentasche ihr Schminkzeug aufbewahren. Sobald er drüben auf der anderen Seite war, suchte Prwzulski gewandten und unauffälligen Schrittes den Wartesaal der Businessclass auf, den ihm der junge Mann am Check-in genannt hatte.

Vor ihm öffneten sich die Glastüren wie durch Zauberhand. Eine Stewardess der Fluggesellschaft empfing ihn hinter einem Schalter. Prwzulski zeigte seine Bordkarte.

»Sie können sich hinsetzen, wo sie wünschen. Wir werden Ihnen Bescheid geben, wenn die Maschine startbereit ist, Herr Puruski.«

Die Wartehalle war ein gedämpfter Ort, in dem abwechselnd nur der leise, ersterbende Seufzer der Kaffeemaschine und der gewöhnliche, übermenschliche Donnerlärm der Flugzeuge zu hören waren. Durch die riesige Fensterfront erblickte man das Panorama der Landebahnen, wo komplexe, technische Startvorbereitungen getroffen wurden. Die Abenddämmerung zeichnete die Schatten weicher und legte einen orangefarbenen Glanz über den funkelnden Rumpf der Flugzeuge. Prwzulski ließ sich auf einer Couch nieder. Es blieb ihm noch eine Stunde Zeit und so nahm er sich vor, eine Siesta zu halten. Er stellte die Reisetasche neben sich und schlug nicht einmal die Zeitung auf. Die Glasfront gab den Blick frei auf eine weite Landschaft aus Himmel und Beton, die zum Ballett der großen Vögel passte, das in gewisser Weise beruhigend wirkte. Mit den Augen verfolgte Prwzulski das Geschehen. Er wollte nicht wissen, ob er schlief, und wollte sich auch nicht vergewissern, ob er träumte, als vor seinen Augen ein Bus mit ankommenden Passagieren wie ein vielgliedriger Wurm vorfuhr und aus beiden Türen eine Schar Kinder mit Rucksäcken und Paketen entließ. Es waren Kinder, tatsächlich, oder fast noch Kinder, einige von ihnen sogar riesige Kinder, oder welche mit unförmigen Gliedmaßen und Köpfen, und sie bewegten sich mit den langsamen Gesten von soeben auf der Erde gelandeten Astronauten. Sie liefen umher, nahmen unschlüssig ihre Gepäckstücke auf, sonderten sich ab und betrachteten sich gegenseitig, erstaunt und gleichzeitig lächelnd, ohne einen gewissen Herdeninstinkt zu verlieren. Die Gruppe blieb auf der Fahrbahn neben dem Bus stehen und setzte sich dann zögernd in Bewegung. Sie erweckten den Eindruck von Mutanten oder Reisenden von anderen Planeten. Sie blieben stehen, zögerten, setzten sich dann wieder in Bewegung und ließen dabei ihre breite Stirn und schlecht aufeinander passenden Kiefer erkennen. Als wollten sie Luft schnuppern oder ihren Orientierungssinn suchen, reckten sie die Nasen in die Höhe. Prwzulski begriff, dass dies eine bedeutungsschwere Vision war, der eine Offenbarung innewohnte. 669. Das war die seltsame Zahl, die sich kurz zuvor ergeben hatte. Die Reisegruppe bestand aus behinderten Kindern, die aus einem Ferienlager zurückkamen. Kein Zweifel. Pluto. Die Zahl enthielt ein verkehrtes Chromosom. Mongolismus. Die Gruppe verschwand von der Piste, überwacht von zwei Monitoren. Prwzulski atmete auf. Erleichtert schloss er die Augen. Jetzt, da das numerische Vorzeichen entschlüsselt war, fühlte er sich sicherer. Die Welt bekam einen Sinn. Wann würde er am Morgen in Haifa sein? Prwzulskis Nasenlöcher weiteten sich sinnesfreudig. Ein schwacher Kerosinduft, berauschend wie ein Narkotikum, drang zu ihm vor.

Die Empfangsstewardess näherte sich ihm und ließ dabei auf dem Teppichboden den flüchtigen und weichen Abdruck ihrer Pumps zurück. Sie beugte sich über den Reisenden und rüttelte ihn leicht und höflich an der Schulter.

»Señor …?«

Prwzulski schlug die Augen auf.

»Die Maschine steht bereit. Sie können an Bord gehen«, verkündete die Stewardess mit einem breitem Lächeln wie aus einem Prospekt. »Gate 26.«

Der fahrende Geselle Prwzulski erhob sich, um den Weg

durch die langen Gänge anzutreten, die schließlich zu seiner Maschine führten. Währenddessen war in seinem Kopf eine großzügige Idee gereift. Wenn es ihm gelang, das Plutoniumgeschäft unter Dach und Fach zu bringen, würde er eine Stiftung für behinderte Kinder oder die Erforschung irgendeiner seltsamen Kinderkrankheit finanziell unterstützen.

Am selben Abend trat Kommissar Potes, der den ganzen August Dienst gehabt hatte, seinen Urlaub an. In seinem engen und lichtarmen Büro des Kommissariats hatte Potes durchaus Gründe, zufrieden zu sein. Erstens war es ein klimatisiertes Kommissariat, kühl wie ein Wasserkrug. Zweitens hört jeder Kommissar auf, einen Mann zu attackieren, wenn er einen Fall gelöst zu haben glaubt. Drittens, und das war die Facette, die Inspektor Cangrejo an seinem Vorgesetzten besonders schätzte, ließ sich Kommissar Potes keinen Stolz anmerken, verbarg aber auch nicht seine Genugtuung. Innerhalb einer Woche waren schlagartig drei Mordfälle aufgeklärt worden. Das Halbdunkel des Kommissariats und diese Kühle eines Wasserkrugs milderten sein Gefühl, dass es da doch noch etwas Unklares gab, das vielleicht nie gelöst würde, und dieses Gefühl nahm noch zu, als Kommissar Potes, im Bestreben, die losen Fäden doch noch zusammenzuknüpfen, die Stirn in Falten legte und die Jalousie seiner Augenlider herunterließ. Obwohl er sich eigentlich bereits in Urlaub befand, ließ ihn die Sache nicht los. Er war ratlos, zog es aber schließlich doch vor, die trüben Zonen seiner Gedanken zu verlassen. Geschmeichelt nahm er die stumme Bewunderung entgegen, die ihm der Inspektor zollte. Auch Cangrejo ging in Urlaub. Der Inspektor trug einen Verband um seinen Kopf, der ihm gleichzeitig das Aussehen eines Verunglückten und eines Exoten verlieh.

»Wo wirst du deinen Urlaub verbringen, Cangrejo?«, fragte der Kommissar.

»In der Arche Noah, Kommissar.«

Potes fragte nicht weiter. Die Arche Noah war ein Verein, dem Cangrejo angehörte. In diesem Verein kamen Leute zusammen, die einen zoologischen Familiennamen trugen. Sie organisierten Treffen, Kartenspiel- und Billardturniere und planten gemeinsame Reisen. Sie unterhielten einen Badeort oder ein Feriendorf. Es war keine Gesundheitssekte, aber Cangrejo hatte einmal von den streng vegetarischen Mahlzeiten erzählt, die sie in der Arche Noah organisierten.

»Fährst du allein, Cangrejo?«, wollte der Kommissar wissen.

»Nein, ich fahre mit einer Freundin«, antwortete Cangrejo und senkte verschämt den Blick.

Auch diesmal forschte der Kommissar nicht weiter nach. Er wusste, dass Cangrejo, der »Krebs«, mit einer Gefängnisbeamtin namens Lobato, also das »Wölflein«, zusammen war, die dem gleichen Verein angehörte. Wenn die Sache voranging, konnte daraus einmal ein kurioser Stammbaum entstehen. Familie Cangrejo-Lobato. Der Kommissar lächelte. Der verbundene Schädel des Inspektors schwebte im Halbdunkel wie ein Straußenei.

»Wie geht's deinem Kopf, Cangrejo?«

»Gut, Kommissar, es ist nichts gebrochen. Die Wunde ist zu. Man hat sie mit sechs Stichen genäht.«

»Haha, sechs Stiche für eine Schlägerei«, lachte der Kommissar.

»Haha«, lachte der Inspektor.

»Gut, Lobato. Äh, will sagen, gut, Cangrejo. Du hast dich in diesen Tagen wie ein junger Wolf verhalten«, scherzte der Kommissar.

»Danke, Kommissar.«

»Ich werde bis acht Uhr hier auf der Wache bleiben. Du kannst Schluss machen, Cangrejo.«

Cangrejo hob andeutungsweise die Hand zum Dienstgruß an den verbundenen Schädel und verließ das Büro. Kommissar Potes sah auf die Uhr gegenüber. Es war gleich sieben. In einer

Stunde würde er die losen Blätter mit den Berichten einsammeln, sich von den Kollegen verabschieden und ein Bier trinken gehen. Allein, in der Bar an der Ecke. Dann würde er in Urlaub fahren und nicht vor einem Monat zurück sein.

Aquino Tuán, Fernando Garras' philippinischer Diener, hatte drei Tage in der Arrestzelle verbracht. Anfangs wusste Kommissar Potes noch nicht, dass er Aquino Tuán hieß. Er wusste nicht einmal, dass er Filipino war. Alles, was man aus ihm herausbekommen konnte, war, dass er zur Insel Tomelloso wollte, wobei er sich in einer Sprache ausdrückte, die dem Spanischen ähnelte. Eine Polizeistreife hatte ihn in den Bergen von Toledo aufgegriffen, wo er, bedeckt mit einem Lendenschurz und eingewickelt in einen Boxermantel, umhergeirrt war. Er schien ein paar Nächte im Freien verbracht zu haben. Zwischen den Falten des Lendenschurzes und in den Taschen des Boxermantels hatte er etwas weniger als eine Million Peseten bei sich, die er hartnäckig »Knete« nannte. Jemand nannte ihn in Anspielung auf das Kartenspiel den Buben mit den Keulen. Er trug eine Keule bei sich, oder einen Schlagstock, von mehr als acht Kilo Gewicht. Die Mordwaffe, dachte der Kommissar und reduzierte damit die absurde Aggressivität dieses Besessenen auf einen simplen juristischen Ausdruck.

Und wenn dieser Mensch vielleicht gar nicht verrückt war? Und wenn Tomelloso außer einem Dorf in der Gegend von La Mancha auch eine Insel des philippinischen Archipels war? Wer war die schöne Toribia, von der dieses Nervenbündel dauernd redete? Kommissar Potes schob jede Hypothese beiseite, die ihn von seinem Weg abbringen würde. Dem Juwelier war zu Beginn des Sommers der Schädel eingeschlagen worden. *Patas Blancas,* einem geschätzten Spitzel des Hauses, war auf ähnliche Weise das Hirn herausgeprügelt worden. Die Hirnmasse des Arbeitgebers des Filipinos, eines Geschäftsmannes, schwamm im Swimmingpool auf dessen Landgut. Und da war die Keule des Filipino. Was brauchte man da noch mehr zu wissen? Der Filipino hatte sich selbst umbringen wollen, indem er mit dem Kopf gegen die Wand der Arrestzelle rannte. Der Kommissar wusste, dass Exoten, Menschen aus heißen Meeresländern, Gefangenschaft schlecht ertrugen. Später, in genau diesem Büro, war es Aquino Tuán gelungen, Inspektor Cangrejo mit einem Stuhl eins überzuziehen, als dieser beim Anblick der tätowierten Hinterbacken in Lachen ausbrach. Er hatte den Stuhl gepackt und blitzartig dem Inspektor damit auf den Kopf gedroschen. Ein Samurai in der Stuhlkampfdisziplin. Wenn er die Acht-Kilo-Keule gepackt hätte, die fast in seiner Reichweite lag, wäre der Schlag tödlich gewesen. Es war kein Scherz. Man musste dem Inspektor eine Naht mit sechs Stichen verpassen und dem Filipino eine Tracht Prügel oder auch zwei verabreichen und ihn anschließend mit Handschellen an einen Heizkörper fesseln. Das Polizeirevier glich einem Zirkus. Niemand wusste, ob sie dort einen am Hintern tätowierten Affen angekettet hatten oder einen blutbesudelten Mörder. Der Mann hatte versucht, mit vorgereckter Kehle gegen eine Fensterscheibe zu springen. Es stellte sich heraus, dass Toribia die Hausangestellte des Finanziers und die Dulcinea des Affen war. Sie machten sie in Tomelloso ausfindig, doch wusste sie von nichts. Am Ende und mit großer Erleichterung hatten sie entschieden, dass jene chinesische Spezies in Unterhosen verrückt war, und nach abschließendem Bericht hatte der Kommissar vom zuständigen Richter die Genehmigung erhalten, den Mann in die geschlossene Psychiatrie einzuliefern.

Potes klappte die Akte zu. Einen Monat lang würde er die Wanduhr Marke J. Higueras & Nachfolger nicht zu Gesicht bekommen, die seinerzeit in dreihundert oder vierhundert Exemplaren angeschafft worden war, lange bevor Potes in die Polizeischule eintrat. Er sah auf seine Taschenuhr, eine prächtige Majestic, die ihm seine Frau anlässlich seiner Beförderung zum Kommissar geschenkt hatte. Sieben Uhr zehn. Oder sieben Uhr elf, je nachdem, ob man J. Higueras & Nachfolger oder der Majestic Glauben schenkte. Potes gähnte und streckte die Arme.

Im Laufe seines Berufslebens hatte Kommissar Potes manchmal gedacht, dass er von seinem Büro aus ein Reisebüro hätte betreiben können, oder ein Kasino, oder irgendeine andere lukrative Tätigkeit mit Publikumskontakt, bei der Gewandtheit im Umgang mit Menschen gefragt war, dieselbe Tugend, die man auch als Kommissar haben musste, mit dem Unterschied, dass in einem Reisebüro die Leute glücklich und in freudiger Erwartung waren, während man in einem Polizeirevier, weshalb auch immer man seinen Fuß dort hineinsetzte, stets die schlimmsten Folgen befürchtete. Potes war skeptisch. Wie jedem Menschen, der, wenn auch auf der guten Seite, mit Verbrechen zu tun hatte, kamen ihm bisweilen Zweifel, und er fand Entschuldigungen für diejenigen, die auf der schlechten Seite standen. Den Nimbus aus gutem Gewissen, mit dem sich die anderen umgaben, konnte er nicht ertragen; ebenso wenig deren moralische Argumente, die sie in der Regel ruhig schlafen ließen. Ihm fehlten noch sieben Jahre und zehn Monate bis zur Pensionierung. Jene Uhr dort repräsentierte nicht nur die verwaltende Zeit unter der Garantie der Nachfolger des verstorbenen Higueras, sondern schien auch hinter ihrem leicht konvexen, hässlichen und neutralen Zifferblatt mit römischen Ziffern die sieben Jahre und zehn Monate einzuschließen, die Potes noch an Dienstzeit blieben, um Tropfen für Tropfen, wie eine Wasseruhr, seine Zeit der Freiheit zu destillieren. Die Majestic hingegen war wie eine Hauskatze. Sie schlummerte in seiner Hosentasche, und wenn Potes sie zu Rate zog, zeigte sie ihm ganz einfach die Zeit an, wie eine gute Uhr ohne besondere Eigenschaften, eine Uhr für Rentner, die spät aufstehen oder zum Angeln gehen.

Kommissar Potes gähnte erneut. Er erhob sich und ging um seinen Büroschreibtisch herum. Dann trat er ans Fenster, um zu sehen, wie das Septemberlicht in die lange und enge Straße einfiel, die sich nach Westen wie zu einem blutigen Graben hin öffnete. Ebenso friedlich, heiter und leicht versunken in die Abenddämmerung wie der Kommissar rauchte dort unten ein

Chauffeur, an die Karosserie des Dienstwagens gelehnt, eine Zigarette. Dann ging Potes hinaus auf den Korridor und betrat einen nach dem anderen die angrenzenden Büroräume.

»Tschüss, Leute, ich gehe jetzt in Urlaub.«

»Hast du ein Glück, Potes!«

»Lassen Sie sich's gut gehen, Kommissar!«

Einige dieser Männer kannten ihn seit zwanzig Jahren. Andere waren gerade erst in den Polizeikörper eingetreten. Mit einigen war er böse aneinander geraten. Mit anderen war er einen heben gegangen. Aber alle respektierten ihn, und diesen Satz, der dem Kommissar einem Gedicht ›Ode an Potes‹ oder ›Eloge des Kommissars‹ entnommen zu sein schien, hätte er am liebsten in ein Messingschild eingravieren lassen und dieses an seine Bürotür geschraubt. Er stattete jedem der links und rechts vom Korridor gelegenen Büroräume einen Besuch ab. Jetzt brauchte er nur noch zu den Zellen hinunterzugehen, dachte er ironisch. Er unterhielt sich ein wenig. Alle waren sie braun gebrannt. Einer hatte Streifen im Gesicht, weil er sich mit Muscheln oder einer schlechten Paella vergiftet hatte, ein anderer wiederum hatte einen verlorenen Blick und es schien, als hätte er nie wieder arbeiten wollen. Sie waren vom Urlaub zurückgekehrt und Potes fuhr erst noch.

»Also, Jungs, auf in den Kampf gegen das Verbrechen.«

»Mach keine Scherze, Potes.«

Der Kommissar beendete seine Abschiedsrunde und ging zurück in sein Büro. Zwanzig vor acht, laut Higueras, neunzehn vor acht, laut Majestic. Die artige Majestic zog ihm eine Minute Arbeit ab. So oder so gab es nichts mehr zu tun. Er ging zur Garderobe hinter der Glastür und nahm sein Jackett. Mit einem flüchtigen Blick bemerkte er, dass jemand eine Art Boxermantel dagelassen hatte. Es war der Morgenmantel des Chinesen. Er war voller Dreck, Blut und Scheiße, wie alles, was hier im Keller landete. Potes hob das Kleidungsstück mit zwei Fingern hoch und ließ es dann wieder fallen. Cangrejo würde sich darum kümmern, den Mantel zu holen und ihn zu den anderen Beweisstücken zu legen. Dann öffnete er seinen Aktenschrank neben der Garderobe. Er rückte die Pistole im Halfter zurecht und klopfte seinen Taschen ab, um zu sehen, ob er auch alles dabei hatte, die Hausschlüssel, die Brieftasche und den Beleg, um ein Jackett aus der Reinigung abzuholen, worum ihn seine Frau gebeten hatte. Viertel vor acht, laut Higueras. Vierzehn vor acht, laut Majestic. Da dachte er, dass er Higueras die fünfzehn Minuten abringen könnte und beschloss ohne schlechtes Gewissen, dass sein Urlaub genau zu jenem Zeitpunkt begann.

Er warf einen letzten Blick ins Büro und zog dann die Tür hinter sich zu. Der Wachmann grüßte ihn am Ausgang.

»Auf Wiedersehen, Kommissar, viel Spaß!«

»Genau das! Auf Wiedersehen!«

Der Chauffeur, der an die Autokarosserie gelehnt rauchte, legte seine Hand an die Mütze. Der Kommissar grüßte zurück. Kurz blieb er stehen und bewunderte den unglaublich hell leuchtenden Himmel am Ende der Straße. Dann ging er weiter.

Am gleichen Abend gab der Gran Duque in Marbella sein traditionelles Sommer-Abschiedsfest, das unglücklicherweise mit den Ergebnissen des *Seniors*-Turniers der Golfwettkämpfe zusammenfiel. Der Gran Duque hatte sich unter dem Durchschnitt qualifiziert. Daher stimmte ihn sogar sein eigenes Fest übellaunig. Millionetis empfing auf seinem Gut seine engsten Freunde, was in Marbella um die fünfzig Personen bedeutete. Der Gran Duque kannte seine engen Freunde nicht alle persönlich. Im Gegensatz zu anderen Welten nannte man in Marbella gewöhnlich diejenigen seine engen Freunde, die wiederum einen engen Freund hatten. So erweiterte sich die Anzahl der Bekanntschaften in aufeinander folgenden, konzentrischen Kreisen, angefangen beim harten Kern der echten Freunde bis hin zu den praktisch unbekannten Freunden ganz außen.

Die ersten Gäste trafen gegen neun Uhr abends ein. Herkules, der Hund, war verschwunden. Möglicherweise verabscheute er die Promiskuität der Menschen und war in das Dickicht des Gartens geflüchtet. Hinter der Küche rief einer der Kellner erfolglos nach ihm, um ihm seinen Teil des Festes abzugeben, Turteltaubenbeinchen in Curry-Honig, von denen Herkules ohne weiteres ein paar Dutzend auf einmal zerkleinert hätte, aber der je nachdem wilde oder sanftmütige Riesenhund bevorzugte Rinderkotelett, und er war so oder so kein Gourmet. Hochgewachsen wie ein Menhir, in John-Huston-Manier und immer noch kräftig, schritt der Gran Duque über die Veranda, begrüßte die Neuankömmlinge und unterhielt sich kurz mit denjenigen, die es sich schon im Kreis bequem gemacht hatten. Seine Frau, die im Sommer selten zu sehen war, aber auf derartigen Festen immer erschien, plauderte mit einigen Damen. Sie trug das berühmte Perlenkollier zur Schau, das ihr der Duque geschenkt hatte. Die Blicke glitten über jenen perlmutternen Wasserfall, der sich von ihrem Hals hinab bis halb über die Brust ergoss. Millionetis war stolz auf seine Frau, doch war dies nicht der richtige Ausdruck und auch nicht die richtige Form, wenngleich etwas Intimes, Häusliches und Bürgerliches in seinem Stolz lag, als bedurfte die aufrichtige Bewunderung, die der Gran Duque für seine Frau hegte, seiner prächtigen Geschenke, um dieses Gefühl zuzulassen, das sein intelligenter und rüder Charakter als vulgär verurteilte. Die Autos parkten außerhalb, zwanzig oder dreißig Meter vom Haus entfernt. Die bekieste Allee war bis zum Rondell mit brennenden Fackeln gesäumt, die Übelkeit erregende Rauchfäden absonderten, eine Beleuchtung, die an kleine lodernde Christen für Neros Festbeleuchtung denken ließ. Jenseits der großen Eisenstangen des Gitters zündeten die Chauffeure ihre Zigaretten an. Das Aufblitzen der Glut in der Dunkelheit neben den schwarzen Umrissen der Karosserien zeichnete sich deutlich ab. Der Duque ordnete an, dass jenen Männern etwas zu essen gebracht wurde.

»Dieses Kollier ist das Beste, was in Madrid auf Versteigerungen zu sehen war. Es erinnert mich an einen Tisch-Salzstreuer von Cellini. Nur was den Wert betrifft, natürlich«, bemerkte ein blasser, noch junger Mann mit einem kecken Schnurrbärtchen, der das Kollier durch das Grüppchen um die Gastgeberin hindurch bestaunte. »Was hast du dafür ausgegeben, Duque?«

Der Gran Duque löste den Blick von den fernen Glutpünktchen in der Dunkelheit und wandte sich lakonisch um.

»Ein Vermögen.«

»Hast du dich damit ruiniert?«

Einige der Gesprächspartner scherzten. Der junge Mann mit dem Bärtchen deutete ein Lächeln an. Man wusste nicht, ob der Duque die Bemerkung als Ironie oder als Beleidigung auffassen würde. An der Börse hatte es schon wegen kleinerer Verärgerungen Kursstürze gegeben.

»Wer weiß«, sagte der Duque. »Hat jemand eine Ahnung, was es heißt, in Juwelen zu investieren?«

»Ist es denn eine Investition, Duque?«

Der Duque bewunderte seine Gattin.

»Keinesfalls. Sie ist das Einzige in meinem Leben, das keine Investition darstellt.«

Als wäre das Kompliment an ihre Ohren gedrungen und wissend, das dies aus dem Mund des Gran Duque nicht gerade wenig war, blickte Millionetis' Frau zu ihrem Gatten, ohne den Kopf zu bewegen oder ihren Gesichtsausdruck zu verändern, während sie mit zwei weiblichen Gästen plauderte, gleichgültig und schön wie eine phönizische Gottheit, mit Augen wie Meeresschaum und Turmalin, behängt mit einem luxuriösen Geschenk, das nicht zu erkennen geben musste, wie weit die Schutzmaßnahmen hierfür reichten, außer bei geheimnisvollen Anlässen, über die nur seine ergebensten Getreuen Bescheid wussten. In Wirklichkeit war sie besorgt um ihren Gatten. Fernando Garras' Tod hatte ihn getroffen, doch nicht mehr als seine nur mittelmäßigen Ergebnisse beim Golfturnier. Der Präsident des Clubs kam in diesem Augenblick vorgefahren.

»Bei den Flicken meiner Stiefel, da kommt ja der Gauner«, murmelte der Duque, überzeugt davon, dass die Organisatoren des Turniers nicht genügend getan hatten, um seine Klassifikation vorteilhafter ausfallen zu lassen.

Der Präsident des Clubs stieg lächelnd, wenngleich etwas alarmiert, die Stufen zur Veranda hinauf. Der Duque entwischte diskret, um den Augenblick der Begrüßung hinauszuschieben. Seine Frau übernahm seine Vertretung und ging auf den Gast zu. Wahrscheinlich hätte sich der Mann bessere Ergebnisse für den Gran Duque gewünscht. Aber kein Trick wäre listig genug gewesen, um ihm dazu zu verhelfen. Der Duque war nachtragend, wenn es ums Spiel ging, und er besaß ein dickes Paket Clubaktien, aber seine Gattin hatte sich vorgenommen, sein Rachegefühl zu vertreiben, um nicht den Sommer auf den Seychellen verbringen zu müssen, wo die Golfergebnisse im Übrigen die gleichen gewesen wären. Sie war eine kluge Frau, die wusste, dass ein Fest vor allem die Parodie eines Festes war, besonders in Marbella. Sie nahm den gerade eingetroffenen Gast am Arm und führte ihn zum Kreis um den Präsidenten von Sopicrem, der beim Turnier wesentlich bessere Ergebnisse erzielt hatte. Ungeachtet seiner Arthritis gab Sopicrem mit einem Glas in der Hand gerade eine Vorstellung seines Hüftspiels. Die Frau des Duque scherzte kurz und entfernte sich dann von der Gruppe.

»Um auf das Kollier zurückzukommen«, sagte der junge Mann mit dem kecken Bärtchen, als er merkte, dass sich der Duque entfernt hatte, »ich glaube, es war ihm ein Vermögen wert. Ich schätze, da ist was faul dran. Man weiß nicht, wie die Geschäfte gehen, wenn jemand so seinen Prunk entfaltet. Es kann ein Zeichen dafür sein, dass der Kahn zu sinken beginnt.«

»Unsinn«, bemerkte abrupt ein ernster Mann, der bis dahin geschwiegen hatte.

»Denkst du das nicht auch?«

Der ernste Mann rechtfertigte sich nicht.

Der Präsident des Clubs entdeckte den Duque und näherte sich ihm äußerst vorsichtig.

»Glückwunsch, Duque, Ihre Ergebnisse waren sehr bemerkenswert.«

»Bemerkenswert? Bei allen Grillen dieses verdammten Golfplatzes«, donnerte der Duque und zog damit einige Blicke auf sich, »sehe ich etwa bemerkenswert aus?«

Dem Präsidenten stellten sich die Nackenhaare auf und sein Gesichtsausdruck gefror zu einem blöden Grinsen. Der Duque trat ganz nah an seinen Gast heran. Er senkte die Stimme und näherte seine Lippen dem Ohr seines Opfers. Er wusste von der Panik, die das tiefe Raunen seiner Stimmbänder in der Seele seiner Gesprächspartner auslöste.

»Beim nächsten Turnier will ich unter den ersten drei sein, verstanden?!«, raunte er. »Das lässt sich sicher einrichten. Andernfalls könnt ihr auf euerm Gelände Mais anbauen. Dafür werde ich sorgen!«

Der Präsident nickte zustimmend; seine vier Gliedmaßen waren wie gelähmt. Seine hellen, weit aufgerissenen Augen waren starr auf irgendeinen Punkt im Weltall gerichtet. Der Duque, sehr zufrieden mit der erzielten Wirkung, klopfte ihm auf die Schulter. Dann hob er sein Glas in die Höhe, um irgendeinen Intimus, der weiter weg stand, zu grüßen. Er drehte dem Präsidenten der künftigen Maisfarm den Rücken zu und ging davon.

Es war vorgesehen, dass die Band um zehn Uhr anfangen und die Gesellschaft bis zwei Uhr morgens mit Musik erfreuen sollte. Das Fest sollte nicht länger dauern, entgegen dem, was sonst in Marbella üblich war, wo man normalerweise die Nacht eng umschlungen durchtanzte oder sich promiskuitiv im Swimmingpool vergnügte. Zu den Gewohnheiten des Duque gehörte es, wie große Raubtiere viel zu schlafen und sich früh hinzulegen. Längst waren alle Gäste eingetroffen und die Band hatte zu spielen begonnen. Versteckt im Gestrüpp beobachtete Herkules die Versammlung. Aus der Warte des Hundes gesehen, betrugen sich Menschen sehr viel geordneter als Hunde, sie bewegten sich nicht in Meuten, wenigstens nicht bei diesem Fest, wenngleich das Tier eine gewisse Zusammenrottung um das Buffet herum bemerkte. »Kandierte Taubenbeinchen!«, spöttelte der Hund. Wer weiß, was für verweichlichtes Zeug dort noch angeboten wurde. Wie seine Vorfahren auf den Mosaiken von Pompeji, kräftige und treue Wachhunde, wusste das Tier, was Dekadenz war.

Die Band spielte auf einem Podium. Unter den fünf Musikern war auch ein Trompeter. Herkules erkannte das Instrument. Das empfindliche Gehör des Hundes litt bei den durchdringenden Trompetentönen. Wie alle Hunde hasste er arme Leute, Uniformträger und Trompeter. Zum Glück stieß die Trompete nicht in jenen hohen Tonbereich vor, der Herkules dazu veranlasst hätte anzugreifen. Andere Bewegungen weckten seine Aufmerksamkeit. Eindringlinge in sein Territorium. Mit der angeborenen Fähigkeit der Hirtenhunde schätzte er, dass jene menschliche Herde rund fünfzig Stück ausmachte. Schließlich beschloss er, seinen Beobachtungsposten zu verlassen und einen Rundgang zu machen. Ein Pärchen wandte sich um, als es Geraschel im Gestrüpp wahrnahm. Das war Herkules, der sich seinen Weg bahnte. Seine Nase nahm den Moschusgeruch des Parfums wahr, das die Frau trug. Der Geruch erinnerte ihn an den Urin einer Hündin aus der Nachbarschaft, und das stimmte ihn frohgemut.

Weiter weg von der Band war das Fest ein Stimmengewirr nach einer unzusammenhängenden Partitur, wie geschrieben von einem Verrückten, um Hunde zu verscheuchen oder zu langweilen. Herkules überquerte ein Begonienbeet, wobei er die Pflanzen zu beschädigen vermied. Wie Bärentatzen zeichneten sich seine breiten und starken Pfoten auf dem weichen Boden ab. Dann tauchte er wieder in den baumbestandenen Teil des Gartens ein und folgte einigen ihm vertrauten Pfaden. Er gelangte an die Gartenmauer und trottete sie entlang bis zum Gittertor.

Dort standen uniformierte Männer mit einem Geruch nach gehobenem Proletariat. Gegen die Karosserie eines prächtigen Rolls Royce gelehnt, prüfte einer der Chauffeure den Teller mit der Mahlzeit, die der Duque hatte bringen lassen. Er sah misstrauisch aus, wie er mit seiner Gabel in der Hand dastand. Zwei andere Männer, zwar ohne Uniform, aber mit dem unverwechselbaren Uniformgeruch, ließen es sich zwei Meter entfernt von Ersterem schmecken. Ein weiterer saß im Auto und hörte mit einer kleinen Bierflasche in der Hand bei offenem Fenster Musik. Wieder andere unterhielten sich und rauchten dabei. Herkules wusste, dass dies eine andere Menschenherde war.

Plötzlich schaltete ein Chauffeur die Scheinwerfer seines Wagens ein.

»Was ist denn das?«

»Ein Hund.«

»Das ist doch kein Hund!«

Der Hund blieb einen Moment stehen, wie ertappt vom Blitzlicht einer Radarfalle. Seine Pupillen glänzten rot. Wie versteinert hielten die Männer in ihren Gesten inne. Nie hatte einer einen Hund von dieser Größe gesehen. Sie trauten ihren Augen kaum. Das war genau der Effekt, den er immer auslöste, dachte Herkules zufrieden. Bestätigt in seiner Wirkung, seinen riesigen Kopf schwingend und ausgiebig sabbernd, trollte er sich davon.

Währenddessen zog sich der Duque für ein paar Minuten in den kühlsten Bereich der Veranda zurück, nachdem er begrüßende Worte und falsche Vertraulichkeiten geäußert hatte. So wie sein Hund durch das Gebüsch streifte, so streifte jetzt sein Geist durch verschiedene Gemütszustände. Ein Luftzug wehte einen Geruch nach Salpeter heran. Er fühlte ein leichtes Unwohlsein, die Ankündigung eines Herzproblems. Er fasste sich an die Brust und atmete tief durch. Das Stechen hörte auf. Dann trocknete er sich die Stirn mit einem Taschentuch. Das weiße Jackett seines Smokings stach mit einem leichten Satinglanz aus dem Halbdunkel heraus. Im Licht der einzigen Lampe, die diesen Winkel beleuchtete, nahm sein graues Haar einen kupfernen Schimmer an. In diesem Augenblick hörte er hinter sich eine Unterhaltung. Jemand diskutierte in einem der Wohnräume.

»Das kann nicht stimmen«, sagte gerade ein etwas schwerhöriger oder zerstreuter Mann mit einem Glas in der Hand und einem jungen Ding neben sich, das an seinem Arm wie ein Uhranhänger hing.

»Das kann nicht stimmen?«

»Nein, das kann nicht sein«, behauptete der zerstreute Mann, ohne zu wissen, wie sie überhaupt darauf gekommen waren. »Ich habe auch Pferde. Ich habe nie gehört, dass Pferde von der Schweinepest befallen werden.«

»Pferde? Was denn für Pferde?«

»Wir sprachen doch von Pferdeställen.«

»Wir sprachen von Perlen. Niemand kann dieses Perlenkollier mit einem Pferd vergleichen.«

Der Mann leerte sein Glas und entschuldigte sich würdevoll:

»Verzeihung.«

Durch den Ventilator, der in die dünne japanische Trennwand in diesem Teil des Hauses eingelassen war, drang die Unterhaltung an die Ohren des Duque. Die Silhouetten zeichneten sich auf dem gewachsten Papier der Paneele ab wie in einem Schattenspiel. Der Duque fühlte sich höchst geschmeichelt. Voller Genugtuung und Verachtung lächelte er. Ein Kollier zum Preis von zehn Vollblütern! Dann sah er hinaus in den Garten. Von dieser Stelle aus überblickte man das Fest. Was sich dort unten bewegte, war ein unsteter Fluss von zweifelhaften Reputationen und handfesten Interessen. Aber auch der Müßiggang, und nur der Müßiggang, erklärte den melancholischen Charakter dieser Erfahrung. Nichts offenbarte den Sinn der Sterblichkeit des Menschen besser als ein Fest, philosophierte der Duque, während er seine Gäste betrachtete. Je später der Abend wurde, desto nachdenklicher machte ihn seine Erschöpfung. Als er jedoch an diesem Punkt angelangt war, begannen wieder seine Verpflichtungen ihre Forderungen zu stellen: verführen und beherrschen wie früher, als stellten diese kurzen Augenblicke gesellschaftlichen Glanzes einen Gipfel seiner Macht dar; er, von seinen Gästen umgeben, oder besser gesagt, von ihnen gefürchtet, so wie man die Person fürchtet, der man am meisten zu schmeicheln sucht. Die Band spielte noch immer. Wie in der Nacht des Untergangs der Titanic. Von diesem Winkel der Veranda aus war ein Stückchen Himmel zu sehen, an dem einige Sterne funkelten. Eine Gruppe von Gästen hatte sich im Garten verstreut. Ein anderes Grüppchen lärmte mit Champagner. Danach würden sie noch zu einem anderen Fest gehen, wo sie nackt im Swimmingpool enden oder sich auf verschiedene Schlafräume aufteilen würden, um ihrem promiskuitiven Vergnügen nachzugehen. Ein anderer, strengerer Kreis kommentierte fast bekümmert den Unfall von Fernando Garras, ohne es zu wagen, es als Mord zu bezeichnen, aus einer Besonnenheit heraus, die nur in diesen Kreisen verstanden wurde, wo Eleganz und Geld an die Welt des Verbrechens grenzten, vielleicht aber auch einfach aus einem Gefühl der Unruhe heraus, das Millionäre befällt, wenn sie von einem Verbrechen hören oder wenn jemand unerwartet aus ihrem Umkreis verschwindet. Garras' Tod stand in allen Zeitungen, aber von den Anwesenden las sie fast niemand, und keiner war sich der Umstände seines Todes sicher oder gab vor, es nicht zu sein, um der Unterhaltung Nahrung zu geben.

»Stimmt es, dass Fernando Garras an einer Überdosis Poolwasser gestorben ist?«

»Ertrunken?«

»Ja, ertrunken.«

Amusátegui wusste, dass dem nicht so war.

»Sein Dienstbote schlug ihm eine Flasche über den Kopf«, verkündete er, »dann warf er ihn in den Swimmingpool. Anscheinend trank er ganz gerne ein Gläschen zu viel.«

»Garras war ein Athlet; Alkohol hat er nie angerührt.«

»Der Hausangestellte trank«, stellte Amusátegui richtig. »Hausangestellte trinken immer.«

Die Umstehenden pflichteten ihm bei. Sie alle hatten Dienstboten und in diesem Augenblick fassten sie den Vorsatz, ihre alkoholischen Getränke unter Verschluss zu halten. Jemand hatte Durst; gezwungenermaßen rief er einen Kellner.

»Der Duque scheint sehr getroffen zu sein. Garras hatte sich dieses Fest nie entgehen lassen. Ich erinnere mich, wie er letztes Jahr in einem stahlblauen Smoking erschien, der ihn wie einen Panzerschrank aussehen ließ.«

»War der Duque auf der Beerdigung?«

»Niemand geht im Sommer auf Beerdigungen. Außerdem geht der Duque nie auf Beerdigungen.«

Aus einer gewissen Entfernung, als könnte er es von den Lippen ablesen, erriet der Duque, dass sie von ihm sprachen. Fast hätte er die Worte genau bestimmen können. Plötzlich bemerkte er, dass ihn eine eiserne Hand am Arm packte. Es war Sopicrem. Es gab keine Möglichkeit, dieser Strafe zu entrinnen. Dieser verdammte Alte würde ihn noch ins Grab bringen.

»Hör mal, Duque, ich muss dich beglückwünschen. Diesmal bist du beim Turnier auf dem siebzehnten Platz gelandet«, sagte der teuflische Alte.

Der Duque entrang sich ein bitteres Lächeln. Der Alte fuhr mit seiner Quälerei fort:

»Auf welchem Platz warst du letztes Jahr?«

»Dem dreiundzwanzigsten.«

»Du machst Fortschritte, Duque, Fortschritte!«, rief Sopicrem mit ironischem Gegacker. Dabei zeigte er ein übertrieben perfektes Gebiss, wie man es sonst nur in Pferdefilmen sah.

Der Duque fasste sich an die Brust. Erneut fühlte er im Herzen das beklemmende Schwanken zwischen Systole und Diastole während einiger kurzer Momente der Leere. Das Blut rauschte in seinen Ohren. Er strengte sich an, erhob sich und gewann seine Energie zurück. Es wäre schrecklich, zu Füßen dieses Alten zu sterben. Indessen umklammerten Sopicrems Finger wie Krallen den Ellbogen seiner Beute, aus Angst, sie könnte ihm entwischen. Sopicrem hatte das Unwohlsein des Duque bemerkt und sein altes und gesundes Herz hüpfte vor Optimismus. Der Duque schüttelte ihn ab. Daraufhin klammerte sich Sopicrem in einer unerwarteten Wendung an den anderen Arm des Duque.

»Es gibt etwas, weswegen ich dich um Rat fragen will«, sagte Sopicrem, der vom Duque mitgezogen wurde wie ein Krebs, der sich in die Kiemen eines Thunfisches verbissen hatte. »Nichts, was mit Golf zu tun hat, natürlich. Etwas Geschäftliches. Ich muss einige personelle Angelegenheiten in Ordnung bringen. Du kannst mir sicher einen vertrauenswürdigen Anwalt nennen.«

Der Duque blieb stehen. Plötzlich erhellten sich seine Sinne. In der Welt gab es doch noch Platz für Hoffnung. Er sah das Schwert der Gerechtigkeit in Reichweite hängen.

»Du brauchst einen Anwalt?«

»Nun ja, ich brauche jemanden, der einige Verwaltungsangelegenheiten für mich regelt.«

Der Duque machte eine Pause. Er hatte das dumpfe Gefühl, dass die Stunde der Abrechnung gekommen war. Die Demütigung beim Golfturnier schrie nach Rache. Er würde Sopicrem ins Verderben stürzen. Er genoss seine Worte, noch ehe er sie aussprach:

»Ich glaube, ich habe genau den richtigen Mann für dich«, sagte er endlich. »Er heißt Kauffman.«

»Kauffman?«

»Er ist Anwalt. Du kannst ihm alle deine Angelegenheiten blind anvertrauen.«

»Im Ernst?«

»Vollkommen im Ernst«, versicherte der Duque mit einem Blitzen in den Augen. Er sah den Präsidenten von Sopicrem bereits bettelnd durch die Straßen ziehen. Es genügte, in dessen Leben den richtigen Mann einzuschleusen.

»Kauffman hast du gesagt? Der Name kommt mir bekannt vor. Ist das nicht einer deiner Anwälte?«

»Er war es, er war es«, nickte der Duque in machiavellistischer Bescheidenheit. »Er hat jetzt andere Ambitionen, andere Vorstellungen.«

»Natürlich«, sagte Sopicrem geschmeichelt.

»Du brauchst keine Bedenken zu haben, ihm umfassende Vollmachten zu erteilen«, drängte der Duque immer stärker beflügelt.

»In Ordnung«, rief der arglose Alte und ließ den Arm des Duque los. Er glaubte, dass die Empfehlungen des Duque so viel wert waren wie ein Börsengeheimtipp.

Der Duque entfernte sich in Hochstimmung und rückte sein Einstecktuch zurecht, wie jemand, der seine Vorkehrungen für die Stunde der Vergeltung in die Wege geleitet weiß. Sein Herzrhythmus hatte sich gebessert. Er hatte das Gefühl, dass das Fest seinen Höhepunkt erreicht hatte. In der Ferne setzte wie zu Ehren des Duque ein Feuerwerk ein. Große, leuchtende, vielleicht unten am Hafen abgefeuerte Blumen gingen über den Bäumen auf und vervielfältigten sich in kleinen Sträußen, die kraftlos über den Yachten und dunklen Wassern zerstoben, vielleicht bei einer nächtlichen Fiesta an den Kais, bei Amateurkämpfen mit Jungstieren und auf die Hörner genommenen Touristen und Menschenmassen, die aus den Diskotheken ans Meer eilten. Über die Klänge der Band legte sich das dumpfe Krachen der Feuerwerkskörper wie eine verspätete Botschaft. Es war etwa ein Uhr. Zwei prächtige Kamelien erleuchteten den Himmel mit größter Intensität. Danach folgte eine lange Pause und die Nacht erschien steriler und schwärzer. Einige Gäste hoben den Blick. Andere fuhren zwischen den Schatten des Gartens und dem Funkeln der Gläser gleichgültig in ihrer Unterhaltung fort. Schließlich hinterließen zwei Feuerwerkskörper einen glanzlosen Schweif und vermeldeten die blasse Botschaft vom Ende des Festes. Der Himmel glich wieder einer Wüste. Nach und nach tauchten einige Sterne auf. Während des Feuerwerks harrte der Hund des Duque geduckt unter einem Baum aus. Als er glaubte, dass das Vergnügen zu Ende war, wollte der gescheite und phlegmatische Herkules seine Beine ausstrecken. Er kam aus seinem Versteck heraus und trottete Richtung Haus über den Kiesweg und an den aufgereihten Fackeln vorbei, die im Verlauf der Stunden immer kräftiger brannten. Der Hund beschloss, sich inmitten einer Ansammlung von Lorbeersträuchern niederzulassen und darauf zu warten, dass sich die Versammlung auflöste.

Amusátegui gesellte sich zum Duque und zog ihn zur Seite. Salsa Terrins war auf dem Fest nicht erschienen. Er befand sich auf Reisen, um seine Firma angemessen zu vertreten.

»Was ist eigentlich aus dem Geschäft neulich geworden?«

»Welches Geschäft?«

»Das Plutonium, du verstehst schon, die Odyssee ...«

Darauf entgegnete der Duque lakonisch: »Nichts.«

»Ich habe da eine neue Sache«, fuhr Amusátegui vertraulich fort und näherte sich dem Duque bis zum Jackettrevers. »Du hattest vollkommen Recht. Der Osten ist der Wilde Westen. Ernährungshilfe-Kredite. Restbestände einer Joghurtfabrik gegen schwere Maschinenteile. Wer könnte mich beraten?«

Der Duque feuerte erneut eine schwere Ladung ab.

»Kauffman.«

»Kauffman? Ich dachte, du hast ihn wegen Unfähigkeit gefeuert?«

»Du irrst dich, du irrst dich ...«

»Also, dann werde ich mit Kauffman sprechen«, meinte Amusátegui, ohne zu wissen, dass er im Begriff stand, auf seinen Ruin hinzuarbeiten. Dann betrachtete er den Duque etwas aufmerksamer: »Du siehst schlecht aus, Duque. Du siehst aus, als hättest du Durst.«

»Wer? Ich?«

»Ja. Willst du einen Schluck?«

»Nein, danke.«

»Kann ich morgen wegen dieser Sache mit dir reden?«

Der Duque ging davon, ohne auf die Frage zu antworten. Er hatte Durst. Er hatte den ganzen Abend nicht einen Bissen probiert, aber jetzt quälte Durst seine Kehle. Er spürte, wie die Musik schwächer wurde und gedämpft an sein Ohr drang. Dann, weil die Brise die Richtung wechselte oder weil nach einer kurzen Beeinträchtigung seiner Sinne sein Wahrnehmungsvermögen wieder besser wurde, spürte er, dass ihn die Akkorde der Band erneut einhüllten. Er ließ sich mit einer gewissen Erleichterung von der Melodie streicheln. Es war seltsam. Niemand in seiner Umgebung schien dieses Kommen und Gehen wahrzunehmen; auch schien schon lange niemand mehr seine Anwesenheit bei diesem Fest zu bemerken, als wäre er gleichzeitig mit der Musik verschwunden oder als hätte ein Schicksal oder eine Weissagung ihn hier in seinem eigenen Haus vorübergehend für die Augen der anderen unsichtbar gemacht. Zu seiner Beruhigung entdeckte er seine Frau unter einigen Gästen. Andere waren gerade dabei aufzubrechen. Wieder andere waren in Grüppchen weggegangen. Als ein Kellner vorbeikam, griff er nach einem Drink. Während einem neuen Anfall von Betäubtheit kam es ihm vor, als würde er sich von jemandem verabschieden. Der Duque machte eine Grimasse ins Leere hinein. Gleich darauf fand er sich lächelnd und heiter Hände schüttelnd Scherze und galante Bemerkungen austeilen. Seine Stimme klang heiser; wieder hatte ihn ein rätselhafter und unlöschbarer Durst überfallen.

Die Catering-Firma, die das Buffet arrangiert hatte, räumte die Tische ab und sammelte das Geschirr ein. Unten, wo die Wagen standen, hörte man noch Grüße rufen, Türen mit einem luxuriösen und diskreten Schlag zufallen, laufende Motoren und losfahrende Geschwader von Wagen, deren Reifen auf dem Kies knirschten und deren Scheinwerfer wechselnde Segmente in die Dunkelheit schnitten. Ein halbes Dutzend der Fackeln war heruntergebrannt. Das andere halbe Dutzend verbreitete wie auf einem Kreuzweg oder einem Friedhof einen düsteren Schein. Die Musiker stiegen vom Podium herunter. Mit ihren Instrumenten in der Hand, den Kragen hochgeschlagen und die Schultern hochgezogen, warfen sie groteske Schatten. Sie trugen schwarze Umhänge, das zumindest dachte der Duque, und es schien, als hätten sie ein Konzert für Fledermäuse gegeben. Der Duque beobachtete, wie sie sich rätselhaft beklommen entfernten, als hätten sie auf einer Trauerfeier gespielt. Um welche Trauerfeier konnte es sich handeln? Woher kam dieses Gefühl von Agonie? Ein Bediensteter trat zu ihm und fragte ihn, ob er etwas benötige. Am nächsten Tag würde ein Heer von Gärtnern den Garten aufräumen. Der Bedienstete blieb vor ihm stehen und erwartete seine Anweisung. Er schien bestürzt. Was sah er in seinem Gesicht? Der Duque fragte nach seiner Frau.

»Sie hat sich nach oben begeben«, antwortete der Diener.

Der Duque entließ ihn mit einer Handbewegung. Dann ging er hinauf, um seiner Frau eine angenehme Nachtruhe zu wünschen. Seit vielen Jahren schliefen sie in getrennten Räumen, aber zwischen ihnen glomm noch ein Rest Zärtlichkeit. Niemand hatte den Duque je mit einer anderen Frau gesehen. Er trat in ihr Zimmer und sagte ihr Gute Nacht, gab ihr einen Kuss auf die Wange, wie alte Eheleute es tun.

»Du sahst hinreißend aus mit dem Kollier.«

»Meinst du?«

»Du hättest so oder so hinreißend ausgesehen«, antwortete der Duque galant.

Das Kollier lag neben ihr in einer Schatulle wie in einem Sarg aus Atlas und Samt. Der Duque zögerte einen Moment. Er wäre gerne noch ein bisschen in jenem Zimmer geblieben. Im Spiegel der Frisierkommode sah er sich hinter ihren nackten Schultern stehen, während sie ihr offenes langes Haar zurückwarf und den karminroten Lippenstift abwischte. Liebevoll legte er ihr seine Hände auf die Schultern. Sie hob ihre großen hellen, etwas müden Augen und deutete ein Lächeln an, als sie die Berührung dieser Hände auf ihrer Haut spürte, als ob darunter die Wärme einer welken Begierde erwachte. Der Duque antwortete mit einem ritterlichen Seufzer. Von einer Seite des Zimmers aus sah man in den Nebenraum, ihr Schlafzimmer, hinein. Auf dem Bett war die Decke zurückgeschlagen, das Glas Wasser stand unter der kleinen Lampe auf dem Nachttisch, daneben auf einem kleinen Silbertablett zwei oder drei bunte Pillen, alles säuberlich, alltäglich und minuziös geordnet, so, wie es das Dienstmädchen vorbereitet hatte. Der Duque fühlte sein Gemüt von heimeliger Zärtlichkeit erfüllt. Dann gewann sein Instinkt eines einsamen, großen Säugetiers die Oberhand und er verabschiedete sich.

Der Duque ging wieder hinunter in den Garten. Das Personal hatte die Lichter im Haus gelöscht. Er zog einen Sessel in die dunkelste Ecke der Veranda und machte es sich mit ausgestreckten Beinen darin bequem. Er hatte bereits festgestellt, dass es keinen Drink gab, der seinen Durst hätte löschen können, wie man das auch von Verurteilten behauptete. Plötzlich tauchte zwischen den Lorbeersträuchern der Kopf eines Ungeheuers auf. Der Duque erkannte seinen Hund, doch hätte es genauso gut der Kopf des Höllenhundes sein können. Herkules kam langsam unter den Sträuchern hervor, wedelte mit dem Schwanz und legte sich zu Füßen seines Herrn nieder.

Am Himmel konnte man einige Sternbilder ausmachen. Zur gleichen Stunde schlief Prwzulski in einem Hotel in Tel Aviv und wartete auf das Flugzeug, das ihn am nächsten Morgen nach Haifa bringen würde. Die Eheleute Kauffman schliefen eng umschlungen, nachdem sie zum x-ten Mal in der Küche, auf dem Wohnzimmerteppich und auf dem Sofa gefickt hatten. Kommissar Potes schlief mit seiner Gattin in einem riesigen Ehebett. Auch der Duque schlief schließlich ein. Das Kinn war ihm auf das Brustbein gesunken. Kurz vor Tagesanbruch erwachte er mit einem neuen Unwohlsein. Sein Mund füllte sich mit bitterem Speichel und ein schmerzhafter Stich durchbohrte seine Brust.

Da wusste er mit Sicherheit, dass er an der Grenze des Unsichtbaren angekommen war. Am Morgen fand ihn das Dienstmädchen, welches als Erstes auf die Veranda hinaustrat. Von Tau bedeckt, saß er da in seinem Sessel, die Hände um die Armlehnen gekrampft, die Beine ausgestreckt, die Füße in einen Lichtstrahl getaucht, die Augen verdreht. Herkules, der Hund, hatte sich nicht von seiner Seite gerührt, obwohl er seit ein paar Stunden wusste, dass sein Herr tot war.